À PROPOS DE L'AUTRICE

Julia London a grandi au Texas, où elle nourrit très tôt sa passion de la littérature. Après avoir travaillé à Washington dans la fonction publique et voyagé pendant des années, elle décide de revenir au Texas pour devenir écrivaine. Elle est aujourd'hui plébiscitée pour ses romances historiques et contemporaines.

Le temps d'une valse

Collection : VICTORIA

Titre original :
LAST DUKE STANDING

HARPERCOLLINS FRANCE
83-85, boulevard Vincent-Auriol, 75646 PARIS CEDEX 13
Service Lectrices — Tél. : 01 45 82 47 47 - www.harlequin.fr
ISBN 978-2-2804-7270-8 — ISSN 2493-013X

Composé et édité par HarperCollins France.
Imprimé en mars 2023 par CPI Black Print (Barcelone)
en utilisant 100% d'électricité renouvelable.
Dépôt légal : avril 2023.

FSC www.fsc.org MIXTE Papier issu de sources responsables FSC® C159065

Pour limiter l'empreinte environnementale de ses livres, HarperCollins France s'engage à n'utiliser que du papier fabriqué à partir de bois provenant de forêts gérées durablement et de manière responsable.

JULIA LONDON

Le temps d'une valse

Traduit de l'anglais (États-Unis) par
Chloé Wild

Victoria

HARLEQUIN

« Je vous aime, lui dit Bouton d'or. Cela va sans doute vous surprendre, étant donné que je n'ai rien fait d'autre depuis notre rencontre que vous ignorer, vous rabaisser, vous tourner en ridicule, mais je vous aime, et ce depuis déjà quelques heures – et un peu plus à chaque seconde. »

Princess Bride, WILLIAM GOLDMAN

Prologue

1844

Lorsqu'elle avait quatorze ans, Justine accompagna son père au nord de la Weslorie, dans la partie montagneuse du royaume. Il devait y apaiser la grogne qui se faisait entendre parmi les directeurs de mines.

— Quelle est la cause de leur mécontentement ? l'avait interrogé Justine.

— Les directeurs de mines ont toujours une grogne à faire entendre, mon enfant, lui avait répondu le souverain, comme si cela tombait sous le sens.

Tentant de se figurer ces messieurs, Justine s'était imaginé des hommes massifs, le visage couvert de suie sous leurs larges capuches, effectuant les cent pas devant leurs fourneaux en marmonnant leurs doléances. Elle découvrit que les directeurs de mines ressemblaient en vérité à tous les gentilshommes wesloriens. Élégants. Le visage propre.

Ils l'avaient dévisagée avec une palette d'expressions allant du dégoût à la curiosité, en passant par l'indifférence.

— Ne fais pas attention à eux, l'avait rassurée son père. Leurs mœurs sont archaïques.

Justine et lui furent logés au château d'Astasie. La

forteresse, qui semblait jaillir comme par magie d'un affleurement rocheux, était perchée si haut sur la montagne que les chevaux eurent du mal à mener l'attelage jusqu'au sommet de la route. Considérée comme la plus luxueuse résidence de la région, elle avait été mise à disposition du père de Justine, car il était après tout roi de Weslorie, ce qui faisait d'elle la princesse du royaume, l'héritière légitime du trône.

Justine fit remarquer que la construction avait quelque chose d'effrayant. Son père lui expliqua que les châteaux étaient conçus de façon à permettre de voir à des centaines de kilomètres à la ronde. Les armées ennemies. Les pilleurs. Les épouses en fuite.

— Les épouses en fuite ?

Justine en était restée bouche bée. Le mariage représentait à ses yeux le summum du romantisme : comment un tel rêve pouvait-il à ce point tourner au cauchemar ?

— Piotr le Fou a observé sa promise et le plus brave de ses chevaliers prendre la tangente ensemble, lui confirma son père. Puis il a regardé ses hommes les poursuivre durant des kilomètres. Quand le couple les a finalement semés, ça l'a rendu si furieux qu'il a fait brûler la moitié du village.

Il interrompit là son récit : les grilles venaient de s'ouvrir. Le châtelain se précipita vers eux, impatient de montrer au souverain et à sa fille l'ancien Palais Royal dont il était le fier gardien.

Messire Corin portait un long gilet bleu turquin dont les quatre derniers boutons, détachés, laissaient à sa panse tout le loisir de s'épanouir. Ses cheveux, gris et fins, étaient rassemblés en un catogan démodé. Il conservait, attaché à la ceinture, un jeu de clés qui carillonnait à chacun de ses pas.

Il était amateur d'histoire, avait-il déclaré, et se ferait un plaisir de répondre à leurs questions concernant Astasie. Il entreprit d'ailleurs, durant la visite du château humide, de ses couloirs sinueux, de ses pièces basses de plafond, de leur démontrer son savoir. Dans cette chambre-ci, un jeune prince russe avait rendu l'âme. Dans cette autre, une reine était morte après avoir donné la vie à son dixième enfant.

Il leur montra ensuite la salle du trône en déclarant fièrement :

— Plus d'un monarque y a reçu la cour.

Justine était accoutumée au luxe du palais de Saint Edys, la capitale de la Weslorie. Cette fameuse salle ressemblait davantage à une taverne – petite et sombre, accueillant deux trônes en bois, affichant des tapisseries fanées par les années et la fumée de pipe. Puis on passa à une autre pièce, et messire Corin fit remarquer que c'était là que le roi Maksim avait accepté la reddition du roi Igor voilà plus d'un siècle, ce qui avait permis l'unification du royaume après des décennies de conflit.

— J'ai été nommé en son honneur, déclara fièrement le père de Justine, oubliant sans doute que, pour obtenir cette belle unité, ledit roi Maksim avait d'abord dû décimer toute l'armée d'Igor.

Ils arrivèrent enfin à la haute cour, délimitée par quatre murs de pierre dont l'un était troué de créneaux. Messire Corin pointa du doigt une porte, à l'angle, qui menait à un donjon percé de meurtrières.

— On s'en sert de débarras à présent, mais dans le temps, c'était des cachots. Bien pires que toutes les oubliettes que vous n'ayez jamais vues, Votre Altesse.

Son Altesse, à même pas quinze ans, n'avait jamais vu aucune sorte d'oubliettes. Son père s'enquit, d'un ton badin :

— N'est-ce pas ici que messire Rabat a été décapité ? Il s'agit de ton arrière-grand-oncle, précisa-t-il pour Justine.

— *Jæ*, Votre Majesté, le billot est toujours en place.

Messire Corin désignait un large rondin de bois échoué là, d'environ soixante centimètres de diamètre et autant de hauteur. Il semblait avoir été usé par les innombrables saisons passées sous un soleil de plomb ou sous l'impitoyable neige.

— Oh ! mais c'est terrible, s'exclama Justine en plissant le nez.

— En effet, acquiesça son père, avant de lui expliquer avec un enthousiasme certain comment les condamnés s'agenouillaient face au billot pour y laisser reposer leur cou. Un bon bourreau était capable de faire le travail en une fois. *Couic*, la tête roulait directement dans le panier.

— Si je puis me permettre une précision, Votre Majesté : trouver un bourreau de qualité n'était pas une mince affaire, dans ces contrées où l'on croise plus de mineurs que de fines lames. Il fallut donc trois coups d'épée pour que la tête de Rabat se sépare pour de bon du reste de son corps.

Messire Corin se sentit obligé de mimer la scène.

— Ah..., commenta Justine – qui pour sa part combattait à grand-peine la nausée.

— *Trois* coups ? Un seul n'a pas suffi ?

Le père de Justine semblait captivé. Leur hôte secoua la tête en déclarant :

— Cela prouve une fois de plus qu'il est important de garder son glaive affûté.

— ... Et d'avoir à portée de main quelqu'un qui sache s'en servir !

Les deux hommes rirent de bon cœur à la plaisanterie du monarque. Pendant ce temps, Justine cherchait du regard un endroit où s'asseoir, où se ressaisir. Il lui fallait de l'air. Malheureusement, hormis le billot, aucun siège à l'horizon.

— Où vas-tu, ma fille ? Je ne t'ai pas encore dit *qui* avait ordonné cette exécution.

Messire Corin joignit les mains, impatient comme une débutante à la veille du bal.

— Ton arrière-grand-tante Éléna !

La reine Éléna avait fait décapiter messire Rabat ?

— N'était-ce pas son *mari* ?

— Pire : son *frère*.

Le souffle de Justine se bloqua.

— Mais… pourquoi ?

— Parce que Rabat avait prévu de la décapiter en premier. Il avait fomenté une révolte afin de s'emparer du trône.

— Et quelle révolte ! lança Corin avec enthousiasme. Quatre mille âmes sacrifiées, dont beaucoup tombèrent juste là, de ce parapet.

Justine eut un mouvement de recul. Un tremblement s'éleva des tréfonds d'elle-même et comprima ses poumons. Ses jambes menaçaient de se dérober, l'angoisse pulsait dans ses veines alors qu'elle pensait à ces nombreuses vies perdues.

— Pourquoi ne l'a-t-elle pas simplement banni ?

— Afin que le fourbe planifie une nouvelle offensive ?

Son père passa un bras autour des épaules de Justine, comme pour l'empêcher de s'enfuir en courant et de rentrer aussitôt à Saint Edys.

— Elle a fait ce qu'elle avait à faire. Quelques instants avant que son frère meure, c'était sa propre vie qui était en jeu.

— Seigneur, murmura Justine.

— Mais le peuple l'a sauvée, expliqua son père. Son insurgé de frère est mort. Et elle se trouvait en première ligne quand sa sale tête de traître est tombée.

— Au bout du troisième coup, intervint messire Corin.

De nouveau, les deux hommes rirent. Puis son père, en la serrant contre son flanc, lui ordonna :

— Ne détourne pas les yeux, ma fille ; regarde ce billot. Éléna n'avait que dix-sept ans, mais elle était futée : elle a fait ce qui était nécessaire pour conserver le pouvoir, pour gouverner. Et d'ailleurs, elle a gouverné fort longtemps.

— En tout quarante-trois années, précisa Corin avec fierté.

— Comme chaque souverain avant elle, Éléna a appris sa leçon – sois déterminé, agis vite. Est-ce que tu comprends ?

— Pas… Pas vraiment…

Justine eut l'impression que le sol penchait légèrement sous ses pieds.

— Ça viendra.

Son père relâcha son étreinte. Il fit ensuite le tour du billot tout en l'examinant.

— Tu as failli t'appeler Éléna en son honneur. Mais elle était surnommée Éléna la Salo… euh, la Sorcière. Ta mère n'avait pas envie que tu hérites également du sobriquet.

— Tu m'as pourtant répété qu'il s'agissait d'une bonne reine !

— Une excellente reine, oui. Mais parfois, pour accomplir son devoir, il faut savoir se rendre impopulaire.

La sensation de vertige s'intensifia. Justine agrippa le bras de son père.

— Pourquoi ça ?

— Parce que les gens attendent d'une femme qu'elle se comporte avec la délicatesse qu'exige son sexe. Or, une bonne reine doit parfois savoir se comporter en homme, et ce, pour le bien de la nation. Cela déplaît. Ni roi ni reine ne peuvent contenter constamment leurs sujets, conclut-il avec un haussement d'épaules.

Puis un sourire éclaira son visage.

— Tu ressembles un peu à Éléna.

— Vous êtes même son portrait craché, intervint Corin, qu'on n'avait pas entendu depuis un moment.

Plus tard ce fameux jour, Justine vit un tableau de la reine Éléna. Certes, cette dernière ne souriait pas, mais elle ne semblait pas non plus austère. Simplement... déterminée, en effet. Et sa robe, sertie de perles, était jolie.

Une fois que son père et ses hommes se furent retirés pour fumer leurs cigares et parler de l'extraction du charbon, ou de tout autre sujet approchant, Justine sortit de nouveau dans la haute cour. Personne n'était posté aux créneaux : nulle sentinelle guettant pilleurs ou mariées en fuite. Elle leva les yeux vers les cimes. Les pins ployaient sous l'infatigable vent, dont le souffle défaisait les nuages dans le ciel anthracite. Justine gravit les marches qui menaient aux remparts et contempla la vallée en contrebas. Puis elle ouvrit les bras, ferma les paupières et offrit son visage aux anges.

Pour la première fois, elle le sentait – cet appel venu des tréfonds de son être. L'énergie de tous les rois et reines l'ayant précédée semblait s'être concentrée dans sa tête couronnée, tout en amarrant fermement ses pieds au sol. Justine sentit les siècles de guerre, les siècles de luttes menées par les sujets que ses ancêtres avaient gouvernés.

Elle sentit le poids des responsabilités de ces derniers, leurs efforts pour tracer une voie pour l'avenir.

Son père avait souvent affirmé que la couronne lui pesait : le sentiment de la princesse, à cette minute, était tout autre. Elle ne se sentait pas écrasée, mais transportée ; c'était même cela qui présentement lui donnait des ailes. Et elle ne pensait pas que c'était vanité de sa part que de ressentir ça. Au contraire, elle faisait corps avec son héritage. Elle serait reine, c'était une certitude et, en cet instant, elle contemplait cette certitude avec confiance : elle était faite pour ça.

Une rafale manqua de la faire s'envoler, aussi descendit-elle du parapet. Elle s'arrêta au niveau du billot, tenta de se représenter ce que cela ferait d'être agenouillée à cet endroit, attendant la mort. Elle imagina ce dont elle aurait l'air. Elle espérait qu'elle dégagerait force et noblesse. Qu'elle ne laisserait transparaître ni la peur de la douleur ni celle de l'inconnu.

Devenir reine était son destin, elle savait que celui-ci finirait par s'accomplir.

Seulement, elle ignorait qu'il s'accomplirait aussi vite.

Chapitre 1

Saint Edys
Capitale de la Weslorie
1855

L'héritière de la couronne, la princesse Justine Marie Edda Ivanosen, franchit le rideau d'un pas hésitant. Elle jeta un rapide coup d'œil au lutrin, au centre de la scène, lissa sa jupe, puis…

— Non, non, non, *non* !

Un petit homme sec aux cheveux blonds agitait les mains d'un air désespéré.

La princesse leva les yeux au ciel et marmonna :

— Qu'est-ce j'ai fait *encore* ?

L'inénarrable *Môsieur* DuPree, professeur de maintien de son état, venu tout droit de France – un prêt que l'impératrice Eugénie avait consenti au royaume de Weslorie –, joignit les paumes dans une pantomime de prière.

— Votre Altesse Royale, s'il vous plaît.

Il bondit sur la scène et avança, déterminé à lui montrer une fois de plus.

Depuis sa loge, assis aux côtés de Sa Majesté la reine

Agnès, le Premier ministre de Weslorie, Dante Robuchard, réprima un soupir. La princesse souffrait d'anxiété à la perspective de prendre la parole en public – ce qui posait un problème de taille, étant admis que l'un des prérequis pour régner était de prendre la parole en public de temps à autre. Les citoyens de Weslorie avaient besoin d'une reine qui s'exprime avec fermeté, mais distinction, qui transpire l'assurance, qui semble tenir les rênes du royaume… Pas d'une dirigeante qui vacille à chaque apparition ! Or, en cet instant, Justine tremblait de la pointe des cheveux jusqu'à l'ourlet de sa robe, et dégageait par conséquent l'exact inverse de la confiance en soi.

— Vous ne devez montrer aucune hésitation, insista M. DuPree.

— Je vous prie de m'excuser, mais, à ma décharge, c'est la première fois que je vois la salle depuis la fin des travaux.

Une salle dotée, il fallait bien l'admettre, d'une scène impressionnante. Plantée au cœur du théâtre Prince Vasilly – avec ses fresques au plafond représentant Jeanne d'Arc, ses loges festonnées de velours et d'or surplombant le parterre, ses imposants chandeliers de cristal brillant de mille feux sur cinq mille sièges pour le moment vides –, la princesse paraissait minuscule. Ce genre de décor grandiloquent se rencontrait généralement dans les palais de Paris, de Rome ou de Londres : pas en Weslorie. Du moins, tel était le cas avant que Dante Robuchard soit nommé Premier ministre.

Au moins, songea-t-il, on ne pouvait nier que la princesse avait pour elle – et Dieu sait qu'elle n'avait pas grand-chose – son allure et son physique altiers. Elle était légèrement plus grande que la moyenne, comme sa mère, et d'une beauté renversante, comme sa mère encore. Mais, alors que cette dernière avait les yeux bleus, ceux de la princesse étaient de la teinte chaleureuse du miel ; des yeux spontanés, curieux, qui se rivaient aux vôtres lorsqu'elle vous adressait la parole.

La plupart des ministres étaient de vieux barbons dont la vigueur s'était éteinte voilà des années : ils avaient tendance à fermer les yeux sur un certain nombre de défauts lorsqu'ils étaient l'apanage d'une belle jeune femme, or la princesse était, à n'en point douter, une belle jeune femme. Ses longs cheveux, de la couleur du bois de noyer, étaient coiffés à la mode weslorienne, dans un admirable agencement de boucles et de tresses positionnées à la base de la nuque. La longue mèche blanche qui striait sa chevelure sombre, caractéristique de la dynastie des Ivanosen, semblait un ornement créé de toutes pièces par un habile coiffeur. Sa robe de soie dorée, parsemée de poussière d'étoiles, était taillée dans le style français ou anglais, avec une volumineuse jupe évasée et des manches bouffantes. Elle s'arrêtait à hauteur de chevilles afin de dévoiler des souliers à boucles brodés.

La robe avait fait l'objet d'un débat houleux entre la reine et Dante. La mode weslorienne était aux coupes près du corps et aux longues traînes ouvragées : la reine estimait important que la future dirigeante de la nation s'y plie. Dante, lui, avait soutenu qu'un tel exotisme risquait d'effrayer d'éventuels prétendants. La princesse allait, par son mariage, conclure une alliance internationale : elle se devait d'afficher en public une apparence cosmopolite. Il avait fini par avoir gain de cause.

La princesse et M. DuPree disparurent de nouveau derrière le rideau.

Justine avait pour mission de répéter le discours qu'elle

ferait lors de l'inauguration de la salle de spectacle. Cet événement marquerait le coup d'envoi du Festival de Carlare, foire qui attirait chaque année à Saint Edys des visiteurs de tous pays. La cérémonie d'ouverture était généralement présidée par le roi, mais sa santé précaire l'empêcherait cette fois-ci d'accomplir son devoir. Le monarque souffrait de consomption, tous les médecins s'accordaient à dire que son état s'aggravait. Et, en privé, le praticien privé de Sa Majesté avait confié qu'il ne lui restait pas plus d'un an à vivre.

Le roi n'ignorait rien de la sévérité de la situation. Il avait exprimé à Dante son ardent souhait que Justine soit préparée le plus sérieusement du monde à prendre sa suite, et que dans la mesure du possible un prince consort soit désigné.

— Sans mari à ses côtés, le peuple n'en fera qu'une bouchée.

Là-dessus, le roi n'avait pas tort. Il pouvait même compter sur Dante pour prêter main-forte au peuple le cas échéant – ce dernier était après tout Premier ministre : il lui fallait donc être en mesure de contrôler la jeune femme, sans quoi elle ne lui serait d'aucune utilité.

Il contempla la princesse, ses épaules gracieuses, son visage juvénile, en tentant de l'imaginer porter le poids de tout le pays sans son père pour l'aider… Elle n'était pas encore mûre pour le trône. La reine elle-même semblait d'accord – si on en croyait les soupirs qu'elle poussait lorsque sa fille était à proximité. Dante partageait l'agacement : lui-même avait perdu bien trop de temps à penser à Justine, quand de plus urgents sujets auraient mérité son attention !

D'un coup d'œil, il nota l'expression douloureuse de la reine alors qu'elle contemplait son aînée. Puisqu'il s'agissait d'une répétition, ils étaient seuls dans la loge. Dante s'était même attendu à ce qu'ils soient seuls dans la salle, mais une poignée de curieux était disséminée au niveau du parterre. Des courtisans, pour la plupart. Mais également, sans que le ministre comprenne bien pourquoi, la princesse Amélia, la cadette, accompagnée de ses trois fidèles suivantes. Ces demoiselles le faisaient penser à une portée de lapereaux : elles sautillaient dans tous les sens, toujours prêtes à fourrer leur museau dans les affaires des autres. Dante avait récemment suggéré à la reine qu'Amélia effectue des études d'art en Suisse, comme tant de jeunes filles issues de la noblesse, mais la reine ne voulait pas en entendre parler.

Cela ne faisait qu'un an que Dante avait remporté l'âpre bataille qui lui avait permis d'accéder au pouvoir, mais, dès le départ, il avait compris qu'il lui faudrait traiter la question des princesses avec prudence et adresse. Amélia était la favorite de sa mère. Quant à Justine… Eh bien ! Justine était l'*autre* fille. Peut-être avait-elle été, par le passé, la coqueluche de la reine, mais les récents événements avaient terni son auréole. Peu importait : elle gouvernerait bientôt et, comme Dante ne comptait pas rendre le pouvoir de sitôt, c'était d'elle qu'il devait se préoccuper.

Il était déterminé à propulser la Weslorie, grevée par des siècles d'une économie faiblarde, dans une ère de prospérité et de modernité. Sous le règne de Maksim, le pays avait connu d'indéniables avancées, mais il restait tant à faire ! Étant donné la consomption galopante du roi, il devait s'assurer que Justine soit la plus malléable possible. Or – premier problème –, elle ne l'était pas particulièrement.

À leurs pieds, la concertation avec M. DuPree prit fin. Celui-ci se hâta de regagner sa place parmi les courtisans.

Oui, la première erreur de Dante avait été de croire qu'une jeune femme de l'âge de la princesse – elle aurait vingt-cinq ans d'ici une quinzaine de jours – serait aisément manœuvrable. Dans les faits, le comportement de Justine s'était révélé au mieux imprévisible, au pire illogique. Durant des mois, le ministre avait plongé dans des abîmes de perplexité. Puis il avait fini par comprendre : ce qu'il eût fallu, en réalité, c'est que Justine fût un homme. Qu'elle parle, se comporte et pense comme un homme. Étant donné que la transformation n'aurait vraisemblablement pas lieu, le mieux était encore qu'elle en épouse un. Sans délai. Un *prince consort*, comme l'avait suggéré le roi. Qui saurait la guider – non sans l'aide considérable de Dante.

— Bien, recommencez ! mugit M. DuPree.

La princesse jaillit des coulisses et avança cette fois d'un pas assuré jusqu'au lutrin. Les spectateurs se levèrent pour marquer leur déférence. D'un geste altier, elle leur fit signe de se rasseoir. En cet instant, derrière son pupitre, elle avait presque l'air de la jeune femme intelligente, ayant reçu la meilleure instruction de toute la Weslorie, qu'elle était censée être. Elle semblait également en pleine forme, athlétique même, ce que Dante trouva appréciable mais n'osa commenter : la reine n'avait jamais caché tout le mal qu'elle pensait de la pratique sportive chez une princesse, particulièrement l'escrime, à laquelle, avait entendu dire Dante, la princesse excellait.

Tout ça pour dire que, en apparence du moins, elle possédait toutes les qualités pour faire une bonne compagne et une bonne reine, ce qui ne manquerait pas d'attirer les bons partis…

Oui, les *bons* partis.

Or – deuxième problème –, à la lumière des récents

événements, Dante doutait que la princesse choisisse un *bon* parti. Il n'y avait qu'à voir l'énergie que lui avait coûtée, durant sa première année en tant que ministre en exercice, la pitoyable relation entre la princesse et le fils du duc Gustav, ce libertin dégénéré d'Aldabert. Chaque fois qu'il y repensait, Dante ne pouvait réprimer une grimace.

La princesse plaça les mains de part et d'autre du pupitre. Elle leva les yeux vers son auditoire restreint et lança :

— Bonsoir à tous.

— Plus fort, Votre Altesse Royale ! l'exhorta M. DuPree.

La princesse baissa les yeux, le temps de rassembler ses esprits.

Aldabert Gustav : quel bonheur cela avait été quand ce menteur, ce scélérat, avait été banni du royaume ! Un enfant gâté, qui s'adonnait à la luxure au mépris de ses obligations. Qui considérait la vertu d'une jeune princesse comme un trophée, qu'importe le scandale ! Qu'avait-il pour lui ? Rien : il lui avait fallu mentir éhontément pour s'attirer les faveurs – et qui sait quoi d'autre encore – de la princesse. Pourtant, même confrontée aux preuves de sa forfaiture, Justine s'était entêtée à le défendre.

Cette sordide histoire avait tourné à l'affaire d'État et exigé du roi qu'il mette la main à la poche – ou plutôt : qu'il pioche dans les coffres. En effet, le seigneur Gustav s'était fait grassement payer pour bouter son débauché de fils hors du pays en le mariant à la première héritière allemande venue.

La princesse releva un visage vidé de ses couleurs. À présent, elle paraissait souffrante. Était-ce donc à ce point difficile de s'adresser à une poignée de personnes ? En privé, pourtant, elle ne manquait pas d'assurance…

Mais dès qu'il s'agissait de parler devant un auditoire, sa confiance en elle s'effondrait.

Elle s'éclaircit la voix, puis s'empara de ses notes. Malgré la distance, Dante pouvait voir le papier trembler.

— Elle pourrait au moins essayer de dire un mot, murmura la reine, malheureusement sans aucune discrétion. Ne serait-il pas mieux qu'Amélia fasse ce discours ? Elle est tellement plus vivante !

Justine baissa sa feuille et leva les yeux vers la loge royale.

— Sache que je serais ravie de lui céder la place, maman.

— Oh ! pardon, ma chérie, ne fais pas attention à moi, gloussa la reine prise en faute. Tu t'en sors à merveille, très chère.

Les yeux de la princesse retournèrent à son morceau de papier.

Sur ce point, Dante ne pouvait rejoindre la reine : Amélia était une enfant sauvage, indisciplinée. Justine, elle, était distinguée.

— Bonsoir à tous, tenta de nouveau la princesse, cette fois d'une voix forte.

Et, une fois de plus, elle laissa distraitement sa paume s'aventurer le long de sa jupe. La reine émit un claquement de langue agacé.

— *Bonem owen*, poursuivit Justine, souhaitant ce coup-ci à l'auditoire une bonne soirée en weslorien.

Puis elle commença à s'exprimer dans la langue officielle du pays d'une voix tremblante, hachurée. On eût dit qu'elle ne comprenait pas le sens des mots qu'elle prononçait, ce qui était absurde ! Certes, la langue de sa mère était l'allemand, et le couple royal échangeait en anglais, mais cela n'avait jamais empêché la princesse de parler parfaitement le weslorien, tout comme son père.

— *Ledia et harrad*, mesdames et messieurs…

Voilà qui était mieux.

— Bienvenue, lança-t-elle en anglais, oubliant un instant quel était l'idiome dans lequel elle était censée communiquer.

Elle poursuivit, dans un weslorien mâtiné d'anglais.

— *En honora de nostrum* indépendance…

Elle marqua une pause pour consulter ses notes.

— Nous… co…

— Non ! protesta M. DuPree en bondissant. Recommencez, Votre Altesse Royale.

— Je vous prie de m'excuser, monsieur, mais je ne parviens pas à lire sans mes lunettes…

— Nous avons eu une sacrée dispute à ce sujet hier, confia la reine à l'oreille de Dante. Mais les lunettes, pas question : ça fait bas-bleu.

Avoir une fille qui semble instruite et lettrée lui posait apparemment problème.

— Peut-être cela vient-il du weslorien ? hasarda Dante. Ce n'est pas sa langue préférée.

Voilà qui hérissa la reine.

— C'est sa langue natale. Elle aurait dû s'appliquer à la maîtriser.

C'était un comble, étant donné que la reine ne s'était elle-même jamais fatiguée à l'apprendre.

— *Par de*… candidats ? marmonna la princesse avant de loucher en direction de ses notes. Ah, non, pardon : *candreda*.

Elle éloigna la feuille de son visage. Depuis le parterre, Amélia et sa suite pouffèrent. L'assemblée des courtisans s'impatientait, et la pâleur de la princesse s'accentuait.

— *Par de candreda*, balbutia-t-elle.

Lentement, M. DuPree se leva. Les mains dans le dos, il gravit les quelques marches qui menaient à la scène afin de s'entretenir de nouveau avec son élève. Elle se tourna vers lui avec prudence, comme si elle craignait qu'il lui administre un soufflet.

— Pourquoi Amélia n'est-elle pas née la première ? soupira la reine avant de se laisser aller contre le dossier de son siège. Elle est tellement sociable ! C'est dans sa nature d'exceller à ce type d'exercice et…

— Mère, la coupa sèchement Justine. Je t'*entends*.

— Pardon, ma chérie, lança la reine avant de croiser les bras. Continue ! Comment comptez-vous régler le problème, Robuchard ? C'est sans espoir.

C'était loin d'être sans espoir, mais là n'était pas la question : le moment que Dante avait tant attendu était arrivé. Il allait enfin pouvoir mettre à exécution le plan qu'il avait soigneusement conçu, et qui exigeait de pouvoir faire la suggestion suivante à la reine sans paraître impertinent :

— Si Votre Majesté le permet : j'ai bien une idée…

— Laquelle ?

Il se pencha à son oreille, sans toutefois prendre le risque de manquer à l'étiquette, et baissa la voix. Pendant ce temps, M. DuPree s'était installé derrière la princesse. Il l'avait agrippée à la taille pour la positionner correctement face au pupitre.

— Je pense que nous devrions envoyer Son Altesse Royale à Londres afin qu'elle bénéficie des lumières d'une autre femme qui a elle aussi été couronnée bien jeune. La reine Victoria n'avait pas dix-neuf ans lorsqu'elle a accédé au trône : ses conseils nous seraient sûrement précieux.

Les bras de M. DuPree s'agitaient dans les airs pendant qu'il expliquait quelque chose à la princesse.

— De plus, si je puis me permettre, il ne serait sans doute pas inutile de les éloigner du pays, Amélia et elle, le temps que les… que les récents *événements* soient oubliés.

La reine lui jeta un regard oblique.

— Vous faites référence à l'affaire Gustav.

Elle semblait mécontente. Dante veilla à conserver son masque d'impassibilité.

— Nous pourrions faire d'une pierre deux coups. Après tout, nous avons déjà sélectionné pour Justine plusieurs prétendants… Si d'aventure elle séjournait à Londres pour parfaire son éducation, ce serait l'occasion de les lui présenter. Peut-être qu'elle rentrerait en Weslorie fiancée, qui sait ?

— Avez-vous perdu l'esprit, Robuchard ? Des *prétendants* ?

La reine regarda d'abord sa fille sur scène, puis elle se pencha vers l'oreille de Dante.

— Sans que je puisse garder un œil sur elle ? Après tout ce qui s'est passé ? Je ne peux quand même pas laisser mon mari !

Dante s'était attendu à ce que la reine saute sur l'occasion de se distancier de ce que les journalistes avaient, avec leur habituel sens de la litote, surnommé l'*embarras* de la princesse. Était-il possible que la reine soit plus maternelle que ce que Dante avait bien voulu croire ?

Non, cette simple idée avait quelque chose de grotesque.

— Vous conviendrez qu'il serait préférable pour la princesse d'être mariée. Surtout si la question d'une abdication devait de nouveau se poser…

La reine se raidit. Le sujet avait été évoqué entre le roi et elle, comme une lointaine hypothèse… L'hypothèse étant que, si la santé du roi venait à décliner au point qu'il ne puisse plus assurer son devoir, pour le bien de la nation et de la couronne, il lui faudrait céder le trône à Justine.

— Évidemment, jamais je ne me serais permis une telle suggestion sans m'être préalablement assuré que toutes les dispositions seront prises pour satisfaire à la bienséance. Justine serait placée sous la tutelle du conseiller du roi Lord Bardaline et de son épouse.

La reine sembla considérer cette possibilité.

— Lady Bardaline est une femme brillante.

Bien sûr qu'elle l'était. Sinon, jamais Dante n'aurait suggéré son nom. Et, en tant que femme brillante, elle savait ménager ses alliances… Aussi, bien qu'elle soit une proche amie de la reine, elle faisait régulièrement des confidences à Dante.

— Si le roi et vous le permettez, je pense également que nous devrions faire venir du Danemark Lady Lila Aleksander.

Les yeux de la reine s'écarquillèrent. Elle recula sur sa chaise pour regarder le ministre de haut en bas.

— Pardon ?

— Lady Aleksander est une marieuse qui…

— Je sais pertinemment qui elle est, Robuchard.

— C'est la meilleure de tout le continent européen, poursuivit Dante sans se laisser déstabiliser. Elle réalise des prouesses. Grâce à elle, Heinz Jäger, le prince d'Allemagne que tout le monde disait simplet, a trouvé chaussure à son pied. Si elle est parvenue à le caser, *lui*, imaginez ce qu'elle pourrait faire avec Son Altess…

— Êtes-vous en train d'insinuer que marier ma fille relève de l'exploit ?

— Pas du tout !

Il esquissa un geste d'apaisement, tout en s'agonissant intérieurement d'injures.

— Mais, puisque la princesse est appelée à devenir reine, la mission exige du doigté. Son futur époux devra posséder une certaine stature afin de la soutenir dans sa fonction. Vous avez déjà, bien sûr, quelques noms en tête..., dit-il dans l'espoir de faire croire à la reine qu'elle avait encore la main. Ce dont vous avez besoin, en revanche, c'est d'une opportunité que la princesse rencontre ces messieurs et forme un attachement avec l'un d'entre eux.

— On ne peut recourir à une *marieuse*, Robuchard ! chuchota la reine avec emphase. Que vont penser les gens ? Que ma fille a un problème !

— C'est pour éviter cela que je vous propose de bénéficier des services de Lady Aleksander *pendant* que la princesse séjourne en Angleterre. Elle veillera à ce que celle-ci rentre en Weslorie avec le fiancé idoine, prêt à la guider dans sa mission. Tout le monde sera gagnant.

La reine ouvrit la bouche pour protester, puis la ferma et regarda en direction de la scène, où M. DuPree et Justine avaient entamé un pas de deux navrant : plus l'instructeur approchait de la princesse, plus celle-ci reculait.

— Amélia doit-elle impérativement faire partie du voyage ?

Oui, trois fois oui, cette petite enquiquineuse le devait *impérativement.*

— La princesse Amélia est la plus proche compagne de la future reine. Par ailleurs, elle aussi bénéficiera grandement de cette expérience.

M. DuPree ayant terminé de donner ses directives, il regagna une fois de plus le parterre d'un pas alerte, et la princesse redressa la tête.

— Vous vous rendez compte que leur père ne passera peut-être pas l'été ? chuchota la reine.

— Raison de plus pour nous hâter, Votre Majesté. L'héritière de la couronne aura besoin de s'appuyer sur son mari, que ce soit durant son deuil ou lors de la cérémonie d'intronisation, ou encore lorsqu'elle prêtera serment devant le peuple. La nation tout entière sera rassurée de constater que sa souveraine a trouvé un homme pour régner fermement sur son cœur et sur son être.

La reine renâcla.

— Il me semble que vous surestimez grandement le pouvoir qu'un époux peut avoir sur *le cœur et l'être* d'une femme, mais je vois l'idée. Elle n'est pas mauvaise, après tout. Comment solliciter Victoria ?

Dante manqua de bondir de son fauteuil pour pousser un cri de victoire.

— Je l'ai déjà contactée, Votre Majesté.

La reine plissa les yeux, comme pour le sonder.

— Vraiment ? demanda-t-elle d'une voix traînante. Et quelles garanties avons-nous que Lady Aleksander suivra bien nos directives ?

Sa Majesté aurait dû savoir, depuis le temps, que Robuchard plaçait toujours habilement ses pions sur l'échiquier politique. Il avait conçu son plan avec soin, étape par étape, et s'était assuré que Lady Aleksander l'observerait à la lettre. En sus, il s'était chargé de trouver un espion à la cour qui lui ferait régulièrement, en toute confidence, un rapport détaillé.

— La notoriété qu'elle acquerra par son succès est une raison bien suffisante de nous offrir sa fidélité, croyez-moi. Par ailleurs, les télégrammes existent, et j'ai d'ores et déjà des yeux et des oreilles postés à Londres. Nous serons avertis des moindres faits et gestes de la future reine ; nous saurons même si elle boit bien son verre de lait quotidien.

Les yeux dirigés vers la scène, la reine se mordillait la lèvre inférieure en fixant sa fille. Cette dernière venait de quitter son pupitre pour interpeller M. DuPree.

— Vraiment, monsieur, je pense qu'il serait plus simple de m'autoriser à porter mes lunettes…

— Je suis désolé, votre Altesse, mais je ne pense pas que les lunettes soient recommandées en de pareilles occasions.

La princesse insista, non sans faire preuve d'un certain bon sens :

— C'est moi qui suis désolée, monsieur, mais je pense au contraire qu'elles sont indispensables puisque l'occasion requiert *que je sois capable de lire…*

— Peut-être pourriez-vous réciter votre discours ? Cela vous laisserait la latitude de vous concentrer sur vos intonations.

La princesse Justine leva les yeux au ciel et grogna :

— Quel est le problème, au juste ? J'ai besoin de lunettes pour lire. C'est assez commun, non ?

La princesse Amélia et sa bande de lapereaux plaquèrent leur main à la bouche pour étouffer leurs gloussements.

— *Jæ*, lança la reine Agnès avec un soupçon d'effronterie. *Jæ*, Robuchard : je pense que nous allons mettre à exécution votre plan.

Chapitre 2

Londres, Angleterre
Quatre mois plus tard…

La soirée de la veille s'était transformée en bacchanale, et William était en train d'en payer le prix. Maudit Beck ! Dix ans plus tôt, William se serait imbibé toute la nuit avec délices en compagnie de son camarade pour se réveiller avec la fraîcheur de la rose… Qu'il était loin, le temps où il pouvait boire des heures durant ! Aujourd'hui, son corps entier le faisait souffrir.

Chaque fois qu'il venait à Londres, c'était la même chose. Il ne pouvait s'en prendre qu'à lui-même. Puisque son vieil ami Beckett Hawke, le comte d'Iddesleigh, s'était marié et avait fondé une famille, on aurait pu penser qu'il en serait fini de leur débauche d'antan… Que nenni !

William avait prévu de se mettre au lit de bonne heure afin d'aborder la journée à venir bien reposé. Il savait qu'il lui faudrait toute sa vivacité d'esprit pour affronter ce qui l'attendait. Il était parti du principe, apparemment erroné, qu'un dîner dans Upper Brook Street ne s'éterniserait pas. Les quatre filles de Beck, élevées sans qu'aucune forme de discipline ne soit exercée sur elles, requerraient après tout une armée de domestiques, menée tambour battant par le couple parental, pour être repoussées jusqu'à leurs chambres à l'heure du coucher…

Mais l'épouse de Beck, l'inénarrable, l'appétissante Blythe Northcote Hawke avec son inimitable chevelure rousse, avait déposé la marmaille à Honeycutt House, où l'oncle Donovan, un célibataire endurci, résidait la plupart du temps. Donovan, avait-elle confié à Will avec joie, les garderait pour la nuit et leur raconterait de terrifiantes histoires de fantômes. Sa gaieté provenait, non de la perspective que, durant les deux semaines à venir, les enfants refusent de dormir dans leur lit, mais bien du fait que, pour une soirée au moins, Beck et elle pouvaient se comporter de façon parfaitement irresponsable.

Pour se montrer à la hauteur de l'événement, ils avaient convié les compagnons de débauche de Beck, les tristement célèbres Lord Montford et Sir Martin.

William aurait dû se rendre compte dès l'instant où il avait mis les pieds dans le salon des Hawke qu'il allait au-devant de graves problèmes. Il aurait dû battre en retraite à l'instant où Beck avait dégainé son « délicieux scotch », qu'il s'était apparemment procuré dans un « repaire de contrebandiers ». Mais il était resté et, en moins de temps qu'il n'en faut pour dire « ouf », Ewan MacDuff s'était présenté à la porte pour le raccompagner. Il était alors quatre heures du matin.

Voilà pourquoi il se trouvait à présent en train de fixer de ses yeux fatigués l'imposante façade, s'élevant sur trois niveaux, de Prescott Hall. Il détestait les matinées comme celle-là. Chacun de ses os semblait avoir été secoué durant le trajet de sa maison jusqu'à Mayfair. Sa terrible migraine ne s'était pas améliorée en chemin.

Il enleva ses gants, son chapeau, puis passa la main dans ses cheveux. Il ne manqua pas de remarquer la grimace d'Ewan – le valet tirait un certain orgueil de sa fonction et, bien qu'il n'eût pas brossé en personne les cheveux de son maître, il considérait que ceux-ci faisaient partie intégrante de son allure : par conséquent, ils relevaient de sa responsabilité.

William se détourna du visage réprobateur que lui offrait le domestique. Son regard se dirigea vers le jeune palefrenier qui s'était avancé pour parquer les chevaux. William s'apprêtait à descendre de sa monture quand ses yeux se posèrent de nouveau sur la maison – quoique « maison » ne fût pas le bon terme pour désigner cet édifice tentaculaire au luxe ostentatoire ; l'une des nombreuses propriétés du duc de Beauford, et l'une des rares à être assez spectaculaires pour accueillir une future reine et sa suite. Il avait entendu dire que les jardins étaient extraordinaires. Il aurait aimé les découvrir. Comme il aurait été agréable d'y déambuler en laissant le soleil dissiper la brume qui enveloppait son esprit ! Hélas, il n'en aurait pas le temps : William comptait écourter sa visite afin de rentrer le plus rapidement possible chez lui, dans Arlington Street. Là, il demanderait à Ewan de lui faire couler un bain brûlant. Il méditerait ensuite sur les raisons qui pouvaient expliquer que, dans un monde aux perspectives pourtant vastes, il se retrouve systématiquement dans la même situation.

D'aucuns auraient pu arguer que William Douglas d'Écosse, marquis de Douglas et de Clydesdale, futur duc de Hamilton et de Brandon, tenait sans doute à l'âge vénérable de trente-trois ans les rênes de son existence…

Rien n'aurait été plus éloigné de la vérité. Plus William vieillissait, plus il semblait perdre le contrôle de sa destinée. Sa sœur Susan avait raison : à l'heure actuelle, il aurait dû être marié et avoir des enfants. Il aurait dû être devenu l'un de ces gentlemen habiles de leurs mains qui vivent à la campagne, avec la peinture pour hobby, le décompte des moutons pour unique préoccupation et la lecture de poésie comme sacerdoce conjugal. Seulement voilà, il était célibataire, avait passé le plus clair de ces dix dernières années à l'étranger, et on avait requis de lui – non, on avait exigé – qu'il couve une fichue princesse d'un quelconque pays d'Europe.

Le palefrenier ne cessait de jeter des coups d'œil à Ewan, remuant les sourcils pour poser sans un mot la question qui l'agitait : que diable attendait-on, exactement ? Ewan ajusta son gilet, tira les godets de sa chemise des manches de sa redingote, et répondit par un regard qui signifiait qu'il n'en savait strictement rien.

— Très bien, très bien ! leur lança William, ayant surpris leur manège.

Il descendit de cheval et fit signe à ce palefrenier impatient de s'emparer des rênes. D'un autre geste, il indiqua à Ewan de passer devant pour annoncer son arrivée.

Ewan étant de ces individus qui ne se sentent à leur aise qu'occupés, il se précipita vers l'entrée. Massif, il dépassait son maître – que ce soit en hauteur ou en largeur – et, quand il gravit avec empressement les marches pour se poster devant la double porte, celle-ci dut se croire victime d'un tremblement de terre : le valet tambourinait avec tant de force que William l'entendit depuis l'allée.

Le marquis remit ses gants mais pas son chapeau. Il tourna le visage en direction du soleil postméridien. Bon

Dieu ! Une tasse de thé suivie d'une sieste n'aurait pas été de refus. « Allez, rien qu'un dernier verre »... Quelle blague !

Il embrassa du regard le parc devant lui. Le gazon était parfaitement entretenu, même là où des moutons paissaient en contrebas de la maison. Il en était de même des arbres majestueux qui bordaient l'allée principale – des noisetiers, lui sembla-t-il. Ils lui rappelaient les innombrables coudriers que son père avait plantés sur les terres de Hamilton, en Écosse, il y avait des années de ça.

Père. C'était sa faute si William se trouvait ici. Un mois plus tôt, il avait convoqué son fils par un télégramme expédié de Paris – « Viens au plus vite ». Naturellement, William avait pensé que son géniteur était souffrant, engagé dans un combat sans merci contre la Faucheuse. Puis il avait craint que son père ne meure, l'ensevelissant du même coup sous les dettes et sous l'écrasante responsabilité que représentait le palais de Hamilton. William serait devenu duc, et seul survivant des prétendants au trône d'Écosse – aux dires de son père –, coincé pour toujours à Lanarkshire... Privé de vie sociale.

Mais il s'avéra que son père était tout ce qu'il y a de plus vivant, et tout ce qu'il y a de plus ravi de le voir. Vêtu d'une robe de chambre alors qu'il était deux heures de l'après-midi, il avait serré son fils dans ses bras, lui avait offert d'affectueuses tapes dans le dos, avant de faire remarquer à son rejeton que celui-ci semblait avoir pris un peu de poids.

Le patriarche avait ensuite discouru sur toutes sortes de sujets. La brebis qu'il avait acquise au marché, la tourte au poulet que la cuisinière avait concoctée pour le souper. Il avait fait part à William, non sans enthousiasme, de ses projets d'agrandissement pour le palais, avant de l'informer que sa mère était partie rendre visite à sa sœur, que Susan avait séjourné à Hamilton avec ses enfants la semaine précédente et que le pauvre petit Arthur s'était perdu dans la maison. Ils l'avaient cherché une bonne partie de la journée et avaient fini par le retrouver, en larmes, dans le salon bleu.

Oui, aucun doute : le duc se portait comme un charme. S'il avait convoqué son héritier en urgence, c'était parce qu'il se trouvait dans une situation financière délicate.

Une fois de plus.

William adorait son père. Il appréciait sincèrement la compagnie de ce vieil homme toujours prêt à rire un bon coup. Bien que fantasque, son géniteur était capable de prendre certaines choses au sérieux, à commencer par Hamilton. Il n'avait au fond qu'un seul défaut – bon, deux, en réalité ; William et Susan s'accordaient à dire que les incessantes allégations selon lesquelles il était le véritable héritier de la couronne écossaise, fondées sur des recherches généalogiques qu'il avait menées lui-même, étaient à considérer avec prudence, pour le dire gentiment. Mais sa principale faiblesse résidait dans son inaptitude à gérer son argent, une inaptitude… totale. Lorsqu'on en venait aux finances, cet homme était incapable du moindre bon sens ; pire, il devenait irrationnel. Plus d'une fois, il avait failli ruiner la légendaire lignée des Hamilton.

Un simple coup d'œil au somptueux palais, scandaleusement imposant, que son père avait pourtant passé sa vie à agrandir, suffisait à donner une idée du problème. La construction, monumentale, n'avait rien à envier à Buckingham Palace. Son entretien nécessitait des sommes monstrueuses. Aujourd'hui encore, son père en poursuivait l'expansion ! Cette demeure était la raison pour laquelle les coffres étaient vides. William avait même été contraint de vendre le navire qu'il s'était payé avec ses propres deniers, gagnés grâce à des placements à risque, afin d'éponger une partie des dettes paternelles.

Évidemment, tout le monde en Angleterre prenait William pour le dépensier, le panier percé, l'inconscient qui finirait par mettre la famille entière sur la paille quand, en réalité, c'était lui qui avait les pieds sur terre !

Un mouvement perçu du coin de l'œil attira son attention : William tourna la tête. Il vit, sur un carré de pelouse, dans le prolongement de la maison, deux silhouettes vêtues de tenues d'escrime, la tête protégée par un masque. Son intérêt piqué, il s'approcha.

Le coin d'herbe était surplombé d'une terrasse depuis laquelle trois gentlemen, debout, observaient le combat. Celui-ci n'était pas équitable en termes de gabarit – l'un des adversaires était plus imposant que l'autre –, mais le plus menu des deux, qui était aussi le plus offensif, poussait son opposant dans ses retranchements. Déséquilibré, le grand transféra son poids sur ses talons. William grimaça. Il n'était certes pas féru d'escrime, mais il savait reconnaître un jeu de jambes lourdaud quand il en voyait un.

Il offrit encore une fois son visage au soleil, ayant perdu le fil de ses pensées. Où en était-il, déjà ? Ah ! oui : la dernière catastrophe en date causée par son père.

Malgré les avertissements de William, il n'en avait fait qu'à sa tête et avait investi dans le charbon weslorien. Il avait été appâté par le nouveau Premier ministre du pays, Dante Robuchard, une vague connaissance de la famille – si l'un des deux possédait bien un titre et était à la tête d'une fortune, l'autre avait tendance à apparaître dans *tous* les salons où se réunissaient justement les détenteurs d'un titre et d'une fortune.

Robuchard était un homme ambitieux. Si ambitieux qu'il avait réussi à convaincre un duc écossais fortuné d'investir une somme considérable, ce qui, de l'avis de William, était sa stratégie pour maintenir à flot l'économie de toute la Weslorie. À présent – comme l'en avait informé son père –, il y avait des inquiétudes concernant l'avenir immédiat de cet investissement et la prospérité du royaume. Le roi était mourant. La future reine avait été compromise par un gredin. Elle serait couronnée d'ici quelques mois, et Robuchard craignait un soulèvement populaire si elle entrait en fonction sans un mari à ses côtés.

— D'après ce que j'ai compris, c'est une véritable cervelle de moineau, avait expliqué le duc à son fils. Notre placement pourrait être perdu.

William avait dû se retenir pour ne pas rappeler à son père qu'il ne s'agissait en aucun cas de *leur* placement.

Que la princesse Justine, de la dynastie des Ivanosen, ait été impliquée dans un *scandaleux incident* ne surprenait guère William. Il n'avait pas oublié qu'ils avaient eux-mêmes essuyé un *incident*, huit ans auparavant, à Londres. Quand il s'était enquis auprès de son père de ce que l'actuel embarras de la jeune fille avait à voir avec lui, ce dernier lui avait offert l'un de ces sourires contrits qui signifiaient qu'il était sur le point de demander une grosse faveur. Durant les semaines à venir, expliqua-t-il, la princesse serait à Londres pour rencontrer des prétendants. Il avait besoin que William reste dans les parages et surveille la situation pour… pour faire un petit rapport hebdomadaire à Robuchard. Un minuscule service. Une tâche toute bête.

William avait d'abord été frappé de stupeur. Les mots refusaient de s'articuler entre eux. Rester dans les parages et surveiller la situation ?

Alors son père lui avait expliqué, de nouveau. Il fallait *absolument*, avait-il insisté, que quelqu'un tienne Robuchard au courant.

— Non, avait tout bonnement répondu William à cette requête outrageante. Pas question, père. Je ne suis pas nourrice.

Il connaissait la procédure ; le grand nombre d'intermédiaires qui devaient être consultés et satisfaits quand on en venait à des mariages de cette importance. Quelle pouvait bien être sa place dans une telle mécanique ? N'existait-il pas des hommes de confiance, en Weslorie ?

Puisqu'il était là, à Londres, rendant visite à la princesse, tout portait à croire qu'il avait fini par céder. Quand il était devenu clair que son père ne lâcherait pas le morceau, William avait émis un grognement.

— Combien de temps ?

Son père avait poussé dans son assiette le gigot d'agneau qu'il était en train de savourer et avait essuyé ses mains sur une serviette en lin décorée d'un « H » brodé à chaque coin.

— Jusqu'aux fiançailles de la jouvencelle.

— Par Dieu ! avait explosé William. Cela pourrait prendre des semaines ! Des mois !

— Des mois, avait confirmé son père en toussotant l'air de rien. Mais elle sera de retour en Weslorie au plus tard à la fin de l'année : le roi n'en a plus pour longtemps.

— Je ne le ferai pas, avait rétorqué William avec conviction.

— Dois-je te rappeler, demanda son père tout en

arrachant un bout de chair de l'os du gigot, la faveur que *je* t'ai faite ?

William grogna de nouveau, cette fois douloureusement.

— Non, tu n'en as pas besoin.

Hélas pour les Hamilton, le duc n'était pas le seul à avoir pris de mauvaises décisions. Par sollicitude, William avait mis le nez dans les affaires privées d'une jeune femme... Et bien sûr, suite à une série de choix regrettables, ces affaires privées s'étaient transformées pour le marquis en fardeau financier. Voilà comment il était récompensé pour avoir fait ce qu'il estimait juste : il était promu nounou.

Ewan jaillit comme un diable de sa boîte, le faisant sursauter.

— Bon sang, Ewan ! protesta Lord Douglas en rajustant son gilet d'un coup sec. Alors, qu'est-ce qui se passe ?

— Vous pouvez entrer, milord.

— Entrer ? Qu'est-ce que cela signifie ? Qu'en est-il de la princesse ?

— Son Altesse Royale va être avertie de votre présence.

William soupira.

— Vous avez bien dit que j'étais le marquis de Doug...

— Si fait, milord, je l'ai dit.

William étudia le valet avec perplexité.

— A-t-on bien compris que...

— Si fait, milord, il semble que oui.

William fronça les sourcils.

— Très bien.

La princesse avait intérêt à le recevoir, étant donné le chemin qu'il avait parcouru ! Il pivota, et ses yeux tombèrent de nouveau sur les deux bretteurs. La situation avait dégénéré, depuis son dernier coup d'œil. Le plus costaud était au sol, la pointe du fleuret menaçant sa pomme d'Adam ; le plus fluet le tenait en joue.

William se posta face à l'entrée de Prescott Hall et se prépara mentalement à revoir la princesse, huit ans après leur dernière rencontre. Il gardait le souvenir d'une petite personne vaniteuse et malpolie. Jolie, dans le genre planche à pain. Ah ! et cette drôle de mèche blanche dans les cheveux, marque de la famille royale de Weslorie. Ils l'avaient tous, même si sa position variait ; une longue strie d'un blanc éclatant, rétive à la pigmentation. Étrange.

Quel avait été son âge, à l'époque ? Seize ans, peut-être dix-sept ? Assez grande en tout cas pour accompagner ses parents à Londres. Mais suffisamment jeune pour affirmer – il s'en souvenait bien – que, lorsqu'elle serait reine, elle donnerait un bal par semaine. Voilà ce qui arrivait, quand on laissait des enfants accéder au pouvoir. Leurs préoccupations se bornaient aux poneys et au nombre de fêtes qu'ils pourraient organiser.

Il fallait en finir, et au plus vite. William s'élança vers l'entrée de la demeure, de façon si soudaine qu'Ewan faillit perdre l'équilibre en tentant de le rattraper.

La princesse et lui s'étaient justement rencontrés à un bal. Ils avaient dansé ensemble, deux fois, et coup sur coup encore, ce qui était déjà suffisamment scandaleux en soi – mais elle avait décrété qu'elle voulait deux danses, et il n'avait pas osé décliner, cela aurait été malpoli. Pour tout dire, elle l'avait amusé, cette fille ne se gênant pas pour lui donner des ordres. Elle portait une robe bleu pâle, près du corps, comme l'exigeait le style d'Alucie ou de Weslorie. Il appréciait ce genre d'atours sur une vraie femme. Sur cette gamine osseuse ? Peu seyant.

Il l'avait revue à une réception, cette fois dans la même

maison d'Upper Brook Street dont il venait seulement de s'extirper après une nuit de débauche. C'était Beck qui lui avait remis l'incident en tête : une légère anicroche survenue durant un jeu de chaises musicales, alors que les Hawke recevaient pour Noël. On avait fait porter le chapeau à William, bien entendu. Peut-être avait-ce été entièrement sa faute, mais, si tel était le cas, il ne s'en souvenait pas. À sa décharge, l'absinthe qu'il avait absorbée ce soir-là lui avait embrumé la mémoire. Il avait rapporté ce breuvage de France pour l'offrir à son hôte. Le spiritueux avait coulé à flots, entraînant dans son sillage un inévitable chaos.

Le principe du jeu était le suivant : dix adultes faisaient la ronde autour de neuf chaises disposées en cercle, au son d'une musique. Lorsque les instrumentistes arrêtaient de jouer, tout le monde devait s'asseoir. Celui qui restait debout était éliminé. Puis on enlevait un siège et la procession recommençait.

La dispute avait éclaté lors d'une manche où s'affrontaient William, la princesse et un troisième larron dont il avait oublié l'identité. La princesse s'était montrée insolente tout le long du jeu et William, en représailles, avait fini par la repousser d'un coup de hanche afin de gagner sa place en finale. Elle avait poussé un cri strident ; il avait fait la remarque qu'il s'imaginait ainsi le cri de la banshee[1]. Quelqu'un avait dû expliquer à la petite étrangère ce qu'était une banshee, après quoi elle avait tourné un joli minois empreint d'une rage homicide vers William, après quoi ils s'étaient disputés et, certes, *certes*, le marquis aurait pu

1. Personnage issu du folklore anglo-saxon, une banshee est une femme vêtue de blanc, d'aspect fantomatique, qui par ses hurlements perçants annonce la mort. (NdT)

s'abstenir. Mais était-il vraiment nécessaire que Beck le jette dehors à coups de pied dans le derrière ?

William atteignit l'escalier et grimpa les marches quatre à quatre, chaque foulée le rapprochant un peu plus de la petite jeune fille. Plus vite il en aurait fini, plus vite il pourrait se plonger dans un bon bain.

Ewan, qui avait eu du mal à garder le rythme, probablement parce qu'il était lesté par dix années de plus et au moins autant de kilos, n'avait pas encore repris son souffle lorsqu'il rattrapa William en haut des marches. Il frappa néanmoins une nouvelle fois à la porte. Un valet de pied en livrée lui ouvrit.

— Son Excellence… le marquis… de Douglas, haleta péniblement Ewan.

Le domestique s'inclina, avant de reculer d'un pas, les invitant à entrer dans le spacieux vestibule.

William s'exécuta et remit au valet de pied son chapeau et ses gants. Un autre laquais fit son apparition et proposa à William de le suivre jusqu'au salon. La pièce en question était rose et blanche, agrémentée de rideaux de velours rose que retenaient des embrasses à pompons dorés. On se serait cru dans une bonbonnière.

Une paire de fauteuils recouverts d'un brocart floral était disposée au centre de la pièce. Le tapis, que William remarqua en avançant encore de quelques pas, était épais et de la couleur de l'herbe. Ses yeux se posèrent sur le tableau couronnant une cheminée dont le manteau était plus haut que lui. Il représentait une femme, de dos, vêtue d'une robe noire et blanche. Le visage tourné, elle adressait à celui qui la regardait un sourire modeste tandis qu'un couple d'épagneuls s'ébrouait à ses pieds.

Un bruit venu des jardins attira l'attention de William.

Il se dirigea vers une double porte-fenêtre qui ouvrait sur le carré d'herbe où, plus tôt, s'était déroulé le combat d'escrime. Les spectateurs s'en étaient allés. À présent, seuls les deux adversaires se trouvaient là. Le plus imposant, apparemment l'instructeur malgré son jeu de jambes, dispensait ses conseils à l'autre.

Un nouveau son, cette fois en provenance du salon. Le marquis tourna la tête à droite, juste à temps pour apercevoir quelqu'un – ou quelque chose ? – disparaître derrière un rideau. Qu'est-ce que c'était que ces enfantillages ? Il avança pour tirer la tenture et tomba nez à nez avec une jeune femme. Elle lui semblait familière... Mais ce ne pouvait être la princesse : elle n'avait pas les yeux dorés. Ses cheveux étaient blonds : ceux de la princesse, châtain foncé. Les sourcils de William se froncèrent. Il se sentait perdu.

— Je vous prie de m'excuser..., hasarda-t-il.

Se pouvait-il qu'il ait gardé de Justine une image trompeuse ?

La jeune femme se hissa sur la pointe des pieds, approcha son visage du sien, inclina légèrement la tête et sourit avec coquetterie.

— Vous ne vous souvenez pas de moi ? lança-t-elle avec un soupçon de reproche et d'accent dans la voix.

En tout cas, il ne se souvenait pas d'elle *avec exactitude*, et le fait que sa mémoire puisse le trahir de la sorte le laissait perplexe.

— Si, bien sûr. Mais je...

— Monseigneur.

William fit volte-face : un homme venait de faire son entrée par la terrasse. C'était un gentilhomme de Weslorie, à en juger par son habit – un long manteau aux revers duquel se trouvait une touche de vert. C'était l'une des curieuses coutumes de Weslorie, cette habitude de toujours arborer un élément vert forêt, comme les Écossais portent le tartan.

— Vous ne vous souvenez *pas* de moi.

La jeune femme, visiblement heurtée, avait continué, imperturbable, comme si personne ne les avait interrompus. William se tourna vers elle, l'air pensif.

— Nous nous sommes rencontrés lors de mon dernier séjour à Londres. Cela vous revient-il, maintenant ?

Elle battit des cils et ses yeux bruns plongèrent dans les siens.

— Il me semble…

— Monseigneur ! insista le gentilhomme weslorien.

Et cette fois, lorsque William pivota vers la porte-fenêtre, il découvrit avec surprise que l'un des escrimeurs avait fait son entrée. Après un instant d'hésitation, le duelliste fondit sur lui, et William se prépara mentalement à parer le coup.

Mais quelque chose se mit à le travailler, dans une zone endormie de son cerveau. Quelque chose en lien avec l'attirail du bretteur. Ou plutôt, avec les courbes qu'on devinait sous l'attirail. Ou, plus exactement encore, avec le corps que William ne pouvait s'empêcher d'imaginer, sous l'attirail. Les pantalons avaient beau ne pas être près du corps, lorsque l'escrimeur bougeait, on se rendait bien compte qu'il s'agissait d'une femme. Hanches voluptueuses surplombant deux longues jambes. Veste cintrée sur taille de guêpe. Épée rebondissant sur un mollet galbé.

Cette silhouette appétissante appartenait à… à la personne qu'il avait vue tenir son opposant en respect à la pointe de son fleuret, un peu plus tôt.

— Permettez-moi de vous présenter Lord William

Douglas, de Hamilton, marquis de Douglas et de Clydesdale, déclara le gentleman à l'épéiste.

Celui-ci, en guise de réponse, retira son masque. Une épaisse tresse d'un châtain profond en jaillit, se déroulant par-dessus l'épaule. La mèche blanche – jamais William n'aurait dû douter de sa mémoire – se détachait comme dans son souvenir. Mais la chevelure dans son ensemble lui semblait plus lourde qu'alors, plus luxuriante. Ce n'était pas l'adolescente qui vivait dans un recoin de son esprit, que William contemplait : c'était une femme, une vraie, tout en courbes, en rondeurs et en lèvres pleines. Ses épais sourcils s'arquèrent dans une expression de surprise et, Seigneur ! quelque chose s'agita dans la poitrine de William, quelque chose d'agaçant et de déconcertant.

Le fait que ce soit la princesse Justine qui se cache sous ce costume lui arracha un sourire. Un sourire en coin, certes, mais un sourire quand même. Eh bien ! elle avait grandi. Oh ! que oui, c'était bien Son Altesse Royale – William l'aurait reconnue dans n'importe quelles circonstances.

— Je sais très bien qui est ce monsieur, je vous remercie, répondit-elle d'un ton enjoué au gentleman avant de lui fourrer son masque dans les bras, avec une telle vigueur – cela n'échappa pas à William – qu'il en eut le souffle coupé.

Le marquis esquissa une révérence.

— Votre Altesse Royale, bienvenue en Angleterre.

La demoiselle qu'il avait découverte derrière les rideaux le dépassa tranquillement pour aller se poster aux côtés de la princesse. Les deux l'examinèrent ensuite avec curiosité. Comment avait-il pu les confondre ? Il s'agissait évidemment de la princesse Amélia, sa jeune sœur.

— Vous avez bien grandi, lâcha William sans réfléchir – et donc sans filtrer ses pensées.

Les deux jeunes femmes échangèrent un même regard.

— Et vous avez… épaissi, remarqua Justine.

Épaissi ? Le tailleur, qui venait tout juste de lui confectionner le costume qu'il portait là, lui avait certifié qu'il avait parfaitement la ligne !

— Il ne se souvient pas de moi, déclara la princesse Amélia en croisant les bras.

Tout comme sa sœur, elle était plus grande que la moyenne, et elle possédait elle aussi une mèche blanche. Mais, comme elle était blonde, celle-ci se fondait davantage dans l'ensemble.

— Je vous prie de m'excuser, Votre Altesse Royale. Bien du temps a passé, depuis notre dernière rencontre.

La princesse Amélia renifla d'un air méprisant.

— Si je puis me permettre, intervint le gentleman avec une révérence, je suis le lord-chambellan de Son Altesse Royale, Lord Bardaline. À votre service.

Les deux princesses roulèrent des yeux parfaitement synchrones.

— Comment allez-vous ? s'enquit William, tout en ayant une conscience aiguë de la façon dont la princesse Justine le détaillait de son regard pénétrant.

— Êtes-vous venu seul ? Ou avez-vous amené vos amis ? lui demanda Amélia à brûle-pourpoint.

— Excusez-moi ?

Mais Justine posa la main sur le bras de sa sœur pour lui intimer le silence.

— Sans doute vaudrait-il mieux vous demander *pourquoi* vous êtes venu…

Amélia soupira, joignit les mains derrière son dos et

glissa jusqu'à l'autre bout de la pièce pour examiner la peinture. Bardaline ne la quittait pas des yeux.

Ceux de Justine restaient accrochés à William, un sourcil haussé en signe de perplexité. Pour quelle raison ? Sûrement était-elle au courant de sa venue. Ou y avait-il eu erreur ? Peut-être qu'elle l'attendait un autre jour. À moins que, avec un peu de chance, son père ait compris de travers : personne n'espérait de lui qu'il joue les nourrices, en définitive. De tels malentendus étaient légion dans la famille. Mais, comme souvent, William se tira une balle dans le pied en demandant :

— N'étais-je donc point attendu ?

Les deux sourcils se joignirent pour former un « v » mécontent.

— Certainement pas par *moi*, monseigneur.

Qu'est-ce que c'était que cette plaisanterie ? Personne ne l'avait donc avertie ?

— Votre Altesse Royale ?

Bardaline avança d'un pas, avec un sourire tellement forcé et tellement douloureux qu'il aurait mieux valu qu'il s'abstienne de toute expression faciale.

— Peut-être préféreriez-vous recevoir Lord Douglas à l'heure du thé ?

William manqua de s'étouffer. Il n'avait aucune intention de s'éterniser jusque-là ! Le thé ne serait pas servi avant des *heures*. Et son bain brûlant, alors ? L'idée était qu'il vienne, la salue, lance quelques banalités puis s'en retourne !

— Merci, mais je ne voudrais pas…

— *Jæ*, répondit-elle avant que William ait eu le temps de finir sa phrase. Je souhaite me changer d'abord.

Et sur ce, elle pivota puis sortit du salon, sans même chercher à savoir si cela convenait à William. Sans la moindre formule de courtoisie ! Sans, par exemple, s'enquérir de sa santé, et qu'avez-vous-fait-de-beau-ces-huit-dernières-années, ce genre de choses. Le fleuret balançait contre son mollet alors qu'elle se retirait, ses hanches chaloupant avec une féminité si évidente que William déglutit.

La princesse Amélia bondit à sa suite comme un chiot.

William regarda Bardaline et remarqua que ce dernier ne semblait pas surpris par le départ abrupt, seulement contrarié. Il désigna la porte sans conviction.

— Si monsieur veut bien me suivre.

William hésita. Il avait l'étrange pressentiment d'être sur le point d'entrer dans la fosse aux lions. Pourtant, loin de passer en revue toutes les excuses dont il aurait pu se servir pour se tirer de là, son esprit restait obnubilé par le souvenir de la princesse Justine s'éloignant.

Et, comme on va à l'abattoir, il suivit Lord Bardaline.

Chapitre 3

Amélia était terriblement vexée que Douglas ne se souvienne pas d'elle. Dans l'univers d'Amélia, être insignifiante était pire encore qu'être morte et enterrée. Elle trottait dans l'escalier derrière Justine, qui était plus rapide qu'elle, et n'en revenait pas.

— Comment *peut*-il ne pas me remettre ? Il ne va quand même pas me faire croire qu'il croise des princesses tous les jours ?

Justine ne prit même pas la peine d'expliquer à Amélia qu'elle avait considérablement grandi depuis sa dernière visite à Londres, tant elle-même était consumée par la rage. Elle se sentait à deux doigts d'exploser. Bardaline, le fourbe, avait interrompu son entraînement d'escrime pour l'avertir qu'elle avait un visiteur, un envoyé de Robuchard. Cette précision lui avait instantanément mis la puce à l'oreille, avant de la hérisser, car Robuchard n'était pas en reste question fourberies. Même à des milliers de kilomètres, il trouvait encore le moyen de s'immiscer dans sa vie !

Mais quand elle avait vu *qui* était l'*envoyé* de Robuchard, elle avait failli faire une syncope.

Bardaline aurait pu l'avertir. *N'importe qui* aurait dû l'avertir ! Mais non, ils avaient décidé de la surprendre, ce qui signifiait qu'elle ne pourrait se soustraire à sa prochaine rencontre avec cet homme. Cela cachait quelque chose... Eh bien ! pas question qu'elle joue leur jeu, à tous. Elle se rappelait parfaitement Douglas, *elle*, et sans une once de nostalgie.

Voilà que son esprit cavalait plus vite encore que ses pieds. Pourquoi Robuchard l'avait-il envoyé ? Pourquoi *lui* ? Quel était son but ?

— Justine ! Tu ne m'écoutes pas !

Amélia faisait la moue alors qu'elles foulaient le tapis du couloir menant aux appartements de Justine. Une bonne s'écarta vivement de leur chemin et esquissa une révérence sur leur passage. Justine ne la remarqua pas. Elle était bien trop occupée à planifier l'incandescente, la spectaculaire mort de Bardaline, *lord-chambellan de Son Altesse Royale*, comme il l'avait annoncé dans une pitoyable tentative de se faire passer pour autre chose qu'un garde-chiourme.

Elle poussa la porte de son dressing et appela Séviana, sa femme de chambre. La fille sortit de la pièce adjacente à une telle allure que son petit chapeau de dentelle manqua de dégringoler de son crâne malgré l'épingle qui l'y attachait.

— Que puis-je faire pour vous, Votre Altesse Royale ?

— Je dois m'habiller.

Justine commença à défaire les boutons de sa veste d'escrime.

— Avec une toilette... J'ignore laquelle, mais une toilette éblouissante. Est-ce que je possède une toilette éblouissante, Sévie ?

— *Jæ*, madame, vous en possédez même un certain nombre.

— Éblouissante ! rit Amélia en se laissant tomber sur

le tas de soieries bruissantes posé sur la méridienne. Ce n'est que le thé !

— Puis-je suggérer la bleue et blanche ? s'enquit Séviana.

— Mais oui !

Justine adorait cette robe. Elle venait de Paris.

— Exactement ce que je voulais, merci, Sévie.

Elle s'extirpa de sa veste d'escrime d'un mouvement d'épaule et la jeta négligemment sur le dossier d'une banquette alors que Séviana allait chercher sa tenue. Elle aperçut son reflet dans le miroir de la coiffeuse.

— Par pitié, mon Dieu, faites quelque chose pour mes cheveux…

— Mais qu'est-ce qui t'arrive ? Pourquoi est-ce que tu te comportes comme si tu étais sur le point de rencontrer quelqu'un d'encore plus important que la reine d'Angleterre ?

— Encore plus important ?

Justine renifla avec mépris.

— Personne ne pourrait avoir aussi peu d'importance à mes yeux. Je m'habille avec soin parce que je le hais, Amélia.

C'était peut-être une drôle de raison de vouloir se mettre sur son trente et un, mais il en était ainsi ; le verbe « haïr » avait été lancé et il tenait lieu de preuve irréfutable.

— Ça n'a aucun sens, dit Amélia, formulant à voix haute ce que Justine pensait tout bas.

— Bien au contraire, psalmodia une voix de femme.

Et, avec la régularité d'un métronome, elle fit son entrée : la vénérable et néanmoins vilipendée – par Justine et Amélia, en tout cas – Lady Bardaline, dame de compagnie de Justine de son état. C'était en tout cas le titre dont l'avait affublée la reine Agnès : aux yeux de Justine, elle n'était qu'une contrariété, et il ne fallait surtout pas lui faire confiance. Justine et Amélia n'étaient pas toujours au diapason, mais, en ce qui concernait les Bardaline, elles s'accordaient parfaitement.

Lady Bardaline avait été mandatée par la mère de Justine pour accompagner cette dernière en Angleterre. Son rôle, avait-on expliqué à la princesse, était de la conseiller et de veiller sur sa vertu. Justine avait argué qu'à son âge, elle n'avait aucun besoin qu'on veille sur sa vertu : elle en était très bien capable toute seule. Hélas, elle s'était affreusement compromise avec un homme, et il semblait qu'elle en subirait pour toujours les conséquences. À présent, le royaume entier se sentait en droit de surveiller sa vertu avec la même passion que si Justine avait choisi d'entrer dans les ordres. Sa vertu était devenue la préoccupation de toute la nation !

Néanmoins, Justine savait que le véritable rôle de Lady Bardaline était de rapporter le moindre fait et geste des deux sœurs à la reine. Justine recevait un télégramme de ses parents chaque semaine et, immanquablement, celui-ci mentionnait des événements auxquels ils n'avaient pas assisté, ou évoquait certains des propos qu'elle avait tenus… Des propos que seule une personne de son entourage proche aurait pu entendre. Il était bien sûr fort possible que l'informateur soit le lord-chambellan de Son Altesse Royale, cet importun à l'ego boursouflé. Ou encore l'une des nombreuses servantes wesloriennes allant et venant chaque jour, vaquant à leurs occupations… Mais, Justine en aurait mis sa main à couper, la responsable était Lady Bardaline. Amélia et elle s'étaient même amusées, ces derniers temps, à se faire de fausses confidences devant elle simplement pour voir quelle trace elles en retrouveraient dans la correspondance de leur mère.

— Et puis-je connaître l'identité de celui que nous haïssons ?

Lady Bardaline avait posé cette question comme si elle eût été une vieille amie attrapant en cours de route une conversation qui la concernait de près.

— Personne, vraiment personne, répondit Justine d'un air badin.

Les yeux d'Amélia accrochèrent le regard de sa sœur. Elle esquissa une ombre de sourire avant de lancer :

— Nous ne *haïssons* pas Lord Douglas, mais il est en effet venu aujourd'hui.

— Qui donc ?

— Lord William, le marquis de Douglas, dit Justine.

Elle se souvenait encore de la façon dont il s'était présenté il y a quelques années. « Je suis marquis. Le fils d'un duc. »

— Oh…

Le visage de Lady Bardaline se fronça discrètement, comme si elle essayait de se remémorer de qui il s'agissait.

— Nous avons fait la connaissance de ce gentleman lors d'un précédent séjour à Londres, lui expliqua Amélia. À un dîner – ou bien était-ce un bal ? Je ne m'en souviens plus.

Elle avait apparemment décidé que, puisqu'il ne l'avait pas gardée en mémoire, elle en avait autant à son service.

Justine, en revanche, avait de lui un souvenir limpide. Ils s'étaient croisés à de multiples reprises. Des dîners, des soirées, un ou deux bals et, bien entendu, à ce malheureux réveillon de Noël.

— Je ne l'ai pas apprécié, glissa-t-elle tout en rencontrant le regard d'Amélia dans le miroir pour lui adresser un clin d'œil. Comment l'aurais-je pu ? Il s'est montré si grossier envers mère !

Pure invention de sa part, mais, quand cette partie de

la conversation reviendrait aux oreilles maternelles, cette dernière passerait des jours à essayer de se remémorer quel affront lui avait été fait.

Séviana reparut, la robe à rayures bleues et blanches dans les bras.

Justine aimait l'encolure, qui laissait apparaître ses épaules, le nœud de soie bleu sombre qui ornait le corsage. Elle disparut derrière le paravent et se débarrassa en vitesse de son attirail d'escrime.

— Si je puis me permettre, Votre Altesse : pourquoi ne pas inviter le gentleman à dîner ? suggéra Lady Bardaline. Cela vous donnera tout le temps qu'il faut pour renouer.

Justine roula des yeux.

— Je n'ai pas besoin de renouer avec ce monsieur. Et je lui aurais épargné le déplacement si j'avais su qu'il comptait me rendre visite !

Elle laissa sa tête dépasser du paravent.

— Je me demande d'ailleurs pourquoi personne ne m'a avertie qu'il venait.

Lady Bardaline battit innocemment des cils, mais la teinte de ses pommettes valait tous les aveux du monde – du moins, aux yeux de Justine.

— Je n'ai aucune idée de qui compte vous rendre visite ou non, Votre Altesse Royale.

— Vraiment ? Aucune ?

La dame de compagnie porta la main à son cœur.

— Bien sûr que non !

Elle avait lancé cette réponse comme si la question de Justine l'eût mortellement offensée. Justine disparut de nouveau derrière son paravent. Pourquoi était-il venu ? Pourquoi personne ne l'avait-il donc prévenue ? Comment savait-il qu'elle se trouvait ici ? Elle avait parfois l'impression de n'avoir, pour unique guide, que son instinct et ses tripes. Son père l'avait avertie, par le passé, qu'elle ne devait considérer personne comme un allié en dehors d'Amélia. Et encore ! Même Amélia pourrait se retourner contre elle, au gré des circonstances.

— Amélia ? Jamais, père ! s'était offusquée Justine, prenant la défense de sa sœur.

— Jamais ?

Le roi avait levé l'un de ses épais sourcils.

— Tu as déjà oublié l'histoire d'Éléna, ta grand-tante ?

Ça avait été une sacrée piqûre de rappel – avec billot, nausée et tout le tintouin. Cependant, Justine ne croyait pas une seconde qu'Amélia la trahirait un jour. De même qu'elle ne croyait pas une seconde pouvoir faire confiance à Lady Bardaline. Elle aimait à penser qu'elles étaient ensemble parvenues à un accord tacite : Lady Bardaline ne poserait pas *trop* de questions, et Justine tolérerait sa présence.

Pour le moment.

— Eh bien ! Je ne prendrai pas le thé avec lui, dit Amélia en reniflant. De toute façon, je suis à Holland House, ce soir. Tu es certaine de ne pas vouloir venir, Jussie ?

Justine enserra sa taille pendant que Séviana laçait son corset.

— Je ne peux vraiment pas, Amélia. Je pars demain aux aurores pour Windsor afin de rendre visite à la reine Victoria.

Sans compter qu'elle n'était pas censée se rendre nonchalamment à un dîner avec des gens qu'elle connaissait à peine... Arriver à Holland House sans être entourée des hommes de son père aurait constitué un grave manquement à l'étiquette, selon sa mère et Lord Bardaline. En toute honnêteté, il apparaissait de plus en plus fréquemment que tout ce que Justine désirait entrait dans la catégorie « grave manquement à l'étiquette », quand la vie d'Amélia ressemblait à une fête perpétuelle. Elle pouvait aller et venir à sa guise, tant qu'elle veillait à se tenir loin des ragots.

Justine enviait la liberté de sa sœur. Et elle détestait être, quoi qu'elle fasse, étudiée, et critiquée, et scrutée par ceux qui espéraient lui trouver des failles et des faiblesses. Elle détestait être, contrairement à Amélia qui s'épanouissait grâce à l'attention des autres, si mal à l'aise au milieu d'inconnus. Sa respiration se transformait en un filet d'air et ses mains devenaient moites.

— Qui sera avec toi à Holland House ? demanda-t-elle à Amélia.

— Lady Holland.

— Lady Holland ? répéta Lady Bardaline alors que Justine apparut dans son jupon.

— Oui, Lady Holland.

Il y avait dans le ton d'Amélia une froideur. Et, parce qu'elle ne savait pas se refréner même lorsqu'il s'agissait de jouer la comédie mondaine, elle lâcha :

— Pourquoi ? Cela pose-t-il un problème ?

— Pas le moins du monde, Votre Altesse, répondit Lady Bardaline avec douceur.

La pointe de désapprobation dans sa voix rendait cependant le sous-entendu évident. D'ici quelques jours, Amélia recevrait certainement un courrier de sa mère la réprimandant pour ses fréquentations : il était dommageable qu'elle paraisse en compagnie de personnes aussi ouvertement politisées que les Holland. La reine l'exhorterait à se tenir à l'écart de toute polémique. Justine aurait presque pu écrire cette missive elle-même.

Et Amélia, qui s'irritait toujours qu'on remette en question ses choix, userait dès lors de tous les prétextes possibles pour se rendre à Holland House. La benjamine lança d'ailleurs à Lady Bardaline, comme pour confirmer à Justine que celle-ci avait vu juste :

— Je l'apprécie beaucoup. Et je suis fatiguée de tout ça, ajouta-t-elle. Je prendrai de tes nouvelles demain, Jussie.

Justine l'entendit franchir la porte. Elle venait de finir de s'habiller, avec l'aide de Séviana, et elle quitta l'abri que lui offrait le paravent. Lady Bardaline s'était assise, elle feuilletait l'un des magazines de mode que Justine avait laissés traîner. C'était sans doute un détail, mais cela agaça prodigieusement la princesse – quelquefois, cette dame semblait un peu trop à son aise dans ses quartiers. Elle se demanda si, quand elle serait reine, les gens continueraient de s'asseoir dans ses fauteuils et de lire ses magazines. Si tel était le cas, elle promulguerait une loi l'interdisant. Sa mère lui reprocherait certainement sa grossièreté – il semblait parfois à Justine que l'actuelle reine semblait ne pas du tout se rendre compte des responsabilités qui incomberaient à sa fille une fois couronnée ; elle se souciait davantage des apparences.

Lady Bardaline abandonna un instant son étude des dernières tendances pour offrir un sourire à Justine.

— Cette tenue vous va à ravir.

— Merci.

— Puis-je vous être d'une quelconque assistance ?

Séviana avait aidé Justine à se vêtir. Aussi, à moins que Lady Bardaline ne se propose pour lui démêler les cheveux, la princesse ne voyait pas trop ce que la dame de compagnie pouvait faire pour elle.

— Eh bien…

Justine s'installa devant sa coiffeuse et fit signe à Séviana de s'occuper de sa crinière.

— … vous pourriez vous retirer ?

Une fois les mots prononcés, elle retint son souffle. Elle n'était jamais certaine que ses directives seraient suivies. Elle observa dans le miroir le visage de Lady Bardaline, s'attendant à y voir apparaître une expression désapprobatrice, peut-être même défiante. Mais la dame de compagnie sourit gracieusement et se leva.

— Comme vous le désirez.

Puis elle fit une révérence et disparut dans la pièce voisine.

Dans des moments comme celui-ci, Justine se demandait si elle n'avait pas faux sur toute la ligne. Peut-être Lady Bardaline voulait-elle réellement lui apporter son aide. Et peut-être qu'une fois reine, on la prendrait au sérieux – peut-être que son rôle ne se bornerait pas à être une marionnette aux mains de sa mère.

Séviana brossa les cheveux de Justine jusqu'à ce qu'ils brillent et les attacha au niveau de la nuque. La fameuse mèche qui avait tant mortifié Justine, enfant, ressemblait un peu à une traînée de peinture blanche. À présent, cela ne la dérangeait plus – d'autant plus que son père possédait la même.

La princesse se leva pour s'examiner dans un miroir en pied. Oui, cette robe ferait l'affaire. Justine trouvait qu'elle lui donnait l'air sophistiqué, ce qui était exactement l'effet recherché. La dernière fois qu'elle avait vu Douglas, il l'avait traitée comme une fillette. À la décharge du marquis, elle était effectivement à peine plus âgée qu'une fillette ; elle avait eu dix-sept ans durant le voyage. Qu'importe ! il aurait dû faire preuve d'un peu plus de déférence à son égard.

Elle jeta un coup d'œil à l'horloge. Elle avait fait patienter Lord Douglas une heure seulement. Ce n'était pas assez.

— Merci, Séviana.

La femme de chambre esquissa une révérence et emporta l'équipement d'escrime de Justine dans le dressing.

Douglas. Qu'était-elle censée lui dire ? « Quel plaisir de vous voir » ? Elle ne voulait même pas avoir à le regarder. Non qu'il la répugnât – il était loin d'être repoussant. Mais il lui ferait face avec un demi-sourire, et elle ne pourrait s'empêcher de remarquer qu'il paraissait encore plus beau qu'à l'époque, ce que l'adolescente qu'elle avait été aurait cru impossible. Ne s'était-elle pas, alors, amourachée de ce charmant visage ? Il était l'homme le plus attirant que la jeune Justine ait jamais vu.

Huit ans plus tard, il était toujours aussi attirant, mais il semblait également plus… expérimenté. Plus large d'épaules, plus musclé. Quelques rides étaient apparues au coin de ses yeux, et ses favoris s'étaient transformés en une barbe fournie. Quant à ses cheveux… Ils étaient bien trop longs, et avaient l'air bien trop doux, et ils étaient incroyablement charmants, dans le genre ébouriffé. Pourquoi ces messieurs s'obstinaient-ils à utiliser tant de bandoline ? Douglas constituait la preuve vivante qu'on était bien mieux sans.

En approchant de lui, elle n'avait pu s'empêcher de sentir la touche de cuir et de girofle qu'il dégageait ; une odeur qui de prime abord pouvait paraître désaccordée avec sa mise impeccable quand, en réalité, il s'agissait d'une combinaison parfaitement harmonieuse.

Et puis il y avait ses yeux. Ah… Ses yeux… Elle réprima un soupir. De la couleur d'un ciel d'hiver, où parfois le bleu dominait, et parfois le gris.

Qu'il soit maudit. Pourquoi donc avait-il fallu qu'il apparaisse soudain, plus beau que jamais ? Cela n'avait, au fond, aucune espèce d'importance : il était toujours un scélérat. Les scélérats ne changeaient jamais, pas réellement. C'était une leçon qu'elle avait apprise à la dure.

Elle approcha de la fenêtre et agrippa le chambranle, puis se hissa sur les orteils afin de jeter un œil à la ravissante vue champêtre à l'avant de la maison. Au début, elle n'avait pas été enchantée d'être exilée à Londres – sa mère avait insisté sur le fait qu'il ne s'agissait nullement d'un bannissement, mais ce n'était pas ainsi que Justine le percevait. Cependant, elle trouvait Prescott Hall magnifique. Les jardins étaient bucoliques, et cela l'apaisait. Elle avait tendance à l'anxiété, or rien ne la calmait tant qu'une marche en pleine nature ou une vue comme celle-ci. Elle posa sur le berger qui déplaçait son troupeau à travers champ un regard indolent. Deux chiens couraient autour du cheptel, contraignant les bêtes à s'engouffrer sur un étroit chemin de campagne, transformant les moutons en une rivière laineuse. Le bétail qui avançait sur le sentier évoquait une sarabande de miches de pain.

En l'observant, elle pensait à ce qu'elle expliquerait à Douglas. Qu'elle était terriblement occupée. Que de nombreuses affaires d'importance l'attendaient, et que, si sa visite était de courtoisie, il pouvait sans doute la reporter.

Ou bien elle prétendrait être souffrante. Excepté qu'il ne la croirait pas étant donné le soin qu'elle avait mis à sa tenue : personne ne s'habillait ainsi juste pour refuser un visiteur.

Elle avisa que, quoi qu'elle dise, cela l'amènerait à passer une soirée de plus avec ces insupportables Bardaline, à faire la conversation tout en rêvant de se glisser sous les couvertures pour lire un bon livre.

Elle soupira et commença à se détourner de la fenêtre, mais, au même moment, elle aperçut quelqu'un, au bout du sentier sur lequel le berger était en train d'envoyer son troupeau. Elle interrompit son geste et se pencha, paupières à demi closes pour faire la mise au point à travers le vitrage épais. Si sa vue de près était épouvantable, celle de loin était plutôt bonne : il s'agissait de Douglas. Dieu sait pour quelle raison, il flânait sur ce chemin, jetant des coups d'œil çà et là. Il avait l'air de s'ennuyer. Il tenait son chapeau à la main et le frappait contre sa jambe au rythme de son vagabondage.

Avait-il *vraiment* quelque chose à lui dire ? Des nouvelles à lui apporter ? Ou n'était-il qu'un des nombreux gentlemen qui avaient essayé de lui imposer leur présence ? Il s'avérait qu'être une princesse en âge d'être mariée pouvait vous rendre plutôt populaire, en ce monde.

Elle se rendit compte que Douglas n'avait pas remarqué les moutons. Il s'était arrêté et se servait de la clôture de pierre qui fermait le chemin comme d'un marchepied pour admirer le paysage en contrebas.

Les moutons tournèrent à l'angle. Ils emplirent tout le sentier, pressés les uns contre les autres, frôlant le muret de part en part, à toute allure, pour échapper aux chiens. Douglas ne s'était toujours pas rendu compte de leur présence, et Justine poussa un feulement alarmé. Le troupeau le renverserait s'il n'y prêtait pas gare.

Mais à cet instant, Douglas les entendit. Il enleva son pied du mur et fixa la horde laineuse qui fonçait vers lui. Puis, constatant qu'il n'y avait aucune issue, à la dernière seconde, il bondit par-dessus la clôture. Il manqua de trébucher en passant de l'autre côté, et dut se rattraper in extremis sur la main afin d'éviter d'atterrir sur le derrière. Il parvint à se redresser et fixa sa main vide. Il avait perdu son chapeau.

Justine éclata de rire. Elle fit un tel vacarme que Séviana se précipita jusque dans la chambre.

— Ce n'est rien, Sévie. C'est juste que… Ce n'est pas en battant un âne qu'on en fera un cheval… ni un mouton, d'ailleurs !

Puis elle se reprit : Sa Seigneurie avait sans doute assez patienté comme ça.

Chapitre 4

William était en train d'épousseter la saleté dont il s'était couvert en sautant par-dessus le muret durant sa désastreuse balade lorsque la porte du salon s'ouvrit. Il se passa précipitamment la main dans les cheveux et parvint à arranger sa mise au moment où la princesse Justine faisait son entrée.

Elle s'arrêta pour le dévisager. Elle s'était changée et avait enfilé une robe à rayures blanches et bleues, taillée à la mode anglaise, avec une ample jupe et un corsage serré. Bien qu'il eût admiré de longue date les tuniques près du corps qu'on pouvait trouver dans les régions d'Alucie ou de Weslorie, il admettait sans mal que cette nouvelle toilette était extrêmement seyante. Certes différente de la tenue d'escrime, mais tout aussi flatteuse.

La princesse glissa vers lui. Elle semblait posséder les lieux comme si elle les avait bâtis brique par brique.

William rangea ses mains dans le dos et s'inclina lorsqu'elle fit une halte à quelques mètres de lui. Quand il se redressa, elle laissa ses yeux le parcourir de haut en bas.

— Cher Lord, déclara-t-elle en feignant l'entrain à la perfection. Comme c'est gentil à vous de me rendre visite, après toutes ces années ! Je ne vous retiendrai pas plus longtemps – des affaires d'État requièrent mon attention et je suppose que vous êtes vous-même très occupé.

William leva un sourcil perplexe. Était-elle vraiment en train de sous-entendre qu'il n'avait rien de mieux à faire ? Et pourquoi ce petit monologue semblait-il avoir été répété devant un miroir ?

— Je vois…

— Parfait.

Elle redressa encore un peu plus le menton. Lui ne bougea pas d'un pouce. *Il* était celui que cette obligation sociale incommodait ! Certes, il avait peut-être le défaut de… Bon, en réalité, il avait de *nombreux* défauts, trop nombreux pour être décomptés… Et, s'il avait dû nommer le pire d'entre eux, cela aurait sans doute été son incapacité à s'avouer vaincu par une femme…

Aussi, l'ironie de la situation ne lui échappa-t-elle pas : quinze minutes plus tôt, il aurait tout donné pour partir. Or, voilà que la princesse avait trouvé l'excuse parfaite pour le mettre à la porte… ce qui donnait à William l'irrépressible envie de rester ! Il pouvait, à n'en point douter, faire preuve d'une puérilité sans pareil.

— Quelles sont donc ces affaires qui vous occupent ?

— Je vous demande pardon ?

Il sentit la future reine déstabilisée par son audace.

— Vous avez mentionné des affaires d'État. Je me demande de quelle sorte.

Il haussa imperceptiblement les épaules, comme il l'aurait fait pour une question badine, par exemple en s'enquérant de la météo ou de sa santé. Elle écarquilla des yeux qui étincelaient face à tant d'impudence.

— Puis-je me permettre de vous faire remarquer, *Sir* Douglas, que mes obligations en tant que dirigeante ne vous regardent en aucune façon ? Par ailleurs, je doute que vous soyez capable d'en saisir les implications.

Il avait atteint son objectif, qui était de l'irriter – le commun des mortels ne pouvait interroger ainsi une princesse. Pour tout dire, il était impoli de se montrer aussi intrusif avec *quiconque.* Peu importe, il l'avait fait, et il aurait été prêt à gager Hamilton que la princesse n'avait pas le début d'une réponse à lui fournir.

— Prenez garde : mes capacités pourraient vous surprendre, déclara-t-il avec un sourire.

La princesse fronça les sourcils.

— Je soupçonne le contraire. Et puis, dites-vous que je sais pertinemment ce que votre présence signifie, ajouta-t-elle en agitant ses longs doigts d'un geste aérien pour le désigner. Ne vous leurrez pas.

— Ma présence signifie que je suis venu boire le thé. Comme vous m'y avez invité.

— Comme Bardaline vous y a invité, pas moi. Il s'agit d'une embuscade. Je sais bien que vous ne partirez qu'une fois que vous m'aurez dit ce que vous pensez que je dois *absolument* savoir. Eh bien ! Lord Douglas, en ce cas, allons-y. Ayons notre entrevue.

D'un geste théâtral, elle lui indiqua qu'il pouvait prendre place à la petite table prévue à l'effet du thé. Dans la foulée, les valets de pied entamèrent leur ballet, valsant autour de la princesse, jouant quasiment à saute-mouton alors qu'ils installaient la porcelaine de Chine ou qu'ils apportaient divers mets. Pendant ce temps, sur un chariot, le thé avançait.

William contempla la main, certes ferme, mais délicate, qui lui enjoignait de s'asseoir. Il fit une révérence.

— Je vous en prie, madame. Après vous.

— Ayez au moins l'obligeance de vous adresser à moi en m'appelant comme il se doit : Votre Altesse Royale, déclara-t-elle en s'asseyant.

Eh bien, eh bien ! Apparemment, ils allaient reprendre leur conversation là où ils l'avaient laissée… L'un des laquais se précipita vers la princesse avant que Son Royal Séant ait eu le temps de toucher l'assise tapissée de soie du fauteuil. Le domestique retira la serviette en lin de l'assiette placée devant elle et l'ouvrit d'un geste ample et assuré, de sorte que le carré de tissu fit comme un coup d'éventail au visage de Justine. L'une de ses boucles s'envola un instant. Elle lâcha une brève exclamation, surprise de tant de cérémonie.

Le laquais posa ensuite la serviette sur les genoux de la princesse. Puis, lorsque William s'assit à son tour, il reproduisit l'opération, avec cependant un peu moins de brio. Un autre valet apporta une assiette de présentation, en souleva la cloche et, d'un geste, désigna les douceurs disposées dessus. Sandwichs au concombre. Toasts au saumon d'Écosse. Cakes et viennoiseries. Un troisième domestique présenta le thé. Était-il indispensable d'avoir trois valets pour servir seulement deux tasses de thé ? L'idée traversa William qu'ils s'en seraient très bien sortis tout seuls… Mais il fallait croire que telle était l'existence de *Son Altesse Royale*. Pour sa part, il aurait trouvé cette vie irrespirable.

Une fois le thé versé, les serviteurs reprirent leur place aux quatre coins de la pièce. William leur accorda un rapide coup d'œil.

— Ne pouvez-vous donc pas les congédier ?

La princesse renifla, deux brèves inspirations, avant de se pencher pour examiner la nourriture, offrant ainsi à

William une vue imprenable sur son décolleté. Oui, elle avait bien grandi.

— Lord Bardaline préfère que je sois toujours accompagnée. Malheureusement, je n'ai pas de prise sur certaines choses…

Elle piocha, parmi les diverses douceurs, un pain aux raisins, qu'elle posa sur une assiette peinte représentant des oiseaux bleus.

— *Son Altesse Royale* m'a dupé, en ce cas. Car vous m'avez semblé au contraire avoir les choses bien en main, un peu plus tôt.

Elle lui coula un regard suspicieux.

— Excusez-moi ?

— Je vous ai vue renverser votre adversaire lors du combat d'escrime. Le bougre a bien failli finir empalé sur votre épée.

Elle grignota un coin de sa viennoiserie avant de la remettre dans l'assiette.

— Vous êtes un philistin en la matière, monsieur. D'une, il s'agit d'un fleuret et non d'une épée. De deux, la simple suggestion que j'aurais pu l'*empaler* est contraire aux fondements mêmes de ce sport. Le fait est qu'il a été déséquilibré, car son jeu de jambes n'est pas au point. La suite était une plaisanterie : il a chuté en prétendant être défait, et j'ai joué le jeu.

— Votre instructeur n'est pas au point ? Je me serais attendu à ce qu'une princesse embauche le meilleur.

— Mon instructeur d'escrime est effectivement le meilleur : il est chef de la garde royale, actuellement en poste au palais de Saint Edys. Ce n'est pas lui que vous m'avez vue affronter un peu plus tôt.

— Ah ? Qui était donc votre ami, en ce cas ?

— Je n'ai jamais dit qu'il s'agissait d'un ami. Et puis, pourquoi voulez-vous savoir ? demanda-t-elle en fixant le fond de sa tasse à thé d'un air étrange.

— Pour rien. Peut-être que je le connais, c'est tout.

— Ce n'est pas le cas.

— Je connais pourtant beaucoup de monde, à Londres.

Elle prit une gorgée de thé.

— Son nom est Lord Mawbley et il a gentiment offert de m'affronter au combat.

Mawbley. Un sourire étira lentement les lèvres de William.

Les réprouvés savent se reconnaître entre eux : William et Mawbley s'étaient reconnus voilà bien des années. Il n'y avait pas si longtemps que ça, la rumeur avait couru que Mawbley avait engrossé une de ses femmes de chambre. Il avait été déshérité pour cela. Qu'il se fût agi ou non de la vérité, William n'en savait rien et il s'en moquait, mais cela pouvait expliquer le soudain intérêt de Mawbley pour le hobby de la princesse.

— J'ignorais que Mawbley comptât l'escrime parmi ses nombreux talents.

— Je vous assure qu'il n'en est rien, répondit la princesse avec un sourire mordant.

William rit. Elle parut alors se détendre un peu.

— Son Altesse Royale semble se porter à merveille. À tous les niveaux.

— Je vous remercie.

C'était une réaction de convenance, et elle ne s'embarrassa même pas d'un regard pour l'accompagner. Elle s'absorba plutôt dans la contemplation des victuailles. William attendait, avec un certain entêtement, qu'elle lui retourne le compliment.

Quand, après une seconde ou deux, il devint clair

qu'elle n'en ferait rien, il en fut vexé. Puis ce fut sa propre vexation qui le vexa.

La princesse finit par relever les yeux. Il lui sourit afin de lui faire savoir qu'il comprenait que son silence avait été délibéré. Après tout, elle était peut-être d'ascendance royale, mais il avait badiné avec bien des femmes, et fréquenté plus de salons qu'elle n'en verrait dans sa vie. Il connaissait ce jeu par cœur, et il en maîtrisait toutes les subtilités.

— Vous ne buvez pas votre thé ?

Elle désigna d'un mouvement de tête la tasse encore intacte du marquis. Il l'attrapa, ainsi que la soucoupe, et la porta à ses lèvres. En avalant le breuvage, il planta ses yeux dans les siens. Elle soutint son regard. Qu'elle était obstinée ! Cela lui plaisait. Il décida de changer d'angle.

— Comment s'est passé votre voyage depuis la Weslorie ?

La princesse Justine éclata d'un bref rire avant de reprendre sa tasse.

— Cela vous intéresse-t-il vraiment de le savoir ?

Non, cela ne l'intéressait pas, mais il en profita. Pour laisser son interlocutrice sans réponse durant un instant. Et pour la parcourir des yeux, lentement. En appréciant le spectacle. Puis il lâcha :

— Pas vraiment. Je voulais seulement être poli.

— Toujours maladivement honnête, à ce que je vois, répliqua-t-elle sans parvenir à dissimuler son sourire. Très bien : vous d'abord. Comment avez-vous trouvé le chemin jusqu'à Prescott Hall ?

— Exaspérant.

— Oh ? Je croyais pourtant les routes parfaitement entretenues.

— Ce n'est pas l'état des routes qui m'a exaspéré, il est vrai.

Une nouvelle preuve de son honnêteté maladive. La princesse avala une gorgée de thé.

— Hmmm… Eh bien, ce n'est pas *moi*, en tout cas, qui vous ai convoqué.

Étrangement, William prenait plaisir à cette joute. Ses échanges avec les demoiselles avaient généralement pour sujet la pluie, le beau temps et le dernier sermon en date du vicaire. Il ne détestait pas qu'il y ait pour une fois un peu de piquant.

— Je sais moi aussi apprécier l'honnêteté.

— C'est une bonne chose, déclara la princesse en reposant sa tasse.

Elle croisa ensuite les mains sur ses genoux.

— Puisque nous en sommes à tout nous dire : pourquoi êtes-vous ici ?

Elle avait beau apprécier l'honnêteté, il doutait qu'elle aime la réponse à cette question.

— Il va nous falloir quelque chose d'un peu plus costaud que ça…, marmonna William en reposant lui aussi sa tasse.

Il balaya la pièce du regard, comme s'il espérait y découvrir par magie une réserve d'alcool. La princesse ignora sa dernière remarque.

— Je peine à comprendre les raisons de votre venue. Lors de notre dernière rencontre, votre conduite inconvenante à mon égard vous a valu d'être mis à la porte. Après un si déplorable spectacle, j'ai supposé que je ne vous verrais jamais plus.

William éclata d'un rire surpris.

— Votre mémoire vous joue des tours – *vous* m'avez

hurlé dessus. Dieu m'en est témoin, vous m'avez accusé d'être un *vaurien* devant tous les invités !

— Parce que vous l'êtes ! Vous m'avez bousculée pour gagner un jeu idiot !

— Je vous ai bousculée ? C'est vous qui…

Il s'interrompit et prit une profonde inspiration.

— N'est-il pas amusant de constater que, avant que je gagne, remporter ce « jeu idiot » semblait à vos yeux une question de vie ou de mort ? Je ne vous ai pas *bousculée*, madame : je vous ai *vaincue*. Or, vous ne supportez pas la défaite. Admettez-le.

Elle ouvrit la bouche, puis la ferma. Ses joues se teintèrent de rose.

— Bien. J'admets sans peine que je n'aime pas perdre, déclara-t-elle en haussant les épaules. Qu'on me cite le nom d'une personne qui aime ça. Là n'est pas la question : je n'ai pas *hurlé*. J'ai *souligné* que vous vous étiez comporté comme un vaurien. Et, en retour, vous m'avez traitée d'enfant gâtée !

— Il faut dire que, toute la soirée, vous aviez joué la partition de la princesse pourrie gâtée à la perfection.

Elle manqua de s'étouffer.

— Je venais à peine d'avoir dix-sept ans ! Et j'avais bu de cet affreux punch ! Je pourrais vous renvoyer le compliment, monsieur, puisque vous vous êtes vous-même comporté comme un enfant alors que vous étiez âgé de, quoi ? Trente ans ?

— Trente ans ? J'avais l'âge que vous avez aujourd'hui !

Et il se mit soudain à rire, se rappelant cette soirée. Tous les convives avaient pris de ce punch à l'absinthe, et tous étaient aussi soûls que des marins en permission.

— J'admets qu'il est possible que j'aie agi de manière quelque peu puérile – j'avais bu un verre de trop.

— *Un* verre ? Lord Iddesleigh vous a jeté hors de chez lui.

— Vous n'aviez pas laissé votre part au lion, madame. Et puis, je suis quand même parti sans faire d'esclandre. Alors que vous étiez clairement en tort.

Elle battit des cils avec candeur et posa la main sur son cœur, comme un ange innocent.

— Si j'étais en tort, pourquoi avoir présenté vos excuses pour cette querelle ?

— Je n'ai pas présenté mes excuses pour la querelle, j'ai présenté mes excuses pour avoir enguirlandé une petite jeune fille qui avait le béguin pour moi !

— Certainement pas ! Et quand bien même j'aurais eu pour vous la moindre inclination, ce sentiment se serait envolé dès l'instant où vous avez empoigné cette femme, qui visiblement ne vous connaissait ni d'Ève ni d'Adam, pour l'embrasser à la vue de tous sous le gui !

Il esquissa un sourire en coin.

— C'est vrai, il y a eu ce baiser… qui m'a été rendu, d'ailleurs. Cela vous a-t-il peinée ?

— *Mein Gott !* s'exclama la princesse.

Elle attrapa sa tasse de thé et la vida comme s'il s'agissait d'un petit verre de whisky, avant de la reposer sur la table.

William rit, discrètement : cette rétrospective l'amusait. La princesse Justine refusa de lui retourner son sourire ; ses yeux brillaient de colère. Leur éclat lui remettait d'ailleurs en mémoire une autre nuit qu'il avait passée en sa compagnie. Une autre soirée – sauf qu'à celle-là, ils avaient dansé.

À ce fameux bal, les prunelles de la jeune fille reflétaient un tout autre type de sentiments, et il avait compris qu'elle était éprise de lui. Il avait aimé danser avec elle, elle l'avait fait rire. Mais leur hôtesse, Lady Bishop, avait fini par le prendre à part pour le sermonner d'avoir accepté de danser *deux fois de suite* avec une princesse dont le carnet de bal était apparemment *bien rempli*.

— Tout le monde va penser qu'elle vous apprécie, lui avait glissé Lady Bishop d'un ton sifflant.

— N'est-ce pas le cas ?

Lady Bishop avait soupiré, d'un air exaspéré.

— Je ne connais pas les mœurs de l'Écosse, monsieur, mais sachez que je vous trouve incorrigible.

— C'est aussi ce qu'on dit de moi en Écosse.

Oui, William avait été incorrigible durant des années. Mais il avait changé à présent. Il avait dû devenir un homme, à cause de son père. Quel genre d'homme ? C'était là toute la question. À laquelle il aurait été bien incapable de répondre, d'ailleurs.

— Puisqu'il semble clair que vous n'êtes pas là pour être absous de cette soirée, pourriez-vous avoir l'amabilité de m'éclairer sur les raisons de votre venue ? demanda la princesse, non sans superbe.

— Faisons d'une pierre deux coups, vous le voulez bien ? Premièrement, je vous présente mes excuses, *Votre Altesse Royale*, déclara-t-il, un large sourire aux lèvres et une main posée sur le cœur. Si je vous ai insultée ou blessée d'une quelconque manière, j'en éprouve un remords sincère et irrévocable.

Il le pensait réellement.

— Ça n'a pas été le cas, rétorqua-t-elle. Vous ne comptez pas assez pour que j'aie pu me sentir blessée ou injuriée.

— Voilà qui est clair, dit-il en riant.

Le rose aux joues de la princesse s'accentua.

— Seigneur ! Pouvons-nous s'il vous plaît entrer dans le vif du sujet ? Peu importe ce qui s'est passé il y a huit ans. Ce qui m'intéresse, ce sont les raisons de votre présence *aujourd'hui*.

William soupesa ses options. Il aurait pu lui dire qu'il était là pour la couver, puisque apparemment personne en Weslorie ne lui faisait suffisamment confiance pour la laisser un moment sans surveillance – à en juger par le nombre de valets de pied dispersés dans la pièce, c'était clair. Mais son but n'était pas de l'humilier. Il se pencha vers elle, son bras en appui contre son genou, et lui glissa à voix basse :

— Le Premier ministre de Weslorie m'a demandé de vous présenter certaines de nos connaissances communes afin que vous puissiez…

Il fit un geste qu'il espérait explicite.

— … vous faire des amis.

Elle le fixait à présent, sans qu'il puisse dire si elle était furieuse, ou blessée, ou… Non, rien de tout ça : elle éclata de rire.

— *Vous* ? finit-elle par lâcher.

Et elle rit de plus belle, et de bon cœur encore, une main sur le ventre, comme si elle essayait de retenir les éclats carillonnants qui s'échappaient d'elle. Puis elle se renversa dans son siège, les yeux rivés au plafond alors que son fou rire se calmait peu à peu.

— Pourquoi pas moi ? s'enquit William, tout de même un peu offensé.

— Robuchard a demandé à *vous*, un scélérat notoire, de *me* surveiller ?

— Je suis parfaitement en mesure de vous présenter l'élite de la société.

— *Jæ*, mais…

Le rire acheva de s'éteindre. Elle souriait encore en déclarant :

— Vous n'êtes pas exactement la première personne à qui j'aurais pensé pour veiller sur moi.

Cette femme-là n'était pas une ingénue, oh ! non.

— Quoi qu'il en soit… me voilà.

— Comment ose-t-il ! explosa-t-elle alors. Comment osez-*vous ?* Ou quiconque a conçu ce projet ! Que ce soit bien clair, Lord Douglas : je n'ai pas *besoin* d'un garde-chiourme. Votre *proposition* est… rejetée.

Il cligna des yeux.

— Il ne s'agit pas, pour ainsi dire, d'une *proposition*…

— Je me fiche de ce dont il s'agit. Je n'ai jamais sollicité votre aide et jamais je n'en aurai l'usage.

— Comme vous le voudrez, lança-t-il, les mains en l'air en signe de reddition. Sachez que j'ai été aussi surpris que vous. Je n'ai accepté que pour vous servir. J'espère que vous verrez mon offre pour ce qu'elle était : un geste d'amitié, accompli dans un esprit de pardon.

— Tout cela serait charmant si votre raisonnement ne souffrait d'un défaut : *je* suis celle qui devrait vous pardonner.

— Eh bien, dit-il en frottant son genou, j'imagine que cela dépend du point de vue.

— On pourrait adopter le point de vue que l'on voudrait que ça ne changerait rien au fait que je n'ai pas besoin de votre assistance.

— Parfait. Ça m'épargne le dérangement, pas vrai ? Mais… Je me demande, en ce cas, qui vous servira de guide, à Londres.

— N'importe qui fera l'affaire, rétorqua-t-elle avant d'enfourner un restant de viennoiserie dans sa bouche.

— Je vais essayer de ne pas mal prendre le fait que vous préféreriez l'aide de *n'importe qui* plutôt que la mienne.

— Je préférerais ne recevoir l'aide de personne.

— Eh bien ! Quel manque d'entrain.

Elle roula des yeux exaspérés et ramassa une autre viennoiserie, à pleines mains, faisant fi des bonnes manières.

— De ma vie, je n'ai éprouvé l'entrain. Je n'ai pas droit à l'entrain. Vous auriez vous-même perdu le vôtre si on vous avait expédié en Angleterre contre votre volonté, qu'on vous retenait prisonnier dans une grande demeure vide de toute distraction, tout ça pour découvrir que votre geôlier est en réalité votre Némésis.

Elle prit une généreuse bouchée.

— Maintenant, vous m'insultez. Je ne suis pas votre Némésis, j'essaye même d'être votre ami ! Peut-être le seul que vous ayez, étant donné la situation que vous me décrivez.

La princesse renifla, indignée. William jeta un coup d'œil aux laquais, qui s'étaient instantanément mis à surveiller la scène. De nouveau, il se pencha et parla d'une voix douce et basse.

— Vous n'être pas prisonnière. Robuchard m'a demandé de vous présenter à des *amis*. Des personnes qui égayeront votre séjour. Pourquoi ne pas m'autoriser à vous montrer la ville ? Il y a tant à faire. Et, si je puis me permettre… vous aurez sans doute besoin d'un allié quand vos prétendants commenceront à se faire connaître. Il se murmure qu'ils seront nombreux.

— Est-ce donc vrai ?

Son regard était devenu si noir qu'il cloua William sur place.

— Je…

— Le nombre de mes potentiels prétendants n'explique pas pourquoi Robuchard a soudainement ressenti l'envie de se donner tant de mal pour que j'aie des *amis*. À moins que vous ne puissiez m'éclairer sur la question ?

William était à peu près certain qu'aucun éclaircissement n'était nécessaire : elle semblait comprendre les intentions de son Premier ministre. Ou du moins, les comprendre assez pour ne pas faire confiance à ce dernier. Il se toucha le nez avec perplexité en pensant aux bobards qu'il pourrait servir à la princesse. Mais, comme elle, il aimait l'honnêteté.

— Pour tout vous dire, il se fiche que vous ayez des amis à Londres. Mais il voudrait être tenu au courant de ce qui se passe avec les prétendants.

La princesse Justine cligna des yeux.

— Et quel pourrait bien être votre rôle dans tout ça ?

— Je connais certains des messieurs que votre famille considère comme dignes de vous. Et je suis un observateur neutre.

— Neutre, répéta-t-elle, sceptique.

— Vous êtes l'un des partis les plus en vue de toute l'Europe, et sans le Premier ministre pour veiller sur vous, vous pourriez être séduite par un vaurien comme Mawbley.

— Mawbley !

La conversation devenait inconfortable. La question de celui avec qui la princesse s'unirait un jour n'était nullement l'affaire de William. Et il ne souhaitait pas être celui qui lui apprendrait à quel point le sexe fort pouvait être corrompu lorsqu'on en venait à l'argent et au pouvoir.

— N'avez-vous donc aucune idée de ce que cet homme veut de vous ?

Elle détourna le regard, indiquant par là qu'elle savait très bien au contraire ce que Mawbley cherchait.

— À mon avis, Robuchard s'est dit qu'il serait utile que vous ayez sous la main quelqu'un qui connaisse bien vos futurs visiteurs.

— *Utile* ? répéta-t-elle en relevant les yeux. Je suis accompagnée à tout moment de la journée ! Robuchard et vous-même croyez donc que je ne reçois pas assez d'avis sur ce que je devrais penser, ou la façon dont je devrais me comporter ? Vous vous figurez que je n'ai aucun sens commun ?

William s'était posé exactement les mêmes questions.

— Peut-être que le problème vient de ce que vos conseillers sont eux aussi wesloriens ? Peut-être que le peuple weslorien n'ose pas toujours vous dire la vérité ? Alors que moi…

Il ouvrit grand les bras.

— Je n'ai aucun intérêt particulier dans cette affaire. Et je n'ai rien de mieux à faire que de vous regarder être courtisée.

— Sauf que je ne veux pas être courtisée ! Je suis formellement opposée à cette idée de cour.

— Sentez-vous libre d'en penser ce que vous voulez – ce n'est pas auprès de vous que je m'engage, mais auprès d'un ami à qui j'ai fait une promesse, dit-il en haussant les épaules.

— Robuchard est votre ami ? lui demanda-t-elle avec un regard sévère.

William venait de commettre un faux pas.

— Le terme de *connaissance* – de puissante connaissance – conviendrait mieux.

Justine recula dans son fauteuil, l'air résolu. Elle l'étudiait. Ses yeux, pensa-t-il, étaient un enchantement. À cette distance, leur intense teinte ambrée les faisait paraître comme deux pépites d'or. Un vrai regard de princesse. Soudain, elle se pencha vers lui.

— Quelles sont vos conditions ?

— Mes conditions ?

Elle avança jusqu'au rebord de son siège et se pencha plus près encore. Ses iris étincelaient.

— Qu'avez-vous accepté comme conditions ? Qu'est-ce que Robuchard attend de vous précisément ?

— Que je sois votre ami et…

Elle l'arrêta d'un geste de la main, avant qu'il use de nouveau de faux-fuyants.

— Je suis peut-être jeune… mais vous conviendrez aisément que je ne suis pas née de la dernière pluie lorsqu'il s'agit de l'appétence des hommes pour l'intrigue politique.

— C'est vrai.

— À quelle fréquence êtes-vous censé me sortir comme une enfant ?

— Vous n'êtes visiblement pas une enf…

— Quelle fréquence ?

— Cela… aurait besoin d'être déterminé… par…

Comment diable était-il censé connaître la fréquence ? Tout cela était la faute de Beck – on ne pouvait décidément pas manœuvrer une situation pareille après avoir été kidnappé et contraint à boire du whisky toute la nuit !

La princesse émit un claquement de langue, comme pour ponctuer le silence de Douglas et souligner son impréparation.

— Commençons par le commencement. Qu'est-ce que mon ministre vous a demandé de faire, précisément ?

— Il veut être tenu au courant, de loin en loin, de votre humeur – qu'elle soit bonne ou mauvaise.

— Vous devriez l'avertir que ma bonne humeur décline un peu plus à chacun de ses tours, lâcha-t-elle après un reniflement méprisant. Quant à nous, si vous devez me faire parader à travers la ville afin que je m'y fasse des *amis*, nous devrions passer un accord.

Enfin, les négociations aboutissaient ! Il se figura qu'ils allaient s'entendre sur des horaires ; un nombre d'événements, peut-être.

— Très bien.

— Pour commencer, vous devez d'abord reconnaître que je serai bientôt reine. Par conséquent, vous n'avez pas à me dicter ma conduite, quelles que soient les circonstances.

Les yeux de William s'écarquillèrent sous l'effet de la surprise.

— En voilà, une méthode gagnante pour se faire des amis : les prendre de haut, afin d'avoir le recul nécessaire pour les assommer de votre sceptre !

Elle ignora sa remarque.

— Concernant mes potentiels soupirants, vous vous abstiendrez d'avoir un avis et de me le donner.

— J'aurai un avis, c'est dans la nature humaine d'avoir des avis, philosopha-t-il après avoir ri un coup. Mais si vous pensez un instant que je me soucie de savoir avec qui vous allez choisir de vous lier pour l'éternité, vous faites erreur. J'aurai un avis, donc, et je vous escorterai à travers Londres afin de veiller sur vous, mais je me fiche comme d'une guigne de l'identité de l'heureux élu.

— En ce cas, vous aurez l'amabilité de garder cet avis pour vous, à moins que je ne le sollicite.

— Cela me convient, acquiesça-t-il. Sommes-nous parvenus à une entente ?

— Pas tout à fait. Lors de mes apparitions officielles, vous resterez en retrait et me laisserez vivre ma vie. Ce que je fais ne vous regarde pas.

Cette conversation commençait sérieusement à ressembler à une réprimande.

— Je ne consens pas à cette dernière clause, déclara-t-il, l'index dressé. Vous devez bien admettre que ce que vous faites me regarde un peu étant donné que je me suis accordé avec votre Premier ministre, qui a l'aval de votre mère, qui est si j'ai bien compris la *reine*, pour vous servir d'escorte. Or, d'après ce que je sais, vous avez l'habitude de vous tirer des balles dans le pied, si je puis dire. Sans compter, et cela sera mon dernier argument, que je suis de très bonne compagnie.

— Tant mieux si vous le croyez, lança-t-elle avec malice. Et je n'ai *pas* l'habitude de me tirer des balles dans le pied. Au contraire, je sais très bien veiller sur ma propre personne. Comment se fait-il que ces messieurs ne voient jamais qu'ils sont ceux qui nuisent à la gent féminine ? Pourquoi les hommes pensent-ils avoir une compréhension des femmes supérieure à celle des femmes elles-mêmes ? Et au fait, je vous rappelle que vous êtes censé vous adresser à moi en usant du titre Votre Altesse Royale !

Il se redressa en se raclant la gorge.

— Vous avez décidément le chic pour vous exprimer sans détour et, en cela, je me dois de vous applaudir. Pour ce qui est de votre… interrogation : les messieurs savent mieux comment agir que les dames, car ils sont rationnels. Les réactions des femmes sont trop émotionnelles.

— Voilà bien le genre de contes que se racontent les hommes, lâcha-t-elle avant de renifler d'un air méprisant.

— … Et je m'adresserai à vous en public selon vos préférences, mais je ne compte pas me prosterner au point de me faire un tour de reins chaque fois que mes yeux se posent sur vous, *Votre Altesse Royale.*

— Votre réponse me semble un brin émotionnelle, marquis.

Elle souriait en coin. Il dut lutter pour ne pas en faire autant.

— Comment désirez-vous que je vous appelle lorsque nous sommes seuls ? insista-t-il.

— Altesse.

Et elle releva imperceptiblement le menton.

— Allons, vous avez déjà essayé de m'imposer cela… Mais, comme je ne suis pas votre sujet, je me vois contraint de décliner cette offre pourtant alléchante. Nous sommes de vieux amis : je vous appellerai donc Justine, et vous m'appellerez William.

Elle laissa échapper un rire incrédule.

— Nous ne sommes pas de vieux amis ! Nous ne sommes même pas *amis*.

— Nous le sommes, ne vous en déplaise. Vous semblez avoir oublié l'accord auquel nous sommes parvenus il y a seulement quelques minutes.

Puis il se leva, et les valets de pied se mirent à tourbillonner autour de lui dans leur hâte de tirer sa chaise, de le débarrasser de sa serviette pour la jeter sur un plateau comme si elle eût été tachée de sang. William s'inclina devant Justine.

— Un de mes compatriotes, le duc de Sutherland, accueille demain soir un petit groupe d'amis à Stafford House afin de leur présenter sa collection d'œuvres d'art. J'aimerais beaucoup vous y convier, la princesse Amélia et vous.

Justine se leva à son tour.

— Transmettez donc l'invitation à mon lord-chambellan : il vous donnera notre réponse.

— Sans doute pouvez-vous me donner la réponse vous-même, puisque je me tiens littéralement devant vous – sans vouloir vous commander, rétorqua William en plissant les yeux.

Justine l'imita.

— Je me doute que c'est un peu difficile à saisir pour une âme simple comme la vôtre, mais l'emploi du temps d'une princesse peut s'avérer un tantinet complexe.

— Complexe ? Ou sujet aux complications ?

Il s'était avancé d'un pas, comblant le vide entre eux. Elle leva vers lui un visage défiant et avança à son tour.

— Que voulez-vous dire par là ? Je ne vous suis pas.

— Je veux dire que je pense que vous essayez de rendre cette situation entre nous la plus difficile possible, déclara-t-il en les désignant successivement l'un et l'autre de son index.

Elle approcha plus près et lâcha, avec un sourire diabolique :

— Je rendrai la situation comme bon me semble : je suis après tout princesse.

William avança au point que ses jambes se perdirent dans les jupons de Justine. Elle fut obligée de reculer la tête pour l'avoir encore dans son champ de vision.

— Un conseil d'ami, *princesse* : peut-être pourriez-vous éviter de mentionner votre statut à chaque phrase ?

— Oh ! *merci* pour ce conseil que je n'avais cependant pas sollicité. En retour, me permettez-vous de vous donner mon avis, *William* ? Peut-être serait-il bon que vous vous rappeliez que je suis la future reine de Weslorie, et non une débutante qui va se laisser éblouir par votre charme. Je vous suggère donc de ne pas en faire usage avec moi. Voulez-vous qu'un laquais vous apporte votre chapeau ?

Ses yeux étincelaient d'un éclat qui oscillait entre la gaieté et la colère. Une colère joyeuse : voilà qui était apparemment possible. Le pire étant que, William ne savait par quelle diablerie, elle était au courant que son couvre-chef avait été piétiné par un troupeau de moutons.

— Je réglerai donc en chemin les détails avec Bardaline, dit-il avant de reculer d'un pas et de lui offrir une profonde révérence. *Votre Altesse Royale.*

— Lord Douglas.

Elle se tenait droite, une main posée au creux de la taille. William se rua hors du salon. Il remonta le couloir jusqu'à l'entrée principale. Il s'était douté qu'il y aurait des complications entre eux, qu'elle se montrerait rétive… Ce qu'il n'avait pas prévu, c'était que cette maudite réticence lui paraîtrait si séduisante.

Et maintenant, il était coincé. Coincé avec une princesse aux yeux vifs, une princesse qui un jour serait reine et qui ressentait le besoin de le lui rappeler à chaque instant.

— Ewan ! aboya-t-il en franchissant la porte.

Le valet, qui poireautait dehors, lui tendit un chapeau écrasé et maculé de boue. William le lui arracha d'un geste brusque et le jeta par terre.

— Cela fera un souvenir à *Son Altesse Royale*, lâcha-t-il avec colère.

Puis il remonta l'allée pour attendre son cheval. Mentalement, il composait déjà le télégramme qu'il adresserait à Robuchard. *Bien reçu par Son Altesse. L'ai trouvée aussi obstinée et fière qu'à l'accoutumée.* Il faudrait éviter, en revanche, de mentionner ses attraits, auxquels il avait été plus sensible qu'il ne l'avait anticipé. Cela n'était qu'un petit tracas qu'il parviendrait à temporiser.

Il en était certain.

Chapitre 5

Truelson Stot, Elseneur, Danemark

La lumière du matin pavait le chemin de Lila Aleksander. Elle aimait les aubes estivales autant que les longues marches, aussi s'était-elle levée tôt pour enfiler une jupe paysanne et le lourd manteau de son mari. Elle avait protégé ses cheveux nattés avec un chapeau au cas où un nuage égaré décide de pleuvoir sur elle. Elle avançait en s'aidant d'un bâton, qui s'enfonçait dans la terre au rythme de ses pas.

Ses pensées dérivaient vers toutes les choses infimes et ordinaires qui composent la vie conjugale. Le dîner que son époux et elle donnaient dans quelques jours. Ce qu'elle devait acheter au marché. Le cinquantième anniversaire de son mari, dont la date approchait. La façon dont elle pourrait marquer le coup.

Elle arriva au bord du lac, au cœur du petit bois qu'hébergeait la propriété. Elle en fit le tour, puis coupa par la pelouse du parc fastueux pour regagner la maison qui lui faisait face. Une maison étroite, haute et blanche, trouée de nombreuses fenêtres carrées qui donnaient l'impression d'un pavage. *Truelson Stot* : sa résidence depuis quinze ans.

Et dire qu'on avait murmuré qu'elle serait ruinée à jamais !

Alors qu'elle approchait de la demeure, elle aperçut Valentin, Valentin son bien-aimé, attablé sur la terrasse. Il était encore en pyjama et en robe de chambre. Il lisait une lettre, les jambes tendues devant lui. Lila arriva à son niveau et se pencha pour l'embrasser sur le sommet du crâne.

— *God morgen.*

Il la tira par le bras pour qu'elle atterrisse sur ses genoux.

— Où étais-tu ? Tu m'as manqué, au réveil.

— Je marchais.

— Tu marches tant qu'il va bientôt falloir te racheter des chaussures neuves.

Lila tendit la jambe et remonta sa jupe afin qu'ils puissent tous deux examiner les ravissantes bottines en cuir qu'il lui avait rapportées de Rome.

— Elles tiendront bien encore quelques kilomètres, va.

Ses yeux se posèrent sur le petit déjeuner ; une quantité astronomique d'œufs brouillés et de fromage et, sur une assiette, des *æbleskiver*, sorte de pâtisserie à laquelle Lila avait fini par prendre goût. Elle en prit une et l'enfonça dans sa bouche. Karla, la cuisinière, sortit pour leur servir le café.

Valentin était de nouveau absorbé dans la lecture de la lettre.

— Ah ! regarde, *Herre* Johanson accepte mon prix pour le bateau.

Il lui sourit et saisit ses mains pour les embrasser. Il bataillait depuis plus d'un an pour vendre cette embarcation, à laquelle il préférait ses deux autres voiliers, plus impressionnants et plus rapides, fabriqués par les meilleurs constructeurs navals du Danemark.

— Tu as toi aussi reçu une lettre, chérie.

— Une lettre ? De ma mère, je suppose ?

Il secoua la tête.

— C'est un courrier officiel, je pense.

Lila avisa l'enveloppe sur la table et s'étira pour l'attraper.

— Ouch, mon genou ! se plaignit Valentin.

Il la poussa délicatement pour récupérer ses jambes. Lila reposa la missive et prit une chaise. Elle se servit une autre pâtisserie, puis tourna son visage vers le soleil pour sentir pénétrer en elle la chaleur de cette magnifique matinée ; une matinée si calme qu'on pouvait entendre la mer, au loin. Valentin posa sa lettre.

— Qui donc a désespérément besoin de tes services, mon amour ?

Il prit ensuite une bouchée d'œufs. Lila se décida à décacheter l'enveloppe. Elle chercha la signature, en bas.

— Évidemment. Il s'agit de mon vieil ami Dante Robuchard.

Valentin suspendit sa mastication.

— Robuchard, le Premier ministre de Weslorie ?

— Lui-même.

Il avala une gorgée de café.

— Je l'ai rencontré, me semble-t-il. À l'occasion du…

Il marqua une pause, fouillant sa mémoire.

— Du mariage du prince Heinrich.

— Ah oui, bien sûr ! Un petit homme…

— De taille moyenne, le corrigea Lila.

— Entre deux âges.

— Pardon ? Il n'a qu'un ou deux ans de plus que moi !

— Étonnamment jeune, donc, se rattrapa Valentin avec un grand sourire. Des cheveux gris ?

— On fait difficilement plus châtain, dit Lila en riant.

Il a la mine sérieuse et se trouve toujours dans le sillage de la reine.

Valentin avala une nouvelle généreuse bouchée d'œufs.

— Ah oui ! Je me souviens, à présent. Et qu'en est-il du roi ?

— Il est à Saint Edys. Il est souffrant.

— C'est vrai, sembla se remémorer Valentin. Le roi le plus fragile d'Europe, si mes souvenirs sont exacts ?

— En tout cas, le plus malade.

Et Lila lut la lettre de Robuchard.

— Eh bien ? s'enquit Valentin tout en achevant de vider son assiette. De qui s'agit-il, cette fois ?

Le *qui* en question était la jeune fille à marier la plus d'importante d'Europe ! Lila leva les yeux vers son époux.

— La princesse Justine. L'héritière de la couronne de Weslorie.

— Elle s'était attiré des problèmes, si je me souviens bien..., dit-il en secouant la tête. Sans ça, j'imagine qu'elle serait mariée, à l'heure actuelle.

— Valentin ! protesta Lila en riant. Tu sais bien que ce genre d'arrangement ne se fait pas à la va-vite ! Toujours est-il qu'elle est en ce moment à Londres, sous la tutelle de la reine Victoria. Robuchard me dit que l'état de santé du roi est inquiétant et que la princesse ne saurait tarder à être couronnée. Peut-être d'ici la fin de l'année.

— Oh ! bon sang. Dans ce cas, il faut qu'elle trouve un époux *sur-le-champ*, lança Valentin en mimant l'affolement, avant de lui adresser un clin d'œil joueur.

Lila souriait. Elle aimait l'épaisse chevelure sombre piquetée de gris de son mari, sa barbe taillée avec soin, sa large poitrine... et *tout le reste* de son anatomie. Bref, elle l'aimait.

— Ce sera le mariage de la décennie, osa Valentin, sans pourtant rien connaître des événements mondains et du métier de Lila.

— C'est possible, admit-elle.

— Et l'avance ?

Elle brandit la lettre et pointa la somme que Robuchard lui proposait pour ses services. Les sourcils de Valentin se haussèrent.

— Oh. Il veut vraiment la caser. Je suppose que tu vas accepter ?

Elle était tentée. Une telle proposition était une aubaine pour ses affaires. Elle reposa le courrier.

— Tu préfères que je reste ?

— Bien évidemment, oui, je préfère que tu restes ! Ici, avec moi.

Il agrippa sa main et, de nouveau, l'attira à lui, sur ses genoux. Elle rit alors qu'il embrassait ses lèvres, son cou, toute la peau qu'il trouvait à sa portée.

— Bien sûr, je veux que tu restes, Lila. Tu sais bien que je ne supporte pas d'être loin de toi. Londres, tu dis ? Peut-être que je devrais t'accompagner, cette fois. Combien de temps seras-tu partie ?

Elle tenta d'évaluer la durée de son absence – son activité requérait une certaine finesse. Il arrivait que quelques semaines suffisent. D'autres fois, il fallait un peu de temps à deux âmes pour se laisser convaincre qu'elles étaient faites pour s'unir.

— Un mois, peut-être deux. Tu envisages sérieusement de m'accompagner ?

— Je l'envisagerai sérieusement au moment où tu commenceras à me manquer au point que je ne parviens plus à respirer.

Il descendit encore sa bouche, tirant sur son décolleté pour découvrir la naissance de sa poitrine, qu'il embrassa.

— Tu as un goût de sel.

— J'ai transpiré. Il fait chaud aujourd'hui.

— Tu as besoin d'un bain.

— En effet.

— Ah, ma petite fleur anglaise… Je suis celui qui va avoir le plaisir de te le donner !

Il releva la tête et appela :

— Karla ! Karla, débarrassez-moi ça, je vous prie ! C'est l'heure du bain de madame !

Puis il se leva subitement, Lila encore dans ses bras, et l'emporta vers la maison. Il l'embrassa encore, et elle rit encore, tout en lui recommandant de faire un peu attention : il venait de lui cogner la tête contre l'encadrement de la porte.

Chapitre 6

Londres

On avait préparé à Justine un petit déjeuner qu'elle n'avait pas réclamé et dont, étant donné l'heure tardive à laquelle elle s'était levée, elle ne voulait pas. On le lui apporta quand même, dans le salon, en même temps que le courrier du jour, parmi lequel se trouvait une lettre de sa mère.

Justine préférait prendre connaissance de la correspondance maternelle en privé, de préférence devant un âtre où brûlait un bon feu. Ainsi, elle pouvait jeter les pages qu'elle désapprouvait. La distance qui les séparait l'empêchait, et c'était bien dommage, de s'opposer frontalement à la reine… Regarder ses mots être détruits par les flammes constituait une consolation comme une autre.

Mais cet après-midi, hélas, Justine n'était pas seule. Lady Bardaline enroulait les tresses d'Amélia sur elles-mêmes, au niveau des oreilles, comme c'était la mode en Angleterre. La gente dame portait une robe neuve qui lui allait divinement bien, ce qui n'avait rien d'étonnant : avec ses cheveux sombres et ses yeux bleus, Lady Bardaline était une femme ravissante et délicate. Mais si la robe ne manqua pas d'attirer l'attention de Justine, c'est que ce vêtement signifiait que sa dame de compagnie s'attendait à l'accompagner à Windsor.

Amélia désigna la lettre.

— Vient-elle de maman ?

Le sceau de la famille royale de Weslorie était aisément reconnaissable – en réalité, il était si élaboré qu'on aurait pu le repérer depuis l'autre bout de la pièce.

— Oui, confirma Justine.

— Que dit-elle ?

Justine décacheta la missive et la lut en diagonale. Il n'était pas difficile d'en deviner le contenu, de toute façon : ces derniers temps, les réprimandes de sa mère s'étaient montrées fréquentes et d'une constance sans égale.

— Elle se plaint principalement de tes dépenses.

Indignée, Amélia prit une brève inspiration, si bruyante que Lady Bardaline sursauta.

— Elle dit également que tu ne devrais pas fréquenter Holland House, parce que c'est *ungehöring* de favoriser un parti politique plutôt qu'un autre.

Parfois – particulièrement quand elle était mécontente –, leur mère n'arrivait pas à trouver le mot qu'elle cherchait en anglais. Elle se tournait alors vers sa langue d'origine, l'allemand.

— Qu'est-ce que cela veut *dire* ?

— Hmmm… « Inconvenant », à mon avis.

— Inconvenant ? En quoi est-ce inconvenant ? Comment suis-je censée connaître les préférences politiques des Holland ? Moi qui ne suis même pas capable de citer un parti !

Justine rit. Souvent, elle avait du mal à déterminer si

Amélia se montrait sarcastique ou si elle était une complète écervelée.

— Ignores-tu réellement que la plupart de tes nouveaux amis sont des jacobins, Amélia ?

— Jacobins ? Qu'est-ce que cela signifie ?

— Des antiroyalistes, expliqua Lady Bardaline d'une voix douce. Les Holland reçoivent chez eux nombre de membres de ce groupuscule.

— Comment savez-vous *qui* ils reçoivent, madame ? Après tout, vous ne fréquentez pas leur maison. Ou bien, si c'est le cas, cela m'a échappé – il faut dire que je ne remarque que rarement votre présence. Et puis, que veut dire maman lorsqu'elle m'accuse de trop dépenser ? C'est impossible, enfin ! Je suis extrêmement vigilante en ce qui concerne mes achats !

Oui, Amélia était extrêmement vigilante en ce qui concernait ses achats – s'empressant, par exemple, de s'assurer que chaque nouvelle robe soit correctement accessoirisée. En ce moment même, elle portait des souliers et un châle coordonnés à sa toilette. Lady Holland et elle étaient rentrées hier de Bond Street chargées de plus de boîtes et de paquets que Justine n'en avait jamais vus. Il y avait là des articles aussi divers que des gants en cuir, des chapeaux enrubannés et des sous-vêtements de soie. Justine, elle, quittait à peine Prescott Hall. Lord Bardaline refusait qu'elle se déplace sans au moins deux gardes pour l'accompagner.

— Elle veut dire qu'elle a bien reçu les factures exorbitantes de tes nombreuses emplettes et qu'elle les trouve trop élevées, répondit Justine.

Amélia se leva d'un bond, bien qu'il restât encore deux tresses à enrouler et à accrocher. Elle traversa la pièce et tendit la main pour que Justine lui remette la lettre, en remuant les doigts d'un geste autoritaire. Justine se fit un plaisir de s'exécuter, et lui montra même le paragraphe concerné.

Amélie lut la phrase : « J'ai reçu les factures exorbitantes… » Elle rendit à Justine la missive, d'un geste brusque.

— Elle ne dit pas qu'elles sont trop élevées, seulement qu'elle les a vues. Et ce n'est même pas vrai !

Quand Amélia clamait qu'une chose n'était pas vraie, celle-ci l'était généralement.

La benjamine retourna à sa chaise, et Lady Bardaline reprit sa tâche – tresser, épingler.

— Donne-t-elle des nouvelles de père ? demanda alors Amélia d'une voix plus douce.

Elle souhaitait visiblement changer de conversation.

Oui, la reine donnait des nouvelles de leur père, et celles-ci retournaient l'estomac de Justine. L'idée qu'elle ne le reverrait peut-être jamais, du moins pas dans cette vie-ci, la plongeait dans un profond désespoir – c'était une possibilité à laquelle il l'avait lui-même préparée alors qu'elle planifiait son départ pour l'Angleterre.

Mais Justine refusait de l'accepter. Elle voulait croire que l'occasion lui serait donnée de le prendre de nouveau dans ses bras et de lui dire à quel point il avait été un bon roi et un bon père.

— Maman nous écrit que son état est stationnaire. Cependant, il apprécie de s'asseoir dans les jardins, l'après-midi, lorsque le soleil est de la partie.

Personne ne prononça plus un mot, jusqu'à ce que Lady Bardaline brise le silence en décrétant les tresses d'Amélia achevées. Elle enserra les épaules de la jeune fille et posa le menton sur le sommet de son crâne – un geste intime, de grande sœur ou de tante.

— Que vous êtes jolie !

— Oui, hein ? dit Amélia en examinant son reflet.

Cet échange faillit faire rendre son petit déjeuner à Justine. Heureusement, le lord-chambellan l'interrompit en apparaissant à l'entrée du salon. Il s'inclina.

— Son Altesse Royale est-elle prête ?

— Oui.

Bardaline jeta un coup d'œil à son épouse. Elle faisait signe à Séviana d'emporter miroirs et épingles, à grand renfort de gestes impatients. Puis la dame de compagnie lissa sa robe. Justine se leva, lui présenta un dos droit, avant de se diriger vers la porte.

— Allons-y.

— Votre Altesse, protesta Bardaline, ma femme…

— Je vous remercie, le coupa Justine d'une voix aimable, mais j'irai seule.

Et elle quitta le salon, consciente que Bardaline mettait du temps à lui emboîter le pas. Mentalement, elle se prépara, avant de se tourner. Elle affichait un sourire innocent.

— Un souci, cher Lord ?

— Si je puis me permettre, il serait plus approprié que Votre Altesse ait une escorte.

— Vraiment ?

Elle eut un rire léger, un tantinet moqueur.

— Cela me semble tout aussi approprié d'y aller seule.

— Mais, je…

— D'après ce que j'ai compris, mon estimée dame de compagnie n'est pas censée bénéficier des lumières de la reine Victoria. Celles-ci me sont réservées, à moi seule qui serai reine un jour. Enfin… Amélia pourrait à la rigueur occuper cette fonction, si d'aventure un malheur arrivait... Mais cela semble peu probable.

Le hoquet de surprise d'Amélia ne lui échappa pas. Honnêtement, Justine elle-même était stupéfaite : jamais elle ne parlait ainsi à Bardaline. Jamais elle ne parlait ainsi à quiconque, à dire vrai. Sans doute avait-elle un peu peur de cet homme, ou plutôt de ce qu'il serait capable de faire si elle le mettait dans de mauvaises dispositions. Aussi, imperceptiblement, elle tremblait. Elle ignorait quelle serait sa marge de manœuvre s'il décidait de s'opposer à sa décision. La seule chose qu'elle savait, c'est qu'elle en avait plus qu'assez d'être constamment surveillée, muselée et traitée en otage.

De longues secondes s'écoulèrent.

Puis, lorsqu'il devint clair que Lord Bardaline ne comptait ni s'opposer ni désobéir, Justine faillit rire de soulagement. L'homme se contenta d'échanger un regard avec son épouse – au visage soudain bien amer – avant de suivre Justine à contrecœur.

— Passe une bonne journée, sœurette ! lança Amélia d'un ton enjoué.

Justine remonta le couloir, le menton haut, s'interdisant de jeter un regard par-dessus son épaule, de laisser transparaître la moindre faiblesse. Elle s'imaginait être la reine Éléna, dans le château d'Astasie, la première fois qu'elle avait paru devant ses sujets après son couronnement. Elle se demanda ce qu'Éléna avait ressenti, comment elle avait réagi, face aux tentatives de son entourage de la contrôler. S'était-elle sentie parfois pétrie de doutes, comme Justine ? La princesse se figurait que non.

Elle était déterminée à prendre exemple sur son arrière-grand-tante.

Justine avait déjà rencontré la reine Victoria durant son séjour. Au tout début, lorsqu'elle était arrivée à Londres, elle s'était présentée à la cour accompagnée de l'ambassadeur de Weslorie pour offrir à la reine une petite sculpture, une ballerine d'onyx. Un cadeau de sa mère, en remerciement de son « patronage ». Le discours de l'ambassadeur, qui avait apparemment bu une certaine quantité de vin, s'était éternisé. Justine aurait pu jurer qu'elle avait vu la reine Victoria piquer du nez.

Elle l'avait de nouveau croisée à l'occasion d'une réception intime donnée en l'honneur des deux princesses. Étaient présents l'époux de Sa Majesté, leur aîné, ses ministres, et un nombre extravagant de courtisans entourant la reine d'attentions dans l'espoir d'attirer la sienne. Justine, malgré son estomac noué et ses nerfs à vif, avait passé le plus clair de la fête à afficher un air à la fois modeste et altier, comme le lui avaient appris sa mère et M. DuPree. Pendant ce temps, Amélia avait éhontément flirté avec de nombreux gentlemen anglais. Plus Justine avançait en âge, plus elle était visiblement mal à l'aise en public – surtout depuis la débâcle Aldabert. Au moins avait-elle réussi à résister à l'envie de se ratatiner dans un coin pour que personne ne la remarque.

Aujourd'hui, pour la première fois, elle prendrait le thé avec la reine, en tête à tête. Puisqu'il s'agissait d'une entrevue intime, elle ne ressentait pas cette nervosité que lui provoquaient les grandes réceptions. Pour tout dire, elle était plutôt impatiente – elle avait tant de questions !

Elle arriva à Windsor et fut conduite dans un salon rouge où on la fit attendre un instant. Elle en profita pour admirer le décor, bouche bée. Le plafond, d'une hauteur improbable, était agrémenté de moulures dorées à la feuille. En son centre était accroché le chandelier en cristal le plus imposant que Justine ait jamais vu. On aurait pu croire que, ayant grandi dans un château, il serait difficile de l'impressionner… Mais le palais de Rohalan, à Saint Edys, était bien moins grandiose que celui-là ! Le climat de Weslorie étant plus rude que celui de l'Angleterre, les plafonds y étaient plus bas, conçus pour que la chaleur ne se perde pas. Les meubles étaient robustes et pratiques, du bois, du cuir, plutôt que de luxueux tissus carmin. Les œuvres accrochées aux murs représentaient des rois, des généraux, des nobles, tous exclusivement en habits militaires. Même le salon dans lequel Amélia et elle avaient passé le plus clair de leur temps, petites, était tapissé de portraits de hauts dignitaires de l'État, si bien que Justine s'était toujours sentie vivre dans un monde d'hommes. Dans ce salon-ci, les peintures montraient également des femmes, des enfants. Les couleurs étaient douces. Les visages souriants.

Elle admirait la vue bucolique de la fenêtre lorsque l'une des portes s'ouvrit en grand.

— Bonjour ! fit une voix haut perchée, presque enfantine.

Et en effet, à cette distance, on aurait pu prendre la reine Victoria pour une enfant. Elle était si petite ! À peine un mètre cinquante. Justine esquissa une profonde révérence… profonde, profonde, dans un effort désespéré pour que le sommet de son crâne passe sous le niveau du menton de Sa Majesté. Elle se pencha tant et si bien qu'il lui fallut solliciter chaque muscle de son long corps pour se redresser sans prendre appui sur un des meubles. Mais elle y parvint, ce qui lui arracha un sourire triomphant, que la reine accueillit avec chaleur. C'est à peu près à ce moment-là que Justine remarqua l'enfant. Et le chien. Un petit teckel brun.

— Ma fille Victoria. Elle va se joindre à nous, si ça ne vous dérange pas, dit la reine. Et voici Garçon. N'est-il pas adorable ? Je l'ai averti qu'il ne pouvait pas venir, mais il a désobéi. Tu es un garçon bien indiscipliné, pas vrai, Garçon ?

Le chien s'assit et leva vers la reine des yeux idolâtres. Sa queue remuait assez pour battre le tapis sur lequel il s'était installé.

Justine était contrariée. Elle voulait que la reine se consacre à elle, et rien qu'à elle. Mais elle sourit avec entrain et déclara :

— J'en suis enchantée.

La petite princesse n'était pas plus haute que sa mère. Elle s'inclina devant Justine et lui souhaita la bienvenue à Windsor. Justine la remercia puis se pencha vers le chien pour le saluer. Garçon accepta ses hommages avec délices, avant de trotter vers l'un des valets de pied.

— Je vous en prie, asseyez-vous, offrit la reine en désignant une table incrustée de jade au centre de la pièce.

Dessus était posé un chandelier en or dont les branches dessinaient un arbre foisonnant. Comme il faisait beau temps, les rideaux ainsi que deux fenêtres avaient été ouverts, permettant à la lumière du jour et à l'air du dehors d'entrer.

Un laquais apparut pour tirer la chaise de Sa Majesté. Dès qu'elle fut installée, deux valets supplémentaires se chargèrent d'asseoir Justine et la petite princesse. L'un des domestiques escamota la quatrième chaise, restée vacante, comme s'il s'était agi d'une obscénité. Si la reine s'interrogeait sur les raisons pour lesquelles Justine s'était présentée sans suivante, escorte, espion ou geôlier, elle n'en laissa rien paraître. Elle commenta plutôt le temps qu'il faisait alors qu'elles prenaient confortablement place.

— J'ai demandé que mon gâteau favori nous soit servi, déclara la reine.

Et l'un des domestiques ôta avec diligence la cloche qui cachait une génoise couverte de framboises.

— Il est incroyablement léger, vous verrez.

Elle fit signe au majordome de leur verser le thé et, pendant qu'il s'exécutait, elle ramassa son teckel. Le chien lui lécha le visage avant d'être libéré puis il disparut sous la table. Justine ne tarda pas à sentir son petit corps chaud s'installer confortablement à ses – non, *sur* ses pieds.

La reine Victoria transvasa le thé qu'on venait de lui servir dans une tasse vide. Puis elle regarda Justine, qui n'avait pas encore touché à sa tasse.

— Faites de même, l'encouragea-t-elle. Cela refroidit le thé.

La petite princesse imita sa mère, et Justine comprit enfin pourquoi tant de tasses et de soucoupes avaient été sorties pour elles trois seulement. Le cérémonial était étrange, mais Justine s'y plia. Elle n'était après tout pas là pour commenter la façon dont la reine Victoria prenait le thé.

Sa Majesté déclara qu'elle était ravie de la visite, que Vicky – comme elle surnommait sa fille – avait quinze ans et que, il y a un mois tout juste on avait officialisé ses fiançailles au prince Frédéric de Prusse.

— Vous avez peut-être lu la nouvelle ?

— Je n'ai…

Justine s'apprêtait à répondre que non, elle n'avait pas lu la nouvelle, mais l'une des choses qu'elle n'allait pas tarder à découvrir concernant la reine Victoria était que cette dernière préférait de loin les monologues aux conversations.

— Son père et moi avons accepté cette union, bien sûr, mais les noces n'auront lieu qu'après les dix-sept ans révolus de Vicky. Elle est pour l'instant bien trop jeune pour être mariée, ne pensez-vous pas ?

Vicky rougit et se réfugia dans la contemplation de sa tasse. Justine tenta une réponse.

— Je dirais que…

— L'avez-vous rencontré ? la coupa une nouvelle fois la reine. Frédéric ? Un jeune homme remarquable.

— Non, je n'ai pas…

— Pourquoi n'avez-*vous* pas de fiancé, ma chère ?

Justine cligna des yeux. Elle était encore en train de se former une opinion sur le mariage à quinze ans, de fouiller sa mémoire pour savoir si oui ou non elle avait déjà rencontré Frédéric de Prusse : elle était loin d'être prête à disserter sur son incapacité à trouver un époux.

— Ces choses-là devraient être décidées en amont, avant qu'il ne soit trop tard, poursuivit la reine. Bien sûr, j'ai été une exception… Je ne souhaitais tout bonnement *pas* me marier, que voulez-vous ? Et puis j'ai fait la connaissance d'Albert et j'ai changé d'avis. Vous auriez fait de même. Il était si beau ! Vous êtes bien avancée en âge, pour n'avoir pas trouvé chaussure à votre pied, ne pensez-vous pas ? ajouta-t-elle après avoir coulé un regard suspicieux à Justine. Votre sœur aussi, je trouve. N'a-t-elle pas non plus de perspectives ?

— Hmmm…

Justine ramassa sa nouvelle tasse, celle avec le thé transvasé, et remarqua avec horreur qu'elle n'avait pas fait preuve d'assez de minutie : un peu de liquide s'était renversé dans la soucoupe.

— L'état de santé de mon père m'a absorbée.

Cette explication était en partie vraie – elle en avait passé, du temps, à regarder son père se plier aux exigences des affaires régaliennes ou à répondre aux courriers et doléances qui lui étaient adressés, malgré la toux et la douleur.

— Mais l'affaire a certainement été *discutée*, insista la reine.

L'affaire avait bien sûr été discutée. Elle avait été discutée plus qu'à son tour. La Weslorie entière était sur des charbons ardents, attendant de voir quand Justine prendrait un mari, spéculant sur l'identité de celui-ci. C'était une drôle d'expérience – être entourée de gens parlant sans cesse de votre futur époux. Comme si vous étiez bien incapable de vous en dégotter un par vous-même. Ou comme si vous ne valiez rien sans mari à vos côtés. Ou comme si vous n'aviez tout bonnement pas voix au chapitre !

— Oui, madame, finit par répondre Justine. J'ai d'ailleurs cru comprendre que je rencontrerais un certain nombre de prétendants durant mon séjour.

— Rassurez-moi : vous avez auprès de vous des gens susceptibles de les évaluer ? L'idéal aurait été que vos parents s'en chargent, mais j'entends bien que c'est pour l'heure impossible. Qui s'occupe de vous ?

— Eh bien…

Non, décidément, Justine ne pouvait se résoudre à répondre : « Lord et Lady Bardaline ».

— Ma sœur a…

— Vous ne pouvez pas vous fier à votre sœur ! s'affola la reine alors qu'un valet lui servait une large part de gâteau.

Elle voudra pour vous le meilleur, quelqu'un de beau et qui a bon cœur. Or, vous devez envisager chacun de ces gentlemen, non sous l'angle marital, mais sous celui de la monarchie, très chère. En vous demandant lequel est le mieux à même de servir votre pays.

Justine se dit qu'un peu de bonté ou de beauté ne pourraient pas faire de mal au pays. Pendant ce temps, le valet servit deux plus petits morceaux à Vicky et elle. La reine attrapa sa fourchette et commença à manger, avant de reposer le couvert.

— Oh ! non, ça ne va pas du tout. Emportez-moi ça.

Justine s'apprêtait à attaquer lorsque le domestique lui retira son assiette.

— Je suis sûre que vous ferez le bon choix, poursuivit Victoria, apparemment indifférente au sort réservé à la part de Justine. J'imagine qu'avoir un père malade bouleverse le cours des choses.

Puis, s'adressant à l'un des laquais :

— Le gâteau servi hier était une perfection. Je ne comprends pas pourquoi il n'en est pas de même pour celui-ci. N'êtes-vous donc pas d'accord ? demanda-t-elle à Justine, décidée à la prendre à témoin alors que cette dernière parvenait à peine à se remettre de la perte de son gâteau.

— Je n'ai pas eu le temps d'y goûter.

— Je faisais référence à votre situation. Elle est particulière, ne pensez-vous pas ? Votre père est vraiment très malade.

— C'est regrettable, mais c'est exact, Votre Majesté.

— Mes plus sincères condoléances, dit la reine.

Puis elle avala une gorgée de thé, tout en jaugeant Justine, avant de reposer sa tasse et de déclarer :

— Je comprends votre souci. J'y ai moi-même été confrontée quand feu mon oncle Guillaume IV est tombé malade : son agonie m'a semblé durer une éternité ! Il faut dire que j'étais pressée d'accéder au trône.

Justine faillit s'étouffer avec son thé. Elle n'était *nullement* pressée d'accéder au trône ! Sa Majesté se rendait-elle compte que, pour qu'elle devienne reine, il fallait d'abord que son père meure ? Elle préférait être fille et princesse plutôt que reine et orpheline, là était la vérité. Elle n'arrivait pas à s'imaginer affronter son devoir sans son unique allié, le seul qui comprenne le poids de la couronne. Être reine était sa destinée – elle l'entendait, mais comment aurait-elle pu le *désirer* ? Elle fut soudain prise de l'envie violente d'être de retour à Saint Edys, aux côtés de son père.

— Guillaume a un jour déclaré qu'il espérait simplement survivre jusqu'à ce que j'aie dix-huit ans. Il a été exaucé et s'est éteint un mois après mon dix-huitième anniversaire, figurez-vous.

— Pourquoi voulait-il cela, mère ? demanda Vicky.

— Oh ! eh bien… Il n'aimait pas beaucoup l'idée que ta grand-mère, l'épouse de son frère, devienne régente. Moi non plus, à vrai dire.

Justine crut à un trait d'esprit, mais la reine la toisa le plus sérieusement du monde, les sourcils froncés.

— Votre mère sera-t-elle régente ?

— Non, madame. J'ai vingt-cinq ans. Et j'ai été instruite avec…

Elle cherchait le bon adjectif pour désigner l'insistance avec laquelle son père l'avait préparée à ses fonctions : il s'avéra qu'elle n'en aurait pas besoin, car la reine déclara, sans la laisser poursuivre :

— C'est heureux. Les régents sont généralement

assoiffés de pouvoir. Rien ne les arrête, lâcha-t-elle avant de s'interrompre un instant pour réfléchir à ce qu'elle venait de dire. Mais je suis certaine que *jamais* Sa Majesté la reine Agnès ne conspirerait contre vous, très chère ; ce n'était pas là le sens de mes paroles. Peut-être votre père désire-t-il rester en vie tant que vous n'avez pas pris de mari ? hasarda-t-elle ensuite avec un sourire plein de sympathie. Il sait bien que ce compagnonnage rendra votre tâche plus aisée. Pour peu que vous trouviez ce compagnon.

— Je crois qu'il désire rester en vie, point.

Justine fit tous les efforts du monde pour ne pas gigoter nerveusement sur son siège. Elle se montrait impertinente, elle le savait, et elle pouvait presque entendre les *non non non* atterrés de DuPree depuis le continent.

— Eh bien ! nous prions pour son rétablissement. Mais il ne pourra de toute façon pas être toujours à vos côtés, aussi vous faut-il un soutien. Une personne sur qui vous reposer lors de votre accession au trône. Avez-vous une telle personne, dans votre vie ?

— Ma sœur, affirma Justine sans réserve.

— Je voulais dire : quelqu'un qui connaisse l'exercice du pouvoir ? J'avais pour ma part Lord Melbourne, mon Premier ministre. J'avais en lui une absolue confiance et quand les conservateurs ont voulu le remplacer, je m'y suis farouchement opposée. Qu'en est-il de votre Premier ministre ? Est-il bon conseiller ?

Oh ! pour ça, Justine imaginait sans mal Robuchard se faire un plaisir de la conseiller… Mais pas dans l'intention de l'aider : dans celle de la contrôler.

— C'est un homme fort respectable, glissa-t-elle avec prudence.

— Vous ne répondez pas à ma question…, dit la reine

avec un sourire de conspiratrice. Non, inutile d'ajouter quoi que ce soit : vous avez la tête sur les épaules, je le vois bien…

Puis elle se pencha vers Justine.

— … tout comme je vois que vous avez des doutes concernant cet homme. Débarrassez-vous-en, en ce cas : voilà mon conseil. Trouvez-vous un Melbourne.

— Où ça ? demanda la petite princesse. Où le trouvera-t-elle ?

— Elle n'aura qu'à confier cette tâche au conseil privé de Sa Majesté. Mais il vous faut également un mari, insista-t-elle en revenant à Justine. Quelqu'un à qui vous faites autant confiance qu'à votre sœur. Quelqu'un qui vous aide à supporter le poids de la couronne, comme mon Albert. Je n'essaye pas d'être indélicate en insistant sur le fait que, pour vous, l'horloge tourne, très chère : vous *devez* avoir un soutien à vos côtés. Sinon, la cour ne fera de vous qu'une bouchée.

Justine laissa échapper un rire incrédule : voilà qu'on en revenait à son éclatante absence d'époux ! Et à son incapacité, apparemment, à régner, quand telle était sa prérogative de naissance !

La reine recula dans son siège, repoussa sa tasse et toisa Justine d'un air malicieux. Un valet avança immédiatement pour la resservir.

— Comprenez-moi, ma chère. Vous êtes parfaitement capable d'être reine. Peut-être serez-vous même une bonne reine. Mais ce monde réclame des rois. Puisque vous ne pouvez en devenir un, donnez au moins au peuple un prince consort à admirer.

Victoria transvasa de nouveau le thé qu'on venait de

lui servir dans une tasse vide, portant à trois le nombre de récipients inusités.

— Passons aux choses sérieuses : qui avez-vous envisagé, pour remplir cette fonction ?

— Je… Per… personne, pour être honnête. Ma mère a… requis les services de quelqu'un apte à m'aider à… établir une liste, si je puis dire.

— Eh bien ! Qui donc a été placé en tête de cette liste ?

Un valet se chargea d'emporter les tasses vides.

— Je ne saurais le dire, confessa Justine d'un ton d'excuse. Mais je sais que beaucoup de noms ont été suggérés.

— Évidemment ! déclara la reine. Vous êtes jeune, belle, probablement en mesure d'engendrer le prochain héritier : vous êtes le parti idéal de tout homme pourvu d'ambitions. Vous êtes singulière ? Vous en avez tous les droits. Mais prenez garde : trompez-vous dans le choix de votre mari et ce dernier pourrait bien tenter de vous chaparder le trône…

Une nouvelle fois, Justine faillit s'étouffer avec son thé.

— Plaît-il ?

— Les hommes aiment le contrôle. Albert lui-même était comme ça, dans les premiers temps de notre mariage. À vouloir me commander.

Sa fille laissa échapper un rire.

— Mais je l'ai épousé parce qu'il était particulièrement beau, et puis cela faisait plaisir au reste de la famille.

Victoria n'avait donc pas suivi son propre conseil, préférant se fier à ses élans plutôt qu'au sens commun.

Un valet fit son apparition, une assiette de scones à la main. Il la posa sur la table, ainsi que des ramequins de *Devon cream* et de miel. Tout cela semblait délicieux, et l'estomac de Justine le manifesta avec un léger gargouillement.

— Je n'en veux pas. J'avais envie de gâteau. Remportez-les, ordonna la reine – et le valet s'exécuta. Vous avez quasiment fini votre thé : reprenez-en.

D'un geste, la reine appela le majordome pour qu'il resserve son invitée.

— Je ne voudrais pas causer de dérangem...

— Pas le moins du monde ! Quel dommage que le gâteau ait été raté... C'est en temps normal un délice. J'imagine qu'il ne vous reste qu'à me croire sur parole...

Du thé fut versé dans la tasse de Justine et cette dernière, les yeux de la reine et de la petite princesse braqués sur elle, le transféra soigneusement dans une nouvelle tasse, encore une. Alors qu'elle travaillait à refroidir son thé, la reine continuait de transmettre sa sagesse.

— Il y aura toujours un homme pour croire qu'il sait ce qu'il y a de mieux pour vous. Or, en ce domaine, personne n'est aussi bien renseigné que vous-même. Suivez votre instinct, c'est compris ? Oh ! et pour ce qui est des dames de compagnie : méfiez-vous d'elles. Ayez-en toujours deux, voire trois, et choisissez-les de façon qu'elles ne puissent pas s'entendre. Si elles sont en conflit, l'une finira par vous rapporter les faits et gestes des autres, et vous saurez alors tout ce qui se trame. Écoutez-moi attentivement, très chère : si vous ne constituez pas immédiatement votre suite, votre Premier ministre en profitera pour installer à votre service des femmes avec qui toute connivence, et par conséquent toute confiance, sera impossible.

L'image de Lady Bardaline s'imposa dans l'esprit de Justine. Ce conseil ne la surprenait guère : son père lui avait donné le même. Et, étant donné les augustes personnes qui lui avaient fait cette recommandation comme s'il s'était agi d'une question de vie ou de mort, la princesse en saisissait toute l'importance. D'ailleurs, concernant le monarque, « de vie ou de mort » n'était pas une exagération : il avait échappé, huit ans plus tôt, à une tentative d'empoisonnement durant leur séjour à Londres.

Mais les soucis de Justine étaient d'un autre ordre. Ce n'était pas tant que ses gens lui rapportaient de fausses informations ou qu'ils l'avisaient mal : c'était surtout qu'ils ne lui disaient rien. Rien du tout. Ils pensaient sûrement que, maintenue dans l'ignorance, elle serait plus facile à manipuler... Enfin, exception faite de Douglas, qui semblait déterminé à être honnête avec elle quitte à l'égratigner sévèrement, ce dont elle se serait bien passée !

Elle n'avait pas plus besoin d'un gardien que d'un mari, or c'était la mission que l'on avait confiée à Douglas. Que c'était humiliant ! Elle savait pertinemment quelles étaient les instructions que le marquis avait reçues, non pas parce qu'on les lui avait rapportées – *personne* ne lui rapportait jamais rien –, mais parce qu'elle connaissait parfaitement Robuchard. En voilà, un homme qui aimait le pouvoir. Et il avait la confiance de sa mère la reine !... Bien que Justine ignorât pourquoi ces deux-là lui avaient mis Douglas dans les pattes, elle se doutait qu'ils ne l'avaient pas fait dans l'intention de la voir heureuse. Elle n'était pas stupide. Et elle entendait bien tuer leurs projets dans l'œuf.

Le thé prit fin quand il devint clair qu'aucune douceur ne saurait se montrer à la hauteur des exigences de la reine. Justine était déçue – elle avait à peine pu prononcer un mot, or elle avait tant de questions ! Heureusement, Victoria manifesta son désir de la revoir.

— La duchesse de Wellington réunit mes maîtresses de la garde-robe et mes dames de compagnie, nous allons tricoter des chaussettes pour nos soldats en Crimée.

Nous déjeunerons également. Votre sœur et vous-même accepteriez-vous de mettre vos considérables talents à notre disposition ?

Ni Amélia ni Justine n'avaient de considérables talents à offrir dans le domaine des travaux d'aiguille, mais la princesse accepta néanmoins la proposition, trop heureuse d'avoir une distraction en vue.

Puis elle fut escortée hors du château, où son carrosse et sa suite weslorienne l'attendaient. Elle grimpa sur la banquette en soie et regarda droit devant elle alors que le cocher fermait la portière. Dès qu'elle fut certaine que personne ne pouvait la voir, elle renversa la tête et se mit à fixer le plafond tapissé de brocart.

Elle redoutait son retour à Prescott Hall et ses retrouvailles avec les Bardaline. Ils voudraient tout savoir de son entrevue avec la reine, et Justine ne parviendrait pas à se barricader éternellement dans le silence.

Elle repensa à l'invitation de Douglas à admirer la collection d'œuvres du duc de Sutherland. N'ayant pas envisagé un instant de l'accepter, elle n'en avait pas fait mention à Bardaline… Mais, alors que Londres filait par sa fenêtre, elle se demanda si elle n'était pas en train, par fierté, de passer à côté d'une opportunité d'échapper à sa geôle anglaise. Elle considérait toujours le marquis comme un scélérat de premier ordre, mais il constituait peut-être un moyen de se soustraire au regard vigilant des Bardaline. Il y avait sans doute pire, comme stratagème : au moins celui-ci était-il plaisant pour les yeux.

Oui, trancha-t-elle alors que la calèche accélérait, cahotant sur la route : elle ordonnerait à Bardaline d'accepter l'invitation de Douglas à Stafford House.

Chapitre 7

William dormait à poings fermés lorsque Ewan prit la malheureuse décision d'ouvrir les rideaux. Cela occasionna un tapage épouvantable, finalement recouvert par le vacarme que fit le domestique en se prenant les pieds dans le tapis. Qui dit homme imposant dit bruits imposants.

William avait le visage écrasé contre le matelas, la tête enfouie sous les oreillers. Il était à peu près sûr de porter encore sa chemise et sa cravate de la veille. Soit ça, soit quelqu'un était en train de l'étrangler. Il ouvrit un œil morne sur son valet.

— Foutu Beckett Hawke ! Qu'il soit maudit. Tu m'entends, Ewan ? Qu'il soit maudit pour l'éternité !

— Oui, milord.

Ewan s'était avancé vers le lit avec prudence. On eût dit qu'il se préparait à parer l'attaque de l'animal sauvage qu'il essayait de capturer. William réussit à libérer un bras de sous son corps. Tout en progressant inexorablement vers la liberté, sa main palpa les boutons et la laine de ses habits, avant de toucher l'étoffe autour de son cou. Cravate en soie et non main au collet, donc : c'était déjà ça.

Hier soir, il était tombé sur Beck au Brook's Gentlemen Club, dans St James Street. Celui-ci, qui était en train de jouer aux cartes, l'avait invité à sa table de whist[1]. Il l'avait appâté avec une boisson qu'il avait tout juste découverte, *Ladies' Blush*[2], qu'il avait fait venir des États-Unis, affirmait-il, bien qu'il soit incapable d'expliquer par quel moyen. La seule chose dont William se souvenait, c'était que la mixture en question était sucrée et avait pour base du gin, et qu'une personne qu'il ne connaissait pas, mais dont Beck lui avait dit le plus grand bien, s'était chargée de s'assurer qu'il rentre sain et sauf. William avait également la vague réminiscence d'une dispute avec Ewan au sujet de ses vêtements.

Il pointa un index résolu en direction du valet, qu'il ne pouvait plus vraiment voir, ayant de nouveau enfoui son visage dans les oreillers.

— Lord Iddesleigh n'est plus admis dans cette demeure. Il n'est même plus autorisé à s'approcher de la porte ! Et s'il tente de frapper, abattez-le.

— Oui, milord.

William laissa sa main retomber. Il attendit qu'Ewan se retire, mais, au silence qui régnait, il comprit que ce dernier était encore là.

— Eh bien ? demanda-t-il depuis son monticule d'oreillers.

— Une lettre est arrivée, milord. Une lettre d'importance, à en juger par l'enveloppe.

— Une lettre d'importance.

William se redressa et dégagea une boucle de cheveux qui lui barrait la vue.

— Que voulez-vous dire par là, Ewan ? Toutes les

1. Jeu de carte ancêtre du bridge. (NdT)

2. Littéralement : *Le Feu aux joues de ces dames.* (NdT)

lettres ne sont-elles pas importantes ? Sinon, pourquoi s'embêterait-on à écrire ?

— Je ne saurais vous dire, milord.

— Un peu de logique, MacDuff : vous ne savez pas les raisons qui font qu'on s'embête à écrire, mais vous savez repérer à l'œil nu si ces raisons sont d'importance ou non ? Au point de savoir quelles missives requièrent mon attention dès l'aube ?

— Il est une heure de l'après-midi, milord.

— Bon sang ! Pourquoi ne pas m'avoir réveillé avant ? rouspéta William avant de soupirer et de rouler sur le dos. Je prendrai du thé, s'il vous plaît. Non – du café, plutôt. Du café turc. Oui, c'est ça : je prendrai du café, avec un demi-bœuf rôti si possible.

— Si fait, milord.

Et pourtant, Ewan ne bougea pas. Il continuait d'exhiber le petit plateau en argent sur lequel était posée la lettre.

— Par tous les diables, grommela William avant de s'asseoir, le dos bien calé contre la tête de lit, en passant les doigts dans ses cheveux. J'étais sérieux, tout à l'heure : Iddesleigh n'est plus le bienvenu ici. Un mot de lui, et je perds tout discernement !

Oui, l'état dans lequel William se trouvait n'était pas sa faute : Beck pouvait se montrer incroyablement persuasif quand il le voulait.

Il se passa la main sur le visage, puis regarda Ewan. Ce dernier semblait déterminé à lui remettre cette lettre. William tendit la main.

— Très bien. Donnez-la-moi.

Ewan posa avec précaution l'enveloppe dans la paume ouverte de son maître. William loucha vers elle. Il ne reconnaissait pas l'écriture. Il la tourna pour examiner le sceau : elle venait de Prescott Hall. Il poussa un grognement.

— C'est bien le jour...

Puis il rompit le cachet et déplia la missive.

Cher Lord Douglas.

S.A.R. Justine vous transmet ses respectueux hommages. Elle m'a mandé d'accepter votre si plaisante invitation à admirer la collection de peintures de Stafford House. S.A.R. Amélia et elle-même se réjouissent de vous accompagner jeudi à trois heures. Si vous ne disposez pas d'un moyen de transport digne de LL. AA. RR., il vous en sera fourni un.

Recevez, cher Lord, l'assurance de ma très haute considération.

Gregor Bardaline, comte de Talin, lord-chambellan de S.A.R. la princesse Justine.

William froissa le papier dans sa main. Ses yeux se dirigèrent vers la fenêtre. On était mercredi.

Il ne voulait pas y aller. Il regrettait d'avoir fait cette proposition. Il était dans un sale état, et la simple idée d'interagir avec le duc de Sutherland et sa répugnante coterie lui retournait l'estomac – plus encore que le *Ladies' Blush* de Beck. Il savait exactement à quoi s'attendre : une assemblée de courtisans affolés par la présence des princesses, insistant pour leur être présentés. Ce qui signifiait que William, en tant qu'escorte, devrait rester éveillé et alerte. Il préférait demeurer ici, confortablement installé dans un fauteuil, avec le journal pour seule compagnie. Mais cette princesse butée avait changé d'avis : elle voulait voir les peintures.

Le sang battit dans les tempes du marquis.

Il jeta la boule de papier en direction d'Ewan et l'observa atterrir sur le sol.

— Dieu me vienne en aide, MacDuff. Je dois me rendre à une réception demain après-midi, une sinistre histoire de peinture. Apporte-moi du café, veux-tu ?

— Oui, milord.

Ewan ramassa la lettre et se retira. William se laissa glisser sur le matelas avec un grognement.

Depuis sa visite à Prescott Hall, il s'était sorti Sa Prétentieuse Altesse de la tête. Du moins, autant qu'on peut se sortir de la tête une princesse sur le point d'accéder au trône. Elle n'avait pas répondu à son invitation : il avait pensé avoir accompli son devoir. Et voilà qu'avec cette acceptation de dernière minute, elle se frayait de nouveau un chemin dans son esprit !

C'était certes agaçant… mais peut-être qu'après deux ou trois tasses de café, ça le serait moins, qui sait ?

Sutherland, un Écossais lui aussi, était l'un des voisins de William. Il habitait à quelques pas de là, qu'on y aille par la rue ou en coupant par Green Park. Aussi, le lendemain, le marquis de Douglas rendit-il une visite à son compatriote pour l'informer qu'il escorterait une princesse à sa réception.

— Si cela ne vous dérange pas, précisa-t-il.

— Me déranger ? Au contraire : voilà qui va en boucher un coin à Argyl, pas vrai ? déclara Sutherland, extatique.

Argyl était un autre duc écossais. Entre eux régnait une certaine rivalité.

William supposa que ça en boucherait un coin à tout le monde. L'assemblée se demanderait comment ce « célibataire notoire » – ainsi que le répétait sa sœur – de William

Douglas s'était retrouvé à accompagner deux princesses, dont l'une bientôt couronnée. Il y aurait assurément des gentlemen pour le féliciter à grand renfort de gestes obscènes.

Une situation dispensable.

Il avait fait répondre à Prescott Hall qu'il se « réjouissait » de retrouver les princesses selon les modalités convenues – le « réjouissait » était un ajout d'Ewan, que William n'avait pas approuvé – et qu'il possédait un attelage, merci bien. Certes, il n'était pas aussi fastueux qu'un carrosse royal, mais il avait servi à transporter son père, un duc, à travers la ville : il ferait donc l'affaire. Ewan avait également supprimé cette précision.

William s'habilla avec autant de soin que s'il s'apprêtait à rencontrer Dieu lui-même : un col amidonné, des pantalons repassés et une redingote finement ouvragée. Il fit brosser les chevaux, préparer la voiture et mander les cochers. Quand Ewan lui assura que tout était prêt, William se mit en route pour Prescott Hall, avec toutes les courbettes et rodomontades que la situation exigeait apparemment.

À son arrivée, un majordome le conduisit dans un minuscule salon. Il n'y avait qu'un seul tableau affiché dans cette pièce exiguë, le portrait d'un homme dans les soixante ans. Ses joues étaient rouges et son ventre bien tendu – un ventre de buveur, identifia William. Le marquis porta la main à sa propre panse pour la palper subrepticement… La porte s'ouvrit. Il se tourna.

La princesse Amélia souriait en avançant vers lui, tout en le détaillant.

— Bonjour, monsieur.

— Votre Altesse Royale.

William s'inclina. Le sourire de la jeune fille se fit

soudain aguicheur. Elle approcha si près de lui qu'il put sentir le froissement de ses jupes contre sa jambe. Ses yeux balayèrent la poitrine de William, s'attardant sur les boutons de son gilet.

— Oh ! *maintenant*, vous vous souvenez de moi ?

La coquette. Ce dont William se souvenait, c'était d'une petite souris – à peine une ombre dans le dédale de sa mémoire.

— Oh ! que oui. Vous êtes Son Altesse Royale, Amélia de Weslorie. Votre sœur se joindra-t-elle à nous ?

Cette question vexa Amélia, qui s'écarta de lui.

— Évidemment, oui, Jussie se joindra à nous, lâcha-t-elle avec humeur – avant de se raviser et de le regarder droit dans les yeux. Elle a demandé que je vous tienne compagnie.

L'un des sourcils de William se leva.

— Vraiment ?

— *Jæ*.

— Je n'en crois pas un mot, Votre Altesse.

— Vous devriez faire attention à ce que vous dites, monsieur ! se récria la princesse.

— Tout comme vous, Amélia, lança sa sœur. Après tout, que savez-vous des desseins de Lord Douglas ?

Aucun des deux ne s'était rendu compte que Justine venait de faire son entrée. Ils se comportèrent comme des amants pris en faute. William effectua une profonde révérence.

— Bonjour, Votre Altesse Royale.

— Monsieur, répondit-elle fraîchement.

Elle portait une toilette de velours rouille et de soie rose, une touche de vert weslorien à la manche, et sa poitrine, William ne put s'empêcher de le remarquer, ressemblait à deux monts crémeux et parfaits, prêts à surgir à tout instant de son corselet. Il avait constaté, au fil des années, que les femmes les plus insupportables étaient souvent les plus belles.

— Il a sous-entendu que je flirtais avec lui ! se révolta Amélia.

— C'est absurde, répondit Justine du tac au tac. Il a l'âge d'être votre père !

— Comment ?

La question avait jailli de la bouche de William.

— Je n'ai certainement pas l'âge d'être son père !

— C'est vrai, vous êtes bien trop vieux pour ça, dit Justine avant de sourire, la sournoise petite créature. Eh bien, William, nous voilà prêtes ! ajouta-t-elle en ouvrant les bras. Dans nos plus beaux atours pour aller admirer de l'art.

— Et, si je puis me permettre, l'effet est assez réussi.

Elle cligna des yeux, l'air déstabilisé. Puis elle tendit un bras, paume ouverte, et appela :

— Torrin ?

Aussitôt, un valet de pied accourut pour lui porter sa cape en soie. Comme elle lui tournait le dos, il passa le vêtement autour de ses épaules. Durant l'opération, Justine ne lâcha pas William des yeux.

— Il nous faudra également nos bonnets.

Sans doute Bardaline avait-il sagement attendu d'entendre ce nom de code pour apparaître, car il surgit soudain, deux bonnets richement décorés dans les mains, l'un doré, l'autre vert et blanc. Il adressa à William un sourire furtif et faux et, dès cet instant, le marquis décréta que, par principe, il n'en aurait rien à faire du *lord-chambellan* de Son Altesse Royale. La manière dont Justine s'écarta imperceptiblement lorsque cet homme lui glissa quelques mots à l'oreille n'échappa d'ailleurs pas à son attention.

— Merci, répondit-elle.

Et elle s'empara de son couvre-chef, dont elle noua le ruban sous son menton d'un geste expert. Amélia dut, elle, avancer jusqu'au grand miroir accroché en face des fenêtres pour en faire autant.

— Nous vous savons gré de votre aimable invitation, déclara Justine poliment.

— Vraiment ? Vous n'aviez pourtant pas l'air de la trouver bien aimable, lors de notre dernière entrevue.

— Ah ? Eh bien ! Ma sœur et moi avons hâte de découvrir la collection du duc de Sutherland.

— Il est lui-même très impatient de vous la montrer. Un carrosse nous attend.

— Très bien, allons-y.

— Après vous, lança-t-il en indiquant la porte.

Elle pivota pour s'exécuter et Amélia, qui s'admirait encore, laissa échapper un couinement.

— Je ne suis pas prête !

Cela ne l'empêcha pas de se précipiter à la suite de sa sœur. Quant à Bardaline… il trottait aux côtés de Justine comme un poney, parlant si bas que William, qui avait apparemment été désigné pour fermer la marche, ne pouvait entendre un mot de ce qu'il disait.

Arrivée en bas de l'allée, Amélia plissa les yeux. Elle fixait le coupé aux couleurs de Hamilton. Les armoiries de la famille décoraient la porte.

— Qu'est-ce que c'est que ça ? C'est un peu exigu, non ? Les carrosses sont bien plus grands, en Weslorie.

— C'est parce que tu penses aux carrosses que nous utilisons, lui expliqua Justine. Celui-ci n'est pas *royal*.

William regarda le véhicule. Il était de taille standard, fait pour que deux chevaux puissent le tirer. Fallait-il un attelage de six montures pour emmener ces deux précieuses encapuchonnées à St James ?

Deux gardes montés arrivèrent en trottant pour prendre place derrière la voiture.

L'un des cochers de William, positionné à l'arrière du coupé, bondit pour ouvrir la porte et sortir le marchepied. Sans attendre, Amélia avança d'un pas et tendit la main au garçon pour qu'il l'aide à grimper. Justine suivit et s'assit avec élégance. Une fois installée, elle se pencha par la portière et demanda à William :

— Ferez-vous le trajet avec nous ?

Parbleu, oui ! Il les avait invités, non ? Et le carrosse était le sien, après tout.

— Vous voudriez sans doute que je monte à l'avant ?

La question se voulait rhétorique. Mais un sourire diabolique s'étira sur le visage de la princesse.

— Je m'étais figuré que vous profiteriez de l'occasion pour nous livrer votre avis sur tout un tas de sujets… Mais si vous préférez l'avant…

Ses yeux étincelaient autant que le trésor qu'on vous promet au pied d'un arc-en-ciel.

— Je croyais que vous ne désiriez pas entendre mes avis, quel que soit le sujet ?

— C'est vrai, acquiesça-t-elle gaiement. Je m'attendais à ce que vous me les donniez quand même.

Il esquissa une révérence, puis remit son chapeau sur la tête.

— Mes conseils sont meilleurs quand ils sont donnés dans le feu de l'action.

— Eh bien, voilà qui promet d'être intéressant, répondit Justine en riant.

— Y allons-nous ? s'impatienta Amélia.

Justine continuait de sourire à William, d'un air bien trop satisfait. Elle aurait dû cesser : en voilà un, de conseil ! Cela le… déstabilisait.

Puis la princesse recula sur la banquette et disparut de son champ de vision.

Cet après-midi promettait d'être interminable. Il se rua à l'avant du coche. Mais finalement, il ne grimpa pas.

Qu'il aurait aimé que son père arrête de dilapider l'argent de la famille et de l'entraîner dans ce genre de situations ! Il aurait également souhaité se sortir de l'esprit l'expression hardie de Justine et la lueur de contentement qu'il avait lue dans ses yeux à l'idée d'avoir réussi à le chasser de sa propre voiture… Brusquement, William fit volte-face et se précipita vers la portière, qu'il ouvrit en grand, avant de grimper dans le carrosse.

Il tomba nez à nez avec un problème de taille, qui le força à se tenir debout et plié : alors que les deux princesses se faisaient face, il ne restait pas assez de place pour lui.

— Que faites-vous donc ? protesta Amélia. À nous trois, nous ne tiendrons pas !

— Viens ici, lui suggéra Justine en tapotant la banquette à côté d'elle.

Et elle se décala tant qu'elle put pour faire de la place à sa sœur qui, en râlant, s'exécuta. Leurs jupes prenaient à présent tout l'espace vacant du carrosse.

William s'assit face à la route. La princesse Amélia jeta un regard outré à ses grandes jambes en claquant la langue.

— Vous marchez sur ma robe !

Il réprima une furieuse envie de lui rétorquer que sa

fichue robe prenait toute la place dans le carrosse et qu'il était par conséquent impossible de l'éviter.

— Je vous prie de m'excuser, dit-il à la place.

Et il tordit ses jambes comme il put afin de limiter les dégâts. Qui se répercutèrent sur la robe de Justine. Cette dernière soupira bruyamment.

Lorsque les chevaux se mirent en mouvement, William tenta de garder ses pieds pour lui, mais c'était peine perdue, dans cette cabine étroite. Justine l'observait encore, et la situation l'amusait. Elle sentait apparemment son inconfort, William n'aimait pas ça. Quand le cocher tourna à l'angle et que le marquis, dans un effort désespéré pour ne pas toucher leurs jupes, manqua de tomber de la banquette, un sourire ravi se peignit sur le visage de la future reine.

— Vous êtes d'humeur bien gaillarde, Votre Altesse, râla-t-il.

— *Gaillarde* ? Qu'est-ce que cela signifie ?

— Enjouée.

— Ah ? Oui, je suppose que je le suis. Après tout, je suis loin de Prescott Hall.

— Ils la détiennent prisonnière, ajouta Amélia avec gravité.

— Qui donc ? s'enquit William, perdu.

— Les *veilleurs*, répondit Justine d'un ton spectral, et Amélia rit de bon cœur. Ils me veillent tout en veillant à ce que je ne sois pas trop occupée. Ils me refusent toute compagnie, même celle d'un chien.

— *Je* te tiens compagnie, Jussie, signala Amélia.

— Quand tu n'es pas sortie, ma chère. J'aurais dû insister pour qu'on m'autorise à amener Ourson.

— Je t'avais prévenue, n'est-ce pas ? Mais tu avais raison : il aurait souffert du voyage.

— Ourson ? intervint William.

— L'un de mes chiens, lui expliqua Justine avant de soupirer. Allons, c'est sans importance.

Et elle pencha la tête sur le côté pour lui demander :

— Vous aimez l'art ?

— Moi ? Mais oui, beaucoup.

— À quel point ?

Amélia, qui avait posé cette question, le gratifiait d'un regard dubitatif.

— Je ne saurais dire précisément… Mais je collectionne moi-même. Une manière de contribuer au patrimoine familial.

Les yeux des deux sœurs se croisèrent. Ceux d'Amélia brillaient d'une lueur sceptique.

Quoi que l'on fasse, quoi que l'on dise, avec elles, ça n'allait jamais.

— J'ai une fois passé la journée entière dans la Grande Galerie du Louvre afin de m'imprégner de l'esprit du lieu.

Durant cette froide et humide journée, il avait été réchauffé par le feu sacré des artistes exposés. Comment pouvait-on réussir à capturer une impression aussi flottante que celle de la lumière baignant un visage de femme ?

— Ah…, soupira pensivement Justine. Cela fait longtemps que je rêve de voir Paris et ses musées. Était-ce donc magnifique ?

— En effet. Peut-être que, lorsque vous serez reine…, tenta-t-il de la consoler. Lors d'un voyage officiel. Les directeurs de musée seront ravis de vous accorder une visite privée. Voilà qui vaudrait le coup, si vous admirez les grands maîtres.

— Je n'arrive à imaginer plus ennuyeux, lança Amélia d'un ton las.

— Vous peignez vous-même, monsieur ? demanda Justine.

— Très mal. Je dirais même abominablement.

— Eh bien ! Voilà enfin un point commun entre vous, releva Amélia. Elle est elle-même une peintre désastreuse.

— Plaît-il ? s'offusqua Justine après un éclat de rire surpris.

— Désastreuse, Jussie ! Tu ne t'en rends pas compte parce que tu as la vision d'une chauve-souris !

Justine rit, une pointe de rose colorant ses pommettes parfaitement dessinées. Elle eut un léger haussement des épaules.

— C'est vrai, ma vue de près est assez médiocre, admit-elle avant de tapoter son petit sac à main. Je transporte une paire de lunettes pour les urgences, bien que j'aie reçu la consigne stricte de ne pas les porter : elles risqueraient de compromettre toutes mes chances de mariage.

Amélia et elle gloussèrent.

Pour ce qui était des lunettes et des chances de mariage, William ne savait pas trop… Ce qu'il savait, en revanche, c'est que Justine était jolie lorsqu'elle riait. Elle était même exquise.

— Si peindre ne fait pas partie de vos talents, alors quels sont-ils ? demanda Justine.

Ses talents ? Il aimait à penser que ceux-ci ne s'exprimaient jamais mieux que dans une chambre à coucher ou à une table de jeu, mais même de cela, il n'était pas certain.

— Aucun, je crois, qui vaille la peine d'être évoqué.

Peut-être son plus grand talent était-il, à ce stade de son existence, d'avoir su éviter la ruine de son père.

— Vous devez bien être bon dans *un* domaine, insista la princesse.

— Je suis bon dans *beaucoup* de domaines, répondit-il avec un regard agacé avant de lui retourner la question. Quels sont *vos* talents ?

— L'escrime ! Quand j'étais petite, je rêvais de devenir une reine-guerrière, comme mon ancêtre, la reine Éléna.

Il doutait que, pour devenir une « reine-guerrière », il suffise de savoir manier l'épée – pardon : le *fleuret*.

— J'ai répondu. À votre tour, à présent.

— Très bien, très bien ! J'ai un talent… pour dresser les chiens de berger.

Les deux sœurs clignèrent des yeux. Puis la princesse Amélia dit en riant :

— C'est ridicule.

— Pas du tout ! se défendit-il. Je trouve qu'il n'y a rien de plus bucolique que la vision d'un troupeau de moutons éparpillé dans un pré, et rien de plus habile qu'un chien capable de les rassembler. Les chiens de berger ont ça dans le sang, il est vrai, mais il faut néanmoins encourager leur nature. Enfant, j'ai passé le plus de temps possible auprès des bergers présents sur les terres familiales afin d'apprendre d'eux.

En toute honnêteté, les meilleurs souvenirs de William étaient ceux de ces temps simples. Il n'avait jamais été aussi heureux qu'alors : avoir douze ans et quatre chiens à dresser… Ces quatre-là, il les avait instruits jusqu'à son premier départ pour le continent.

— La façon dont les chiens s'acquittent de leur mission de gardien… J'aimerais avoir quelque chose qui me tienne autant à cœur, avoua Justine avec une certaine mélancolie.

— Leur ténacité est admirable, acquiesça William. Ainsi, vous aimez les chiens ?

— Je les adore. Le palais de Rohalan *déborde* de

chiens. Si vous aimez tant les chiens et les moutons, pourquoi passez-vous tellement de temps dans les salons mondains ? Ne seriez-vous pas mieux à gambader en Écosse en compagnie de votre cheptel ?

— Ah, cela ne serait-il pas merveilleux ? Je crains hélas que les choses ne soient un peu plus compliquées que ça... Il me faudrait franchir quelques obstacles avant.

La princesse Amélia toussota, sceptique.

— Des obstacles ? Pour devenir berger ?

— Pour devenir berger malgré mon rang. Il me faudrait combattre l'héritage familial – que dis-je ? La famille entière.

— *Jæ*, lâcha la princesse Justine – puis elle le regarda un long moment, comme si elle était en train de réaliser quelque chose. Je connais un peu ça.

— Je n'en doute pas. Sans doute mieux que moi, même.

— Il y a toujours tant d'obstacles et tant de gens à prendre en compte...

William comprit qu'on ne parlait plus seulement de son hypothétique carrière de maître-chien.

— Cela peut s'avérer usant, à la longue, philosopha-t-il. Nous devons faire ce qui est juste, mais juste pour qui, exactement ?

— *Jæ !* s'exclama-t-elle avec surprise. C'est si bien dit !

Elle semblait sur le point d'ajouter quelque chose, quand Amélia poussa un cri ravi.

— Qu'est-ce que c'est que tout ce monde ? Regardez-moi cet endroit !

Justine approcha brusquement son visage de la fenêtre. William observait, lui aussi.

— C'est Stafford House, répondit-il.

De nombreux invités étaient en train de piétiner les fastueuses pelouses.

La future reine dégagea sa sœur de son chemin pour se coller à la vitre. Puis elle se laissa retomber contre le dossier de la banquette et toisa William.

— Vous aviez parlé d'une petite réception !

— C'était censé être une petite réception.

— Alors qu'est-il arrivé ?

Elle luttait pour garder son calme. La paisible conversation qu'ils venaient d'avoir semblait bien loin.

— Je serais tenté de dire que *vous* êtes arrivée, Votre Altesse Royale. La plupart de ces gens n'ont jamais vu leur propre reine, alors une reine étrangère en quête d'un roi… !

— Pas d'un *roi*, d'un prince consort !

William leva un sourcil.

— Je vous prie de m'excuser.

Il était tenté de rire, mais Justine semblait si bouleversée qu'il ne savait comment réagir.

— Cela vous étonne-t-il donc d'être un objet d'attention et d'admiration ? Sutherland va sans doute essayer de nous faire croire que ces gens sont d'importants invités… lorsqu'en réalité, il s'agit de gobe-mouches. Tous avides d'entrapercevoir deux jeunes et belles princesses célibataires.

— Des gobe-mouches ? Qu'est-ce que cela signifie ? demanda Amélia.

— Il veut dire des curieux, répondit Justine avant de déglutir. Qui sait combien nous attendent encore à l'intérieur…

— Tout un escadron, j'espère, déclara Amélia avec aplomb alors que la voiture franchissait les grilles.

— Pitié, non, marmonna Justine.

Son comportement était décidément un peu inquiétant.

— Quelque chose ne va pas ? s'enquit William.

— Personne ne vous a prévenu ? Elle a un vrai problème avec la foule.

Amélia avait parlé d'un ton badin. Les yeux de William se posèrent sur Justine : elle était pâle comme la mort.

— Je n'ai pas de *problème* avec la foule, dit Justine tout en déglutissant encore, puis en ouvrant la bouche pour chercher l'air. Je n'aime pas ça, c'est tout. C'est… étouffant. Pourrait-on ouvrir la fenêtre ? J'ai besoin de respirer un peu.

William la fixait, incrédule. Il ne comprenait pas comment une femme qui avait paru aussi sûre d'elle à Prescott Hall pouvait à présent sembler à deux doigts de s'évanouir.

C'est alors qu'elle s'évanouit tout à fait.

Chapitre 8

Justine n'avait pas perdu connaissance : elle se concentrait pour respirer calmement, comme M. DuPree le lui avait appris. Ce qui était tout bonnement plus facile à faire alanguie contre le dossier de la banquette, la tête renversée, les yeux clos.

— Votre Altesse Royale ! s'écria William. Justine !

Elle sentit la paume de Douglas contre sa joue et ouvrit les yeux pour le découvrir penché sur elle, en train de la dévisager. Dans ses yeux gris se lisait une sollicitude dont elle ne voulait pas.

— Cessez donc ! lui ordonna-t-elle en repoussant sa main.

Il se laissa tomber en arrière, l'air ahuri.

— J'ai cru que…

— Je vous avais prévenu : elle a un vrai problème avec la foule, commenta Amélia, le visage toujours collé à son coin de fenêtre.

Justine prit une profonde inspiration.

— Cesse de répéter ça, Amélia. Je vais bien !

Ce n'était pas un *problème*, qu'elle avait : c'était un gouffre d'anxiété. Elle abhorrait les moments comment celui qu'elle s'apprêtait à vivre. Être livrée à une foule avide de l'approcher, de l'étudier, parfois même de la toucher... Un frisson la parcourut.

À sa première crise, Justine devait avoir huit ou neuf ans. Elle avait accompagné son père en vadrouille dans les rues de Saint Edys. La troupe de badauds cherchant à l'apercevoir avait rapidement enflé, entraînant un mouvement de foule. Cette marée humaine avait fini par parvenir à elle, par frôler ses cheveux et son visage. Elle ne se rappelait rien hormis la terreur qu'elle avait ressentie, les cris qui avaient jailli de sa bouche, les gardes qui l'avaient exfiltrée.

Durant les semaines qui avaient suivi, elle avait été tourmentée par des cauchemars où on l'enlevait. Cela n'arrangeait rien de savoir que ses parents avaient eu avant elle un autre enfant, un fils, qui, avant d'avoir atteint l'âge d'un an, avait été arraché à son berceau, en plein château, au cours d'une tentative de coup d'État. On ne l'avait jamais retrouvé.

Maintenant adulte, Justine ne craignait évidemment plus le kidnapping... Mais les rassemblements en dehors du palais continuaient de la crisper. Elle se sentait exposée, une véritable bête de foire. Il lui semblait qu'on pouvait voir à travers ses vêtements, à travers sa peau, jusqu'à sa moelle osseuse. On susurrait sur son passage. On souriait, on riait sous cape, on l'observait à la dérobée. Ou bien on l'interpellait, on implorait sa charité. Certains continuaient même d'essayer de la toucher.

Cette attention fervente nourrissait ses complexes. Comment la percevait-on ? Comme quelqu'un d'aussi fort que son ancêtre Éléna ? Ou comme une petite pleurnicharde sans envergure, incapable de régner ?

— Je pense plutôt qu'ils contemplent Amélia, lui avait

un jour dit sa mère alors qu'elle se plaignait des regards. Les blondes suscitent toujours plus d'admiration, c'est ainsi.

La reine avait lâché ça comme si de rien n'était, et Justine n'en avait pas pris ombrage – c'était vrai, après tout. D'autant plus que la blonde Amélia se repaissait de ce type d'attention, cela la revigorait.

L'exercice de relaxation avait porté ses fruits : elle s'était à présent remise de la surprise de voir apparaître un tel attroupement. Elle prit peu à peu conscience que William continuait de l'observer avec inquiétude. Fantastique ! Elle aurait pu mourir de honte.

— S'il vous plaît… Ne prêtez pas attention à moi.

Elle refusait de croiser son regard. Pourquoi avait-il fallu qu'il la voie dans un tel état ? Elle n'avait pas voulu de lui dans le carrosse afin de ne pas avoir à subir son petit air supérieur… Mais, étrangement, elle avait voulu que *lui* ait envie d'y être.

Il était évident qu'elle était un peu perdue concernant ce qu'elle voulait ou ne voulait pas. En tout cas, elle n'avait pas souhaité cela !

— Les valets de pied arrivent, annonça Amélia, tout excitée.

Justine se redressa et arrangea ses cheveux. Malgré la sensation de tremblement qui persistait en elle, sa main paraissait ferme. Elle ne regarda pas Douglas, consciente qu'il l'avait vue dans cet état. Cet homme débordant de confiance en lui, superbe dans sa redingote noire, avec son gilet ouvragé et son haut-de-forme gris, l'avait vue en pleine crise de panique ! Elle était la future *reine*, bon sang ! Elle était libre de faire ce que bon lui semblait… Excepter quitter Prescott Hall quand elle en avait envie, ou danser autant qu'elle le voulait, ou pleurer trop longtemps même derrière une porte close de crainte que cela ne rougisse ses yeux, ou paraître en public sans escorte de peur qu'elle tombe amoureuse d'un nouveau goujat…

Oh ! oui, elle était libre, pas vrai ? N'était pas Éléna qui voulait.

La porte du carrosse s'ouvrit soudain, et les deux sœurs se redressèrent sur leur banquette. Douglas jeta un regard indécis à Justine, avant de sortir du véhicule. L'instant d'après, sa main gantée, paume tournée vers le ciel, rattachée à un bras habillé de la meilleure laine, fit son apparition par la portière.

Amélia n'hésita pas : elle agrippa cette main qui flottait dans les airs et s'élança hors de la voiture, quittant le champ de vision de Justine.

La future reine marqua une pause.

— C'est juste une apparition en public, comme tu en as fait des milliers ces dix dernières années, marmonna-t-elle pour elle-même. Ne sois pas si gourde.

Elle rassembla ses jupes et se pencha vers la portière… Au seuil, elle aperçut Amélia, à quelques mètres de là, saluant la foule. La saluant ! Comme s'il s'était agi d'un vieil ami !

La main apparut de nouveau, et Justine lui offrit la sienne. Des doigts fermes emprisonnèrent sa paume alors qu'elle descendait le marchepied. Quand ses deux pieds furent posés au sol, elle essaya de se libérer de l'étreinte, mais William lui pressa un instant les doigts. Puis il la força à lever les yeux vers lui et chercha son regard sous les bords du bonnet.

— Vous allez mieux ?

— Je vais *bien*.

Elle lui retira sa main et parvint à se convaincre que le

petit frisson qu'elle avait ressenti quand il lui avait pressé les doigts n'avait pas existé. Puis toute pensée concernant des frissons, imaginaires ou non, disparut lorsque ses yeux se posèrent sur la maison. Les gens s'amoncelaient aux fenêtres ouvertes pour l'apercevoir.

Elle ne s'était pas attendue à une demeure aussi majestueuse... Et voilà qu'elle se trouvait devant une bâtisse qui n'avait rien à envier aux deux palais voisins – Buckingham un peu plus au sud et St James au nord. Les abords de Green Park donnaient à celle-ci des airs de campagne. Des colonnes grecques, massives, encadraient l'entrée. Quiconque franchissait le portique semblait minuscule en comparaison.

— Tous les Anglais vivent-ils donc dans des châteaux ? murmura Justine.

— Oui, selon le *lifestyle* de la maison Tudor, *my dear*, la taquina Amélia. Chaque résidence où nous sommes reçues me paraît plus grande encore que la précédente.

William intervint.

— Voici Sutherland. Le grand, là-bas.

Un homme qui faisait une tête de plus que tout le monde venait de sortir sur le perron. Il s'arrêta en haut de la volée de marches qui descendait vers l'allée. Il semblait instruire le cortège de gentlemen et de ladies posté derrière lui.

— *Gloups*, lâcha Justine – parce qu'elle ne trouvait vraiment rien d'autre à dire.

Elle entendit le carrosse, garé derrière elle, se remettre en marche et s'éloigner pour de bon. Elle était désormais coincée ici.

— Voulez-vous que nous allions à leur rencontre ? s'enquit William. Ou préférez-vous attendre qu'ils viennent à vous, comme votre rang l'exige ?

— Je préférerais rentrer à Prescott Hall.

— Ne joue pas les trouble-fête ! On va bien s'amuser, lui assura Amélia avec un aplomb que Justine ne possédait pas et qu'elle ne posséderait jamais, quand bien même elle vivrait cent ans.

— Je propose que nous avancions, suggéra William. Plus vous attendez, plus cela sera difficile. L'important, c'est de rester en mouvement, ajouta-t-il en lui offrant son bras.

— Qu'est-ce que vous en savez ? lui rétorqua-t-elle.

Elle n'avait pas eu l'intention de se montrer agressive, mais elle se maîtrisait mal quand elle se sentait à ce point dépassée par les événements. L'attaque parut cependant glisser sur William.

— Je ne suis pas totalement dépourvu de bon sens. Aussi, je vous conseille de prendre mon bras avant que Sutherland dévale ces marches pour vous escorter lui-même.

Elle obtempéra, avec trop de force, ses doigts raides s'enfonçant dans le biceps du marquis. Elle toussota, releva le menton.

— Vous vous rendez compte, n'est-ce pas, que les gens vont sûrement se faire des idées, maintenant que j'ai pris votre bras ?

— Quelle abomination ! ironisa William. Il serait pour le moins étrange que vous vous jetiez seule dans la mêlée, non ?

— Oui, par pitié, détends-toi ! tempêta Amélia. Tenez, Douglas, offrez-moi votre bras également. Ainsi, nous irons à trois, une joyeuse troupe, et personne n'aura rien à y redire, *jæ* ?

Elle laissa sa main se faufiler dans le creux du coude de William et s'appuya sur lui, comme s'il eût été son père, ou un proche parent. Justine aurait souhaité être capable d'une telle spontanéité.

— Mesdames, lança solennellement le marquis.

Et il les escorta au pied de l'escalier. Sutherland, ayant fini d'organiser son comité d'accueil, avait entamé la descente des marches. Il dut s'interrompre en chemin : il lui fallait déjà remettre un peu d'ordre là-haut.

— Pas la peine d'avoir l'air à ce point rebuté par ma personne, glissa William à Justine le temps que Sutherland termine ses petites affaires.

— Pas la peine de prendre un air aussi suffisant, avec vos princesses accrochées à chaque bras, rétorqua Justine à voix basse.

— Vous trouvez mon air suffisant, madame ? Vous faites fausse route. Ceci est ma tête lorsque je dois souffrir un tel cirque, tout ça pour admirer quelques peintures : blasée. Et, si je puis me permettre, mon expression a comme vertu d'éclipser la vôtre : pourriez-vous au moins cesser de faire comme si vous aviez été traînée ici de force ?

— Qu'avions-nous convenu, déjà, concernant les avis non sollicités ?

Mais elle s'efforça de sourire, comme il le lui avait suggéré.

— Oh ! je n'ai oublié aucune de vos recommandations. Il est d'ailleurs probable que je me souvienne de l'entrevue au cours de laquelle vous me les avez données jusqu'à ma mort. Bonjour, Sutherland ! s'exclama-t-il ensuite bruyamment.

Leur hôte tourbillonna sur sa marche pour leur faire face, avant de descendre le reste de l'escalier avec la vélocité d'une balle, une balle heureuse, bondissant joyeusement jusqu'à leurs pieds.

— Bienvenue, bienvenue !

— Pourquoi affiche-t-il une mine aussi enjouée ? s'enquit Justine à voix basse. Vous l'avez averti de ma passion pour l'art ? Ou du fait que je suis en quête active d'un mari ?

— Il n'y a pas un aristocrate, dans notre belle ville de Londres, qui ne sache que vous êtes en quête active d'un mari. Que croyez-vous qu'ils fassent tous ici ? Je connais Sutherland : il voulait sûrement vous impressionner en vous montrant tout le beau monde qu'il connaît.

La respiration de Justine redevint heurtée.

— Arrête de te plaindre, lui chuchota Amélia. Moi, je suis ravie de rencontrer tous ces gens passionnants !

Tous. Ces. Gens. Justine avait le cœur au bord des lèvres. Elle était tellement obnubilée par la foule aux fenêtres qu'elle faillit ne pas remarquer que Sutherland avait sauté la dernière marche pour se poster juste devant elle.

— Mon cher Lord Douglas ! lança leur hôte d'une voix forte alors que l'essaim derrière lui se rapprochait.

La puissance de sa voix frappa Justine – et fit sans doute légèrement trembler le sol. Il esquissa ensuite une révérence théâtrale, courbé, une jambe tendue devant lui. En se redressant, il s'adressa à elle.

— Votre Altesse Royale, votre présence nous honore grandement.

— Vous êtes trop aimable, répondit Justine en constatant, ravie, que sa voix demeurait ferme. Merci de votre délicieuse invitation. Puis-je vous présenter ma sœur, la princesse Amélia ?

Cette dernière s'avança, prête à piétiner William au passage pour recevoir enfin l'attention qu'elle méritait.

— Monseigneur, lança-t-elle, charmeuse, avant de tendre la main et d'esquisser un discret signe de la tête.

On aurait presque pu croire qu'elle s'adressait à un

potentiel prétendant. Justine ne s'était pas attendue à ce que William et elle échangent des regards complices : c'est pourtant ce que les coquetteries d'Amélia entraînèrent.

Néanmoins, quand Sutherland se précipita vers elle, Amélia ne put réprimer un mouvement de recul. Si elle avait été là, leur mère l'aurait certainement pincée discrètement pour la corriger ! Justine en prit bonne note, sachant que ce serait pour elles l'occasion d'en rire, plus tard. *Face à l'adversité, un Ivanosen reste impassible comme la pierre*, leur avait-on si souvent asséné qu'elles avaient, enfants, inventé un jeu où l'une d'elles se statufiait pendant que l'autre essayait de la faire tomber.

Sutherland aurait sans doute été capable de parvenir à faire chuter Amélia. Il prit sa main avec empressement pour la baiser, fit des courbettes, puis s'écarta promptement pour se poster face à Justine – qui elle aussi dut combattre un mouvement de recul.

— Votre Altesse Royale, quel *plaisir* que vous soyez venue visiter ma *galerie*, croassa le duc.

Il avait apparemment la curieuse manie de se balancer en prononçant certains mots, comme pour les souligner, ce qui propulsait sa tête dangereusement près de celle de son interlocuteur. Deux fois, Justine dut s'écarter de peur que ses lèvres fines ne se posent par accident sur les siennes.

— Vous verrez : nous avons l'une des *meilleures* collections de *tout* Londres. Puis-je vous présenter ma fille ?

Il fit signe à quelqu'un d'approcher. Puis, constatant que personne ne le rejoignait, il appela :

— Constance !

Une jeune femme était en train de tenter de se frayer un chemin parmi la foule. Elle y parvint juste au moment où Sutherland se tourna brusquement. Le coude du duc heurta l'épaule de sa progéniture.

— Aïe, dit-elle en portant la main au point d'impact.

Puis, en grimaçant, elle fit la révérence.

— Ma fille, Lady Constance, déclara Sutherland tout en la désignant avec fierté, comme s'il s'était agi d'une de ses œuvres d'art.

— Je vous en prie, dit Justine, autorisant la jeune femme à se relever.

Lady Constance lui adressa un sourire engageant.

— Nous sommes si honorés.

Elle était petite, les cheveux sombres, et semblait avoir quelques années de moins que Justine ou même Amélia.

— Constance serait *ravie* de faire visiter la *maison* à la princesse *Amélia*, affirma Sutherland, tout en tanguant une nouvelle fois dangereusement.

Justine esquiva encore, se cognant contre William.

— Nombre de ses *amis* sont là ce soir, et nous avons pensé que Son Altesse se ferait un *plaisir* de faire leur *connaissance.*

Il sourit d'un air attentif, attendant probablement que Justine approuve. Heureusement, Amélia fit un pas en avant.

— J'en serais enchantée.

— *Merveilleux* !

Sutherland fixait toujours Justine.

— Constance ?

Il fit de nouveau signe à la jeune femme. Puis Amélia et elle s'engagèrent sur les marches et Justine les regarda se faire avaler par la foule. Le fait de perdre sa sœur de vue ne fit qu'augmenter la désagréable sensation de chaleur qui l'avait assaillie. Autant la proximité d'Amélia l'aidait à calmer ses nerfs, autant son éloignement les lui mettait en pelote.

Sutherland reparut dans son champ de vision, les yeux débordant d'enthousiasme. Le bon sens commandait d'éviter scrupuleusement toute personne désirant à ce point se faire bien voir : une telle fougue ne pouvait mener qu'aux plus pénibles excès.

— Si Son Altesse Royale le permet, je vais l'escorter jusqu'à l'intérieur. Vous risquez, je le crains, de déclencher une cohue – la future reine de Weslorie suscite tant de *curiosité*.

— Comment ? Une cohue ?

Le cœur de Justine cognait, son ton avait été suppliant, mais Sutherland rit comme si elle plaisantait. Or, elle ne plaisantait pas le moins du monde.

— Vous êtes une invitée de marque, c'est certain, répliqua-t-il jovialement. Le Tout-Londres m'a réclamé une *invitation*.

Puis il rit de nouveau, car sûrement il était très amusant de penser à tous ces gens qui désiraient se rendre au zoo.

Justine eût préféré que la requête du Tout-Londres fût ignorée. Mais, comme le disait cet adage, avec lequel elle était apparemment la seule à ne pas être d'accord : « Plus on est de fous »…

— Je…

— Oui ?

Le duc balança vers elle avec enthousiasme, brûlant d'entendre sa réponse. Les mots se bousculèrent dans la bouche de Justine.

— Je me demandais si peut-être vous auriez du vin ou du champagne.

— Mais tout à fait !

Et il la contourna, vraisemblablement décidé à prendre la place de William à son bras, mais Douglas heureusement tint bon.

— Si ça ne vous ennuie pas, cher ami, j'accompagnerai la princesse à l'intérieur.

Justine prit, cette fois sans l'ombre d'une hésitation, le bras que le marquis lui tendait. Certes, elle eût préféré se reposer sur Amélia, mais c'était mieux que rien.

Sutherland ne sembla pas se piquer. Il se posta simplement à droite de Justine et avança à ses côtés alors qu'elle grimpait les marches. Il en profita pour commenter la maison et les jardins, tanguant vers elle, lui pointant tel ou tel détail. Ses bras s'agitaient dans les airs comme des hélices, et Justine dut à un moment enfoncer la tête entre ses deux épaules pour éviter qu'il ne lui arrache par accident son bonnet. Une nouvelle fois, elle bouscula William.

Arrivé en haut du perron, le duc chassa prestement tous ceux qui se trouvaient sur le chemin de la princesse.

— Place ! Place ! criait-il alors qu'elle avançait vers la porte.

— Cette façon de me rentrer dedans..., lui glissa William à oreille. C'est pour me séduire ou pour appeler à l'aide ? J'aimerais savoir ce qu'il en est, avant que ça se reproduise.

— Pour vous *séduire* ? C'est fou, cette absurde confiance en eux que les hommes possèdent. Vous faites preuve d'autant de discernement... que les simples d'esprit, ou bien que les chèvres. S'il continue comme ça, ajouta-t-elle, toujours à mi-voix, votre ami va me faire un œil au beurre noir avant la fin de l'après-midi.

William rit discrètement – un son que Justine trouva étrangement réconfortant. Or, elle ne voulait rien trouver d'agréable chez lui, c'était une question de principe. Évidemment, apercevoir son profil altier du coin de l'œil rendait cette résolution difficile à tenir. De même qu'il était difficile de ne pas ressentir une forme de sécurité, là, à son bras. Comment diable avait-il réussi cet exploit ?

— Merci, se força-t-elle à articuler.

— Pardon ?

— J'ai dit *merci*.

— Je n'ai pas bien enten…

Elle lui pinça le bras à travers la laine de sa redingote. Il posa sa main par-dessus la sienne et la pressa, juste un coup.

— De rien, dit-il. J'aurais dû vous prévenir.

— Par ici !

Sutherland leur faisait signe d'approcher, avec son désormais proverbial enthousiasme. William les guida jusqu'à la porte.

— Pourquoi ne l'avez-vous pas fait ? murmura-t-elle.

— Je ne sais pas… Sans doute que j'aime trop admirer la palette d'expressions dont est capable votre visage.

— Par ici, madame, suivez-moi ! lança Sutherland avec – décidément – enthousiasme.

Ils s'engagèrent dans un large couloir.

— Impossible, chuchota Justine. Je ne laisse pas mes sentiments se peindre sur mon visage. J'ai été préparée à mes fonctions, William. Une future reine n'affiche pas ses émotions comme ça.

— Ah ! que mon prénom semble soudain plus beau, prononcé avec cette pointe d'accent weslorien… J'aime ça. J'imagine que vous éprouvez le même plaisir à entendre le vôtre, *Justine*, prononcé par un Écossais ?

— *Mein Gott.*

Elle s'apprêtait à lui rétorquer que non. Mais, pour

être honnête, il y avait quelque chose dans la prosodie écossaise qui lui déclenchait d'agréables frissons à la base de la nuque.

— Quelqu'un vous a-t-il déjà dit que vous aviez une sacrée poigne, *Justine* ?

Les yeux de la princesse se baissèrent, et elle constata que ses mains gantées agrippaient le marquis comme des serres.

— Nous voilà arrivés ! lança Sutherland à la cantonade, une fois au seuil de la galerie.

Puis, en oscillant, il annonça :

— Votre Altesse *Royale*, princesse Justine, voici ma femme, Lady Sutherland.

Et Justine fut alors forcée de lâcher William afin d'être bringuebalée à travers le grand vestibule de la galerie, où lui furent présentées de nombreuses, très nombreuses personnes. Sans bras pour la réconforter, elle se rabattit sur un fin bracelet en or, qu'elle tritura sans relâche. Cela faisait beaucoup d'observateurs qui se pressaient autour d'elle, et beaucoup de noms à retenir, et beaucoup de paroles échangées. À force de sourires, d'acquiescements, de considérations sur le temps clément, de « Oui je vais parfaitement bien merci » et de « Non ce n'est pas la première fois que j'ai le plaisir de visiter Londres », Justine avait le tournis. Quelqu'un la débarrassa de son couvre-chef – elle ne sut jamais qui. La salle semblait rapetisser au fur et à mesure, et Justine avec, alors que les gens se rapprochaient dangereusement d'elle, se disputant son attention. Avait-elle appris l'anglais en Weslorie ? Comment se portaient son père et sa mère ? Se souvenait-elle d'Untel ou d'Untel, rencontré lors de son précédent séjour huit ans plus tôt ? Les gens et les questions formaient une unique vague déferlant sur elle.

Quelqu'un lui avait mis une coupe entre les mains. Justine sentait à peine le verre contre ses doigts : son corps entier semblait être devenu insensible. Elle but quand même, plus qu'un ventre vide ne peut le supporter. Quand une femme, vêtue d'une robe blanche à rayures rouges qui la faisait ressembler à un sucre d'orge, déclara d'une voix forte qu'ils en avaient assez de patienter et que cette entrée prenait bien trop de temps, Sutherland invita Justine à déserter le vestibule pour pénétrer la galerie en tant que telle. Ses hôtes, comme un seul homme, formèrent alors une haie d'honneur. Il n'était pas possible de voir une seule œuvre accrochée au mur. Justine finit rapidement sa coupe de champagne et jeta un coup d'œil autour d'elle, espérant qu'un nouveau verre passe à sa portée.

Une main gantée fit irruption dans son champ de vision. Machinalement, elle y glissa la coupe et demanda :

— Une autre, merci.

— Vous n'avez pas l'air dans votre assiette, déclara alors une voix familière.

C'était celle de William, bien entendu. C'était *sa* main. Il fronça les sourcils.

— Si vous me permettez la remarque, vous me paraissez un peu agitée. Peut-être que le champagne n'est pas une bonne idée…

— Vous vous prenez donc pour ma mère ? *S'il vous plaît*, une autre coupe.

Elle aurait voulu qu'il se dépêche : la haie d'honneur était redevenue une marée humaine. Et elle ne cessait de se retourner pour s'assurer qu'il ne l'avait pas abandonnée.

Mais il était là.

Il lui signifia même sa présence une ou deux fois en touchant son dos. À peine un effleurement, dans le bas des reins. De quoi la réconforter, ou lui épargner de foncer droit dans quelqu'un. Et puis, Dieu merci, le verre de champagne qu'elle avait demandé fit son apparition. Justine sourit à William avec gratitude.

Il eut un claquement de langue. Il désigna ensuite d'un mouvement de tête les portes de la galerie donnant sur le parc, béantes, alors que de nouvelles personnes entraient.

— Je vous apporte ceci uniquement parce que j'ai peur que vous n'implosiez. Mais je ne suis pas un domestique.

— Vous noterez que j'ai demandé gentiment.

— Avec un *soupçon* d'autorité.

— Et voilà, Votre Altesse Royale, la fameuse galerie ! les coupa Sutherland alors qu'ils achevaient le tour de cette salle suffisamment spacieuse pour accueillir un bal grandiose. Qu'en pensez-vous ?

Elle en pensait qu'elle n'avait pas vu une seule toile.

— Mmm, acquiesça-t-elle cependant.

Puis elle but une longue gorgée de champagne – pour le réconfort –, en résistant à la tentation de s'essuyer la bouche du revers de la main. Elle leva ensuite les yeux vers le plafond peint, si haut, puis son regard s'aventura vers les deux portes vitrées qui ouvraient sur les jardins et sur Green Park.

— Tout cela est magnifique, monseigneur.

— En effet, en *effet* ! clama le duc, ravi. Votre Altesse Royale, si vous me le permettez : c'est de cet endroit qu'on a la *meilleure* vue.

Il désigna un ornement en forme d'étoile incrusté dans le parquet, au centre de la pièce. Mais des gens le piétinaient déjà, aussi commença-t-il à les chasser afin que la princesse puisse s'y tenir.

William resta aux côtés de Justine pendant que

Sutherland dispersait le troupeau d'invités. Il joignit les mains dans son dos, se tourna vers les peintures et déclara, d'un air méditatif :

— Sutherland aime à se considérer comme un expert en la matière.

La coupe de la princesse était presque vide ; ses mains tremblèrent un peu alors qu'elle la portait à ses lèvres, ce qui n'échappa pas à William.

— Expert ? En art ?

— En art aussi, probablement.

Il lui jeta une œillade en biais. Justine avala avec difficulté sa gorgée.

— Vous voulez dire…

— Je veux dire qu'il serait plus que ravi de jouer un rôle dans votre futur mariage.

Justine était sidérée. Son futur mariage ne regardait en aucune façon le duc de Sutherland ! Justine faillit vider le reste de son champagne cul sec.

— Votre Altesse Royale ? Venez, juste ici.

Voilà que son hôte lui faisait signe d'approcher vers le centre de la pièce vidé de ses badauds ! William lui glissa rapidement à l'oreille :

— Si vous en avez l'occasion, jetez un œil au Rubens, côté sud. Je crois qu'il s'agit du portrait d'un de vos lointains ancêtres. Et faites attention à vous, Justine, ajouta-t-il en jetant un coup d'œil en direction du duc. En tant qu'ami, je me dois de vous mettre en garde contre les gentlemen qui chercheraient à s'attirer vos bonnes grâces à coups de flatteries.

Justine ouvrit la bouche pour lui répondre, mais William s'était déjà écarté, reportant son regard sur une peinture biblique quelconque.

Sutherland, qui en avait apparemment eu assez d'attendre qu'elle se décide à le rejoindre, s'était approché. Il se remit à balancer savamment vers elle.

— La vue depuis l'étoile est *parfaite*.

Et, de nouveau, il pointa le centre de la pièce.

Justine doutait que la vue puisse s'améliorer, où qu'elle se place. Mais elle obtempéra, et se tint au milieu d'un cercle d'admirateurs qui la lorgnaient, elle, plutôt que les œuvres. Elle fit tous les efforts du monde pour écouter Sutherland, vraiment. Elle voulait plus que tout se comporter en invitée modèle. Mais le champagne l'avait plongée dans une certaine agitation, et son esprit revenait sans cesse à sa conversation avec William Douglas. Comment *osait-il* présumer qu'il la connaissait, ou qu'il savait ce qu'elle pensait des gentlemen et de leurs compliments ? Elle en avait rencontré, ces dernières semaines, des messieurs de toutes sortes, et Douglas n'avait aucune idée de la façon dont elle les avait reçus !

Ce qui la vexait le plus, au fond, était de se dire qu'il avait peut-être raison concernant sa sensibilité à la flatterie. Avoir été ainsi percée à jour la faisait trembler de rage ! Eût-elle été moins soûle, elle aurait certainement foncé sur lui pour exiger réparation.

C'était un autre aspect de la personnalité du marquis dont elle se souvenait bien : son assurance. Son aplomb, même. À cause de ce trait, à l'âge tendre de dix-sept ans, Justine avait cru William capable de lire en elle et de débusquer dans sa jeune âme des désirs dont elle-même ignorait tout. Qu'il était agaçant de se rendre compte que, bien qu'elle ait atteint l'âge vénérable de vingt-cinq ans, il était encore en mesure de lui faire cette impression !

Elle attrapa une autre coupe au vol, sur le plateau

d'un valet de pied, et continua à bouillir, et à avaler de petites gorgées, pendant que Sutherland pointait telle ou telle peinture. Elle essaya d'apercevoir le Rubens mais la foule était trop dense. Elle acquiesçait à tout ; oui, c'était magnifique, et oui, l'essence du sujet avait été parfaitement capturée. Mais elle ne parvenait pas à réfléchir, ou même simplement à goûter la beauté des toiles. Justine avait chaud dans sa robe, le champagne ne faisait pas bon ménage avec sa nervosité. Elle trouvait la situation tragique : ne pas pouvoir déambuler dans la galerie à sa guise et admirer seule les œuvres… Ne pas pouvoir voir le Rubens ! Elle appréciait sincèrement les beaux-arts – lorsqu'elle n'avait pas à jouer les connaisseurs, à surveiller ses commentaires… ou même lorsqu'elle avait le droit d'utiliser ses lunettes pour bien voir !

Où était donc Amélia ? Justine avait perdu sa sœur de vue, ce qui n'était jamais bon signe. Heureusement, le rire de celle-ci carillonna au loin, dans la foule : cela signifiait qu'elle ne s'était pas éclipsée dans un recoin avec l'un des invités… Pas encore, du moins.

Sutherland semblait attendre, de loin en loin, une réaction de la part de Justine, un commentaire, un bon point. Pire : les convives qui les entouraient tendaient l'oreille pour capter la moindre de ses paroles, avant de s'écarter dans un bruissement pour pépier derrière leurs éventails. Étaient-ils tombés d'accord ou Justine avait-elle émis un avis divergent ? Se montrait-elle rustaude ou raffinée ? Son œil était-il grossier ou affûté ?

Sutherland continuait de parler, ses bras dégingandés partant dans tous les sens, son corps se balançant dangereusement. Puis il marqua finalement une pause, et annonça à la princesse qu'il allait lui présenter des « amis chers et précieux ». Justine était, pour sa part, en train d'approcher de la fin de sa troisième coupe, ce qui n'était certainement pas dans ses habitudes. Oh ! elle aurait dû savoir qu'elle allait au-devant de graves soucis. N'était-ce pas ce qui lui était arrivé, lors de ce maudit réveillon de Noël à Mayfair : un abus de boisson ? Elle pensait à tout ça lorsque lui fut présenté le comte de Rotham.

Monsieur le comte. Justine sentit son sourire s'étirer. Le champagne semblait avoir finalement réussi à calmer sa fébrilité, car elle se sentait maintenant la légèreté d'une bulle. Seigneur, que cet homme était plaisant à regarder ! Jeune, bien fait, le sourire facile et avenant. Le visage encadré de boucles dorées. Des yeux très bleus.

— Enchantée, cher comte.

En s'écoutant ainsi pépier, Justine crut entendre Amélia. Cela la sidéra.

— Ah ! *Rotham.* Je vois que vous êtes de retour à Londres.

D'un grondement de sa voix grave, William Douglas, son chaperon, se rappelait au bon souvenir de la princesse. Elle en conçut une certaine irritation. Comptait-il s'interposer entre elle et toute tentative de « flatterie » ?

— Douglas, se contenta de répondre laconiquement le comte avant de tourner son attention vers Justine.

Il attrapa la main gantée qu'elle n'avait même pas eu conscience de tendre et se pencha pour l'effleurer du bout des lèvres. Ses yeux restèrent cependant rivés au visage de la jeune femme durant ce baisemain.

— Je vous prie d'excuser ma hardiesse, Votre Altesse Royale, mais je me dois de vous avouer que vous êtes de loin la plus belle princesse que j'aie eu le plaisir de rencontrer.

Puis il relâcha sa main. Justine s'illumina ; le rire qui s'échappait d'elle sonnait comme un trille. Derrière elle,

elle entendit William marmonner des paroles qu'elle ne parvint pas à saisir.

— Monsieur, vous êtes bien aimable, répondit-elle d'un ton qui lui sembla satisfaisant – délicat et altier. Mais sûrement n'avez-vous pas rencontré beaucoup de princesses ?

— Au contraire, j'en ai croisé un certain nombre, et votre sourire radieux les a toutes chassées de ma mémoire.

— *Pour l'amour de Dieu !* grommela William.

Justine s'écarta de lui plutôt que de céder à la tentation de lui donner un coup de pied. Cela la rapprocha de Rotham, et son sourire s'épanouit. Il était, à n'en point douter, très bel homme. Oh ! elle savait bien qu'il ne lui avait parlé comme ça que pour s'attirer ses faveurs – tomber amoureuse d'Aldabert Gustav lui avait appris deux ou trois choses –, mais elle était néanmoins heureuse qu'il l'ait fait. Qui n'aurait pas apprécié d'être louée ainsi ? Surtout quand, comme elle, on avait grandi dans l'ombre d'Amélia ? Sa mère l'avait répété toute leur vie : Amélia avait hérité de la beauté, et Justine du trône – comme si ces deux legs pouvaient être comparés ! Alors non, jamais Justine ne se lasserait de recevoir un compliment çà et là : voilà ce qu'elle brûlait d'expliquer à Douglas. Mais elle décida qu'elle ferait mieux, à la place, de continuer à contempler le très joli visage de Lord Rotham.

Le duc se savait admiré, cela se voyait au léger sourire qui étirait la commissure de ses lèvres.

— Je ne sais, Votre Altesse Royale, si vous avez eu l'occasion d'examiner les plafonds…

Il se rapprocha d'elle et leva les yeux. Justine l'imita.

— C'est Cupidon, dit-il en désignant un chérubin

muni d'un arc et d'une flèche qui flottait dans l'un des coins. Et Vénus.

Il pointa un autre personnage. Il parlait à voix basse, comme s'il lui confiait un secret. Ils examinèrent l'allégorie ensemble, Rotham lui faisant remarquer certains détails : un couple de chiens de chasse dans un angle, cachés par une ombre, et, dissimulé dans un nuage, un visage bienveillant.

— Excusez-nous de vous interrompre… Monsieur ?

Deux femmes avaient fait irruption à la droite du comte. La plus âgée jeta un coup d'œil anxieux à Justine avant de faire la révérence. Son attention revint rapidement à Rotham.

L'intrusion ne semblait pas le déranger. Il sourit à Justine.

— Voulez-vous bien m'excuser un instant ?

Il s'inclina, puis s'écarta pour s'entretenir avec celle qui l'avait sollicité.

— Comme cela réchauffe mon vieux cœur flétri de voir à quel point Rotham prend votre éducation artistique au sérieux !

William. Justine continua à contempler obstinément le plafond.

— Vous serez sans doute intéressée de savoir que Sutherland et lui sont dans le commerce de l'acier, dit-il à voix basse. Ils cherchent donc de nouveaux marchés. Par exemple, des endroits où construire des voies ferrées. Vous voyez certainement où je veux en venir ?

— Je parle parfaitement anglais, monsieur, répliqua Justine sans ciller. Aussi ai-je compris chaque mot. Et ce que je vois avec certitude, c'est que vous n'êtes pas loin de me donner votre avis, ce que je vous ai pourtant formellement interdit.

Enfin, elle consentit à le regarder.

— Essayiez-vous de me dire quelque chose de *précis*, en me communiquant cette information dont je n'ai que faire ?

— Simplement que la Weslorie est un bien beau pays dont le réseau ferré ne demande qu'à s'étendre.

Elle se pencha légèrement vers lui et constata que ses yeux brillaient d'un éclat qu'elle n'avait encore jamais vu.

— Êtes-vous en train de sous-entendre que le seul intérêt qu'un gentleman pourrait avoir à me parler est financier ?

— Ce n'est évidemment pas le *seul* intérêt, Justine : il faudrait être aveugle pour ne pas désirer vous parler. Vous êtes belle comme le jour et aussi gracieuse qu'un cygne. Mais il s'agit néanmoins d'une raison possible, que je ne souhaitais pas que vous ignoriez.

Il souriait, d'un air légèrement supérieur, comme s'il venait de lui enseigner une bonne leçon.

— Vous êtes si… agaçant, lança-t-elle, exaspérée. Et vous vous tenez si près de moi que je peux à peine respirer ! Incidemment, j'ai changé d'avis : j'aime finalement bien la façon dont vous prononcez mon prénom.

— Je sais.

Elle essaya de prendre une profonde inspiration, mais son corset était trop serré ; quelque chose était trop serré ; elle n'arrivait tout bonnement pas à respirer calmement ! Elle jeta un coup d'œil à Rotham, qui continuait de présenter à son interlocutrice un visage avenant. Elle remarqua que, lorsqu'il posa furtivement les yeux sur la plus jeune des femmes, ce fut pour lui offrir un sourire très proche de celui dont il avait gratifié la princesse quelques minutes plus tôt.

— Avec qui parle-t-il ?

William regarda dans leur direction, subrepticement.

— Lady Worth et sa fille, Lady Ellen. Je pense que Lady Worth panique à l'idée que son futur gendre parvienne à obtenir votre main et abandonne sa fille. Lui n'a en revanche pas grand-chose à perdre, même si vous le repoussez : Lady Ellen est un excellent parti. Certes, elle n'est pas aussi riche que vous, et son rang n'est pas aussi prestigieux. Mais pour ce type d'hommes, c'est bien suffisant.

Ce type d'hommes. Justine connaissait *ce type d'hommes.* Toute sa vie, on l'avait mise en garde contre *ce type d'hommes.* Peut-être que William avait raison concernant Rotham, mais rien n'était moins sûr : au nom de quelle supériorité morale le marquis se permettait-il de juger ainsi ses congénères ?

— Vos propos pourraient être étendus à tous les hommes rassemblés dans cette galerie. Vous y compris.

— Je me dois de protester, répondit William en levant un sourcil.

— Je vous en prie ! Les hommes considèrent davantage les bénéfices d'une alliance que les qualités de celle avec laquelle ils la forgent. Quant aux femmes, elles épousent avant tout une fortune. Peut-être que, comme Rotham, vous cherchez une situation profitable, qu'en sais-je après tout ? Pourquoi devrais-je vous faire confiance ?

L'autre sourcil de William se leva.

— Parce que ! répondit-il avec emphase. Comment pouvez-vous me poser cette question ? N'ai-je pourtant pas été, d'entrée de jeu, clair avec vous ? Votre fortune et votre trône n'exercent aucun attrait sur moi.

— C'est en tout cas ce que vous affirmez, dit Justine en haussant les épaules.

— C'est la vérité.

William semblait disposé à se lancer dans une énième dispute.

— Ne me suis-je pas montré parfaitement sincère ? Me suis-je privé de vous livrer le fond de ma pensée par crainte de vous déplaire ? Et de toute façon, avez-vous d'autre choix que celui de me faire confiance ?

Oui, il s'était montré parfaitement sincère et non, il ne s'était pas privé de lui livrer le fond de sa pensée quitte à lui déplaire, tout cela était vrai. Justine n'avait *aucune* envie de lui faire confiance… Mais, pour une raison qu'elle avait du mal à s'expliquer, surtout après tant de champagne, elle lui *faisait* confiance. C'était ainsi.

— Ma situation ne prête-t-elle pas à rire ? Je serai bientôt reine, et je suis pourtant moins libre que n'importe laquelle des personnes dans cette pièce.

Elle reprit une gorgée de champagne pour se donner une contenance face aux dizaines de paires d'yeux tournées vers William et elle.

Un moment s'écoula, inconfortable, durant lequel on les scruta comme un jeune couple au soir de ses noces. Puis le marquis déclara finalement :

— Vous êtes libre. Je n'interférerai pas.

Il l'attrapa alors par le coude et fit en sorte de la soustraire un instant à la vue de Rotham.

— Je vous promets de me montrer d'une honnêteté sans faille à votre endroit. Passez l'après-midi entière avec Rotham, si cela vous chante. Ramenez-le à la maison. Emprisonnez-le dans votre chambre ou, mieux, entre vos draps.

Justine s'étouffa avec une nouvelle gorgée.

— Excusez-moi : j'ai choqué vos chastes oreilles ?

— Ne vous flattez pas. Je ne suis pas l'ingénue que vous supposez.

— Vous n'avez rien d'une ingénue, surtout, protesta-t-il, l'index brandi. Voilà pourquoi je n'hésite pas à vous parler avec franchise, spécialement en ce qui concerne Rotham. Maintenant, levez les yeux.

Elle obéit et s'aperçut qu'ils se tenaient devant le portrait d'une femme que Justine reconnut instantanément.

— Anne d'Autriche..., ne put-elle s'empêcher de s'extasier à voix basse.

— Vous connaissiez cette toile ?

— *Jæ.*

— Remarquable, n'est-ce pas ? Observez son expression.

Il s'agissait de l'ancêtre de sa mère, qui était devenue reine de France environ deux cents ans plus tôt. Justine avait certes vu des reproductions de cette peinture, mais William disait vrai : l'original était remarquable. Anne portait une robe bleue en velours sertie de perles. Elle avait les lèvres pleines, un sourire entendu et le regard malicieux.

— Ah ! le Rubens, s'exclama Rotham.

Entendant sa voix, Justine se tourna vers lui et lui sourit.

— Je vous prie de me pardonner cette interruption, Votre Altesse Royale. Puis-je de nouveau attirer votre attention sur le plafond ? Il s'y trouve une dernière chose que je voulais vous montrer, une chose étonnante, là-bas, dans l'angle. Me feriez-vous le plaisir...

— Mais tout à fait ! répondit Justine avec un large sourire. Un dernier mot avec Lord Douglas et je suis toute à vous.

Rotham s'inclina avant de s'éloigner pour les laisser causer. Sutherland en profita pour rejoindre son ami et tenir un conciliabule.

Justine pivota vers William et lui fourra son verre vide entre les mains.

— Ne vous faites donc pas de souci pour moi, William. Et laissez-moi *vous* donner un conseil.

— Nous y voilà ! rétorqua-t-il en acceptant le verre tendu – et en frôlant par accident les doigts de Justine, juste un instant. Faites, faites, je suis tout ouïe.

— Lady Ellen a les yeux rivés sur vous. Aussi, gardez à l'esprit ce que je vous ai dit, concernant les femmes et la fortune. Car cette jeune personne est apparemment en quête d'un riche mari.

— Excusez-moi ?

Comme prévu, il se détourna pour chercher Lady Ellen du regard : Justine en profita pour s'éclipser et aller retrouver Rotham. Après une telle saillie, elle n'avait pas besoin de se retourner pour vérifier que William la suivait bien des yeux ; elle savait que c'était le cas.

Ou, du moins, elle l'espérait.

Chapitre 9

En tant que princesse – d'après ce que William supposait, du moins ; après tout, il n'était pas spécialiste –, Justine Ivanosen était un curieux spécimen. Il n'y avait, selon le marquis, pas d'adjectif qui la décrive mieux. Dans son boudoir, avec des rangées de valets alignés aux murs tels des soldats de plomb, elle était souveraine et assurée. Dans le carrosse, il avait trouvé qu'elle menait la danse. Mais ici, à Stafford House, elle semblait dans un état avancé de fébrilité. Et, les pans de sa jupe dans une main, une coupe en cristal dans l'autre, elle avait à sa portée assez de champagne pour alimenter une fontaine. Dès qu'elle entendait un propos amusant, elle riait. Pas poliment, comme une jeune femme était censée le faire – ce qui d'ailleurs, de manière générale, déplaisait à William. Non : elle s'esclaffait comme si elle n'avait jamais rien entendu d'aussi drôle en vingt-cinq années d'existence. Puis, l'instant d'après, elle se tassait. Ses sourcils se fronçaient, et elle paraissait au bord des larmes.

La future reine de Weslorie souffrait d'agoraphobie. Fabuleux ! De toutes les femmes, il avait fallu que ce mal afflige celle destinée à gouverner, et par conséquent à mener une vie publique.

William trouvait tout aussi fabuleux de ne pas s'en être rendu compte lors de leur rencontre, huit ans plus tôt. Voilà peut-être qui expliquait son comportement lors de cette soirée chaises musicales – après tout, la maison avait été bondée d'invités. Étant donné le jeune âge de Justine à l'époque, dix-sept ans, il avait attribué son attitude à son inexpérience.

Il se demanda combien de champagne elle avait absorbé pour le moment. Il avait en matière d'ébriété une certaine habitude. À en croire la charmante rougeur aux joues de la jeune femme, ou encore la mèche folâtre qui s'était échappée de sa coiffure et qui bouclait, sombre et enjôleuse, au-dessus de son œil, le doute n'était pas permis : la princesse était soûle. William n'était pas du genre à fourrer son nez dans les beuveries des autres… Mais il se sentait responsable de ce qui était en train de se passer. Après tout, il l'avait amenée là.

Par tous les enfers, Sutherland. Une cérémonie de couronnement eût été plus intime que cette réception ! William avait décrété, en observant Rotham conter fleurette à Justine, que, s'il était trop tard pour la sortir de ce pétrin, il était de son devoir de faire en sorte que personne ne devine son degré d'imprégnation. Le marquis imaginait sans mal le bruit se répandre à travers Londres. « La princesse Justine, ivre et chancelante à Stafford House. »

Chaque chose en son temps. En premier lieu, il s'agissait de faire prendre l'air à la jouvencelle. Il proposa à la petite troupe une promenade dans les jardins. Il y avait là une mare, une jolie fontaine, et les parterres étaient en pleine floraison.

Sutherland applaudit l'idée, et Rotham, flairant l'opportunité, faillit se faire une élongation en se précipitant pour être celui qui escorterait Justine à l'extérieur. William avait vu juste : la future reine se désespérait de sortir. Elle bondit sur l'occasion de quitter cette pièce bondée comme elle aurait sauté par-dessus un obstacle – en l'occurrence, son galant.

Mais les jardins ne purent remplir leur office car, sitôt qu'ils s'échappèrent, tous les convives leur emboîtèrent le pas, et bientôt l'héritière de la couronne fut de nouveau entourée de crinolines et de redingotes. De sa vie William n'avait assisté à une telle bousculade.

Il avait fait l'erreur de ne pas réagir assez vite, et Rotham en avait profité, le fourbe, pour se positionner en nouveau protecteur de Justine. D'autres gentlemen, la plupart célibataires et désireux d'attirer son attention, trottèrent à sa suite sur le perron, les oreilles dressées telle une portée de chiots.

Sur ce même perron, la princesse accepta l'éventail tendu par quelqu'un et, à présent, elle l'agitait comme si sa vie en dépendait. William avait le désagréable pressentiment que la journée était sur le point de se gâter. Vu comment les choses se déroulaient, ils couraient droit à la catastrophe. Il était en train de réfléchir à la meilleure manière d'exfiltrer Justine de ce rassemblement impromptu en extérieur quand la princesse Amélia apparut à ses côtés. Elle luisait d'un éclat qu'il ne lui connaissait pas. Il la toisa avec suspicion. Ce genre de rayonnement ne pouvait venir que de trois choses – la nourriture, la boisson, le sexe –, et William ne voulait surtout pas savoir laquelle des trois l'illuminait ainsi.

— Où étiez-vous donc passée ? lui demanda-t-il distraitement.

Elle eut un claquement de langue agacé.

— Vous n'êtes pas mon père.

— Et, croyez-moi, j'en suis le premier soulagé.

Puis il lui offrit son bras.

— Prenez-le, lui ordonna-t-il.

— Quoi ? Pourquoi ? Où allons-nous ?

En dépit de ses questions, Amélia le prit, car elle était de ces femmes qui ne savent pas dire non à un bras pour peu qu'il soit musclé.

— Nous devons sauver votre sœur.

— *Encore* ? grommela-t-elle, comme si la situation était habituelle. Pourquoi ? Qu'a-t-elle fait, cette fois ?

— Elle a bu une coupe de trop. Un baquet de trop, pour être honnête. Et elle se trouve présentement au milieu d'un cercle pressant d'admirateurs.

— Où donc ?

Amélia s'étira et aperçut Justine, entourée d'une foule apparemment désireuse de lui parler. Le groupe, encore loin d'avoir atteint les jardins, piétinait sur le perron.

— Vous avez raison, il faut la surveiller, dit-elle avant de poser un regard insistant sur le bras de William, où sa main trônait. Allons ! Qu'attendez-vous ?

Ce qu'il attendait ? Qu'une des princesses au moins se comporte d'une manière un tant soit peu orthodoxe, voilà ce qu'il attendait ! Docile, il se mit cependant à descendre les marches pour rejoindre les autres. Une fois en bas de l'escalier, ils contournèrent la foule, Amélia et lui, afin qu'elle puisse intercepter sa sœur et le galant de celle-ci. La manœuvre n'échappa pas à Justine, qui leur jeta une œillade suspicieuse.

Rotham suivit son regard. Quand il vit à son tour la princesse Amélia, il s'illumina. Oh ! le cochon. Remuant dans son auge, sa petite queue tire-bouchonnée tout agitée de joie.

— Ma sœur ! vous voilà enfin, déclara Amélia avec superbe.

La foule s'écarta pour la laisser passer. La jeune femme en profita pour lancer, à personne en particulier – en réalité, à tout le monde –, que c'était décidément une bien belle journée pour une balade dans les jardins et qu'elle était ravie que sa chère sœur en profite.

— *Jæ*, répondit Justine.

Et elle chancela légèrement. Seigneur ! Elle n'allait pas s'effondrer, tout de même ?

— Puis-je vous présenter Lord Rotham, et…

L'héritière jeta un coup d'œil aux jeunes hommes qui s'étaient approchés afin de mieux voir Amélia, puis elle les désigna d'un geste vague.

— … et ses nombreux amis.

— Votre Altesse Royale, dit Rotham avant de s'incliner dans une profonde révérence. C'est un réel honneur que de faire votre connaissance.

Il s'avança ensuite, devançant tous ceux qui auraient souhaité en faire autant. Amélia lâcha le bras de William et tendit vers lui une main gracieuse.

Rotham la prit, cette main, et se mit à dégoiser sur l'extrême plaisir que lui faisait cette rencontre. William en profita pour se faufiler aux côtés de Justine. Les tempes et le cou de la princesse semblaient moites.

— Tout va bien ? s'enquit-il.

— *Jæ*. Pourquoi cela n'irait-il pas ?

Les mots s'étaient bousculés hors de sa bouche. Pendant ce temps, Amélia désignait la mare en contrebas, sur laquelle des oies glissaient sereinement. Rotham lui offrit son bras et, aussi facilement que ça, la jeune femme et une joyeuse troupe de messieurs quittèrent le perron, en direction des pelouses et du point d'eau.

— Vous êtes blanche comme un linge et vous vous agrippez à votre coupe de champagne comme si votre vie en dépendait, répondit William tout en observant les autres s'éloigner.

Justine baissa les yeux, l'air étonné, comme si elle avait oublié la présence du verre entre ses mains. Puis elle avala le reste de son contenu avant de tendre la coupe à William.

Il la prit et la brandit, jusqu'à ce qu'un valet vienne l'en débarrasser, puis il offrit son bras à la princesse.

— Voudriez-vous rejoindre votre sœur et les autres ? Ou préféreriez-vous vous reposer un instant de la foule ?

— Vous êtes bien aimable, mais jamais je ne me repose de mes obligations, et jamais je ne le voudrais.

— Voilà le genre de vantardise qu'on se prend bien souvent à regretter, Justine.

À cet instant, Rotham sembla se souvenir qu'il avait été sur le point de s'attirer les bonnes grâces de la future reine. Il s'agita soudain, comme une mère ayant égaré son enfant sur une place bondée.

— Votre Altesse Royale ! Je vous prie de m'excuser, j'ai supposé que vous nous suiviez…

Et il se précipita vers le perron. Elle lui répondit, d'une voix cristalline :

— J'arrive ! Que Dieu me vienne en aide, marmonna-t-elle ensuite.

Rotham était déjà à mi-chemin lorsqu'un cri retentit depuis la mare. Il arrêta sa course et se tourna pour voir ce qui se passait.

Ce qui se passait, c'était apparemment qu'Amélia s'était

approchée de la rive. Accroupie, elle avait avancé une main vide vers les oies. À présent, tous les volatiles étaient sur la pelouse, battant des ailes et encerclant les convives en cacardant, espérant leur arracher ce qu'ils pensaient être de la nourriture. Mais quand ils réalisèrent que, de nourriture, il n'y avait point, ils protestèrent et chargèrent le groupe. Les gens se mirent à hurler, les oies à criailler, et le rassemblement qui s'était d'abord formé se dispersa en un clin d'œil. L'un des gentlemen prit Amélia par la main et la tira hors de la trajectoire d'un des oiseaux pendant que la jeune princesse riait à gorge déployée.

Tout le monde essayait d'échapper à la troupe ovipare, qui se révélait rapide et surprenante d'agilité lorsqu'il s'agissait de pincer des séants. William regardait un homme qui se tenait d'ailleurs le haut de la cuisse, à l'endroit où l'un des palmipèdes l'avait mordu.

— Seigneur ! s'exclama Rotham. Douglas, venez m'aider !

Le comte dévala ensuite l'escalier pour mettre fin à la nuisance.

— Je ne peux pas ! lui lança William alors que Rotham s'éloignait. Problèmes de dos.

— Votre dos va parfaitement bien, lui glissa Justine.

— En effet. Il en est de même de ma dignité : j'entends que les choses restent ainsi.

Pour une fois, ses paroles firent sourire la princesse.

Il avait raison de se tenir à l'écart : les oies s'en prenaient à tout le monde sans distinction à présent, trompetant les ailes ouvertes à tous les vents. Elles manifestaient cependant une préférence marquée pour les derrières de ces dames, couverts d'étoffes chatoyantes et idéalement placés à hauteur de bec. Plus les femmes criaient et couraient, plus les oies semblaient enragées. Amélia et son sauveur avaient disparu dans un buisson tandis que les autres gentlemen tentaient de repousser les assaillants jusqu'à leur mare avant qu'ils blessent sérieusement quelqu'un. Plus d'un était pourtant forcé de battre en retraite face à la férocité de l'ennemi.

Justine et William se tenaient côte à côte sur le perron, leurs épaules se touchant. Ils observaient la mêlée.

Sutherland fit son apparition, accompagné de ses jardiniers qui, par leurs vociférations, ajoutaient à la cacophonie. L'un des domestiques avait apporté un fusil, qu'il dirigea vers le ciel avant d'effectuer un tir de sommation. La foule entière cria et chacun se mit à courir dans tous les sens, bousculant indifféremment son voisin ou les oies dans une tentative désespérée de fuite. Certains trébuchèrent et tombèrent dans les massifs de fleurs.

— Seigneur, dit Justine. C'est un véritable pandémonium.

— Un pandémonium amusant, ne trouvez-vous pas ?

— Je n'avais pas été divertie à ce point depuis des semaines, confirma Justine.

Puis elle leva les yeux vers lui et lui adressa un large sourire, qu'il lui rendit.

Rotham semblait avoir réalisé que les deux princesses lui avaient échappé et il tournait sur lui-même, les cherchant du regard. Il s'était lancé dans cet embrouillamini pour en sortir la princesse Amélia : cette mission ayant été un échec, il ne faisait aucun doute qu'il n'hésiterait pas à se faufiler pour reprendre sa place auprès de Justine avant que tout soit rentré dans l'ordre.

— Qu'en pensez-vous ? demanda Justine à William en le bousculant par accident. Devrais-je aller chercher ma sœur ?

— Non.

Elle lui jeta un coup d'œil. Elle tanguait encore légèrement.

— Vous vouliez certainement dire « comme il vous plaira », n'est-ce pas ?

Et elle enfonça son long doigt fin dans son épaule.

C'était peu dire qu'elle était pleine comme une bourrique, et William ne put retenir un sourire.

— C'est de bon cœur que je vous donnerais du « comme il vous plaira », si je pensais que vous pouviez survivre à cet escalier, madame. Conseil d'ami : si vous continuez à lever le coude comme un Polonais, ne vous étonnez pas d'attirer sur vous une attention que vous souhaitez pourtant éviter.

Peut-être était-ce l'éclat du soleil, mais les iris de Justine semblaient avoir la couleur de l'or.

— Pourquoi vous soucier à ce point de ma personne quand Lady Ellen vous suit des yeux depuis que vous avez échangé quelques propos, dans la galerie ? Vous pensez tout savoir du jeu de la séduction, monsieur : comment cela serait-il possible quand vous n'êtes même pas capable d'identifier les joueurs ?

William se tourna, et son regard rencontra immédiatement celui de Lady Ellen. Les efforts pour rassembler les oies n'intéressaient guère la jeune femme : elle n'avait d'yeux que pour lui. Elle lui sourit.

Il lui sourit en retour, avant de revenir à Justine.

— En voilà, une demoiselle qui a des manières. Un mot gentil pour tous ceux qui croisent son chemin ! Vous devriez en prendre de la graine.

— Qu'on la mette dans ma position rien qu'une journée, et on verra si elle demeure plaisante, une fois contrainte d'assister à ce genre d'événements où tout le monde vous épie en attendant que vous fassiez un faux pas.

— C'est ce que vous croyez ? Que tout le monde attend que vous fassiez un faux pas ?

— Pourquoi diable garderaient-ils les yeux rivés sur moi, sinon ?

Parce qu'elle était jolie ? Destinée à être reine ? Intéressante ?

Une autre détonation les fit sursauter. Mais le stratagème sembla enfin fonctionner : les oies étaient retournées dans l'eau et elles s'éloignaient en nageant, l'air offensé, comme si c'était elles qui s'étaient fait mordre les fesses. Peu à peu, les invités se remirent de leurs émotions. Ils purent commencer à évaluer l'ampleur des dégâts.

— Eh bien ! Apparemment, les festivités sont terminées, déclara William.

— J'espère bien, marmonna Justine. Est-ce que vous ne trouvez pas qu'il fait quand même particulièrement chaud ?

À cet instant, la princesse Amélia se détacha de la mêlée, serrée contre Lady Constance. Une demi-douzaine de gentlemen les suivaient alors qu'elles se dirigeaient vers l'escalier.

Sutherland surgit à son tour, grimpant quatre à quatre, talonné par le comte Rotham.

Justine soupira bruyamment.

— Vous en avez assez de ce cirque, n'est-ce pas ? demanda William.

— C'est donc si évident ?

— Je pense être le seul à m'en rendre compte, si cela peut vous rassurer.

C'était là la stricte vérité.

À l'instant où Sutherland, Amélia et Rotham arrivèrent à leur niveau, William s'écarta de Justine pour déclarer d'une voix forte :

— Si je puis me permettre, Votre Altesse Royale, il se

fait tard. J'aurais dû être plus attentif à l'heure et je m'en excuse, d'autant plus que je sais bien que vous êtes attendue ailleurs. Dois-je faire préparer le carrosse ?

Cette question fut aussitôt suivie de protestations et de suppliques. Justine se trompait sur un point : cette noble assemblée n'était pas venue dans l'espoir d'assister à un faux pas. Elle était là pour admirer l'héritière de la couronne, lui passer de la pommade, vérifier en personne qu'elle était bien célibataire, et prier pour un miracle qui ferait de leur fils l'heureux élu.

— Mais tu n'as même pas dépassé le perron ! s'exclama Amélia. Attends au moins de voir les jardins.

— Si vite ? renchérit Sutherland. Si c'est par crainte des oies, soyez rassurée, Votre Altesse Royale : elles sont allées de l'autre côté de...

— Votre Altesse Royale, intervint Rotham à brûle-pourpoint. J'espérais avoir un mot avant votre départ.

— Tu ne peux pas sérieusement envisager d'y aller, implora Amélia. Lady Constance nous a invitées à nous joindre à elle pour le souper.

Justine avait l'air dépassé. Elle regarda successivement Lady Constance, Amélia, et la foule de gentlemen agglutinés derrière les deux jeunes femmes.

— Amélia, reste, je t'en prie. J'ai pour ma part tant à faire...

Et, d'un geste vif-argent de la main, elle désigna les choses imprécises et délicieuses qui l'attendaient. La physionomie de sa sœur s'éclaira sur-le-champ.

— Ça ne t'ennuie pas ?

— Nous nous assurerons qu'elle rentre à bon port, madame, lui garantit Sutherland. Je la ferai escorter par une armée de valets jusqu'à Prescott Hall, n'ayez crainte.

— En ce cas, tout est bien.

Amélia joignit gracieusement les mains et se tourna vers Lady Constance, sa nouvelle amie, avec un grand sourire. Puis les deux jeunes femmes filèrent, leurs admirateurs sur les talons.

— Êtes-vous certaine de ne pas vouloir rester ? demanda Rotham piteusement.

Tous les regards étaient braqués sur Justine, qui semblait de nouveau éprouver de la difficulté à respirer.

— Je ne peux, je le crains, s'excusa-t-elle avec un sourire fébrile avant de se tourner vers Sutherland. Merci de votre aimable invitation. Et merci de m'avoir montré votre collection, c'est une merveille. Votre galerie vient, à n'en point douter, de rejoindre la liste de mes endroits favoris.

Sutherland se confondit en remerciements : pour avoir daigné visiter son « humble demeure » et pour les avoir tous honorés d'une présence si *galvanisante*. Plus il en rajoutait, plus Justine semblait se ratatiner. Quelle curieuse créature que celle-là ! Ses yeux passaient de Sutherland à la foule, qui se pressait pour entendre la moindre de ses paroles. Quand l'attention du duc se porta sur l'un de ses convives, qui venait de poser une question, elle en profita pour toucher la main de William afin de l'appeler à la rescousse.

C'était étrange : il parvenait à deviner ce dont elle avait besoin sans qu'elle ait à prononcer un mot. L'attroupement avait grossi, chacun manœuvrant pour apercevoir la princesse avant son départ, certains lançant même à tue-tête des invitations à leurs propres événements.

— Merci encore, monsieur, dit fermement William à Sutherland.

Puis il attrapa Justine par le coude et l'escorta jusqu'en

haut des marches, puis à travers les portes vitrées, la galerie, jusqu'au hall d'entrée où un majordome les attendait avec dans une main le chapeau du marquis et dans l'autre le bonnet de la princesse.

Ils franchirent le porche et descendirent jusqu'à l'allée, Sutherland bondissant à leurs côtés, dégoisant à propos d'un bal qu'il envisageait de donner, et oh ! qu'il serait délicieux que Son Altesse Royale soit présente. La garde royale de Weslorie était déjà en ordre de marche, assemblée derrière le carrosse. William atteignit la voiture avant le cocher et aida Justine à grimper à l'intérieur. Il ferma la portière, puis se tourna vers Sutherland et son proverbial sourire figé.

— Sutherland, mon vieil ami, lança-t-il en lui tapotant virilement la poitrine. S'il se produisait ce soir quoi que ce soit de nature à livrer la princesse Amélia à la merci des ragots, je me chargerais personnellement de vous castrer au moyen du coupe-choux que je réserve en temps normal à mes moutons. Est-ce clair ?

Il sourit. Sutherland cligna des yeux.

— Bien entendu, Douglas. Bien entendu.

— Bien. Bien, mon vieux.

Et là-dessus, il ouvrit de nouveau la portière et grimpa dans le carrosse.

Chapitre 10

Une fois dans la voiture, Justine s'affala sur les coussins de velours, étendit les jambes et dégrafa en partie ce corset bien trop serré, anticipant avec joie le moment où elle pourrait ôter pour de bon l'instrument de torture. Les yeux fermés, elle prit plusieurs inspirations profondes. Elle était épuisée, elle avait *bien trop* bu – chose qu'elle aurait refusé d'admettre devant un certain marquis écossais – et elle rêvait d'un bain.

C'était toujours pareil : ce genre d'événement la vidait, émotionnellement et physiquement. L'empressement des gens, leurs regards inquisiteurs, ses fichus nerfs… Elle aurait voulu ressembler à Amélia, qui se trouvait parmi la foule comme un poisson dans l'eau, quand elle avait au contraire le sentiment de se noyer dans ce débordement d'attention.

Enfin ! c'était fini. Elle allait pouvoir avaler un petit quelque chose – elle en avait bien besoin, après tout ce champagne. Elle rêvait à cette future collation lorsque les portes du carrosse se rouvrirent. Elle se redressa d'un mouvement vif et observa, abasourdie, le marquis de Douglas s'asseoir en face d'elle.

— Merci, William, mais je préférerais rester seule.

— Il serait impoli de vous laisser sans compagnie durant le trajet.

— Pas du tout.

Et elle entrebâilla la porte pour illustrer son propos.

— J'ai l'habitude de la solitude et je la vis parfaitement bien, je vous l'assure. Allez, vous êtes libre.

La portière se referma – sûrement l'œuvre d'un valet posté à l'extérieur.

— En tant que gentleman, je ne saurais l'autoriser.

Il sourit et posa son chapeau sur la banquette. Le véhicule se mit en branle, et Justine fut propulsée vers l'avant. Son estomac vide, ou plutôt, rempli exclusivement de champagne, se rappela à elle.

— Trop tard, ajouta William, visiblement ravi.

En maugréant, elle se débarrassa de son étole et de son bonnet, puis regarda par la fenêtre alors que le véhicule s'éloignait de Stafford House. Elle avait conscience des yeux de William posés sur elle. Elle se tourna vers lui : il l'étudiait.

— Puis-je savoir ce qu'il y a ?

— Rien, répondit-il en haussant les épaules. J'admirais seulement la façon dont la lumière de la fin de journée met en valeur votre visage.

Justine cligna des paupières, surprise.

— Pourquoi me parlez-vous ainsi ?

— Ainsi ?

— Comme si vous étiez en train de me courtiser. Alors que, il n'y a pas une demi-heure, vous me compariez à un Polonais ivre !

— Ce n'était pas de vous que je parlais, c'était de votre manière de boire, dit-il l'index dressé.

— C'est mon droit le plus strict de boire autant que je le désire, sans avoir à souffrir vos remarques.

— Ça, je m'en étais rendu compte, pas d'inquiétudes, la taquina-t-il en poussant son pied du sien avant d'ajouter : Je me fiche que vous vidiez une bouteille de champagne ou bien une caisse, Justine.

— Oh ! *merci* de votre autorisation. Ce cher William… Grand Maître des bulles ! Ministre des Menus Plaisirs !

Il souriait, et ce sourire enivrait Justine. À moins que ce ne soit le champagne.

— Une question, cependant…

Ignore-le, s'admonesta Justine. *Ignore-le*.

— Vous vous demandez… ?

— Pourquoi ces crises de tremblement ?

Elle sentit le rose lui monter aux joues.

— Personne n'aimerait plus que moi en connaître la raison, soyez-en certain.

Elle se redressa sur la banquette et dirigea de nouveau son regard vers le paysage, juste à temps pour apercevoir un bâtiment qui ressemblait à un asile s'évanouir par la fenêtre. Que faisait un asile en plein cœur de Londres ?

— Vous pensiez que je ne les avais pas remarquées ?

Justine s'empourpra encore. Elle n'avait pas eu la naïveté de croire cela… Mais elle l'avait espéré, oui.

— Je me fiche que vous les ayez remarquées ou non, dit-elle en braquant une nouvelle fois les yeux sur lui. Si vous vous en êtes rendu compte, c'est uniquement parce que vous avez la fâcheuse habitude de vous tenir trop près de moi et d'épier le moindre de mes mouvements. Vous savez, personne ne vous force à me suivre comme mon ombre !

Il rit, avant de répondre :

— J'ai juré de veiller sur vous. De quoi s'agit-il, alors ? insista-t-il. Est-ce une sorte de… trouble ? Une maladie ?

— Une *maladie* ? répéta-t-elle, incrédule, en secouant la tête. Si seulement ! Cela éviterait que ma mère ne croie la prière à même de régler le problème.

Elle frissonna en pensant à toutes les fois où, bien avant les premières lueurs de l'aube, elle avait dû prier avec le révérend de sa mère, monseigneur Pontifo. Puis, dans un soupir, elle entreprit de retirer ses gants. Il lui fallait de l'air.

— Ce sont mes nerfs, avoua-t-elle soudain. J'ai vécu une pénible expérience, enfant, parmi la foule. C'est là que j'ai connu pour la première fois ce sentiment d'étouffer… Il semblerait que ce souci se soit malencontreusement exacerbé avec les années. Je crois qu'on peut sans risques supposer que c'est parce que les foules se sont densifiées. Quand une assemblée se fait un peu trop pressante, ça se produit, c'est tout.

Ses gants rejoignirent le monticule déjà formé par le bonnet et l'étole. Elle croisa gracieusement les bras.

— Tout le monde me reproche ma condition, et pourtant je n'y peux rien : mon cœur s'accélère et je me sens défaillir. Le champagne… Ça me calme. Voilà, vous savez tout, William : j'ai les nerfs fragiles et je m'adonne à la boisson pour compenser.

— Vous vous trompez, jeune fille : j'ai vu le sort que vous avez réservé à Mawbley ; il faut au contraire avoir des nerfs d'acier pour se comporter ainsi face à un prétendant. De plus, je trouve la perspective de se retrouver le centre d'une foule avide d'attention proprement insupportable.

Elle ne s'était pas attendue à une telle réaction. D'habitude, on lui expliquait la chance qu'elle avait, on lui disait de ravaler ses craintes, de se conduire en reine ; on se moquait, même.

— Ça l'est, acquiesça-t-elle doucement.

Elle n'aimait pas aborder le sujet : il lui faisait prendre conscience de sa vulnérabilité. Son père aimait à lui répéter qu'elle devait dégager force et calme en public. Être effrayée ne faisait pas partie du programme.

— Il m'est arrivé à peu près la même chose, vous savez, lui dit William.

— Quoi ? On a aussi essayé de vous enlever en pleine rue lorsque vous n'étiez encore qu'une enfant ? répondit-elle en riant.

— Non. Mais, lorsque j'étais petit, mon père s'est mis en tête de m'apprendre l'escrime.

— Oh ?

Elle se redressa imperceptiblement.

— Pourquoi ne m'avoir pas dit plus tôt que vous saviez manier le fleuret ?

— Parce que je ne sais pas le manier, expliqua-t-il avec un sourire sincère. Lors d'une de ses leçons, mon père a tenté de m'enseigner l'art de la feinte. Mais, n'étant lui-même pas très habile, il m'a esquinté. Vous voyez ? Juste là.

Il lui présenta son profil en désignant la cicatrice. Justine parvint à peine à discerner cette fine balafre qui partait de sa pommette pour se perdre dans son favori.

— Je n'ai pas touché une lame depuis. Je ne peux même pas m'approcher d'une épée.

Comme c'était étrange ! Elle n'avait jamais côtoyé d'homme qui accepte de révéler ses faiblesses, à l'exception de son père – mais la maladie de ce dernier, la consomption, était de toute façon impossible à cacher. Elle n'avait a fortiori jamais côtoyé un homme qui prenne en compte ses difficultés et qui essaye de la rassurer. William ne se doutait certainement pas à quel point elle appréciait son aide. Oh ! mais non, à la fin. La voilà qui rougissait encore !

— Je ferai en sorte d'éviter de vous jeter le gant, en ce cas.

— C'est bien aimable de votre part, répliqua-t-il avec un sourire affable.

Ce sourire ! Il la rendait... un tantinet fleur bleue.

— Puis-je vous poser une question ?

— Faites donc.

— Pourquoi ne semblez-vous pas manifester d'intérêt pour Lady Ellen ?

Il eut un petit rire.

— C'est vrai ! insista-t-elle. Elle ne pouvait vous quitter des yeux. Et elle est très séduisante. Pourquoi ne la trouvez-vous pas attirante ?

— Qui a dit que je ne la trouvais pas attirante ?

— Vous l'avez à peine regardée.

Une idée parut traverser Justine, et celle-ci se redressa tout à fait.

— Vous étiez intimidé !

— Je suis incapable de la moindre timidité, se moqua-t-il. Je ne l'ai pas regardée parce que j'étais absorbé dans la contemplation d'une autre. Une femme bien plus attirante.

— Lady Constance ! s'exclama Justine, les yeux écarquillés.

— Non, pas Lady Constance.

Il la regardait de manière insistante. Justine sentait son cœur s'affoler, et le sang lui monta une fois de plus au visage. Cette impression étrange de léger vertige que l'on éprouve juste avant d'apprendre quelque chose que l'on n'aurait jamais soupçonné...

— Pas Amélia, tout de même !

— Mais non, pas Amélia ! *Vous*, Justine.

Elle eut un mouvement de recul.

— Moi ?

— Bien sûr, vous. Vous pensiez que votre beauté était passée inaperçue ? Comment aurais-je fait pour ne pas la remarquer ?

— Seigneur…

Que se passait-il, exactement ? Pourquoi la complimentait-il de la sorte ? Cela n'avait aucun sens. Des deux sœurs, Amélia était la jolie, et elle, était la studieuse. Elle frotta l'arrière de sa nuque en cherchant quoi répondre.

— Je suis… surprise.

À son tour, il eut l'air décontenancé.

— Surprise ? Pourquoi ça ? Je suis un homme : je ne peux rester insensible aux charmes d'une belle femme. Et puis, ajouta-t-il en haussant les épaules, ce n'est pas ma faute si votre bouche inspire les baisers.

Justine en resta bouche bée. Elle aurait voulu rire de lui. Répondre quelque chose de subtil, de malin, de joueur. Mais elle ne savait pas jouer – pas à ce jeu-là.

— Seriez-vous en train d'essayer de vous faire bien voir ?

Il répondit par un reniflement méprisant.

— Si c'était cela que j'essayais, j'essayerais mieux. Je me contente de vous dire ce que je vois. Sutherland : en voilà un qui essaye de se faire bien voir. Et Rotham.

Une nouvelle fois, il donna un petit coup sur le pied de Justine.

— Allez-y, admettez-le.

— Admettre quoi ?

— Admettez que j'avais raison.

— Ça vous est à ce point important, d'avoir raison ?

— Vous n'imaginez pas.

Elle leva des yeux exaspérés.

— En ce cas… Vous aviez raison, William. Cependant, pas la peine de me montrer des évidences : j'ai des yeux pour voir.

William se pencha soudain dangereusement vers elle. Il avait placé les mains de part et d'autre de ses jupes. Elle était sa prisonnière.

— Vous voulez savoir ce que je pense, Justine Ivanosen ?

— Non, je ne le veux pas. Mais je suppose que vous allez quand même me le dire…

— Je pense que vous appréciez ma compagnie. Bien plus que vous ne sauriez l'admettre.

En effet, elle n'aurait su l'admettre – à elle-même, en premier lieu. Alors à lui ? Un sourire en coin se dessina sur son visage pendant qu'elle se penchait à son tour, si près qu'elle pouvait apercevoir les nuances de bleu et de vert dans ses yeux pourtant gris.

— Vous savez ce que *je* pense ? Vous avez une bien trop haute idée de vous-même.

Elle vit le regard de William glisser jusqu'à ses lèvres.

— Sans doute est-ce pour cette raison que vous appréciez autant ma compagnie. Je suis le seul homme de votre entourage à ne pas se ratatiner en votre présence.

— Je n'ai jamais dit que j'appréciais votre compagnie. Et vous êtes en tout cas le seul homme de mon entourage à croire qu'il peut tenir devant moi des propos aussi extravagants.

— Ce qui vous fait du bien.

Le regard de William descendit encore, vers sa poitrine. Justine eut l'impression qu'il la brûlait.

— Vous êtes une canaille.

Il sourit, et ses yeux se levèrent de nouveau vers elle.

— C'est ce qui se raconte, en tout cas, répliqua-t-il.

— J'en ai fini avec les canailles. La dernière en date a failli signer ma perte.

— En ce cas, vous êtes en veine, car en réalité, je ne suis pas une canaille. Plus maintenant, en tout cas.

— Oh ! j'en suis *certaine*.

— Hamilton et ma famille me prennent tout mon temps : il ne m'en reste donc plus pour m'encanailler.

— Hmmm, répondit-elle, sceptique. Lady Ellen sait-elle que vous avez renoncé à votre vie dissolue ? Cela expliquerait son soudain intérêt pour vous.

— Quel que soit l'intérêt que Lady Ellen me porte, il ne lui a pas été dicté par les circonstances mais par sa mère.

— La pauvre petite…

Justine sourit. William aussi. Il jeta de nouveau un coup d'œil à ses lèvres et, durant une fraction de seconde, elle crut qu'il allait l'embrasser. Ce à quoi elle réagirait de façon outrée… Même si elle espérait vraiment qu'il le fasse.

Malheureusement, au lieu de ça, il soupira et s'enfonça sur la banquette.

Ils roulèrent sans un mot, en se regardant droit dans les yeux, et, malgré leur silence, toute une conversation se déroulait dans la tête de Justine. Elle était hypnotisée, et elle devinait que ce n'était pas à cause du champagne ; l'effet s'en était évaporé. Elle n'avait pas ressenti ça depuis… eh bien, depuis Aldabert.

Le carrosse s'engagea dans l'allée de Prescott Hall, cahotant le long du chemin bordé d'arbres jusqu'à l'entrée de la demeure.

— Son Altesse Royale serait-elle tentée par un petit pari ? demanda William.

— Cela dépend de la nature du pari.

— Puisqu'il semblerait que je sois le seul homme de votre entourage à ne pas vous être totalement soumis, je pourrais offrir mon avis sur vos prétendants.

— Sauf que je ne veux pas de votre avis.

— Oui, mais vous en avez besoin.

Elle le sonda.

— Quelle sorte d'avis offririez-vous, en ce cas ?

— Je me contenterais de vous dire si le jeune homme pourrait ou non vous convenir…

Elle rit.

— Comment diable pourriez-vous savoir ce qui me convient ?

— Vous avez raison : je serais sans doute mieux à même de vous dire ce qui ne vous convient *pas*. J'ai une certaine intuition, dans ce domaine.

— Vraiment ?

Elle ne pouvait s'arrêter de glousser, abasourdie par sa confiance en lui.

— Quel dommage que vous n'ayez pas offert vos services à ma famille comme marieuse… Bien, et quel est le pari ?

— S'il s'avère que j'ai raison concernant le gentleman impliqué… je gagne un baiser.

La bouche de Justine s'ouvrit en grand, mais aucun son ne sortit. Qu'est-ce qu'il s'imaginait ?

— Voilà bien des façons de canaille !

— D'*ancienne* canaille : jamais je n'aurais gagé un baiser, lorsque j'étais au fait de ma gloire ; je l'aurais pris dès le moment où j'aurais senti vos sentiments à mon égard s'adoucir.

Elle imagina la scène – lui la serrant dans ses bras

et l'embrassant. Un petit frisson coupable parcourut sa colonne vertébrale.

— Mes gardes vous auraient arrêté et mis aux fers.

— La vie est pleine de risques qu'il faut bien courir.

Justine ne voulait pas gigoter sur sa banquette. Seulement, elle ne pouvait pas s'en empêcher.

— Très bien. Et si je gagne ?

— Vous pourrez vous montrer incroyablement suffisante et me rappeler votre victoire à la moindre occasion, sans que j'aie le droit de m'en plaindre.

Le sourire de Justine ne se fit pas attendre.

— J'*adorerais* ça.

— C'est ce que j'ai pensé. Nous avons donc un accord ?

Elle regarda sa bouche en imaginant toutes sortes de baisers. Des baisers désespérés, des baisers passionnés. Quelle midinette elle faisait !

— Vous êtes bien présomptueux.

— C'est pourtant un pari équitable. Et quel mal y a-t-il à corser un peu ce processus atroce de mariage arrangé ?

Il n'avait pas tout à fait tort. Elle soupesa sa proposition alors que le carrosse s'arrêtait devant la maison.

— Rien qu'un baiser ?

Il leva la main droite.

— Sur ma vie, rien qu'un baiser.

Elle pensa à la tête que feraient sa mère et Lady Bardaline si elles pouvaient entendre cette conversation parfaitement inappropriée. C'est peut-être ce qui la décida à tendre subitement la main.

— J'accepte.

Le regard de William scintilla, et Justine prit conscience qu'il ne s'était pas attendu à ce qu'elle dise oui – il avait pensé qu'elle déclinerait, probablement avec une pudeur heurtée, comme n'importe quelle princesse. Sauf qu'elle n'était pas n'importe quelle princesse ! Il prit la main tendue et y déposa un baiser, laissant sa bouche s'attarder. En sentant la chaleur de ces lèvres, le corps entier de Justine se mit à fourmiller.

— Je me réjouis de cette perspective, Votre Altesse Royale.

— Les perspectives, c'est ce avec quoi on peint les trompe-l'œil et autres leurres, Lord Douglas. Or, ne vous leurrez pas : j'escompte bien gagner.

Il sourit, et ce sourire alluma un brasier en elle. Il souriait comme s'il avait déjà gagné et qu'il réclamait à présent son dû.

La porte s'ouvrit brusquement et un valet fit descendre le marchepied. William sortit le premier, puis il tendit la main pour aider Justine. Elle quitta la voiture sans prendre ses affaires : il les récupéra pour elle et les lui offrit. D'une main, elle prit l'étole et les gants, de l'autre elle attrapa la bordure de son bonnet, que William refusa d'abord de lâcher. Il en profita pour caresser la main de Justine, de la pulpe de son pouce. Elle leva les yeux vers lui.

— Que faites-vous donc ?

— Je me projette.

— Ah oui ? Eh bien, cessez.

— J'en suis incapable. J'ai trouvé cet après-midi étonnamment agréable, malgré la manière que vous avez eue de vider la cave de Sutherland.

— Cet après-midi m'a, à moi, semblé intolérable. Et pourtant, j'ai vidé la cave de Sutherland. N'est-ce pas amusant de constater comme un seul événement peut donner lieu à diverses interprétations ?

Elle entendit qu'une autre voiture approchait.

— Si vraiment la journée vous a à ce point déplu, je me rattraperai.

Elle rit tout en lui arrachant son bonnet.

— Comment comptez-vous vous y prendre ?

L'autre véhicule s'engagea dans l'allée.

— Par une nouvelle invitation. En petit comité, cette fois. Très intime.

De nouveau, elle rit. Cet homme la faisait rire, et personne n'avait réussi cet exploit depuis Aldabert. Douglas l'avait fait rire huit ans plus tôt, également. Elle ne se souvenait plus exactement pourquoi, mais c'était l'impression que lui avait laissée leur rencontre : beaucoup de rires, lors de nombreux dîners et de nombreuses réceptions.

Que pouvait-elle bien faire des sentiments qu'elle ressentait là ? Elle ne le savait pas.

— J'arrangerai une entrevue et vous le ferai savoir par écrit, d'accord ?

Elle eut un sourire timide.

— Écrivez tant que vous le voudrez, répondit-elle. À moi, à Robuchard – à Bardaline, même. Oh ! et s'il vous plaît, faites savoir à mon Premier ministre que, lors de ma première sortie dans le monde, je n'ai pas déclenché de guerre ni ruiné toutes mes chances de trouver un mari. Il sera…

— Votre Altesse Royale, je vous prie de m'excuser, les interrompit une voix.

Justine repenserait plus tard, avec étonnement, au fait que ni William ni elle ne s'étaient rendu compte que Bardaline les avait rejoints – comme s'ils s'étaient tenus dans un cercle de lumière inaccessible à quiconque d'autre qu'eux. Pourtant, il était là, tout en hauteur et en maigreur et en menton pointu, avec un air positivement réjoui – mais quelle réjouissance pouvait-il bien y avoir, à Prescott Hall ? C'est alors que Justine prit conscience que l'attelage qu'elle avait entendu était à présent garé derrière celui de William.

— *Jæ ?* demanda Justine.

— Lady Aleksander est arrivée.

À cet instant, la porte du véhicule s'ouvrit, et une séduisante quadragénaire en sortit. Elle plaça les mains dans le creux de ses reins et s'étira.

— Dieu ! Mon dos ne peut plus supporter ces longs trajets en calèche. La prochaine fois, je marcherai.

— Qui est-ce ? murmura William.

Au même moment, Justine marmonna :

— Elle est *vraiment* là ?

Ils observèrent Bardaline se précipiter vers la nouvelle venue, qui essayait de l'écouter tout en instruisant les cochers et en leur recommandant de faire attention à ses affaires.

Justine coula à William un regard en forme d'appel à l'aide. Puis elle déclara :

— C'est la marieuse.

Chapitre 11

Lila avait fini par arriver à destination, après une traversée de la Manche sans encombre et une rapide étape par Douvres. Elle fut accueillie en grande pompe par Lord Bardaline, dont elle comprit immédiatement qu'il était homme à vouloir être au centre de l'attention – notamment à la façon dont il s'arrangea pour que deux valets s'empressent de faire entrer l'héritière de la couronne dans le château pendant qu'il s'entretenait avec Lila dans l'allée.

Lila avait reconnu sans mal la princesse Justine : on lui avait fait parvenir de nombreux portraits de la jeune femme, à des âges divers. Alors qu'il dégoisait, Bardaline avait remarqué que la vigilance de la marieuse était tournée vers celle-ci : il s'était hâté de lui assurer qu'une audience aurait bientôt lieu, dès que Lady Aleksander serait installée. D'ailleurs, ne désirait-elle pas se rafraîchir, avant de rencontrer Son Altesse Royale ? Il sollicita l'aide des servantes de son épouse. Deux d'entre elles entraînèrent Lila à l'intérieur de la maison. Voulait-elle quelque chose pour se remettre du voyage ? Non, rien, vraiment ? Du thé, un verre de vin, un doigt de porto ?

Les Bardaline, mari et femme, étaient de ces gens prêts à se plier en quatre pour contenter leurs invités. Lila se méfiait de ce genre d'hospitalités : elle devinait qu'après avoir été traitée en reine, viendrait le moment de payer la facture.

Elle fut conduite à sa suite, composée d'une petite chambre confortable, d'une garde-robe et d'un salon. Les fleurs du papier peint étaient d'un jaune éclatant. Depuis les hautes fenêtres, on pouvait voir le parvis de la maison et, au-delà, le parc.

Elle défit elle-même ses bagages. Le travail occupait ses mains pendant que son esprit dérivait de pensées en questions. Elle se demandait quelle serait sa place ici exactement, elle songeait à Valentin – il lui manquait déjà terriblement –, elle récapitulait ce qu'elle avait appris de la Weslorie en se documentant au cours de son voyage, elle anticipait la venue de ce jeune prince italien, prévue pour le lendemain. Mais surtout, elle spéculait sur l'identité de ce gentleman qui tenait compagnie à la princesse à son arrivée. Il était bel homme – c'était la première chose qu'elle avait remarquée, avant de peu à peu prendre conscience qu'elle le connaissait. Où l'avait-elle rencontré, et dans quelles circonstances ? Cela demeurait un mystère, mais il lui était indiscutablement familier.

Lila avait trouvé ces deux jeunes gens en train de discuter à côté d'un superbe attelage de quatre chevaux, décoré à l'avant et à l'arrière de panaches de plumes rouges ostentatoires. Ils se tenaient proches, et semblaient si absorbés par leur conversation qu'ils n'avaient pas remarqué le coche qui approchait. La chaleur qui s'était propagée sur la nuque de Lila ne lui avait laissé aucun doute : quelle que soit l'identité de cet inconnu, il y avait quelque chose entre la princesse et lui ; quelque chose d'assez puissant pour éclipser à leurs yeux l'irruption de Bardaline, qui s'était précipité vers eux avec la furie d'un bélier en pleine charge.

— Eh bien, eh bien, madame, murmura Lila. Qui est donc votre ami ? Son Altesse Royale m'aurait-elle devancée dans ma tâche ?

Ses bagages défaits, comme elle n'avait toujours pas eu de nouvelles de la princesse, elle décida d'explorer Prescott Hall et les jardins qui avaient fait la renommée du domaine. Ils étaient de fait spectaculaires, emplis de couleurs vives, tout à fait à son goût. Ses balades matinales promettaient d'être fort agréables.

Le soleil déclinait déjà, il était l'heure du thé – un vrai thé anglais. Elle se demanda si la princesse escomptait la recevoir aujourd'hui, puis elle retourna à sa chambre pour essayer de lire un peu en attendant des nouvelles. Elle venait d'ouvrir son livre lorsqu'on frappa à la porte.

— Entrez !

Une bonne ouvrit et fit la révérence.

— Lady Bardaline m'a mandé de vous dire que Son Altesse Royale va vous recevoir. Dans le salon vert.

Ce n'était pas trop tôt.

— Quelle excellente nouvelle !

Lila attrapa son châle, l'enroula autour de ses épaules et se dirigea vers le rez-de-chaussée.

Lord Bardaline l'attendait en bas de l'escalier.

— Vous voilà ! lança-t-il alors qu'une nouvelle fois se dessinait sur son visage un sourire de ravi de la crèche.

Puis il lui indiqua la direction à prendre, celle d'une porte close donnant sur le hall d'entrée, avant de se mettre en marche. Lila hâta le pas pour l'accompagner.

— Puis-je vous demander, monseigneur, qui était le

gentleman qui s'entretenait avec Son Altesse Royale, un peu plus tôt ?

— Le marquis de Douglas.

Lila cligna des yeux. Mais bien sûr ! Voilà pourquoi il lui avait semblé si familier : elle le connaissait en effet. Pas intimement, loin de là... Disons qu'elle l'avait déjà vu et qu'elle le connaissait de réputation – un noble écossais qui parcourait le continent et apparaissait çà et là, pour une partie de chasse ou un bal... Le tout dans les meilleures maisons. Il lui avait été présenté voilà quelques années lors de la cérémonie de mariage entre la princesse Charlotte de Prusse et le prince Georg de Saxe-Meiningen. Elle ne parvenait pas à se souvenir si le marquis avait été alors seul ou accompagné...

— S'agit-il d'un prétendant ? s'enquit-elle au moment où ils atteignirent la double porte du salon vert.

— Comment ? demanda Bardaline, surpris et choqué par la question. Certainement pas ! Il s'agit d'une connaissance de Robuchard. D'après ce que j'ai compris, il a été chargé d'escorter la princesse lors de ses sorties afin qu'elle puisse profiter de Londres.

Aha ! Lila ne connaissait certes pas Lord Douglas, mais elle connaissait Robuchard. Il n'y avait qu'une raison pour que ce dernier charge une *connaissance* de s'assurer que la princesse *profite de Londres* : il voulait être tenu au courant de l'évolution de la situation. Ce qui faisait de Douglas un espion. Voilà une information à garder en tête, et à utiliser stratégiquement le moment venu.

Bardaline poussa les portes et l'annonça.

La princesse Justine se tenait au centre de la pièce, les mains posées sur la taille. Lila remarqua tout de suite qu'elle était grande, et élancée, et tout à fait charmante.

La marieuse traversa la pièce, tout sourires, puis fit une révérence, la plus profonde possible, car les reines et les princesses étaient promptes à juger leurs interlocutrices sur leur souplesse, quand ce n'était pas sur leur capacité à s'incliner.

— Votre Altesse Royale, merci infiniment de me recevoir.

— *Jæ*. C'est tout naturel.

Lila se releva. La princesse possédait un beau visage, elle était bien faite. Mais ce qui la rendait remarquable n'était pas cette mèche blanche dans sa chevelure – cela était seulement une curiosité de la lignée Ivanosen. C'était ses yeux, d'une couleur inhabituelle. Ambrés, dorés. Tout comme ceux de son père. Et tout comme son père, la princesse Justine n'avait visiblement pas le sourire facile. Elle étudiait Lila, semblait l'évaluer. Puis elle parut se souvenir de l'étiquette.

— Soyez la bienvenue, Lady Aleksander.

Et elle désigna distraitement une chaise. On n'aurait pu rêver accueil plus froid. Lila ne se laissa pas démonter.

— Merci bien.

Elle s'assit sur le bord du siège que la princesse lui avait indiqué. L'héritière fit de même, en face d'elle, et joignit sagement les mains sur ses cuisses.

Elle était raide – et Lila comprit instantanément pourquoi. Elle ne voulait pas qu'on lui dégote un mari. Qui aurait pu lui en tenir rigueur ? Il n'y a pas plus protocolaire ou moins romantique qu'un de ces mariages arrangés dans les plus hautes sphères. Son Altesse Royale n'était pas la première jeune femme récalcitrante dont Lila avait à s'occuper, et elle ne serait pas la dernière.

— Je ne pensais pas que vous arriveriez si tôt, dit la princesse.

Lila pencha la tête sur le côté.

— Vraiment ? J'avais cru comprendre que votre Premier ministre, Mr Robuchard, vous avait avertie par écrit des détails de mon séjour.

Les yeux de la princesse se baissèrent vers ses mains. Elle fit semblant de couper un fil, d'enlever la peluche.

— J'avoue ne pas lire tous les courriers que m'adresse le Premier ministre.

Lila faillit rire, mais elle parvint à se retenir.

— J'imagine que je ferais pareil, à votre place. Surtout si on s'apprêtait à me vendre au plus offrant comme une vulgaire jument.

Voilà qui poussa Son Altesse à relever la tête. Elle semblait tout bonnement horrifiée, et ses yeux ronds couleur d'or formaient deux parfaites petites couronnes.

— Je vous prie de m'excuser ?

— Oh ! pardon très chère, je vous ai choquée… Mon mari ne cesse de me répéter que je devrais apprendre à faire preuve de retenue, surtout quand je rencontre les gens pour la première fois. J'imagine que je suis censée embellir la réalité, que cela fait partie de mes fonctions… Mais vous êtes une jeune femme intelligente, et mon petit doigt me dit que vous appréciez la franchise. Alors si je puis me permettre : laissons de côté les balivernes et les faux-semblants. Reconnaissons que votre mariage est une alliance censée bénéficier d'une part à la Weslorie, d'autre part à l'heureux élu. Jusque-là, vous êtes d'accord ?

— Je… euh… Je…

— Pas vraiment le rêve de toute jeune fille, pas vrai ? poursuivit Lila sans prêter attention à son trouble. M'est avis que vous pensez que le mieux pour vous serait que cet arrangement tourne, avec le temps, à l'amour. Et que, dans cette optique, vous priez avec ferveur pour que votre promis ne soit ni trop déplaisant à regarder ni cruel.

La princesse contemplait Lila avec le même air que si cette dernière venait de suggérer qu'elles renversent le gouvernement – un mélange d'effroi et de fascination, teinté d'une profonde curiosité.

— Cela serait optimiste de ma part, étant donné la vision que tout le monde semble avoir de mon futur mariage…, déclara-t-elle enfin après s'être éclairci la voix.

— Je l'imagine sans peine, rétorqua Lila avec un sourire engageant. Vous avez dû penser, lorsqu'on a fait appel à moi, que tout était perdu ! Mais laissez-moi vous dire que Dieu vous a bénie le jour où votre mère a décidé de s'offrir mes services.

— Vraiment ?

La princesse souriait avec une ironie mordante.

— Oui, madame. Parce que je veillerai à ce que vous soyez unie à un homme qui plaise aussi bien à la femme qu'à la souveraine. Or, je parierais que je suis la seule à m'en soucier, dans votre entourage.

Justine jeta à Lila un regard froid.

— Dites-vous cela afin de me mettre dans de bonnes dispositions à votre égard ?

Intelligente *et* cynique : le délicieux mélange… Mais Lila n'avait rien contre un défi, pas plus qu'elle n'avait quelque chose contre la jeune femme qui l'incarnait.

— Pas le moins du monde. Je ne cherche en rien votre approbation. Je promets seulement de me montrer franche avec vous.

La princesse baissa les yeux. Lila put néanmoins entendre un reniflement ouvertement sceptique.

— Cela va peut-être vous surprendre, mais sachez que

j'ai été dans votre situation, dit Lila. Pas vraiment *votre* situation – je n'ai heureusement jamais eu à supporter le poids de vos responsabilités. Mais j'ai réussi à échapper de peu à un mariage dépourvu d'amour lorsque mon père a été déchu.

Les yeux de la princesse Justine se levèrent de nouveau. Son intérêt était piqué.

— Mon père était un armateur puissant et renommé. Il construisait ces immenses navires que les marines marchandes ou militaires de tous pays s'arrachent…

La princesse ne dit rien. Elle regardait fixement Lila.

— J'étais promise à un beau parti, poursuivit la marieuse. Nous étions riches, et de nombreux aristocrates ont besoin d'une fortune, dans cette Angleterre immémoriale où les titres se transmettent de génération en génération mais où les biens se perdent trop souvent. Mon père rêvait d'un gendre doté d'une particule, quelqu'un avec ses entrées dans le grand monde. Vous voyez le genre, j'imagine ?

C'est à peine si la princesse acquiesça.

— Il établit une liste de gentlemen capables de satisfaire cette ambition – sans jamais me demander mon avis. Je suppose qu'il se moquait sincèrement de ce que je pouvais penser de mon futur époux, pour peu que ce dernier ait des relations. Il répétait à l'envi qu'on se marie pour des raisons pratiques ; l'amour vient ensuite. Pourtant, on ne peut pas dire que l'amour ait fini par apparaître entre ma mère et lui.

Lila marqua une pause, soudain replongée dans le souvenir de ses parents et de la vie séparée qu'ils avaient menée. Elle se figurait que c'était là un moindre mal : il y avait toujours pire ailleurs. Elle secoua la tête.

— Bref. Ce que cherchait mon père, c'était un homme puissant au carnet d'adresses bien rempli.

— Mon père n'est pas comme ça, objecta Justine. Mes *parents* ne sont pas comme ça.

— Oh ! je suis sûre que non. Votre père a l'air d'un homme bon, et il semble particulièrement dévoué à votre mère.

— Il l'est.

— Il n'empêche : la situation que je viens de vous décrire n'est pas si éloignée de la vôtre, ne pensez-vous pas ?

Justine parut réfléchir intensément à la question.

— Peut-être, finit-elle par admettre avec une certaine raideur. Avez-vous fini par épouser l'un de ces gentlemen ?

Lila secoua la tête. Elle était si heureuse avec Valentin qu'il était rare qu'elle repense à cette période.

— Ils n'étaient pas tous affreux – certains étaient même tout à fait charmants. Mais mon père, que Dieu ait son âme, était corrompu. On a fini par découvrir qu'il achetait les membres du Parlement pour obtenir certains chantiers navals. Il a été condamné et ruiné. Ainsi que mes chances de mariage dans le beau monde.

Le visage de la princesse se radoucit.

— Oh ! cela a dû être bien terrible pour vous et votre famille.

— Atroce, confirma Lila.

— Tellement atroce que vous vous vengez sur des gens comme moi ?

Lila rit, et ce rire arracha un léger sourire à la princesse.

— J'aide les gens comme vous, Votre Altesse. De la même façon que je me suis aidée à l'époque.

— Que voulez-vous dire ?

— Eh bien ! J'étais, je pense, comme de nombreuses

femmes : lorsque j'ai réalisé que j'étais ruinée et que mon futur mariage n'avait aucune chance de se dérouler de la façon prévue, j'ai d'abord cédé au désespoir. Qu'est-ce qui m'attendait ? Une vie de labeur ? Une existence de gouvernante et de vieille fille ? Cela était assez bon pour les autres femmes, mais pas pour moi. Seulement, pour me sortir de cette situation, il allait falloir que je prenne les choses en main.

Les yeux d'ambre de Justine se rivèrent aux siens.

— Comment cela ?

— En arrangeant mon propre mariage ! répondit Lila avec gaieté. J'ai établi ma liste de candidats et j'ai entrepris de trouver chaussure à mon pied.

La princesse écarquilla les yeux. Puis elle rit.

— Vous plaisantez, je suppose ?

Lila secoua négativement la tête.

— J'ai repéré un baron danois, élaboré une stratégie adaptée et me voilà : mariée à Valentin depuis seize ans, et comblée.

La princesse se pencha vers Lila, visiblement intriguée.

— Comment vous y êtes-vous prise ?

— En naviguant à vue, pour être honnête. Je suis partie de la liste de mon père. Il s'est toujours montré redoutablement ambitieux, ajouta-t-elle en riant. Il se trouve que Valentin était dessus. J'ai mené mon enquête sur chacun de ces gentlemen. J'en ai éliminé certains d'office, car ils ne me convenaient pas, puis j'ai manœuvré pour faire la rencontre de ceux que je ne connaissais pas encore.

— Mais, vous l'avez dit vous-même, vous étiez ruinée, et votre réputation aussi ! Comment êtes-vous parvenue à vos fins ?

— Je me suis parfois faufilée dans des lieux où je n'étais

plus la bienvenue, c'est sûr. Parfois sans succès. Certains candidats ont été échaudés par mes tactiques. D'autres étaient curieux, comme vous l'êtes. Deux d'entre eux étaient des hommes d'une sacrée trempe, qui jamais ne m'ont tenue pour responsable des fautes de mon père. L'un des deux est tout simplement tombé amoureux de moi.

Elle sourit de nouveau, se remémorant la nuit où Valentin et elle s'étaient rencontrés pour la première fois. C'était lors d'une réception intime donnée par l'un des rares amis qui ne lui avaient pas tourné le dos suite au scandale. Elle se souvenait encore du moment où elle avait regardé, de l'autre bout de la pièce, celui qui allait devenir son mari, et où leurs yeux s'étaient croisés. Lila n'avait jamais éprouvé, avant cet instant, cette pulsation puissante dans les veines qu'elle ressentait toujours aujourd'hui.

— Il suffit d'un seul, conclut-elle.

— Je suppose que vous avez de la chance, en ce cas. Mais puis-je savoir quel est le rapport avec moi ?

— C'est pourtant simple : j'ai appris, en m'exerçant sur moi-même, les rudiments de mon métier. D'une situation malheureuse, je suis parvenue à forger mon bonheur. Quand l'une de mes connaissances a réalisé le tour de force que j'avais accompli, elle m'a demandé si je pouvais venir en aide à son fils, qui venait lui-même d'essuyer un scandale. Pouvais-je, avec la même méthode, trouver une femme qui ferait *son* bonheur ?

La princesse fit mine de tousser. Elle en profita pour lâcher :

— Le scandale est pour les hommes une occasion de se vanter. N'avait-il donc pas d'agent, le fils de votre connaissance ?

Son cynisme fit sourire Lila.

— Oui, beaucoup d'argent. Malheureusement, pas assez pour faire oublier qu'il n'est pas très joli garçon.

— Ah.

La princesse opina, comme si elle connaissait bien le problème.

— Heureusement pour lui, toutes les femmes ne cherchent pas un joli garçon. Pour l'une, l'important sera de se sentir en sécurité. Pour l'autre, ce sera de se savoir chérie entre toutes. Rétrospectivement, je dois admettre que ma tâche n'était pas difficile : ce brave garçon ne demandait qu'une femme à aduler. Il m'est arrivé, au fil des années, d'être confrontée à des obstacles bien plus grands. Et maintenant, ajouta-t-elle avec un mouvement gracile de la main, on s'arrache mes services.

— En ce qui me concerne, je n'ai pas de situation malheureuse à laquelle il me faudrait échapper en forgeant mon bonheur, Lady Aleksander. Au contraire, même : je serai bientôt appelée à régner.

La princesse se raidit imperceptiblement, comme si énoncer ce qui était un fait la mettait mal à l'aise.

— J'ai bien peur que votre tâche, avec moi, ne soit trop aisée. Vous risquez d'être déçue.

— Je suis bien heureuse de ne pas avoir à vous sauver d'une situation malheureuse, Votre Altesse. Mais vos chances de mariage ont été probablement quelque peu compromises par une… malheureuse association ?

Le visage de Justine vira instantanément à l'écarlate.

— On dirait que mon Premier ministre n'a laissé aucun détail de côté.

— Il a bien fait de m'en parler. Le sujet risque d'être mis sur le tapis.

— Par qui ?

— Par certains prétendants qui se poseraient des questions concernant… votre pureté. Mais je vous rassure : qu'importe la réponse ; il ne s'agit en aucun cas d'un obstacle insurmontable.

Justine éclata d'un rire amer.

— Fabuleux ! Je suis ravie d'apprendre que ma confiance odieusement abusée ne constitue en rien un obstacle insurmontable pour ceux qui voudraient me courtiser. Moi qui me faisais un sang d'encre à ce sujet !

Elle se leva, et Lila l'imita.

— La journée a été longue, Lady Aleksander.

— Bien sûr, répondit Lila avant de faire une profonde révérence. Merci de m'avoir reçue.

À cela, la princesse ne répliqua rien. Elle accorda à Lila un dernier regard, teinté de curiosité, avant d'avancer vers la sortie en se massant la nuque.

— Bonne nuit, Votre Altesse, ajouta Lila.

Mais la princesse l'ignora.

— Au fait, j'ai oublié de vous avertir…

Justine pila et, à contrecœur, se tourna vers elle.

— Votre premier prétendant se présentera demain.

— Comment ?

— Il s'avère qu'il est arrivé à Londres avant moi. Le prince Gaetano di Aggiani, d'Italie. Il est immensément riche.

Justine la dévisagea un long moment, avant de se détourner et de se remettre en marche. Elle disparut par la porte que l'un des valets s'était empressé de lui ouvrir.

Lila resta figée après son départ, fixant cette porte alors que le laquais attendait patiemment qu'elle se décide.

La princesse Justine allait sans aucun doute représenter l'un des défis de sa carrière. Elle était suffisamment intelligente pour exécrer la situation, et suffisamment maligne pour comprendre qu'il n'y avait pour elle pas d'autre issue.

Gaetano n'était pas un candidat sérieux, tout au plus un leurre. Une façon, pour Lila, de prendre la température. Elle pensa à son livre, là-haut, rempli des noms des célibataires notables d'Europe et de détails concernant ces derniers. Elle se ferait un plaisir de se replonger dedans ce soir et de mettre sa liste à jour.

Par ailleurs, il lui faudrait se renseigner sur William Douglas.

Chapitre 12

Un léger coup à la porte réveilla Justine en sursaut. Ce n'était que Séviana, qui fit ensuite de son mieux pour traverser la pièce en silence. En gémissant, Justine roula sur le dos et fixa la tenture rouge sombre du baldaquin, au-dessus de sa tête, en clignant parfois des yeux.

— Quelle heure est-il ?

— Bonjour, madame, répondit Séviana en ouvrant les rideaux. Il est huit heures et demie.

Elle sortit, mais Justine ne se leurrait pas : comme chaque matin, Séviana serait bientôt de retour avec du thé et des toasts.

Justine n'était pas certaine de vouloir se lever. Qu'est-ce qui l'attendait, exactement ? Une journée à se faire du souci pour Amélia, une de plus. Elle bâilla puis s'étira, ses bras s'allongeant au-dessus de sa tête.

Elle avait rêvé qu'elle essayait de rejoindre Amélia dans les jardins de Stafford House, mais sa sœur ne cessait de s'éloigner et les pieds de Justine semblaient lourds, comme embourbés. Elle prenait conscience que quelqu'un se tenait juste derrière elle et, quand elle se retournait, elle découvrait William Douglas, debout, bras croisés, près de la haie.

— Qu'est-ce que vous fabriquez ? lui lançait-il tout en

jetant des coups d'œil à ses souliers. Ce n'est pas comme ça que vous allez la rattraper.

L'irruption de Séviana avait mis fin à cet échange au moment où Justine s'apprêtait à répliquer – une saillie fine et spirituelle, à n'en point douter.

Elle se redressa et dégagea les cheveux qui lui tombaient devant les yeux. Voilà que cet homme la poursuivait jusque dans le sommeil, à présent ! Pour lui dire quoi faire, en plus, ses yeux gris étincelant de cet insupportable mélange de moquerie et de prétention qu'ils avaient apparemment chaque fois qu'il la regardait. Et maintenant, il y avait cette histoire de pari… Par tous les diables, mais pour qui se prenait-il donc ? Une chose était sûre : Justine ferait mieux d'éviter le champagne pendant quelque temps, parce qu'il fallait être vraiment idiote pour avoir accepté la gageure de William !

Séviana revint avec le thé et les toasts.

— Lady Bardaline vous fait dire que Lady Aleksander petit déjeunera à dix heures trente – si jamais vous voulez vous joindre à elle…

Seigneur ! Elle lui était complètement sortie de la tête, celle-là.

— Ce que je veux, c'est dormir, Séviana.

La domestique tendit à Justine une tasse, et la princesse s'adossa confortablement contre ses oreillers pour la savourer.

— Puis-je au moins me présenter en robe de chambre ou Lady Bardaline insiste-t-elle pour que je me pomponne pour l'occasion ?

— Si Son Altesse Royale le désire, je peux demand…

— Seigneur, non, Sévie, surtout pas ! Elle ne se priverait pas d'en parler à mère. C'était une plaisanterie, rien d'autre, précisa-t-elle après avoir avalé une nouvelle gorgée. Mais, si ça ne tenait qu'à moi, je n'irais pas. Après tout, ce n'est pas moi qui ai invité cette femme à séjourner à Prescott Hall ! Cependant, puisqu'il faut *visiblement* que j'obtempère, au risque sinon de créer un incident diplomatique, je mettrai la robe jaune pâle. Celle avec les bordures vertes.

Séviana fit la révérence et se précipita vers la garde-robe, trop contente apparemment d'échapper pour quelques minutes aux complaintes de sa maîtresse. Justine pouvait se montrer pénible au réveil, un peu ronchon, particulièrement quand ses rêves avec William Douglas étaient interrompus.

La femme de chambre revint avec les vêtements demandés et de quoi coiffer Justine. En grognant, cette dernière parvint à s'extraire du lit. Alors qu'elle s'habillait, Séviana écarta davantage les rideaux.

— Oh ! bon sang. Vous devriez voir ces fleurs, madame.

— Je les connais, répondit Justine.

— Il y en a au moins… cinq charrettes pleines !

Cinq charrettes ? Justine avança vers la fenêtre pour jeter un coup d'œil.

La servante ne parlait pas du jardin : il y avait en effet cinq carrioles garées dans l'allée, chacune débordant de fleurs, pimpantes en cette journée radieuse – un chaos de rouges et de roses, de jaunes, et même de dorés. De sa vie, Justine n'en avait vu autant !

— En quel honneur ont-elles été commandées ? s'enquit-elle tout en retournant à sa toilette.

— Je n'en sais rien, madame.

Force était de constater que, le temps qu'elle descende pour le petit déjeuner, le thé, le grand soleil et les fleurs avaient fait des miracles sur son humeur.

Le rez-de-chaussée était envahi de cageots et de vases

remplis. L'odeur était entêtante. Les valets ne cessaient de transporter de nouvelles brassées jusqu'à l'arrière-terrasse. Justine s'arrêta et embrassa du regard la scène puis, en haussant les épaules, elle entra dans la salle à manger.

Lady Aleksander était là, comme prévu, penchée sur le buffet pour examiner les mets. Elle s'arrêta lorsque Justine apparut, pour faire la révérence.

— Bonjour, Votre Altesse. Vous semblez en forme, ce matin !

Menteuse. Justine était pâle, les yeux cernés, et elle manquait visiblement de sommeil.

— Merci bien.

Lady Aleksander s'éloigna du buffet, tout sourires, attendant que Justine prenne une assiette et se serve. Que le protocole pouvait être pénible, parfois !

— Je vous en prie, poursuivez, l'encouragea Justine avant de chercher du regard le majordome. Carlton, pourrais-je s'il vous plaît avoir du café ?

— Oh ! la bonne idée ! J'en voudrais aussi, Carlton, demanda Lady Aleksander.

Justine fit un signe de tête audit Carlton, qui lui-même fit un signe de tête à l'un des valets, puis elle se dirigea vers la table où un autre domestique bondit pour tirer sa chaise avant qu'elle ait eu le temps de le faire. Il lui arrivait parfois de s'imaginer qu'un jour, on finirait par lui fournir une chaise à porter et quatre hommes rien que pour traverser une pièce.

Carlton escamota l'assiette devant elle et se pencha pour lui demander d'une voix douce si elle désirait qu'on lui serve un assortiment – à moins qu'elle n'ait vu quelque chose qui lui plaisait ?

— Je me contenterai de toasts, merci, répondit Justine,

bien trop absorbée par le drôle de comportement de Lady Aleksander pour réfléchir à ce qui lui faisait envie.

Présentement, la marieuse était en train de questionner les différents valets pour obtenir la liste d'ingrédients d'une des recettes. Apparemment, elle n'aimait pas trop les épices.

La gente dame prit son temps, mais elle finit par s'installer à table, posant d'abord une assiette où s'empilaient toutes sortes de mets, avant de s'asseoir à son tour. Cet amoncellement avait quelque chose de fascinant. Lady Aleksander ramassa sa fourchette.

— Avez-vous bien dormi, madame ?

— Terriblement mal, je vous remercie de vous en inquiéter, répondit Justine. Et vous-même ?

— *Très* bien. Cet endroit est vraiment reposant, ne trouvez-vous pas ?

Un nouveau valet fit son entrée. Il portait un petit plateau d'argent, sur lequel était posée une lettre. Il approcha de Justine et s'inclina. La princesse s'empara de la missive pendant que Lady Aleksander avalait une grosse bouchée de boudin noir.

Justine tapota ses poches pour y chercher ses lunettes. Elle ne reconnaissait pas l'écriture sur l'enveloppe et, lorsqu'elle l'ouvrit, elle découvrit un billet rédigé à la hâte. Une tache d'encre salissait même cette note signée Lord Sutherland. À quel point était-il ivre, lorsqu'il l'avait composée ? Elle ajusta sa monture et lut.

V.A.R., hier soir, S.A.R. la princesse Amélia, Lady Constance, mon épouse et moi-même avons conclu qu'il serait plus prudent que S.A.R. passe la nuit chez nous. Il est dangereux de faire la route à des heures tardives. Nous nous ferons un plaisir de l'escorter aujourd'hui jusqu'à vous.

— Dites-moi qu'il plaisante..., marmonna Justine dans sa barbe.

Elle enleva ses lunettes et pinça la base de son nez, prenant pendant un instant une pose lasse et méditative.

— Est-ce que tout va bien ? s'inquiéta Lady Aleksander.

— Amélia a décidé de s'accorder du bon temps, expliqua-t-elle en rangeant le billet et ses lunettes. Et il semblerait qu'à la dernière minute, elle ait finalement décidé de passer la nuit à Stafford House.

— Oh ! comme c'est charmant, commenta Lady Aleksander sans ciller.

Elle reprit une bouchée de boudin, puis désigna avec sa fourchette le contenu de son assiette.

— C'est absolument *délicieux*.

Elle se tourna ensuite vers l'un des valets.

— Surtout, dites au cuisinier que ce petit déjeuner est exquis, et que le boudin noir est tout bonnement incroyable.

Le domestique ne savait comment réagir. Personne ne parlait *avec* le petit personnel, à Prescott Hall : on s'adressait à lui, tout au plus. Et encore ! Le pauvre ne savait s'il devait ou non s'exécuter sur-le-champ. Il choisit finalement d'opiner, mais de rester en poste, sans bouger d'un pouce, pour attendre les directives de Justine.

— N'êtes-vous pas inquiète du comportement de ma sœur ? demanda cette dernière.

Elle cherchait quelqu'un pour partager son agacement. Lady Aleksander fit pivoter sa tête vers Justine, d'un quart de tour, avec la vivacité d'une chouette.

— Pas le moins du monde, Votre Altesse.

Évidemment.

— Vraiment ? Eh bien, certaines personnes dans cette demeure le sont. Je ne parle pas de moi, bien entendu :

comme je l'ai dit et répété en de nombreuses occasions, Amélia est tout à fait capable de prendre soin d'elle.

— Je n'en doute pas. Très chère, vous devriez goûter ces œufs : ils sont tout bonnement parfaits ! Mon mari serait en extase.

À cet exact moment, Carlton plaça devant Justine une assiette de toasts.

— Au fait, j'ai profité de la soirée pour réviser la liste de prétendants, annonça Lady Aleksander – comme si le mariage de convenance de Justine constituait un sujet de conversation adéquat pour le petit déjeuner.

Avec une parfaite inconnue, qui plus est !

La princesse ne voulait rien savoir. Elle ne voulait même pas y penser. Elle comptait bien esquiver tout ce qui avait trait à cette malheureuse affaire. Elle commença à manger, le plus vite possible, se bourrant de toast, se disant que plus vite elle aurait fini son assiette, plus vite elle pourrait quitter la pièce. Éviter la discussion en faisant une longue balade. D'une pierre, deux coups. Elle n'était pas naïve au point de croire que la stratégie fonctionnerait *ad vitam*… Mais elle pouvait au moins en user aujourd'hui.

La marieuse leva les yeux de son assiette.

— J'ai également eu des nouvelles du prince di Aggiani : il se présentera aujourd'hui. J'ai demandé à Lord Bardaline de faire tous les accommodements nécessaires.

Justine avala une grande rasade de café.

— Eh bien, eh bien. Un prince. Cela est… parfait. Carlton ? C'est bon, j'ai fini, vous pouvez débarrasser.

— Hein ?

Lady Aleksander jeta un coup d'œil stupéfait à l'assiette de la princesse.

— Vous avez à peine touché à votre petit déjeuner !

— Mais si, j'ai mangé un toast. Vous disiez vrai : quel délice ! Vous, ajouta-t-elle en se tournant vers le valet, vous ferez également mes compliments à la cuisine.

Lady Aleksander tapota rapidement sa bouche avec sa serviette.

— Pourquoi donc vous presser ainsi ?

— Euh…

C'était une question piège. Bien sûr, Justine n'avait aucune raison de se dépêcher : son emploi du temps consistait à attendre que la reine Victoria lui accorde une nouvelle entrevue.

— J'ai prévu d'aller chercher Amélia, répondit-elle sans même réfléchir.

Pas très malin de sa part.

— Fantastique ! Puis-je me joindre à vous ?

La marieuse se leva, avant d'avaler une dernière bouchée d'œufs. Une légère panique s'empara de la princesse.

— Pourquoi donc ?

— Pour voir Londres, pardi ! Voilà des lustres que je n'ai pas séjourné dans cette ville. Je dirais… dix ans. Non, onze. Enfin, ajouta-t-elle en agitant la main, dix ou onze ans. Le temps de prendre mon…

Elle ne put finir sa phrase : la porte s'ouvrit soudain sur Bardaline, qui se précipita dans la salle à manger.

— Votre Altesse, haleta-t-il en s'inclinant profondément. Vous devriez…

— Je suis *affamée*, claironna Amélia en faisant son entrée juste après Bardaline.

Elle lui tendit sa cape, comme s'il s'était agi d'un vulgaire valet, et avança jusqu'au centre de la pièce. Elle portait une robe que Justine ne lui connaissait pas. Nouvel achat ou emprunt ?

Sa sœur fonça sur le buffet. Ses cheveux avaient été noués en une queue-de-cheval lâche. Elle semblait ne pas avoir remarqué Lady Aleksander – jusqu'à ce qu'elle manque de lui rentrer dedans. Elle sursauta et recula prestement.

— Qui êtes-vous ?

— Amélia, Lady Aleksander nous fait l'honneur de sa présence, dit Justine.

— La *marieuse* ? hoqueta Amélia, outrée.

Lila fit la révérence.

— Quel plaisir pour moi de faire la connaissance de Son Altesse Royale !

— Mais quand êtes-vous arrivée ? Pourquoi n'avons-nous pas été informées ? Nous ne l'avons pas été, n'est-ce pas ? vérifia-t-elle auprès de Justine pour s'assurer que son indignation était justifiée.

Bardaline, sentant qu'il risquait de se retrouver sous le feu des questions, préféra s'éclipser.

— Nous n'étions pas informées du moment *précis* où Madame arriverait, la corrigea Justine. Et je t'aurais avertie tout de suite… si tu n'avais été en train de prendre du bon temps à Stafford House. Bon sang, Amélia, qu'avais-tu en tête ? Ne vois-tu pas le genre de rumeur que ton comportement pourrait alimenter ?

— Pourquoi ne pourrais-je pas dormir chez Lady Constance ? Elle est de si délicieuse compagnie !

Justine se préparait mentalement à expliquer à sa sœur que peu importait la qualité de la compagnie de Lady Constance, seules les apparences comptaient – Dieu lui vienne en aide : elle avait l'impression que ces pensées lui étaient dictées par sa mère, car jamais elle ne les aurait eues avant d'essuyer son propre scandale –, quand une voix profonde lâcha :

— Bonjour.

Elle se tourna vers la porte, ainsi que Lady Aleksander. Amélia ne cilla pas alors que William Douglas faisait son entrée, comme si de rien n'était. Comme s'il eût vécu ici et qu'il venait prendre son petit déjeuner après ses ablutions matinales ! Il s'arrêta pour faire la révérence – si l'on pouvait qualifier de révérence ce petit mouvement de tête qu'il avait daigné leur adresser –, puis il s'étira et sourit à Justine avec une joie enfantine, aussi innocent que le bambin qui vient de tomber par hasard sur une fête foraine et qui se réjouit par avance.

— Que faites-vous ici ? lui demanda Justine. Et où est Bardaline ?

— Aux dernières nouvelles, il était en train de farfouiller dans le vestiaire de l'entrée en marmonnant quelque chose à propos d'une cape.

— Et vous vous êtes permis d'entrer sans avoir été annoncé ?

— Ce n'est pas ce que je dirais, non, répliqua-t-il en jetant un regard en biais à Amélia, dont l'attention était totalement tournée vers le buffet. Je vous ramène votre sœur, comme vous pouvez le voir. Je l'ai dit au majordome. Et au palefrenier. Et, bien sûr, Son Altesse Royale était au courant. Mais je crois que la maisonnée entière est perturbée par ces monceaux de fleurs. Quelqu'un est-il mort ?

— Je t'assure que je n'avais pas envie de le suivre, je n'étais pas du tout d'accord pour que ce soit lui qui m'escorte, commença à expliquer Amélia depuis le buffet avant de s'interrompre, horrifiée. Est-ce que quelqu'un est mort ? S'agit-il de…

— Non, la coupa Justine. Je serais venue te l'annoncer dans l'instant, si tel avait été le cas.

— Oh. Oui, bien sûr. Alors pourquoi toutes ces fleurs ?

— Elles ont été envoyées par un admirateur, expliqua Lady Aleksander.

— Comment ?

Au moment précis où Justine s'était exclamée, Amélia avait fait volte-face, délaissant le buffet. Son visage scintillait.

— Pour qui ? s'enquit la cadette.

— Son Altesse Royale, la princesse Justine.

Amélia lâcha un grognement réprobateur et reporta son attention sur la nourriture.

Un admirateur ? Quel admirateur ? Et que faisait William, à déambuler ici ? C'était trop d'informations d'un coup.

Justine décida de se focaliser d'abord sur le marquis.

— Vous avez traîné à Stafford House toute la nuit ?

— Pas le moins du monde ! répondit-il en riant. J'y suis allé ce matin et j'ai trouvé la famille au grand complet en train de se demander comment raccompagner Son Altesse Royale à Prescott Hall, alors je me suis proposé.

Cela n'avait aucun sens. Pourquoi s'être rendu chez Sutherland de bon matin ? Il avait dû entendre dire qu'Amélia y avait passé la nuit ; il avait dû vouloir la voir. Les yeux de Justine se posèrent sur sa sœur, qui était en train de faire son choix parmi l'assortiment de fromages : elle était tout bonnement magnifique. Elle était sans doute – ce n'était pas une exagération – la plus belle femme que la lignée des Ivanosen ait jamais engendrée. Et Justine était… quoi ? Une belle plante ? Pas désagréable pour l'œil ? Elle n'aurait su se qualifier, et d'ailleurs elle n'en avait pas besoin : toute sa vie, ces messieurs lui avaient préféré Amélia. Pourquoi William aurait-il été différent ? Mais en ce cas, s'était-elle fait des idées, hier soir, quand elle avait cru que… ? Pourquoi tous ces compliments ? Et pourquoi ce pari ?

Elle se tourna vers le marquis avec l'envie d'en découdre.

— Vous étiez dans les environs, je suppose ?

— Il s'avère que j'habite non loin de Stafford House, oui.

— Cette grande maison rouge, précisa Amélia, pensant bien faire. Tu sais, celle qui est en haut de la rue.

— J'ai bien aperçu une triste bâtisse en briques rouges, hier, mais il devait s'agir d'un asile ou d'un sanatorium…

— En aucun cas, puisque c'est ma maison !

— Ça, une *maison* ?

Justine se sentit devenir écarlate.

— Vous ne me l'avez pas dit, quand on est passés devant, hier !

— Vous ne m'avez pas posé la question.

— Pourquoi vous aurais-je demandé… En passant devant, comme ça… « S'agit-il de votre maison, William ? »

— Elle n'y a pas pensé parce qu'elle était à moitié soûle et un peu désorientée, supposa Amélia en allant s'installer à table avec son assiette. Elle se sent toujours désorientée, après un bain de foule. Au fait, Justine, tu n'as pas présenté notre ami à Lady Aleksander.

— Secouée, pas désorientée ! rectifia Justine. Et j'allais justement m'en charger, Amélia, merci.

Elle prit une profonde inspiration, bloqua l'air une seconde dans ses poumons, expira. Puis elle se gratta le front l'air perplexe, avant de laisser sa main retomber avec lassitude.

— Lady Aleksander, laissez-moi vous présenter Lord Douglas de Hamilton, déclara-t-elle en désignant le marquis d'un geste vague.

Lady Aleksander répondit par un sourire et une révérence.

— Quel plaisir de vous revoir, cher Lord !

— Me revoir ? Vous devez faire erreur, madame. Je m'en souviendrais, si j'avais par le passé fait votre charmante rencontre.

— *Seigneur*, soupira Justine à voix basse.

Mais William ne l'entendit pas, tout occupé qu'il était à étudier Lady Aleksander. Il cherchait à se rappeler s'il l'avait déjà vue, et où.

— Au mariage de la princesse Charlotte, et…

— … et du prince Georg ! compléta-t-il. Bien sûr ! Comment ai-je pu oublier ?

— C'était il y a longtemps, concéda Lady Aleksander avec grâce.

— C'est vrai.

Et il traversa la pièce pour la saluer dignement.

— C'est en tout cas un plaisir de vous revoir, madame. Comment vous portez-vous ? Et votre mari ?

— Tous deux comme des charmes, merci. Et vous-même ? Comment va votre père ?

Justine les regardait sourire tout en devisant comme de vieux amis. Ils se remémoraient le mariage, riaient d'une anecdote, et elle se sentait mise à l'écart.

— Bon ! lança-t-elle d'une voix forte pour qu'on remarque qu'elle était là. Eh bien, puisque vous êtes d'anciennes connaissances, je vous laisse à vos souvenirs du bon vieux temps.

Elle fonça vers la porte, étonnée de se sentir aussi irritée par la situation. Ça ne lui ressemblait pas – après tout, elle avait l'habitude des contrariétés. Lady Aleksander l'interpella.

— Votre Altesse, si je puis me permettre !

Non, elle ne le pouvait pas. Mais Justine arrêta

néanmoins sa course, serra les mâchoires et, au prix d'un certain effort, fit volte-face.

— *Jæ*, Lady Aleksander ?

— C'est une si belle matinée… J'ai pensé que peut-être nous pourrions tous nous promener dans les jardins.

— Pas moi, intervint Amélia la bouche pleine. J'ai tant dansé la nuit dernière que je ne sens plus mes pieds.

— Je vous remercie, dit Justine, mais j'ai un programme plutôt chargé aujourd'hui.

— J'en ai conscience. Mais puisque votre sœur est de retour grâce à Lord Douglas, cela vous libère du temps. J'ai pensé que vous souhaiteriez en profiter pour vous aérer un peu, avant que le devoir ne vous appelle.

Amélia leva les yeux de son assiette.

— Mon retour te libère du temps ? De quoi parle-t-elle ?

— Son Altesse Royale s'apprêtait à venir vous chercher en personne, poursuivit Lady Aleksander. Heureusement, Lord Douglas lui a épargné cette peine !

— En aucun cas je ne cause de *peine* à ma sœur ! s'offusqua Amélia.

La jeune princesse eut tout de même la décence de mettre dans son ton un soupçon de doute de bon aloi.

Justine fixait Lady Aleksander qui, tout sourires, semblait n'éprouver aucun scrupule à aménager l'emploi du temps d'une princesse selon son bon vouloir. Non qu'il y eût en réalité grand-chose à aménager. Cependant, Justine avait l'impression que Lady Aleksander prenait plaisir à tirer les ficelles. Et Bardaline, qui entre-temps avait fait son grand retour, ne paraissait pas s'en offusquer plus que ça, lui qui s'était tellement plu à s'imaginer en grand marionnettiste. Oui, il restait silencieux, cet homme dont on aurait pu aisément supposer qu'il dormait avec l'agenda de la princesse, son trésor le plus précieux, serré contre son cœur. Elle se demanda quelle sorte d'accord ces deux-là avaient passé. Quels plans ils avaient échafaudés ensemble.

— C'est une belle journée, souligna William.

Justine lui jeta un regard en biais.

— Ceci, déclara-t-elle en désignant tour à tour Lady Aleksander et elle-même, est exactement le genre de situation dont je vous avais prévenu de ne pas vous mêler.

— En ce cas, je m'excuse, répondit-il, refusant de se battre. Je propose que Lady Aleksander et vous-même partiez dans une direction : j'irai dans le sens opposé, afin qu'on puisse tous profiter du bon air.

— Mais non, allons ! couina la marieuse. Promenons-nous tous ensemble !

Qu'est-ce que Justine était censée répliquer à ça ? Devait-elle faire remarquer à l'assemblée qu'elle était la princesse héritière, et que par conséquent c'était à elle de décider de ce qu'ils feraient, tous ? Était-elle censée refuser en bloc, afin de ne pas accéder à la première requête de Lady Aleksander ? Car à céder d'entrée de jeu sur une balade, elle pourrait bien se retrouver à céder sur un mari !

Cependant, il semblait excessivement grossier de taper du pied et de décliner une promenade. De plus, elle *aimait* se promener – elle n'aimait pas, en revanche, se sentir contrainte. Était-ce là le genre de situation qui l'attendait, quand elle serait reine ? Un entourage l'acculant à la moindre occasion ?

Déjà, ils la fixaient, tous, escomptant qu'elle se prononce. Alors qu'elle était occupée à naviguer entre ses sentiments contradictoires !

— Arrrgh, finit-elle par céder, les yeux levés au ciel.

Très bien, très bien ! Mais une *petite* balade, alors. Que je puisse ensuite m'acquitter de mes obligations.

Elle jeta un coup d'œil insistant à Bardaline. Qui était en train de fixer un coin du tapis et qui était trop absorbé, apparemment, pour rebondir.

— Vos… ? Pardon, oui, tout à fait, Votre Altesse. Vos obligations royales, *jæ*. Et Dieu sait qu'il y en a. Des rendez-vous et… toutes sortes de choses, vraiment.

— Quelles choses ? demanda Amélia. Pourquoi n'y a-t-il jamais de *choses* prévues pour moi ?

Justine reprit sa course vers la porte, Lady Aleksander sur les talons.

— Attendez-moi ! s'écria Amélia qui semblait avoir comme par magie retrouvé l'usage de ses pieds.

Elle se leva de table et dépassa sans peine Bardaline pour rejoindre les autres. Justine continuait de mener le groupe d'un pas volontaire à travers les couloirs jusqu'à la terrasse, frôlant les cagettes de fleurs. Les valets durent galoper en tête pour ouvrir les portes sur son passage, pour déblayer d'éventuelles feuilles égarées, pour ordonner aux jardiniers de se cacher, pour dégager pots et présentoirs de sa trajectoire ; de sorte que, lorsque la princesse eut atteint son but, il n'y avait plus à l'horizon que la magnifique vue, apaisante, et l'explosion de couleurs des jardins, alors que l'odeur des nombreuses fleurs livrées ce matin les enveloppait à présent délicatement.

— *Tous* ces bouquets sont donc pour Justine ? s'enquit Amélia. Qui les a envoyés ? Et pourquoi autant ?

Justine se fichait de connaître l'identité de l'expéditeur. Elle marqua un arrêt en haut des marches du perron et inspira profondément, tout en admirant le paysage. William se figea, lui aussi.

Elle le regarda. Il la dévisageait. Elle se sentit sur le point de lui accorder un sourire qu'il n'avait rien fait pour mériter, de lancer une remarque spirituelle – alors que le sens de la repartie n'était pas, elle le savait, son fort. Mais sourires et remarques furent éclipsés par l'irruption de Lady Aleksander entre eux deux. La marieuse se tapotait le ventre.

— Ouh ! j'ai bien besoin de cette balade. J'ai dû ingurgiter mon propre poids en boudin noir. C'est fou comme les voyages en mer creusent l'appétit !

Les yeux de Justine revinrent aux jardins alors qu'elle ravalait un soupir – ce même soupir qui ne demandait qu'à sortir depuis des semaines déjà.

Chapitre 13

Lila était-elle vraiment la seule à se rendre compte de l'évidence ?

Elle jeta un coup d'œil à la princesse Amélia, mais celle-ci jacassait encore, détaillant chaque plaisir que lui avait réservé son séjour à Stafford House. Elle avançait aux côtés de Lila, ses doigts s'attardant négligemment dans les feuillages des haies ou des vignes, à ce point perdue dans son petit monde qu'elle ne prenait même pas le soin de vérifier, de temps à autre, si son interlocutrice l'écoutait bien. Quant à remarquer ce qui se tramait entre le marquis et sa sœur…

La situation avait échappé à Bardaline également, Lila en était certaine vu la légèreté avec laquelle il avait abordé le sujet de Douglas quand la marieuse l'avait interrogé la veille.

En tout cas, *elle* avait remarqué ce qui se passait entre la princesse et cet homme. Elle avait vu comment leurs doigts s'étaient frôlés par accident lorsqu'ils avaient observé une pause à côté de la fontaine afin que William puisse y jeter une pièce. Il avait déclaré que son souhait était que la princesse trouve rapidement chaussure à son pied.

Elle lui avait répondu qu'il devrait consacrer ses vœux à améliorer *sa* situation maritale.

Lila n'avait pas non plus manqué les regards que la princesse lançait au marquis du coin de l'œil, un charmant sourire plein d'esprit aux lèvres. Ou la façon dont il la contemplait en retour, totalement absorbé et luttant de toutes ses forces pour ne pas avoir l'air ensorcelé.

Mais Lila se demandait si *eux-mêmes* avaient remarqué. D'expérience, elle savait qu'une attraction mutuelle n'est pas forcément reconnue par les partis intéressés. Il faut dire que les affaires de cœur sont capables de déstabiliser tout le monde et de bouleverser bien des perspectives, jusqu'à créer de la confusion dans l'esprit le plus ordonné.

Elle décida de tester les deux tourtereaux. En hâtant le pas, elle ne tarda pas à les rattraper. Amélia, sur le point de perdre son auditrice – ou plutôt, son otage –, accéléra elle aussi.

— Quelle belle journée, n'est-il pas ? demanda Lila, toute pimpante, en s'immisçant entre William et la princesse Justine.

Elle leur prit le bras d'un geste sans appel.

— Oui, en effet, acquiesça Lord Douglas.

— On ne pourrait rêver meilleure journée pour accueillir un invité *spécial*.

— Qui donc ? Qui est notre invité ? se renseigna Amélia d'un ton réjoui.

— Un gentleman qui a hâte de faire la connaissance de Son Altesse Royale, la princesse Justine, expliqua Lila. Un *prince*.

— Pourquoi seulement avec « la princesse Justine » ? Pourquoi le monde entier semble systématiquement oublier qu'il y a *deux* princesses qui résident en ce moment à Prescott Hall ?

— Personne ne l'oublie, Amélia, dit Justine. Personne ne le pourrait : tu nous le rappelles chaque seconde… Mais c'est moi qui serai bientôt mariée.

— Eh bien, je ne saurais être plus heureux pour vous, Votre Altesse, intervint Douglas. J'ai hâte de rencontrer le gentleman qui aura votre main. Bien que, si vous voulez mon avis…

— Je ne le veux pas.

— Mais *si* vous le vouliez, je vous dirais d'attendre qu'un roi se présente. Imaginez : deux nations unies dans le même lit… Pas que les nations, d'ailleurs !

Lila et Amélia rirent de bon cœur.

— Vous semblez mal comprendre comment ces choses-là fonctionnent, dit Justine dans un sourire.

— Au contraire, je ne les comprends que trop bien.

— Peut-être auriez-*vous* besoin des services de Lady Aleksander, puisque le mariage et ses subtilités vous intéressent à ce point ? On me l'a chaudement recommandée.

— Que c'est aimable à vous de dire cela, madame, pépia Lila. Et je serais en effet ravie de vous apporter mon aide, cher Lord.

— Vous êtes bien affable, mais ce ne sera pas nécessaire : je pense pouvoir me débrouiller seul en cette matière.

— C'est ce que vous croyez, rétorqua gaiement Justine. Et pourtant vous voilà, au mitan de votre vie…

— Je n'irais pas jusque-là…

— … sans aucune perspective d'union sérieuse…

Elle se pencha et avança la tête pour adresser à Douglas un sourire, malgré Lila entre eux. La marieuse trouva son expression charmante. La princesse était indubitablement une très belle femme. D'une beauté sans tapage – qui ne vous frappait pas au premier coup d'œil, contrairement à celle d'Amélia –, mais qui devenait à chaque regard un peu plus évidente.

— En tout cas, *je* comprends parfaitement comment ces choses-là marchent, lança Amélia en s'imposant parmi le groupe. Qui vient ?

— Le prince Gaetano di Aggiani, répondit Lila.

— Excusez-moi : vous avez bien dit di Aggiani ? lui fit répéter William en clignant des yeux, incrédule.

— Je n'avais pas conscience que vous vous connaissiez, rebondit Lila. Quelle bonne nouvelle ! Restez dans les parages pour l'accueillir : il n'y a rien qui mette plus à l'aise qu'un visage familier, dans ce genre de circonstances.

— Lady Aleksander, objecta la princesse Justine. Qu'importent les circonstances, je ne saurais trouver au contraire plus déstabilisant que le visage de Lord Douglas ! Je veux dire : en me mettant à la place du prince…

Cette protestation acheva de renseigner Lila : leur attirance était plus forte que ce qu'elle avait anticipé. Rien n'aurait pu lui faire plus plaisir ! Peut-être le marquis et la princesse étaient-ils faits l'un pour l'autre ? Elle en avait l'intuition, du moins, et, comme Valentin aimait à le répéter, rien n'était plus fiable que ses intuitions. Elle ne savait d'où lui venait ce talent quasi divinatoire, mais l'évidence était là : elle décelait ce que ces deux-là refusaient de voir.

Ce qu'ils refusaient de voir pour le moment.

Lila joignit les mains dans son dos.

— Comment avez-vous fait la rencontre du prince Gaetano, monsieur ?

— Nous nous sommes croisés une fois ou deux. D'abord

lors d'une partie de chasse… Puis j'ai eu le plaisir de le revoir chez un ami commun…

— Fabuleux ! Vous êtes donc en mesure de vous porter garant pour lui. N'est-il pas un bon parti pour Son Altesse Royale ?

— Pas besoin de garanties, intervint la principale intéressée. Ce gentleman n'est peut-être pas roi, mais il est prince : je crois que ça se passe de commentaires…

— Il y aurait pourtant deux ou trois choses à commenter, nuança Amélia. Son physique, par exemple. Ou sa fortune.

— Nous voilà dans le vif du sujet ! déclara William en riant. Oui, il est beau.

— Et il est riche, renchérit Lila.

— En ce cas, j'ai vraiment hâte de faire sa connaissance ! s'enthousiasma Amélia. Si Jussie n'en veut pas, peut-être qu'il me plaira ?

— Amélia, la gronda sa sœur.

— Quoi ?

— Il n'est pas une de ces poupées que nous nous disputions enfants !

Lila profita du fait qu'Amélia justifie sa curiosité – après tout, les deux princesses de Weslorie étaient destinées à se marier – pour étudier discrètement Lord Douglas.

Il répondait sûrement aux attentes pécuniaires de Robuchard : en tant qu'héritier du duché de Hamilton, il était probablement à la tête de sa propre fortune, ce qui lui épargnerait de vider les coffres de la nation pour financer ses plaisirs.

Seulement, il y avait quelque chose à son sujet… Quelque chose qui la titillait. L'ombre d'une rumeur. Un souvenir si soigneusement cadenassé dans un recoin de sa mémoire qu'elle n'arrivait plus à y accéder, mais qui lui donnait le sentiment que la réputation du marquis n'était pas sans taches. De quoi s'agissait-il, déjà ? L'information ne l'intéressait que dans la mesure où elle lui indiquerait s'il devait être éliminé d'office.

Mais après tout, elle savait y faire, avec les réputations ternies et les scandales ! La seule chose qui comptait à ses yeux était l'étincelle qu'elle discernait chez la princesse lorsque celle-ci regardait Lord Douglas, et le fait qu'il ne pouvait détacher ses yeux d'elle. Le meilleur étant que ces deux-là se pensaient ennemis ! Les couples qui démarraient par une inimitié étaient les plus beaux – des relations alimentées par le feu de la passion. Tout ce que Lila avait à faire, c'était les amener à ouvrir les yeux… Tout en les laissant croire qu'ils étaient maîtres du jeu.

La tournure des événements l'enchantait à un tel point qu'elle faillit se mettre à sautiller.

— Madame ! Lady Aleksander !

Ils s'arrêtèrent tous comme un seul homme et se tournèrent vers Bardaline, qui se dépêchait vers eux le long du chemin. Il agitait ce qui semblait être une carte de visite. Lorsqu'il arriva au niveau de Justine, il s'inclina pour la lui tendre.

La princesse la prit. Elle plissa les yeux, l'éloigna le plus possible, jusqu'à ce qu'Amélia, n'y tenant plus, la lui arrache des mains et la lise.

— C'est le prince ! s'exclama-t-elle, excitée comme une puce.

— Quelle bonne nouvelle ! lança Lila. Lord Bardaline, serait-ce trop vous demander que de nous faire servir le thé ? Je pense que des présentations en bonne et due forme sur cette terrasse, au milieu de ces fleurs si charmantes, seraient du meilleur goût.

Bardaline opina et remonta le chemin. Amélia lui emboîta le pas, sans doute dans l'espoir d'entrapercevoir le prince.

— Bien, déclara William. Il est temps pour moi de prendre congé.

— Certainement pas, monsieur ! Vous devez venir saluer votre ami, insista Lila.

— Je ne dirais pas que le prince et moi sommes amis. Pour être honnête, je ne dirais même pas que nous sommes des connaissances.

Tiens ? Eh bien, d'après Lila, leur relation n'était pas sur le point de se réchauffer. Elle prit le bras du marquis.

— Il va être si déçu de vous avoir raté ! Venez le saluer, au moins.

— Je ferai comme Son Altesse Royale le désire, répondit Douglas en fixant Justine.

Mais celle-ci rétorqua, avant de les planter tous les deux là :

— Faites comme il vous plaira.

Alors qu'elle s'éloignait, il fronça les sourcils. Puis il se tourna vers Lila, un sourire aux lèvres.

— En ce cas, oui : je vais l'accueillir avec vous.

Chapitre 14

William éternua.

Il tenta ensuite de se reprendre, parce qu'éternuer l'empêchait de voir comme il faut, or il ne voulait rien rater du spectacle invraisemblable qui se déroulait devant ses yeux. Justine riait, battait des cils et se penchait pour mieux entendre ce benêt de di Aggiani tenir des propos creux. Fini, la timidité maladive. Elle s'était transformée en Amélia – qui papillonnait elle aussi, d'ailleurs, et gloussait, et tendait soigneusement l'oreille. De quoi donner à n'importe quel homme normalement constitué l'envie de flanquer son poing dans la figure du premier Italien venu !

Justine ne pouvait être éprise de cet homme, c'était impossible. Se comportait-elle ainsi pour titiller William ? Pour gagner ce stupide pari qu'il avait bêtement engagé ?

Qu'est-ce qui lui avait pris ? Et à quoi jouait-il, là ? Tout en suivant les deux tourtereaux, il s'échinait à se rappeler son but premier : expédier cette mission au plus vite et retourner à sa vie – qui, certes, consistait à empêcher son père de les mettre sur la paille. Il avait pourtant abandonné ses mœurs débauchées !… Mais Justine lui avait semblé si charmante, légèrement éméchée, dans ce carrosse qui les ramenait de Stafford House, qu'il avait laissé son entrejambe lui dicter sa conduite. Il avait ressenti une telle envie de l'embrasser ! Il la ressentait toujours, d'ailleurs.

Lorsqu'il avait compris que le premier prétendant à être présenté à la princesse serait Gaetano di Aggiani, il avait failli éclater de rire. Il s'était heureusement retenu, mais, dans un coin de sa tête, il s'était mis à composer sa missive à Robuchard.

Cher Lord, j'espère que les frais engagés par la couronne de Weslorie pour embaucher une marieuse ne sont point déraisonnables, car il s'avère que le premier candidat est probablement le pire parti de toute l'Europe ! Une sorcière armée d'une incantation et d'un chaudron rempli de gnomes aurait fait un meilleur travail pour trouver à la princesse un soupirant digne de ce nom.

Quelque chose de ce genre.

William possédait deux ou trois informations, concernant Gaetano di Aggiani : il suffisait de les lui demander. Or, malheureusement, personne ne lui avait rien demandé. Il savait par exemple que di Aggiani était un don Juan sans scrupule. Pire encore ! Il soupçonnait ce dernier de tricher aux cartes. Non qu'il eût jamais joué contre lui, mais il savait reconnaître un tricheur quand il en voyait un. William comptait bien trouver un moment pour aborder la question avec Lady Aleksander.

Vraisemblablement, la marieuse était incompétente, et mieux valait la renvoyer dans ses pénates. S'il le fallait, il l'escorterait lui-même jusqu'au port le plus proche.

William éternua une nouvelle fois. Il éternuait depuis que les présentations avaient été faites et qu'ils erraient sur cette terrasse, contraints d'admirer cet étalage de fleurs. L'odeur, sucrée et écœurante, l'envahissait. Son nez était enflé comme une pomme.

Il éternua encore.

— *Felicità*, Douglas ! s'exclama gaiement di Aggiani sans même lui lancer un regard.

William se mit à fixer le dos du prince d'un air renfrogné, jusqu'à ce que la nuque de cet homme au teint bistre et à la chevelure brune chauffe, et qu'il se retourne.

— Je crains que vous ne supportiez mal l'une des variétés, dans le lot. On ne connaît hélas pas le détail de ce qu'on achète quand on décide d'acquérir tout le stock du marché de Covent Garden.

Puis il chercha Justine du regard, afin d'être certain qu'elle avait bien entendu.

— Tout le stock ? s'extasia Amélia. Vraiment ?

Elle atteignit ainsi son objectif, qui était d'attirer l'attention du prince.

— Tout le stock sans exception. Cinq charrettes, pleines à craquer. Elles ont eu du mal à arriver jusqu'ici : durant leur chemin vers Prescott Hall, chaque Londonien est sorti sur le pas de sa porte pour admirer le spectacle. Il faut dire qu'elles sont *magnifici*, ne trouvez-vous pas ?

— Remarquables, oui, acquiesça la plus jeune des princesses.

Di Aggiani regarda benoîtement Justine.

— *Jæ*, en effet, confirma cette dernière.

William éternua, puis observa di Aggiani offrir un bras à chacune des sœurs afin de pouvoir les mener de présentoir en présentoir afin de commenter le moindre bouton, éclos ou non, puisque c'était apparemment son intention. Douglas leur emboîta le pas, à contrecœur. Lady Aleksander s'arrangea pour rester à son niveau.

— J'avais cru comprendre que le prince et vous n'étiez

que de vagues connaissances. Cependant, à en croire la chaleur avec laquelle il vous a salué...

— C'est pourtant le cas.

L'amitié que lui avait démontrée di Aggiani n'était qu'une mise en scène : cela n'avait-il pas été flagrant ? Di Aggiani avait déploré que tant de temps ait passé depuis la dernière fois qu'ils s'étaient vus, William avait répondu qu'il ne se souvenait même pas de cette occasion. Di Aggiani avait finalement admis que lui non plus.

Le trio disparut au milieu des présentoirs, mais on pouvait suivre Justine à son rire, qui s'élevait au-dessus des bouquets. Quelque chose frappa William : il ne l'avait jamais entendue rire ainsi.

— Je suis tellement contente que Son Altesse Royale semble apprécier à ce point le prince ! dit Lady Aleksander.

William renifla.

— Si j'étais vous, je ne me ferais pas d'idées...

— Vraiment ? Elle a pourtant l'air de passer un très agréable moment.

De l'avis de William, la marieuse faisait preuve de bien plus d'emphase que la situation ne l'exigeait.

Comme pour faire écho à ses pensées, le rire des deux sœurs retentit. William et Lady Aleksander contournèrent l'un des présentoirs, particulièrement imposant, juste à temps pour voir Justine prendre appui sur l'épaule de di Aggiani alors qu'ils se penchaient pour admirer les fleurs.

William fut pris d'une série d'éternuements. Il tira un mouchoir de sa poche et s'essuya les yeux.

— Je crois qu'il lui plaît vraiment, lui murmura Lady Aleksander alors que le trio se remettait en marche.

— Parce qu'elle a ri ? Il arrive que les gens rient même quand ils s'ennuient, ou qu'ils sont furieux...

— Certes, mais la plupart d'entre nous rions parce que nous passons un bon moment.

Lady Aleksander ponctua sa remarque d'un sourire vif et avança d'un pas.

— Votre Altesse, le thé est servi. Devrions-nous...

D'un geste, elle désigna la table ; les nappes de lin et l'argenterie ; les assiettes de porcelaine décorées d'une frise de roses peintes.

— *Jæ*, merci.

Justine marcha avec di Aggiani jusqu'à la table. William fourra son mouchoir dans sa poche et les rejoignit.

— Personne n'apprécie autant les fleurs que les Italiens, expliqua di Aggiani tout en tenant la main de Justine pour qu'elle s'asseye confortablement. C'est dans notre sang. Les belles femmes, les belles fleurs, le bon vin, la nourriture... Tout ça, c'est l'*Italia*, déclara-t-il en embrassant le bout de ses doigts, avant d'ouvrir sa paume et de la projeter dans les airs comme s'il eut voulu libérer une colombe.

— Ridicule..., marmonna William.

— Plaît-il ? demanda di Aggiani.

— Je disais : le sang italien n'a rien à voir là-dedans.

— Mon anglais n'est pas au point, se défendit di Aggiani dans un anglais tout à fait au point. Je voulais dire que les Italiens sont des épicuriens. Quel dommage que vous n'ayez pas vu la tête des marchands, ce matin, Votre Altesse, ajouta-t-il à l'attention de Justine. Je leur ai dit : la future reine de la Weslorie mérite ce qu'il y a de mieux.

— Elles sont très belles, dit une nouvelle fois Justine.

Elle effleura de ses doigts l'une des roses de l'imposant bouquet qui trônait sur la table. William éternua.

— *Si*.

Le regard de di Aggiani se portait partout autour de lui. Il admirait son œuvre.

La princesse Amélia jeta à William une œillade noire, comme s'il eût fait exprès d'éternuer rien que pour l'embêter.

— Vos paupières sont en train d'enfler, monsieur. Vous devriez peut-être aller vous allonger.

William l'ignora.

— Je vais vous confier un secret, déclara di Aggiani en s'inclinant vers les deux sœurs.

Il leur fit signe d'approcher et n'eut pas de mal à se faire obéir. Alors que di Aggiani murmurait à l'oreille de Justine, Lady Aleksander se pencha à celle de William.

— Vous devez admettre qu'ils formeraient un beau couple. Imaginez leurs enfants !

— C'est mettre la charrue avant les bœufs, vous ne pensez pas ? répondit William d'un air défiant.

De son point de vue, di Aggiani, ce paon en pleine roue, était la pire chose qui pouvait arriver à Justine.

— J'ai l'impression, madame, que vous ne connaissez pas mon vieil ami le prince aussi bien que vous le croyez.

— Vraiment ? Je vous en prie, dites-moi *tout* de cet homme, que vous connaissez à peine selon vos dires, votre vieil ami le prince.

William lui jeta un regard qui se voulait dédaigneux, dont l'effet fut gâché par l'irruption du majordome entre eux. Alors qu'on lui versait son thé, William éternua – encore. Ses yeux étaient emplis de larmes et son nez lui donnait l'impression de continuer d'enfler. Il devait prendre une décision : rester ici et regarder di Aggiani user de ses charmes pour séduire une future tête couronnée, ou s'éloigner avant de suffoquer.

D'un autre côté, il lui restait des réserves d'air. Assez pour tenir encore quelques minutes.

— Avez-vous déjà senti un tel parfum ? demanda di Aggiani en désignant le bouquet de la table d'un geste langoureux.

— Je peux vous dire assurément que non, répondit Justine.

Et elle ferma les yeux pour mieux absorber l'odeur de ce qui était apparemment le plus beau bouquet que la terre ait jamais porté.

La princesse Amélia avança sur son siège pour inhaler à son tour.

— C'est *divin.*

Di Aggiani lui rendit son sourire.

— Je suis certain que personne ne s'est jamais présenté avec autant de fleurs, pas vrai ? s'enquit le prince.

Justine se mit à faire jouer le bout de ses doigts sur la table, et soudain William s'égaya : le sourire de la princesse semblait plus contraint que tout à l'heure.

— Personne, en effet.

Aha ! elle était en train de se lasser. Il était temps ! William éternua, et violemment qui plus est, mais cette fois, c'était un éternuement triomphal, parce que – en avait-il jamais douté ? – il avait eu raison : di Aggiani n'était pas l'homme qu'il fallait à la princesse.

Le majordome servit les scones. Di Aggiani changea de position sur son siège et disparut derrière l'énorme bouquet – mais bon sang, on l'entendait encore. Il jacassait à propos de sa personne, de son pays, du palais familial. De son amour pour la Weslorie. Et il ramena encore une fois les fleurs sur le tapis.

La princesse Amélia, le menton en appui sur le dos de

sa main, buvait ses paroles. Elle lui demanda de lui décrire ledit palais. Di Aggiani lui parla alors de la colline sur laquelle il avait été bâti, de la vue sur la mer, des sols en marbre et des plafonds décorés. Des vignes, parmi les plus vieilles d'Italie, qui donnaient l'un des meilleurs vins au monde. Des fleurs qui poussaient là-bas et qui valaient bien celles de Covent Garden.

Amélia était clairement subjuguée, mais William ne parvenait pas à décrypter l'attitude de Justine. Si le rire qu'elle avait fait entendre un peu plus tôt avait disparu, elle continuait d'écouter di Aggiani et, chaque fois que ce dernier se penchait vers elle, la fixant de ses yeux sombres ou lui adressant un sourire sirupeux, William éternuait.

Enfin, *enfin* ! Lady Aleksander suggéra qu'ils reprennent leur promenade. Évidemment, William fut de nouveau relégué au rang de spectateur, condamné à fermer la marche avec la marieuse. Mais il restait attentif, guettant l'opportunité de s'entretenir avec la princesse, son fardeau.

Enfin… Pas vraiment un fardeau. Plutôt une… responsabilité. Non, pas une responsabilité : plutôt… eh bien, quelque chose de ce type – fardeau, responsabilité, amie ; qu'importe.

L'occasion se présenta lorsque Bardaline vint chercher Lady Aleksander. Un messager s'était présenté pour elle : elle dut donc quitter le groupe, qui s'aventurait à présent du côté du petit labyrinthe. Les deux sempiternels valets, ou gardes, ou quelle que fût leur fonction, se placèrent à l'entrée afin que personne ne puisse pénétrer le dédale de haies pendant que les princesses y déambulaient.

La crise allergique de William s'était calmée, Dieu merci, et il piétinait derrière les trois autres en maugréant, quand soudain la princesse Amélia arracha le chapeau que portait di Aggiani. Avec un petit cri joyeux, elle s'enfuit avec.

Di Aggiani s'élança à sa poursuite, en riant lui aussi, l'avertissant qu'elle n'aurait pas dû le provoquer… William en profita pour rejoindre Justine, qui suivait des yeux ces deux-là alors qu'ils disparaissaient au bout de l'allée.

— Eh bien, lança-t-il.

— « Eh bien », quoi ?

— Voilà une affaire qui peut se régler facilement. Si vous acceptez, bien sûr, d'écouter mon avis…

— Je ne l'accepte pas. Par ailleurs, est-ce que tout va bien ? Vos yeux ressemblent à deux boules de croquet et votre nez est si *rouge*.

— Je vais bien ! Ça vous chavire vraiment à ce point, toutes ces fleurs ?

— Ne soyez pas idiot, lâcha-t-elle en soupirant d'un air exaspéré. Il est *censé* me courtiser.

— Et pour ça, parbleu, il sait y faire ! C'est sûrement ce que vous appréciez le plus, chez lui : sa capacité à se montrer charmant et prévenant pour se mettre en avant.

— À quoi faites-vous référence, exactement ?

Elle le toisait, les yeux à demi fermés. William s'y prenait mal.

— Combien de fois vous a-t-il forcé la main pour que vous vous confondiez en remerciements, concernant les fleurs ?

Il marquait un point. Justine resta un instant silencieuse et méditative. Puis elle leva un index.

— Je vous l'accorde : il est très content de son cadeau.

— Content ? Il vous a pratiquement enjoint de vous prosterner devant la magnificence de son offrande !

— Mais non, répondit-elle en accélérant le pas. Il a

l'air très gentil. Et il est *très* beau. On néglige souvent la question de l'apparence, dans ce genre d'arrangements, si vous voulez mon avis.

— C'est ce que vous recherchez ? demanda William avec un reniflement méprisant. Quelqu'un de gentil et de plaisant à regarder ?

— Je devrais sans doute préférer un malotru sans attrait qui ne m'apporte pas de fleurs ? se moqua Justine.

— Ne devriez-vous pas, surtout, espérer quelqu'un avec qui vous avez des choses en commun et qui parvienne à vous charmer avec seulement *un* bouquet ? Un bouquet, c'est bien. Cinq charrettes, c'est le début des ennuis. Cet homme n'est en rien un compagnon de vie, Justine ! Il viderait probablement votre cave et toutes celles de Weslorie. Vous êtes trop…

Il n'arrivait pas à trouver le mot qu'il cherchait. Il faut dire qu'elle était « trop » tout !

— … Vous êtes trop naïve pour un homme comme lui.

— Naïve ?

Elle le contemplait, surprise, puis ses sourcils se froncèrent.

— Qu'est-ce qui vous fait croire que je suis naïve ?

— Vous êtes peut-être une princesse, mais vous n'en demeurez pas moins une femme.

Ses sourcils se froncèrent un peu plus.

— Pouvez-vous, je vous prie, me dire ce que cela signifie ?

— Seulement que les femmes, dans l'ensemble, se laissent facilement séduire.

Sa jolie bouche s'ouvrit en grand, avant de former un flot de protestations.

— Non seulement c'est tout à fait faux, mais c'est sûrement le propos le plus absurde que vous ayez tenu jusqu'à présent !

— Vous n'avez pas répondu à ma question : est-ce ce que vous voulez, alors ? Un époux qui exige vos constantes louanges ? Et quoi ? Une fois qu'il les aura et qu'il débordera de confiance en lui, qu'est-ce que ce sera ? Il revendiquera le trône ? Parlera en votre nom lors des réunions avec les ministres ?

— Je rêve, ou vous venez de passer de son goût un peu trop prononcé pour les fleurs à une tentative de destitution ?

Il grogna. Certes, il s'était montré un brin excessif… Mais seulement pour illustrer le fond de sa pensée !

— J'essaye simplement de vous faire comprendre que vous feriez mieux d'écouter mes avis. Je le répète : sans vouloir me vanter, je suis bon juge du caractère.

— Je ne suis moi-même pas mauvaise. Pourquoi ne devrais-je pas trouver appréciable la hardiesse d'un homme qui sait apparemment ce qu'il désire ? Et puis, quoi que vous en pensiez, les faits sont là : *je* serai reine – pas lui.

— Entendez-moi bien, Justine : viendra un jour où vous regretterez amèrement d'avoir fait la connaissance de cet homme.

Il se tenait, campé sur ses deux jambes, les poings enfoncés dans le creux de sa taille. Elle releva le menton.

— Vous êtes si *arrogant* !… Il me semble parfait, à moi.

— Vous n'en croyez pas un mot. Vous tentez seulement de me vexer. Eh bien, vous y êtes parvenue : j'essaye simplement de vous aider…

— William, le coupa-t-elle, ma mère s'est assuré les services de Lady Aleksander, sans doute en échange d'une somme extravagante. *Vous* n'êtes pas l'expert, ici.

Comme il était intéressant de constater à quel point quelques mots, lancés dans un certain ordre et par une certaine personne, pouvaient irriter un homme ! Surtout quand la personne en question était si fichtrement attirante et si fichtrement entêtée.

— Toute ma sympathie va à l'heureux élu, en tout cas, parce que vous pouvez vous montrer sacrément autoritaire.

Elle éclata d'un rire offusqué.

— C'est l'hôpital qui se moque de la charité !

Puis elle fonça dans la direction que di Aggiani et sa sœur avaient empruntée, prête à tourner à l'angle elle aussi et à s'éloigner de William. Ce dernier lui emboîta le pas. Mais quand elle atteignit l'intersection, elle s'arrêta si brusquement que le marquis la percuta et dut l'attraper par les épaules pour l'empêcher de valdinguer tout à fait. Elle n'y prêta même pas attention.

Aussi, il jeta un coup d'œil par-dessus l'épaule de Justine pour voir la scène qui l'avait saisie.

Il en resta bouche bée. Comment quiconque pouvait-il se montrer à ce point idiot ? Et pourtant, ils étaient là, dans un recoin : l'homme le plus stupide que la terre ait jamais porté et la princesse Amélia. Enlacés dans une étreinte furieuse, adossés contre une haie, ils s'embrassaient comme des amants trop longtemps séparés.

— Amélia !

Le baiser cessa instantanément. Di Aggiani blêmit.

— Votre Altesse, je peux vous expliquer, dit-il en s'écartant d'Amélia. C'est elle qui m'a embrassé !

— C'est faux !

La princesse Amélia avait poussé un cri outré, tout en virant à l'écarlate. Elle cherchait du regard sa sœur, espérant son soutien.

— Amélia, viens ici, l'appela Justine avec calme tout en lui tendant la main.

La benjamine jeta un dernier regard à l'Italien avant

de se dépêcher de rejoindre sa sœur et d'agripper sa main. Justine passa son bras autour d'elle et, serrées l'une contre l'autre, elles s'éloignèrent : deux femmes courroucées, quoique pour des raisons très différentes.

Une fois qu'elles furent hors de portée, William se tourna vers di Aggiani. Le prince semblait sur le point d'être malade.

— Eh bien, eh bien. Voilà qui s'appelle se planter en beauté.

— Comment me le reprocher ? soupira di Aggiani. La plus jeune : c'est elle, la beauté, dans l'histoire.

William jaugea cet homme. En premier lieu, il se trompait. Oui, Amélia était jolie, mais Justine était tout simplement belle. Et en second lieu…

— … Vous avez complètement perdu la tête ou quoi ?

— Il semblerait, répondit di Aggiani d'un ton morose.

Les deux hommes se dirigèrent vers la sortie du labyrinthe. Di Aggiani soupirait à intervalle régulier. Le poids de son moment d'égarement paraissait, à chaque pas, peser un peu plus lourd sur ses épaules. Alors qu'ils s'approchaient de la sortie, le prince déclara :

— Beau gâchis, que ces fleurs. Les avez-vous vues ? On fait difficilement mieux en la matière.

William ignora cette lamentation : il était focalisé sur le pari. Comment, à présent, s'y prendre pour récupérer son dû ?

Chapitre 15

Amélia fila vers ses appartements, honteuse de s'être ainsi donnée en spectacle, déchaînée contre di Aggiani qui l'avait accusée, clamant que de sa vie elle n'avait jamais été aussi humiliée. Justine se demandait en quoi, quand c'était elle-même qu'on avait tournée en ridicule. Sa chère sœur semblait avoir oublié que c'était *elle* que di Aggiani avait été censé courtiser.

Non qu'il lui plût, Dieu lui en était témoin. Mais ça n'avait tout de même pas été agréable de découvrir de la sorte qu'elle ne lui plaisait pas non plus.

Justine avait demandé – non, elle avait *ordonné* – que Lady Aleksander chasse le prince sur-le-champ. Il lui avait bien sûr fallu, pour cela, expliquer à la marieuse ce qui s'était produit dans le labyrinthe, alors que di Aggiani essayait de l'en empêcher, invoquant un malentendu : c'était *Amélia* qui l'avait embrassé et non l'inverse.

Ces protestations étaient celles d'un lâche, et Justine ne l'en détesta que plus.

Lady Aleksander avait répondu que, *bien sûr*, il serait renvoyé *sur-le-champ*. Puis elle avait escorté di Aggiani dans l'un des petits salons du rez-de-chaussée afin d'avoir avec lui *juste un mot*.

Justine s'était retrouvée à contempler la porte close, abasourdie que le prince ne soit pas chassé à coups de pied dans le derrière. Elle posa les yeux sur Bardaline, qui évitait son regard.

Personne n'avait donc ne serait-ce qu'un peu de considération pour ce qu'elle pouvait penser ?

Il lui fallait de l'air.

Elle tournoya et se précipita vers la porte d'entrée, en aboyant aux gardes de ne pas la suivre. Bien sûr, ils n'obéirent pas. Elle descendit l'allée, à une allure si vive que ses jupes se gonflèrent d'air. Lorsqu'elle atteignit la limite du jardin, elle fit volte-face.

— Je vous interdis de me suivre *sous peine de mort*, c'est clair ?

Puis elle souleva ses jupes et franchit la grille en courant pour se perdre dans le parc de la propriété, filant aussi vite qu'elle le pouvait, souhaitant de tout son cœur pouvoir laisser derrière elle Prescott Hall et les pièges qui allaient de pair avec son statut d'héritière de la couronne. Mais il n'existait aucune échappatoire et, de toute façon, elle ne pourrait jamais courir assez vite – du moins, sans risquer de s'évanouir.

Elle s'arrêta et se courba, prenant appui sur ses genoux, aspirant l'air dans ses poumons. Elle jeta un œil par-dessus son épaule et constata qu'elle n'avait pas beaucoup avancé malgré sa course… Elle se redressa et commença à marcher, la main posée sur son abdomen comprimé par le corset, essayant en vain de reprendre son souffle.

Elle pensait à ses parents, à quel point ils auraient été horrifiés s'ils avaient assisté à l'incident avec le prince. Robuchard aurait réuni l'ensemble des ministres. Sa mère aurait été tellement en colère contre Amélia qu'elle en aurait oublié Justine. Quant à son père...

Son père lui aurait dit qu'elle avait eu de la chance de pouvoir se rendre compte si vite de la nature de cet homme. Il lui aurait dit que ce baiser avec Amélia était bien la preuve que ce dépravé n'était pas digne de Justine. Et il aurait ajouté quelques mots concernant l'impétuosité de la cadette, et la mission qui incombait à Justine de surveiller de près sa sœur – du moins, jusqu'à ce qu'elle soit mariée et à l'abri du scandale.

Justine s'enfonçait dans le parc. Elle traversa un troupeau de moutons qui lui accordèrent à peine un regard. Il y avait, à l'autre bout du terrain, un petit étang, bordé d'un ou deux bancs : elle s'y dirigea.

Marcher la rassérénait, éteignait sa colère et sa honte, l'aidait à prendre du recul. En atteignant le lac, elle se posta pour le contempler, mains sur la taille, et prit plusieurs grandes inspirations avant de tourner la tête vers le soleil de fin d'après-midi.

Enfant, elle ne s'était pas attendue à ce que les désillusions deviennent l'une des constantes de son existence. Elle s'était figuré, naïvement il fallait bien le dire, qu'en tant que future souveraine, le monde entier ne demanderait qu'à la contenter. À présent, elle savait : les désillusions étaient son pain quotidien, que cela lui plaise ou non. Elle ne pouvait jamais se fier à quiconque, aussi proche soit-il. Elle ne savait jamais si on cherchait à obtenir son approbation, une faveur ou un peu de son temps.

Comment s'épanouir, dans un tel climat de méfiance ?

Elle s'assit sur le banc et de nouveau se pencha, les mains recouvrant son visage un instant.

Il ne sert à rien de se morfondre. C'était les mots de son père. Il avait coutume de dire que chaque moment passé à broyer du noir était un moment perdu pour la couronne.

— Facile à dire, marmonna Justine.

Mais elle releva la tête. Il avait raison – il ne servait vraiment à rien de se morfondre. Ce qui était fait était fait et, de toute façon, c'était sans importance puisqu'elle n'avait que faire de di Aggiani. Elle s'était laissé berner par la beauté du prince, titillée par l'idée de plaire à un homme aussi séduisant, d'ascendance royale. Aucun dommage n'avait été causé et, hormis l'humiliation d'avoir été une fois de plus éclipsée par Amélia, elle était contente de s'être débarrassée de lui.

Il lui faudrait cependant avoir une petite discussion avec Lady Aleksander. Si c'était ce genre d'hommes qu'elle comptait lui présenter, elle pouvait tout aussi bien retourner au Danemark !

Justine se leva, lissa ses jupes, prit une dernière grande inspiration avant de faire demi-tour, prête à regagner la maison. En apercevant William à quelques mètres de là, adossé à un arbre, elle sursauta.

— Depuis combien de temps êtes-vous ici ?

— Un moment.

Elle regarda tout autour, surprise de découvrir qu'il était seul.

— Si vous cherchez vos gardes, ils ne sont pas dans les environs.

Elle ne le croyait pas : ils étaient toujours près d'elle.

— Où sont-ils ? Peut-on savoir ?

— Avec votre sœur, qui a décidé de confronter son accusateur.

— Oh ! lâcha Justine en clignant des yeux et en

s'imaginant le pire – Amélia avait un caractère inflammable. Ma sœur a-t-elle causé un drame ?

— Tout dépend de ce que vous appelez « drame ». Mais il y a eu des cris et des larmes, oui.

— Je suis contente d'avoir échappé à ça, confessa-t-elle en soupirant.

William se détacha de l'arbre.

— Et vous ? Comment allez-vous, princesse ?

— Ce serait plutôt à moi de vous poser la question. Quoique vous ayez l'air moins enflé que tout à l'heure. En revanche, vous êtes toujours rouge.

— Comme c'est délicat de votre part de vous inquiéter de ma santé. Et vous, donc ?

— Je vais bien.

Elle se toucha le lobe, l'air absent. Certes, elle n'allait pas parfaitement bien. Mais, tout compte fait, il n'y avait rien de grave. Il pencha la tête sur le côté.

— Un peu en colère, sans doute ?

— Qu'est-ce qui peut bien vous laisser penser ça ? rétorqua-t-elle d'une voix traînante.

— Oh ! je n'en sais rien. Peut-être est-ce la façon dont vous vous êtes enfuie de Prescott Hall à toutes jambes ? Vous êtes plus rapide que je ne l'aurais cru.

— Vous ne seriez pas en colère, à ma place ?

— En colère ? Je serais fou furieux, répondit-il en avançant vers elle. Et j'imagine que vous devez être excédée.

— De quoi, précisément ?

Il s'arrêta à quelques mètres d'elle et haussa les épaules.

— De tout, je dirais.

Comme c'était étrange – elle avait presque l'impression qu'il devinait ses pensées. Il approcha encore d'un pas.

— De la charge incombant à votre rang et de celle qui

pèsera sur vos épaules quand vous grimperez sur le trône. De cette urgence à trouver un mari, qui sera suivie par l'urgence de lui donner un héritier. Tout cela semble… bien incompatible avec le bonheur conjugal. Mais sans doute est-ce nécessaire, étant donné votre rang.

Elle ne se souvenait pas que quelqu'un ait déjà compati à sa situation – ou l'ait simplement comprise. Sa naissance était considérée par tout un chacun comme une telle chance !

— Le pensez-vous vraiment ? Ou tentez-vous de m'amadouer ?

Il rit.

— Ai-je déjà dit quoi que ce soit dans l'intention de vous amadouer ?

— Non, admit-elle.

Il finit par la rejoindre et lui enleva quelque chose des cheveux, qu'il brandit ensuite : le fragile pétale d'une fleur.

— Ce processus ne m'est pas totalement étranger : ma sœur a souffert le même.

— Par l'entremise d'une marieuse ? demanda Justine en clignant des yeux incrédules.

— Pire : par celle de ma mère. Celle-ci se désespérait de voir Susan faire un bon mariage et épouser quelqu'un qu'elle jugerait digne de la fille du duc de Hamilton. Elle a organisé un véritable défilé, tout ce que l'Écosse comptait de riches célibataires. On aurait dit une foire aux bestiaux.

Malgré elle, Justine rit.

— Et qu'en est-il de vous, Lord Douglas ? Votre mère doit désespérer de vous voir un jour prendre femme. Après tout, votre union engendrerait des héritiers.

— Il arrive que ce point précis soit mis sur le tapis, oui, déclara-t-il avec un sourire.

— Alors pourquoi ne pas vous être marié ? Je me

souviens que, lors de mon précédent séjour à Londres, tout le monde spéculait sur vos supposées inclinations. J'ai moi-même pu constater qu'un certain nombre de jeunes femmes vous manifestaient de l'intérêt…

— Vraiment ? Je ne peux pas dire que je me le rappelle…

Il avait l'air content, en tout cas, qu'*elle* s'en souvienne. L'outrecuidance de cet homme ne cessait de la surprendre. Elle insista.

— Pourquoi ne pas vous être marié ?

— Ah ! lança-t-il d'un air engageant. Il y a certains éléments me concernant qui compliquent l'affaire, jeune fille. À titre d'exemple : je suis moi aussi héritier…

Ce qui signifiait que la femme qui porterait ses enfants et qui, avec un peu de chance, engendrerait un duc, devait réunir un certain nombre de qualités afin que s'associent avec succès deux familles puissantes.

— Aucune jeune femme n'a su retenir votre attention ?

Il sourit en coin.

— Je n'ai pas dit ça. Il y a eu une femme, il y a bien des années. Hélas pour moi, son attention avait été retenue ailleurs. Et vous ? Y a-t-il un gentleman qui possède votre cœur ?

Elle pensa immédiatement à Aldabert, et de douloureuses réminiscences la transpercèrent. La facilité avec laquelle elle était tombée amoureuse. La facilité avec laquelle elle lui avait accordé son absolue confiance. Amélia disait que c'était parce que jamais, avant, un homme ne s'était intéressé à elle de cette manière-là : elle avait été trop inexpérimentée.

— Quelqu'un a possédé mon cœur, oui, répondit-elle sans détour. Et il l'a broyé.

Les sourcils de William se froncèrent.

— Voilà qui me désole.

Justine eut un geste de la main, comme pour chasser le souvenir.

— C'est fini. Mais au moins maintenant comprenez-vous mieux pourquoi ma mère a fait appel à une marieuse : elle ne se fie pas à mon jugement.

— Votre mère ressemble à la mienne, apparemment. Peut-être, ajouta-t-il, que nous nous ressemblons par conséquent plus que nous ne l'avons cru ?

— Oh ! je ne pense pas, répondit-elle – et pourtant, elle souriait. Par exemple, vous êtes un fauteur de troubles. Moi pas.

— C'est vrai, je ne peux le nier. J'aimerais cependant que ça ne vous empêche pas de me considérer comme un ami.

— Hmm… j'y penserai.

— Vous ne me faites pas confiance ?

— Pas le moins du monde, répondit-elle en riant.

Il grimaça, avant de déclarer :

— Toutefois, nous avons une affaire à régler.

— Laquelle ?

— Une petite histoire de pari.

Avec tout ça, elle avait complètement oublié ce ridicule pari ! Ce n'était pas le cas de William, qui se délectait selon toute vraisemblance de la surprise qui s'était peinte sur son visage, puisque la grimace du marquis se transforma en un sourire… qui la réchauffa étrangement.

— Je n'ai pas…

Ses protestations moururent : elle était une femme de parole. Elle s'était laissé entraîner dans ce pari de bon cœur, pensant qu'elle gagnerait. Et facilement, encore.

— Vous avez l'air troublée, Votre Altesse. Vous avez engagé un pari et j'aimerais maintenant récupérer mon dû.

— Vous ne pouvez pas juste le « récupérer », comme ça !

— Et je ne vais pas le faire : c'était un simple rappel. Di Aggiani ne vous convient pas, nous sommes d'accord sur ce point ?

— Il ne me convient pas du tout ! Il n'est tout bonnement pas convenable.

— Aussi, si vous reconnaissez que j'ai eu *raison* et vous *tort*, vous admettrez sans mal qu'il vous faut honorer votre engagement.

Ses yeux gris étincelaient, un mélange de joie et de chaleur, comme une braise. Une braise que Justine sentait grésiller en elle, au creux de son ventre.

— Voilà que vous essayez encore de me dire quoi faire. Et puis, je n'aime pas beaucoup la manière dont vous avez appuyé ces mots : « tort », « raison ».

— Mmm… J'ai l'impression que vous avez peur.

— Pas le moins du monde !

Elle n'avait pas *peur*, certainement pas ! Mais la virilité éclatante de William la rendait un peu nerveuse. Aldabert était moins… masculin.

— Alors ?

Son sourire diablement attirant n'aidait pas. Elle s'éclaircit la voix. Elle frotta l'une de ses pommettes, espérant en chasser la rougeur qui la titillait sans raison apparente. Elle joignit énergiquement les mains dans le dos et leva vers lui son visage.

— Très bien. Faites.

William eut l'air perdu.

— Qu'est-ce que vous fabriquez ?

— Je vous présente mon visage pour que vous récupériez votre dû.

— Vraiment ? Eh bien je refuse. Pas comme ça, trancha-t-il, sourcils froncés.

Elle faillit en rester bouche bée.

— J'honore mon pari ! Qu'est-ce qui ne vous convient pas ?

— Le fait est qu'il s'agit de *votre* dette et non de la mienne. Là, vous êtes raide comme un bout de bois. On ne se contente pas de *présenter* son visage en attendant d'être embrassée !

— Ah, parce qu'il y a des règles précises entourant ce baiser, à présent ?

Justine était peut-être beaucoup de choses, mais elle n'était certainement pas raide ! Elle avança vers lui, prit appui sur ses bras, se hissa sur la pointe des pieds et posa sa bouche sur la sienne, s'attardant une seconde ou deux. Puis elle se détacha de lui.

La sensation avait confirmé ses craintes : les lèvres de William étaient à la fois douces et fermes. Ce chaste baiser n'aurait rien dû lui faire éprouver. Et pourtant, une chaleur se répandait en elle. Mais voilà, c'était fait ! Elle s'était débarrassée du problème.

— Voilà, j'ai soldé ma dette.

William la contemplait d'un air inquisiteur. Puis il posa les poings sur ses hanches.

— Est-ce une plaisanterie ?

— Mais pas du tout !

Il se grattait le crâne, perplexe.

— Ceci n'avait *rien* d'un baiser, Justine.

Une peur panique la saisit : et si embrasser, en Écosse, avait requis une technique toute différente de celle qu'elle avait expérimentée jusqu'alors, et que personne n'avait jamais songé à le lui dire ? Elle aurait alors essuyé la seconde humiliation du jour.

— C'en était un, pourtant !

Il secoua la tête, puis se pencha vers elle et caressa son visage. Ses doigts étaient aussi légers que l'air, et le picotement qu'elle avait ressenti un peu plus tôt dans les joues commença à se répandre en elle comme un liquide brûlant. Il s'approcha un peu plus. Elle sentit le bras de William passer dans son dos et enserrer sa taille.

— Ce n'était pas un baiser, répéta-t-il avec calme.

William posa la main sur le cou de Justine, la remonta, jusqu'à ce que son pouce caresse le coin de ses lèvres. Sa paume était chaude. Elle dégageait un parfum de musc et de clou de girofle. Il regarda sa bouche, puis ses yeux, puis il avança son visage vers le sien…

Tout ce que Justine avait cru savoir, en matière de baisers, fut chassé par celui que lui donna William. Elle ouvrit la bouche pour s'offrir à lui, sentit la langue du marquis s'immiscer entre ses dents pour jouer avec la sienne. Il tenait son visage en coupe, légèrement penché, et mordillait ses lèvres.

Le cœur de la princesse battait à un rythme chaotique – c'était un baiser empli de plaisir, de manques et d'attentes, un baiser empreint d'une soif qui ne pouvait clairement pas être étanchée ici, dans ce parc, en plein jour… Les idées de Justine se bousculaient concernant la manière dont cette faim pourrait être assouvie. Pressée contre le torse dur de William, elle avait conscience que son souffle et son pouls étaient devenus erratiques, et alors…

Et alors, le marquis mit fin au baiser. Il relâcha son étreinte et s'éloigna d'elle. Il passa la pulpe de son petit doigt sur sa lèvre inférieure, comme si elle y avait laissé une empreinte sucrée, un délicieux souvenir… Pourtant ses yeux exprimaient tout autre chose : ils étaient gris comme un ciel d'orage.

— *Maintenant*, vous m'avez payé votre dette, madame.

Son père l'avait avertie, plus jeune, qu'il ne fallait jamais se lancer dans une négociation sans en saisir tous les enjeux. Avec ce pari, elle n'avait clairement pas compris ce qui avait été mis sur la table. Elle se sentait ballottée par un courant auquel elle n'avait pas la force de résister.

— Très bien. Tant mieux.

Elle passa nerveusement la main sur sa nuque. Et maintenant ?

Le sourire de William suggérait qu'il devinait son trouble et qu'il s'en délectait.

— Peut-être devrions-nous rentrer, proposa-t-il.

— Oui. Rentrer. Retrouver la maison et ses drames.

Il lui offrit son bras. Elle le prit, et ils se mirent à avancer comme si ce baiser n'avait jamais existé. Elle le surveillait du coin de l'œil. Son expression était à présent celle du plus parfait contentement.

— Ne pensez pas que vous avez également gagné le droit de me conseiller. Je vais continuer à me fier à mes avis, plutôt.

— Je n'y songeais même pas.

— Vous ne devriez pas non plus croire que ce qui s'est passé était une invitation à me dicter ma conduite.

— Comment le pourrais-je ? Après tout, c'est *vous*, la future reine et tout le tintouin.

Elle sentit un sourire étirer ses lèvres.

— Exactement. Vous avez seulement eu un coup de chance, cette fois-ci.

— Oui, une chance indéniable. Le hasard était tellement

en ma faveur que, même les yeux bandés, j'aurais pu deviner que di Aggiani n'était pas fait pour vous.

— *Jæ*, eh bien, je doute que vous soyez de nouveau à ce point en veine.

— Je n'oserais l'espérer, en tout cas, déclara-t-il en posant sa main sur la sienne.

Il la pressa, rien qu'un instant.

— Il serait bien malvenu de ma part de me permettre de remettre en question vos choix, à l'avenir.

Il lui fit un clin d'œil. Et le cœur de Justine s'emballa.

Chapitre 16

Lorsque Justine reparut, elle avait l'air un peu échevelée. Elle avait laissé Lord Douglas au niveau de l'allée et ce dernier, remarqua Lila, avait lui-même l'air ébouriffé alors qu'il attendait qu'un laquais lui apporte son chapeau et sa cape.

Mais Lila avait d'autres chats à fouetter, en cet instant : les princesses étaient furieuses.

Amélia s'était proclamée victime des avances de di Aggiani et de la façon dont il avait entaché son honneur. Elle refusait obstinément d'entendre Justine, qui suggérait que peut-être elle avait été, en cette matière, sa complice. Amélia était catégorique : elle n'avait rien fait de mal, clamait-elle en passant de pièce en pièce, laissant les portes claquer et déclarant haut et fort que personne ne se souciait jamais de ce qu'elle avait à dire.

La princesse Justine n'était pas franchement de meilleure humeur, bien que les causes de son mécontentement soient très différentes. Dès que sa sœur quitta le salon où elles se trouvaient, elle planta sur Lila ses yeux de la couleur sombre et dorée du miel.

— Pourquoi ne pas avoir renvoyé le prince à l'instant où je l'ai exigé ?

— Je vous prie de m'excuser, Votre Altesse. Il m'a fallu marchander…

— Marchander ? Et sur quoi, je vous prie ? Qu'était-il en position de demander, de son côté ?

— Il s'inquiétait de ce que je rapporterais à son père.

La princesse fixa Lila, avant de reporter son regard sur Lady Bardaline. Cette dernière se tenait à proximité, l'oreille attentive et dressée comme un chien de berger. Lila sentait que la princesse n'était pas disposée à parler devant sa dame de compagnie ou devant les femmes de celle-ci – ce qui était étrange, car la princesse semblait n'éprouver aucun scrupule à proclamer haut et fort ce qu'elle pensait, et toute la sainte journée encore, lorsque son interlocuteur était Lord Douglas.

— Lady Bardaline… pourriez-vous surveiller les préparatifs du souper ? manœuvra Lila.

La dame de compagnie lui jeta un rapide coup d'œil. Elle ne souhaitait apparemment pas être écartée de la conversation. Elle parut peser ses options puis, finalement, elle acquiesça.

— Bien sûr.

Et elle quitta la pièce, laissant Lila et la princesse en tête à tête.

Elle ne ferma cependant pas la porte, et Lila dut s'en charger. Quand elle se retourna, la princesse la fixait.

— Votre Altesse Royale, je…

— Avant que vous ajoutiez un mot, l'interrompit Justine, j'aimerais insister sur le fait que ce qui s'est produit aujourd'hui était une véritable calamité. Un désastre, dans tous les sens du terme.

— J'en ai conscience, l'assura Lila en s'inclinant. Cet homme est un dépravé.

— En ce cas, pourquoi l'avoir invité ici ? demanda la princesse, les sourcils froncés.

— Peut-être devrions-nous nous asseoir…

— Avant toute chose, répondez.

— Très bien.

Lila devait procéder avec prudence. Bien sûr, elle n'avait eu aucun moyen de se douter que di Aggiani s'avérerait être un crétin fini, doublé d'un goujat. Elle ne s'était pas non plus attendue à ce qu'il plaise à la princesse, pas plus qu'elle ne s'était attendue à ce qu'il soit pris la main dans le sac avec la jeune sœur de cette dernière, bon sang de bonsoir ! Valentin allait bien rire, quand elle lui conterait l'aventure… Mais il allait falloir que l'héritière de la couronne lui pardonne cette terrible erreur de jugement si Lila voulait avoir la moindre chance d'accomplir la mission qu'on lui avait confiée.

— Je fais usage, pour trouver deux êtres compatibles, d'une certaine méthode, sans doute difficile à saisir pour le profane… Pour tout vous dire, j'ai souvent constaté qu'il était utile, au cours de ce processus, d'organiser une première rencontre qui serait une sorte de… rencontre témoin. Un test.

Les sourcils de Justine se froncèrent.

— *Comment* ?

— C'est ma façon de faire, madame. Je n'ai jamais cru que vous penseriez grand-chose de di Aggiani, excepté qu'il est un homme du monde et qu'il abuse des fleurs. Je ne voyais en lui qu'une opportunité, pour vous, de passer un plaisant après-midi.

— Est-ce que vous vous *moquez* de moi, Lady Aleksander ? demanda la princesse, le regard fixe.

— Pas du tout. Et je peux en toute confiance affirmer, maintenant que j'ai pu observer certaines choses…

— *Quelles* choses ?

— Eh bien, par exemple, je ne savais pas vraiment si l'infidélité constituait un frein à vos yeux.

La princesse réagit comme Lila l'avait anticipé : en la regardant, muette et la bouche grande ouverte.

— Êtes-vous *folle* ? lâcha-t-elle enfin.

Lila enfonça les poings dans sa taille, fermement.

— J'espère bien que non.

La perplexité de la princesse s'aggrava.

— Certaines personnes de votre rang ne voient le mariage que comme la possibilité de former une alliance internationale. La compatibilité amoureuse ne les intéresse pas. Pas spécialement.

Les yeux de la princesse étaient maintenant écarquillés et parfaitement incrédules. Lila elle-même avait du mal à croire ce qu'elle était en train de raconter.

— Je n'étais pas sûre que vous… Je veux dire : vous définiriez-vous comme l'une de ces personnes ?

— *Non*, certainement pas ! répondit la princesse, excédée. Ne pouviez-vous pas *simplement* me poser la question ? La compatibilité amoureuse est au contraire très importante à mes yeux. C'est ce que vous m'aviez promis : quelqu'un de compatible !

— Et c'est exactement ce que j'escompte vous trouver. Je suis sincèrement navrée de ne pas m'être montrée plus claire sur la façon dont j'allais m'y prendre. Vous comprenez, au fur et à mesure, j'apprends également à *vous* connaître.

— Je n'entends rien à vos propos, madame. C'est insensé, enfin ! Que suis-je censée penser ? Qu'est-ce qui m'attend, après ça ? Le prochain soupirant servira-t-il aussi à m'évaluer ?

— Bien sûr que non.

— Bien sûr que non, répéta la princesse en faisant mine de tousser. D'ailleurs, *qui* est le prochain ?

Il était en route pour Londres en ce moment même. Un candidat sérieux, quelqu'un qui pourrait convenir à la princesse au cas où Lila ait fait fausse route concernant Douglas. Peut-être ne serait-il pas le prochain, d'ailleurs. Cela demandait réflexion, et plus elle restait là à se confondre en excuses pour di Aggiani, moins elle avait le temps de penser à la tâche qu'on lui avait confiée.

— Je préfère ne pas vous l'annoncer tout de suite. Je voudrais d'abord faire quelques vérifications, afin de m'assurer qu'il s'agit d'un homme qui pourrait faire votre bonheur.

— En tout cas, j'espère pour vous comme pour moi qu'il saura me rendre plus heureuse que le dernier.

— À n'en point douter, l'assura Lila.

Elle avait appris, au fil des années, à afficher une certaine assurance face aux commanditaires récalcitrants. Même quand elle n'était sûre de rien.

— Voulez-vous que je me charge de faire disparaître toutes ces fleurs ?

— Je pense que ce serait approprié, en effet, dit sèchement la princesse avant de quitter la pièce à grandes enjambées.

Dès qu'elle fut sortie, Lila se laissa tomber sur la chaise la plus proche. Elle se détendit et ferma les yeux. Quelle catastrophe, cette journée ! Elle ne savait ce qui était le pire. Que di Aggiani se soit avéré un dépravé avec pas plus de sens commun qu'un âne ? Que la princesse Amélia ait manqué de ternir sa réputation ? Qu'elle semblât à présent à deux doigts d'oublier toute règle de bienséance ? Ou que la princesse Justine ait pris Lila en grippe ?

Tout ça à la fois.

Lila rouvrit les yeux et se redressa. Il y avait en tout cas un point sur lequel elle ne s'était pas complètement trompée : l'indéniable étincelle entre la future reine et Lord Douglas. Il lui fallait plus de renseignements sur cet homme. Et, pour les obtenir, elle savait exactement à qui s'adresser.

Chapitre 17

Lord Iddesleigh, également connu sous le nom de Beckett Hawke, et que la plupart des Londoniens appelaient tout simplement Beck, accueillit Lady Aleksander avant qu'elle eût franchi la porte.

— Lila ! s'exclama-t-il en la voyant.

Il portait dans ses bras une toute petite fille assoupie contre son épaule, qui fut réveillée en sursaut par son mugissement, et qui se mit à pleurer. Mais Beck semblait sourd à ses cris : il attrapa Lila pour une accolade à laquelle elle ne s'était pas attendue, effectuée artistiquement d'une moitié du corps. Puis il la tira à l'intérieur de sa maison d'Upper Brook Street, située dans le quartier de Mayfair.

— C'est si bon de te voir, après toutes ces années ! Tu t'es tenue à l'écart des ennuis, au moins ?

Il riait en posant cette question. Lila lui sourit en retour.

— Allons. J'étais jeune, à l'époque, Beck…

— Les scandales ne meurent jamais, ma chère. Allez, entre, entre ! Il faut que tu rencontres ma femme.

Lila avait été la voisine de Beckett Hawke et de sa sœur, Caroline. Enfants, ils étaient toujours fourrés ensemble. Quand Beck étudiait à l'université, à chacune de ses visites, il s'arrangeait pour rapporter aux filles une babiole. L'amie de Lila avait essayé, dans le passé, de les caser ensemble, mais quand Beck s'en était rendu compte, il avait enguirlandé sa sœur : Lila était à ses yeux comme un membre de la famille… Et de plus, il n'avait aucune intention de se marier !

Lila lui emboîta le pas et fut guidée dans un vaste salon tapissé de soieries vert pâle et décoré de meubles jaunes. Elle remarqua instantanément un individu d'une beauté incroyable assis à la table qui trônait au milieu de la pièce, en train de lire le journal. Il était rare de trouver tant de traits séduisants chez un seul homme. Deux petites filles jouaient avec leurs poupées sous la table. Leurs cheveux étaient ébouriffés comme après une course, et leurs rubans se cassaient la figure. Une autre enfant, pas plus haute que trois pommes, faisait le tour de la table en tirant une carriole rouge accrochée à une ficelle.

— Je te présente notre nourrice, Mr Donovan. Donovan, mon ami, permets-moi de te présenter Lady Aleksander.

Donovan reposa son journal et se leva en précisant :

— Je préfère le terme « précepteur ».

Puis il s'avança d'une démarche désinvolte vers Lila, un sourire charmant aux lèvres.

— Lady Aleksander. Tout le plaisir est pour moi.

Il se pencha et la regarda dans les yeux au moment où il embrassait sa main… Mais il laissa rapidement retomber celle-ci et tourna les talons pour appeler les petites.

— Les enfants, venez saluer l'invitée de papa.

Les deux plus âgées levèrent la tête et parurent seulement se rendre compte de la présence de Lila. Elles bondirent sur leurs pieds et foncèrent vers elle, leurs boucles blondes ou brunes semant au passage quelques rubans. La plus petite agrippa la jambe de Lila, si vigoureusement que cette dernière faillit perdre l'équilibre.

— Oh !

Mr Donovan l'attrapa par le col pour la tirer en arrière.

— Moins d'enthousiasme, Maren, s'il te plaît !

— Je m'excuse, dit Beck à son amie d'enfance en posant par terre le bébé, qui en profita pour s'enfuir en rampant. C'est un vrai diablotin, cette petite.

Il pointait Maren, qui se mit à glousser.

— Je ne suis pas un diablotin, père !

— Et moi ? Qu'est-ce que je suis, moi ? demanda la plus grande.

— Mathilda, mon cœur, tu es un véritable garnement.

— Et moi ! Moi, père ! s'écria celle avec la carriole rouge.

Et elle fonça à travers la pièce, en bousculant ses sœurs au passage.

— Maisie, tu es une patate.

Comme elle était la plus petite, elle chercha du regard l'approbation des deux autres.

— Maisie n'est pas une patate ! protesta Maren en riant.

— Et Meg ? C'est quoi ? s'enquit Mathilda.

Le regard de Beck se porta sur le bébé, qui rampait toujours.

— Meg ne parle pas encore, elle, ce qui en fait un ange à mes yeux.

Les trois enfants gloussèrent de concert.

Mr Donovan se pencha pour attraper par les pieds celle qui jouait avec la carriole.

— Venez, les filles. C'est l'heure du thé.

Il traversa ensuite la pièce, tenant la petite la tête à l'envers pendant qu'elle glapissait de joie, se baissant pour ramasser le bébé. À l'opposé du salon, sur une table pour enfant, trônait une dînette.

Quelle remarquable scène de vie domestique ! Jamais dans ses rêves les plus fous Lila n'aurait imaginé assister un jour à ce genre de spectacle chez Beck. La dernière fois qu'elle l'avait vu, il préférait largement les clubs pour messieurs et les boudoirs de ces dames à son propre salon.

— C'est si bon de te voir, Lila, lui dit-il. Comment va Valentin ?

— Il se porte comme un charme. Il ne devrait pas tarder à me rejoindre à Londres.

Il désigna un canapé où ils prirent place côte à côte.

— J'ai été enchanté de recevoir ton mot. J'ai dit à Blythe – c'est ma femme, Blythe, Northcote de son nom de jeune fille –, « Lila va te plaire : c'est la seule personne capable de convaincre Caro de faire quelque chose dont elle n'a pas envie ».

Lila rit.

— Si mes souvenirs sont exacts, c'était Eliza Tricklebank et sa sœur Hollis qui avaient ce pouvoir. Moi, j'étais la simple spectatrice de leurs frasques.

— Vous étiez toutes de sacrés sacs à malice, sans exception.

À cet instant, une rouquine aux belles anglaises et au corps généreux fit son entrée. Elle était manifestement enceinte. Elle approcha Beck par-derrière et, après avoir posé les mains sur ses épaules pour se pencher sur lui, lui embrassa la joue.

— Est-ce donc là la légendaire Lila Aleksander ?

Légendaire ?

— Lady Iddesleigh, permettez-moi de vous présenter mon amie, Lady Aleksander.

Lila se leva, et Lady Iddesleigh fit le tour du canapé pour venir l'examiner, un sourire aux lèvres.

— Quelle beauté ! Chéri, tu n'avais pas mentionné ce détail. Que vous êtes belle, Lady Aleksander !

— Je… merci.

— Lila et moi sommes des amis d'enfance, dit Beck.

— En ce cas, comment se fait-il que je n'aie pas fait plus tôt votre connaissance ?

— Je vis au Danemark avec mon mari.

— Comme c'est exotique !

— Elle a dû quitter Londres après un scandale, ajouta Beck.

Les yeux de Lila s'écarquillèrent. Blythe s'assit sur une chaise en face d'elle et se pencha, tout ouïe, les yeux brillants de curiosité.

— De quelle sorte de scandale parle-t-on ?

— Je t'expliquerai plus tard, lui répondit son mari.

Maisie avait délaissé la dînette et escaladait à présent le canapé. Parvenue en haut, elle se laissa glisser contre le corps de son père, couvrant le visage de ce dernier d'un assemblage de jupes et de jupons. Il émergea du monceau de tissu pour demander :

— Qu'est-ce qui t'amène, dis-moi ?

— Maisie ? Le thé est servi, appela Mr Donovan.

La petite entreprit de rouler par-dessus le bras du canapé et atterrit sur… En vérité, Lila n'avait aucune idée de comment elle avait atterri : l'enfant avait disparu de son champ de vision. Mais, l'instant d'après, elle reparut et fonça à l'opposé du salon. Lady Aleksander regardait, fascinée, Mr Donovan. Il avait posé une serviette sur l'un de ses bras et reculé d'un pas alors que les deux aînées se battaient pour savoir laquelle ferait le service. Maisie, qui était visiblement arrivée trop tard pour être considérée, tira les cheveux d'une de ses sœurs. Le mugissement qui s'ensuivit faillit faire tomber Lila à la renverse.

Les deux parents parurent ne pas même l'entendre. À moins qu'ils ne fissent semblant ? Lila tenta de les imiter.

— Comment va Caroline ?

— Excessivement bien, répondit Beck. Figure-toi qu'elle s'est prise d'une passion pour le jardinage. Elle a épousé un prince, comme tu le sais. Elle vient à Londres la semaine prochaine : il faut absolument que vous vous voyiez ! Combien de temps restes-tu en ville ?

— Quelques semaines, je dirais.

— Ah ! formidable. Tiens, à propos : que fais-tu à Londres, mon amie ?

— J'offre mes services à l'héritière de la couronne de Weslorie, répondit-elle avant d'ajouter, à l'attention de Lady Iddesleigh : Je suis marieuse.

— J'ai entendu parler du séjour de la belle princesse, dit Beck.

— Vraiment ? s'enquit Lila.

— Tout le monde est au courant ! s'enthousiasma Blythe. On raconte qu'elle est ici pour trouver son roi, est-ce vrai ?

— Son prince consort, la corrigea Lila.

— C'est du pareil au même, transigea Lady Iddesleigh.

Sauf que cela n'avait rien à voir : l'un était un souverain, l'autre était l'époux d'une souveraine.

— J'ai compris : c'est pour ça que tu nous rends visite ! s'illumina soudain Beck. Tu cherches un mari pour la princesse. Eh bien, j'ai ce qu'il te faut. Ce jeune homme de Birmingham – quel était son nom, déjà, chérie ? Un vicomte qui vient d'hériter d'une somme considérable.

— Edward, répondit Lady Iddesleigh avant de froncer les sourcils. Edward, Edward…

— Northrup, lança Mr Donovan depuis l'autre bout de la pièce.

— Northrup ! reprirent les Iddesleigh de concert.

— J'essayerai de me souvenir de ce nom, déclara Lila avec un sourire tranquille. Même si j'ai de mon côté quelques idées. Il y a d'ailleurs un monsieur auquel je pense, et que je crois que tu connais bien. Aussi, j'aurais souhaité te demander… En toute confidence, bien entendu…

— Bien entendu, se hâta de la rassurer Beck.

— Nous sommes de véritables tombes, gazouilla Lady Iddesleigh. De qui s'agit-il ?

— Du marquis de Hamilton, Lord Douglas.

La pièce entière se figea. Lila avait réussi à méduser les trois adultes, et au moins une des petites.

— William Douglas ? répéta Beck d'un ton incrédule.

— Y a-t-il un problème ? s'enquit Lila en constatant leur stupéfaction.

Beck regarda sa femme, puis il éclata de rire. Donovan se mit à rire lui aussi. Même les filles s'y mirent, quoiqu'elles ne semblassent pas comprendre ce qu'il y avait de drôle. Mais la gaieté des grands les excitait. Elles se levèrent de leur petite table et l'une commença même à en faire le tour en courant.

— William Douglas ! manqua de s'étouffer Beck. Ce bon vieux Douglas !

— Qu'y a-t-il ? demanda une nouvelle fois Lila.

— Oh ! ma chère, déclara Beck en tentant de recouvrer son calme. Lui et la princesse sont partis du mauvais pied, voilà quelques années. Je ne crois pas qu'il l'apprécie beaucoup.

Lila afficha une expression perplexe. Se pouvait-il qu'il y eût un autre William Douglas à Londres ?

— Vraiment ?

— Chéri, tu n'entends rien à ces affaires, l'avertit Lady Iddesleigh tout en gloussant encore. Parfois, un gentleman semble ne pas apprécier une femme quand, en réalité, c'est tout l'inverse qu'il éprouve.

— Ce que tu racontes n'a aucun sens, mon amour.

— Je dois bien dire que Madame a raison à ce sujet, intervint Donovan.

— Que voudriez-vous savoir à propos de Lord Douglas, Lady Aleksander ? lui demanda la maîtresse de maison.

— Tout ce que je dis là doit rester confidentiel.

— Bien entendu, l'encouragea Lady Iddesleigh.

— Papa, ça veut dire quoi, « confessiel » ? s'enquit l'aînée de la fratrie en montant sur les genoux de son père.

— Ça veut dire que ça ne te regarde pas, ma chérie.

Maren grimpa à son tour et poussa sa sœur pour prendre sa place. Mathilda couina.

— Viens ici, Mathilda, exigea sa mère.

La fillette, qui s'était cassé la figure, se releva et fonça vers sa maman en sanglotant. Beck posa son autre fille par terre.

— File, Maren. Vous toutes, filez ! Et bien sûr, Lila, ce que nous disons là ne quittera pas cette pièce.

— Hmm…

Lila n'était pas convaincue. Elle jeta un coup d'œil circulaire. Les adultes, qui tendaient l'oreille. Les enfants, qui se cachaient sous une grande table en mijotant une nouvelle bêtise. Beck suivit son regard.

— Oui, je vois le problème… Donovan ? appela-t-il.

Le beau précepteur, ayant compris lui aussi, se leva.

— Bien. Allez, suivez-moi, mesdemoiselles : il est l'heure d'aller caresser le poney.

— Le poney ! Moi la première ! cria Maren.

— Non, moi ! protesta Mathilda.

— Moi ! Moi ! glapit Maisie.

Donovan attrapa le bébé et, après avoir adressé un sourire à Lila, mena la troupe hors du salon.

— J'espère que le prochain sera un garçon, lança Beck avec ferveur en les regardant s'éloigner. Bien. Nous t'écoutons, Lila.

Il était plus facile de s'entendre penser, maintenant que les filles étaient parties. La marieuse se redressa.

— Je crois que Lord Douglas ferait un excellent parti pour Son Altesse Royale. Mais avant toute chose, je dois en apprendre plus sur lui. Y a-t-il le concernant des éléments qui devraient être portés à ma connaissance ?

— Vous plaisantez ? s'écria, presque malgré elle, Lady Iddesleigh.

Le couple échangea ensuite un regard incrédule. Voilà qui n'était pas rassurant.

— Bien. Lesquels, en ce cas ?

Un majordome fit son entrée, en poussant sur son chariot un service à thé. Il commença à leur distribuer les tasses. Lila insista.

— Il me semble que vous pensez qu'il y a quelque chose que je devrais savoir…

— Non, non, pas du tout, et d'ailleurs nous ne savons jamais rien, pas vrai, ma chérie ? Comment le pourrions-nous ? Nous sommes confinés ici avec quatre jeunes enfants, se défendit-il en acceptant la tasse que le majordome lui tendait. Peut-être, à la rigueur, ai-je entendu dire que le duc de Hamilton était incapable de gérer sa fortune et qu'il avait coutume de prendre de mauvaises décisions en matière de finances…

— Certes, mais souviens-toi, chéri : nous avons également entendu dire que Douglas possédait des fonds propres, intervint Lady Iddesleigh.

« Souviens-toi » ? Ils avaient donc discuté entre eux des finances des Hamilton ?

— Oui, en effet, il a de l'argent, ajouta Beck sans l'ombre d'un doute.

Lila accepta une tasse.

— Est-ce là tout ce qui devrait m'inquiéter ?

Le regard que s'échangèrent les époux ne lui échappa pas. Pas plus que la façon dont son hôtesse s'empourpra.

— Eh bien, avoua Lady Iddesleigh les yeux rivés sur son thé, il court une rumeur…

Lila ne put s'empêcher de rire.

— Il court toujours une rumeur.

— Oui, mais celle-ci…

L'épouse de Beck secoua la tête. L'attention de Lila se reporta sur son ami, qui tressaillit.

— On raconte qu'il y a eu une jeune femme, en Écosse… Sa famille aurait porté des accusations…

— Seigneur, dit Lila. Quelle sorte d'accusations ?

— Les accusations habituelles.

Beck avala une gorgée de thé.

— Pourrais-tu être plus précis ?

— Nous n'en savons pas plus, intervint Lady Iddesleigh d'un ton abrupt.

— Ah bon ? lui demanda son mari.

— Oui. Ce que nous avons entendu, ce n'est que des cancans, colportés par une personne en particulier qui serait prête à raconter n'importe quoi afin de se faire remarquer.

Nous ne participerons pas à calomnier cet homme, mon chéri. Nous avons entendu une rumeur, nous ne savons pas si elle est fondée, et nous nous en tenons là.

— Oui, mais je…, grimaça Beck.

Sa femme le coupa avec fermeté.

— Je suis vraiment désolée, Lady Aleksander, mais nous n'en savons pas plus.

— Tu ne m'as pas laissé finir, geignit le mari.

— Parce que ce n'était pas nécessaire, mon chéri.

— Très bien, mais permets-moi au moins d'ajouter que cette rumeur mérite d'être étudiée. Je pourrais demander à Donovan de…

— Non, non, merci, dit Lila.

La dernière chose dont elle avait besoin, c'était qu'un employé de Beck fasse le tour de la ville en posant des questions malavisées !

— C'est pour ça que je suis d'abord venue à toi, Beck : tu es toujours au courant de tout, et puis j'ai confiance en ta discrétion. Merci de ta franchise, en tout cas, mais en ce qui concerne la suite, tu t'en doutes, je préfère avancer avec prudence.

— Je comprends. Tu peux compter sur moi.

Lila acquiesça, avant de se remettre à siroter son thé. Son esprit galopait, en quête d'une solution. Elle décida de tâter le terrain – qui sait ?

— Le marquis possède-t-il un ami proche qui serait peut-être mieux renseigné ?

— Mr Jonathan Ashley, répondit Lady Iddesleigh. Il clame bien connaître Douglas.

— Blythe, mon cœur, non ! manqua de s'étouffer Beck. Pas Ashley, surtout pas !

— Mais ils ont étudié à Saint Andrews ensemble !

— Oui, et maintenant, ils ne peuvent plus se supporter. Une querelle terrible, il y a des années : ils n'ont jamais réussi à se réconcilier. Mieux vaut ne pas remuer ces eaux-là.

Lila enregistra soigneusement ce nom.

— En ce cas, je n'en connais pas d'autres, s'excusa son hôtesse. De toute façon, il est préférable de ne pas se mêler de ces ragots.

Elle pivota vers Lila avec un grand sourire.

— Dites-nous plutôt : la princesse, comment est-elle ? Je me souviens que sa sœur était une vraie beauté. Quant à elle… À vrai dire, elle ne m'a pas marquée.

— C'est une jeune femme remarquable. Qui fera une excellente reine.

Et Lila se mit à leur parler de Justine Ivanosen, ses pensées tout entières tournées vers la façon dont elle allait devoir s'y prendre pour rendre William Douglas épousable.

Chapitre 18

Le télégramme que William avait décidé d'adresser à Robuchard s'était heurté à la résistance d'Ewan MacDuff. William se demandait à quel moment exactement son valet s'était mis à se croire permis de lire la correspondance de son maître. Force était de constater que, à un certain point de leur relation, le marquis avait échoué à imposer ses limites.

Il avait couché son rapport sur le papier la veille, en quelques instants seulement. Un avis court et sans appel.

Il vous faut vous débarrasser instamment de cette marieuse ! C'est une incapable ! Si vous la laissez faire, vous allez vous retrouver avec un dépravé au palais !

Ewan avait tenu le document dans ses mains trapues. Ses lèvres bougeaient en silence alors qu'il regardait le mot en fronçant les sourcils.

— Quelque chose ne va pas ? s'était enquis William.

— Les symboles. Ce n'est pas autorisé, dans un télégramme.

— Les symboles ?

Ewan avait pointé de son index massif la ponctuation. Les points d'exclamation.

— L'opérateur ne les autorise pas.

William avait croisé les bras.

— Ces *symboles*, comme vous dites, servent à souligner mon propos concernant une affaire de la plus haute importance : expliquez *ça* à l'opérateur.

— Bien, milord.

Et il s'était retiré. William avait compris qu'il ne ferait pas la commission et se contenterait à la place d'enlever les « symboles ». Ne restait plus qu'à espérer que les mots soient assez forts pour faire entendre à Robuchard l'urgence de la situation.

Le marquis se dirigeait présentement vers Prescott Hall. Il s'était organisé avec le duc de Grafton pour partager la loge d'opéra de ce dernier, et il était assez fier d'avoir eu l'idée de lui proposer cet arrangement. L'entrée des balcons n'était pas la même que celle du parterre : la princesse ne se retrouverait donc pas au milieu d'une foule indisciplinée d'admirateurs béats. Elle les dominerait, pour ainsi dire.

Comme William s'y était attendu, Grafton avait été ravi d'inviter la princesse à l'opéra. Il avait plaidé avec insistance pour que son fils, le comte d'Euston, soit également de la partie, mais William avait fait valoir ses objections. Ils s'étaient finalement mis d'accord : Lord et Lady Grafton accueilleraient William et les deux sœurs Ivanosen. William avait hâte d'annoncer la nouvelle à Justine.

Il arriva à Prescott Hall peu après l'heure du déjeuner afin de lui transmettre l'invitation. Il fut conduit dans le grand salon où, en le voyant, Lord Bardaline poussa une exclamation déçue, laissant entendre qu'il avait espéré quelqu'un d'autre.

— Son Altesse Royale s'entraîne, l'informa le lord-chambellan.

Ils traversèrent ensuite le long couloir – heureusement débarrassé de toutes ses fleurs – qui permettait d'atteindre l'arrière de la maison. Une fois dehors, Bardaline pointa l'une des terrasses.

Justine, vêtue de son attirail d'escrime, marchait vers un homme qui faisait le double de sa taille et dont le jeu de jambes maladroit parut familier à William – l'opposant trébuchait chaque fois qu'il tentait de parer un coup.

— Qui est l'adversaire ?

— Lord Mawbley.

— Encore lui ?

— Il a l'air d'apprécier ce sport.

— Je ne suis pas certain que ce soit le sport qu'il apprécie, maugréa William.

Justine déstabilisa une fois de plus Mawbley.

— Elle est douée, pas vrai ?

— Mmm, répondit Bardaline, sceptique.

William lui adressa un regard, auquel il réagit par un haussement d'épaules.

— Je ne trouve pas que cette activité soit très appropriée à une future reine, expliqua le lord-chambellan. Surtout si elle implique ce genre d'accoutrement.

William songea qu'une robe et une tripotée de jupons auraient pourtant risqué de lui compliquer nettement la tâche.

— Sans doute le peuple de Weslorie est-il heureux de savoir que sa souveraine manie l'épée et qu'elle ne se débinera pas à la première occasion. Qu'elle est même capable de mener une armée.

— Ce qui serait une qualité indéniable, si on était encore au Moyen Âge, répliqua Bardaline avec un reniflement méprisant.

Un petit chien à la robe blanche et brune apparut soudain et remonta les marches de la terrasse en sautant, pour atterrir aux pieds de William. Sans hésiter, le marquis s'accroupit et caressa l'animal. Ce n'était certes plus un chiot, mais il n'avait pas l'air bien vieux. Le chien lécha la main de William avec enthousiasme. Le marquis le câlina un moment, puis reporta son attention sur le combat. Pile à cet instant, Justine parvint à atteindre la gorge de son adversaire pour le tenir en respect.

Mawbley lâcha son arme et leva les mains en signe de reddition. Puis il s'inclina franchement avant d'applaudir, et William entendit le rire de Justine alors qu'elle lui rendait son salut.

Bardaline descendit les marches pour lui glisser un mot, le chien sur les talons, laissant William seul là-haut. Lord Douglas eut la désagréable impression d'être planté là comme l'un des prétendants de la princesse, aussi décida-t-il de les rejoindre. Justine enleva son masque, et sa longue tresse sombre ourlée d'une mèche blanche lui tomba dans le dos. William trouva très difficile de ne pas la reluquer, dans son attirail. Il lui fallut la force de mille hommes pour résister. Il envia Mawbley et son masque.

Justine écoutait Bardaline, mais elle ne put s'empêcher de pousser un cri de joie quand elle aperçut le chien. Elle se baissa prestement pour le prendre dans ses bras. En se relevant, elle remarqua la présence de William et lui sourit. Ses yeux brillaient autant que deux pépites d'or. Ce sourire eut sur le visiteur un effet saisissant. C'était comme sauter dans un lac, au printemps, quand l'eau est encore fraîche : chaque parcelle de son corps sembla s'éveiller.

Elle tendit son fleuret et son masque à Bardaline.

— Bon après-midi, cher Lord.

— Votre Altesse, répondit William en s'inclinant. Je ne vous ferai pas l'affront de prendre de vos nouvelles : à ce que je vois, vous vous portez comme un charme.

— Merci, c'est en effet le cas. Vous ne connaissez pas encore Dodi, ajouta-t-elle en brandissant le chien.

Il gratta l'oreille de l'animal.

— Enchanté de vous rencontrer, Dodi.

— Il s'agit d'un cadeau de Lord Mawbley, dit Justine avant d'adresser à son adversaire un ravissant sourire.

— Quelle délicate attention, lança William.

Mawbley enleva enfin son masque et révéla une expression hâbleuse.

— Son Altesse Royale s'ennuyait de ses chiens.

William dut ravaler son envie de lui rétorquer qu'il était au courant, merci. À la place, il demanda :

— Lord Mawbley, comment allez-vous ?

— Très bien. Si vous êtes venu pour affronter Son Altesse Royale, je dois vous avertir qu'elle m'a battu à chaque assaut.

Si son but était d'agacer William en lui faisant comprendre qu'il avait passé beaucoup de temps avec Justine, c'était réussi.

— Ça ne me surprend guère. Lorsqu'elle a une épée à la main, il ne nous reste plus qu'à espérer qu'elle nous épargne, tous. De plus, votre jeu de jambes n'est pas terrible.

L'un des sourcils de Mawbley se leva, et le rire qu'il fit entendre fut un peu raide.

— C'est bien vrai, cher Lord. Au moins osé-je prendre le fleuret pour me mesurer à elle. Et vous-même ?

— Il n'est pas là pour ça, pépia Justine tout en caressant le chien.

— Peut-être craint-il la défaite ?

— Je ne la crains pas : je la sais inéluctable. Je n'ai jamais appris à combattre.

— Vraiment ? Je pensais que tous les Écossais savaient manier l'épée et le *caber*[1].

— Je pourrais vous apprendre, Douglas, proposa Justine. À manier l'épée, j'entends – je ne sais pas ce qu'est un *caber*. L'escrime est un sport si excitant ! Surtout quand on gagne.

— J'en serais honoré.

William ne put s'empêcher d'adresser un sourire à Mawbley, qui n'avait certainement pas voulu, avec cette discussion, créer une opportunité pour que William passe plus de temps avec la princesse.

— Cher Lord Mawbley, merci infiniment de m'avoir tenu lieu d'adversaire aujourd'hui.

Elle enfouit son nez dans la fourrure de la petite chienne.

— Et, encore une fois, merci pour Dodi. Je me languissais de la compagnie des chiens. Et je veillerai à ce qu'elle fasse ce soir un repas de reine. Merci de votre visite.

Mawbley sembla surpris d'être ainsi poussé vers la sortie.

— Votre Altesse. Si jamais vous avez besoin de moi…

— Je n'y manquerai pas, lança-t-elle joyeusement.

Ce que William ne manqua pas, lui, fut l'œillade discrète qu'elle avait jetée à Bardaline. Le lord-chambellan barra la route à Mawbley alors que Justine se mit à traverser la terrasse avec le chien.

William n'hésita pas à lui emboîter le pas. Elle lui jeta un rapide coup d'œil lorsqu'il arriva à son niveau.

— Vous voilà encore.

1. Tronc d'arbre ou poutre utilisée en Écosse lors de concours de lancer. (NdT)

Elle avait pourtant l'air… contente ?

— Me voilà.

Il gratta la chienne sous son menton. L'animal se mit à haleter.

— Mawbley, une fois de plus ? Où est donc votre entremetteuse ? Je m'attendais à découvrir une file de messieurs dans l'allée.

— Je ne sais pas où elle est. Elle est partie avant-hier, ce qui me convient parfaitement : je ne veux pas d'une file de messieurs. J'espère en secret qu'elle a trouvé une barque et que, présentement, elle rame pour raccompagner di Aggiani dans son pays.

— Nous avons les mêmes espoirs, en ce cas.

Justine rit et marqua un arrêt. De la pointe de sa tresse, elle titilla le chien. Dodi essayait d'attraper ses cheveux dans sa gueule.

— Elle a cependant mentionné que je rencontrerais deux prétendants la semaine prochaine.

Puis elle gravit les premières marches, et William fit de même.

— Si j'en crois ses dires, l'un d'eux est un prince fortuné et extrêmement respecté. Il vient d'Europe, comme moi.

— Cela doit vous réjouir grandement. Vous a-t-elle donné son nom ?

— Oh ! sans doute, mais j'ai dû oublier.

Elle dégagea la tresse de son épaule, et ses cheveux frôlèrent William.

— Et qui est donc le second gentleman qui a été convoqué pour vous murmurer des douceurs à l'oreille ?

— Je ne me rappelle pas. Sûrement un prince européen, lui aussi : il y a tant de principautés, sur le continent ! Mais, quelle que soit son identité, il s'agit à n'en point douter d'un *très* bon parti, un homme *très* riche et *très* important, et qui mérite *toute mon attention*... Vous voyez l'idée, ajouta-t-elle avec un sourire spirituel.

— En effet.

Deux hommes riches et estimés, en seulement une semaine : c'était trop aux yeux de William. Il aurait à son sens mieux valu se limiter à un prétendant hebdomadaire, afin que la princesse ait le temps d'évaluer celui-ci correctement. Il se promit d'aborder plus tard la question avec Lady Aleksander – ralentir le rythme des rendez-vous.

— Étant donné que vous n'avez même pas mémorisé leur nom, vous ne devez pas être très impatiente.

— Je suis *très* impatiente. C'est seulement que j'adore les surprises.

— Les surprises peuvent parfois être mauvaises.

Elle pila alors qu'ils venaient d'atteindre le haut du perron. Un sourire solaire éclaira son visage.

— Quel pessimisme, William ! La plupart des surprises sont un motif de réjouissance. Regardez *celle-ci*, enfin ! Tu es la meilleure surprise du monde, pas vrai, ma Dodi ?

Elle enfouit de nouveau son visage dans le pelage du chien, puis tendit la bête à William.

Il ne put résister : il la prit et la caressa, bêtifiant, répétant à quel point elle était jolie, un bon chien ça, avant de la reposer. Dodi gambada en direction des arbres en pot pour les renifler.

— Si vous aviez connu l'identité de vos soupirants, j'aurais pu vous offrir mes lumières.

— Je ne sais pas si votre entêtement à me proposer votre avis, quand je vous ai clairement dit et répété que je n'en voulais pas, doit être source d'admiration ou bien d'effroi.

— Pas mon avis : mes lumières. Mes connaissances,

si vous préférez. Par exemple, si l'un d'entre eux devait vous plaire, je pourrais vous donner des conseils pour vous faire remarquer de lui.

Les yeux de Justine s'écarquillèrent, puis elle partit d'un rire joyeux.

— Pensez-vous que j'aie besoin de conseils pour amener un gentleman à me remarquer ? Je vais bientôt devenir reine, William : que pourrait-il y avoir de plus remarquable que ça ? Dieu m'en est témoin, votre aplomb est stupéfiant.

— Oh ! je pense que vous appréciez mon aplomb. Et puis, certes, vous allez bientôt devenir reine, et certes, vous êtes extrêmement séduisante, et certes, vous pourriez vous faire remarquer du plus indifférent des hommes. Cependant…

Il s'interrompit, le temps de choisir ses mots afin de s'exprimer avec tact.

— Cependant… ?

— Cependant, en présence de votre sœur, vous avez tendance à… vous ratatiner.

Et, en rapprochant son pouce et son index, il illustra ses paroles d'un geste maladroit.

— Me ratatiner ?

— Jusqu'à devenir pas plus remarquable qu'une violette.

Les sourcils de Justine se froncèrent.

— Comment se fait-il que chaque fois que je commence à vous considérer comme un ami, vous trouviez le moyen de tenir des propos parfaitement ridicules ?

— Vous pensez donc que j'ai tort ? la défia-t-il.

— Non.

Et elle croisa les bras et se mit à regarder au loin. Les lèvres de William s'étirèrent.

— Arrêtez donc de sourire comme si vous étiez un fichu devin !

— Comment pourrais-je m'en empêcher ? Sachez que l'honnêteté dont vous faites preuve, même lorsque cela vous coûte et qu'il s'agit d'admettre que j'ai raison, est l'une de vos plus grandes qualités.

— Je n'ai pas dit que vous aviez raison, seulement que vous n'aviez pas tort, alors effacez-moi ce sourire. Il me déplaît. Il sent la fatuité à plein nez. C'est pour ça que vous êtes venu, William ? Pour me dire que ma sœur m'éclipse systématiquement ? Il ne fallait pas vous déplacer pour ça : je le sais depuis ma plus tendre enfance. Depuis qu'un des généraux de mon père a offert à Amélia un poney pour *mon* septième anniversaire ! Il ne parvenait pas à détacher les yeux de, je cite, « cette magnifique enfant ». Ce genre de situation n'a cessé de se reproduire, depuis. Donc non, William, pas la peine de me dire qu'Amélia m'éclipse : je le sais parfaitement.

— Je n'ai jamais dit qu'Amélia vous éclipsait ! objecta William, abasourdi. J'ai dit que, en sa présence, vous vous faisiez plus petite ! Qu'on soit bien clair, Justine : vous êtes en tout point plus remarquable qu'Amélia. Ce général dont vous me parlez est un idiot. Un véritable idiot.

Elle le toisa d'un air dubitatif.

— Qu'est-ce que c'est que ce regard ? Un homme ne peut donc admirer les charmes d'une femme sans que ses intentions soient perçues comme malhonnêtes ?

— C'est ça.

— Vous vous montrez cynique…

De l'index, il caressa distraitement le bras de Justine.

— Cela vous sera fort utile, lorsque vous régnerez.

Leurs doigts se frôlèrent. Mais elle se détourna de lui et sa main fut soudain hors d'atteinte.

— Je pense bien : mieux vaut être cynique que crédule. Alors ? Quel avis êtes-vous venu m'offrir, aujourd'hui ?

— Vous serez bien déçue d'apprendre que je ne suis pas venu pour vous proposer ma sagesse, sachant que vous ignorerez une fois de plus mes conseils, mais pour vous inviter à l'opéra.

Elle poussa un petit cri d'excitation.

— L'opéra ? J'adore l'opéra !

La chienne était revenue vers eux en trottant, et Justine se baissa pour la ramasser.

— Heureuse coïncidence. Il s'agit d'une nouvelle production, *Il Trovatore*, de Verdi.

— J'*adore* Verdi ! Sa troupe est venue à Saint Edys jouer *Rigoletto* pour mes parents.

— Alors vous êtes en veine. Le spectacle aura lieu à l'Opéra italien royal de Covent Garden. J'ai pensé que peut-être vous me feriez l'honneur de m'y accompagner ?

Elle pencha la tête sur le côté, l'air circonspect.

— Comptez-vous m'y présenter quelqu'un ?

— Je ne suis pas votre marieuse : mon unique but est que vous vous amusiez.

— Y aura-t-il foule ?

— Certainement, oui. Mais vous êtes l'invitée du duc et de la duchesse de Grafton, et par conséquent vous assisterez à la représentation depuis leur loge. Vous la dominerez donc, cette foule. Et vous bénéficierez d'une entrée privée.

— Qui d'autre sera là ?

William réfléchit un instant.

— Lord et Lady Bardaline ? proposa-t-il.

Justine fronça le nez.

— Lady Aleksander ?

Elle désapprouva d'un claquement de langue avant de demander :

— Quand ça ?

— Dimanche soir. Cela vous convient-il ?

Les yeux de Justine étincelaient de joie. Elle embrassa la truffe de la chienne.

— Cela nous convient parfaitement, pas vrai, Dodi ? Merci, William.

— Vous devriez sans doute avertir votre lord-chambellan.

Il jeta un coup d'œil en direction de Bardaline, qui escortait Mawbley vers la sortie.

— Lui ?

Elle leva les yeux au ciel.

— Devrais-je également proposer cette soirée à la princesse Amélia ? s'enquit William.

— Amélia se rend à la campagne ce week-end, avec Lady Holland.

Le marquis eut un instant d'hésitation. Il s'était attendu à emmener les deux princesses. Que penseraient les gens en les voyant, Justine et lui, sans la sœur de cette dernière ?

— Ne devriez-vous pas vous faire accompagner ?

— Par un chaperon, vous voulez dire ? N'est-ce pas *votre* fonction ? Après tout, le Premier ministre vous a désigné en personne.

Il lui aurait volontiers expliqué qu'il n'avait rien d'un chaperon, mais Lady Bardaline courait dans leur direction, un vêtement de soie dans les bras.

— Quelqu'un doit vous escorter, trancha-t-il. Les gens de cette ville sont prompts aux racontars.

— Mmm…

— Votre Altesse, dit Lady Bardaline en s'inclinant.

Et elle présenta une robe de chambre à Justine.

— Merci.

Justine confia Dodi à William, qui l'attrapa et se fit lécher le visage. Puis elle passa le bras dans une manche, et dans l'autre, avant de nouer la ceinture autour de sa taille.

— Si vous pensez qu'il me faut un chaperon, monsieur, j'en aurai un.

Puis elle lui coula un regard qui en temps normal aurait suffi à le rendre ivre de désir – heureusement, il s'était récemment découvert la force de mille hommes.

— Un chaperon ? Pour quoi faire ? s'enquit la dame de compagnie en louchant vers William.

— Lord Douglas m'a conviée à l'opéra, répondit Justine, toujours en le regardant droit dans les yeux. Et il semble penser que je ne serai pas capable de résister à ses charmes sans un chaperon.

— Ce n'était pas du tout le sens de… Je n'ai rien dit de tel !

Elle rit à son visage.

— Ne vous tracassez pas, monsieur. Je ferai en sorte que la bienséance soit respectée. Merci de cette invitation : Lady Bardaline se fera un plaisir de rapporter à ma mère et à monsieur le Premier ministre à quel point vous prenez votre tâche à cœur. Quant à moi, j'ai hâte d'être dimanche.

Elle pivota et s'éloigna. Lady Bardaline, l'air submergé par la honte, lui emboîta rapidement le pas.

William, lui, resta un moment planté là, un peu dérouté de s'être si facilement laissé déstabiliser.

Puis il réalisa qu'il tenait toujours Dodi. Justine en prit conscience elle aussi. Elle marqua un arrêt au niveau de la porte et se retourna.

— Dodi !

William posa par terre la chienne, qui se rua en direction de Justine, avant de dévier sa course pour revenir renifler les arbres en pot.

Cette petite chienne était aussi perdue que William.

Chapitre 19

Dante Robuchard avait reçu, ce jour, pas moins de deux télégrammes de Londres. Le premier était de Lady Aleksander, le second du marquis de Hamilton.

Un troisième message était également arrivé, pour la reine. Il avait bien sûr été expédié par Lady Bardaline, et devait être fort long à en juger le nombre de fois où, pour en faire la lecture, la reine avait dû se laisser tomber sur une chaise, sourcils froncés. Dante essayait de ne pas penser au prix de ces télégrammes envoyés *passim*, aussi bien en termes d'argent qu'en termes de coût sur l'humeur de la reine – cette dernière était toujours fort agitée après en avoir reçu un.

Le ministre se tenait sur la terrasse des appartements du souverain en compagnie du couple royal. Le médecin de la cour avait recommandé à Sa Majesté de prendre le soleil le plus souvent possible. Le roi était donc étendu sur une chaise longue, enseveli sous un monceau de fourrures afin de ne pas prendre froid. La reine, assise sur un siège à ses côtés, lisait. À leurs pieds, dans les jardins privés du roi où normalement on jouait aux quilles, huit danseurs effectuaient une démonstration au son de trois musiciens à cordes.

La reine se releva soudain et se mit à faire les cent pas. Son époux ne pouvait plus voir le spectacle.

Dante se tenait en retrait, les mains jointes dans le dos. Il se trouvait là les serviteurs les plus fidèles de la famille royale : le premier valet de la chambre du roi, une dame de compagnie, un apprenti majordome. Était également présent le secrétaire privé de Sa Majesté la reine, et tous veillaient bien à rester hors du chemin de la souveraine.

— Nous n'aurions jamais dû envoyer Amélia à Londres, déclara-t-elle pour son mari. Je n'ai pas arrêté de dire que c'était une erreur.

Elle n'avait jamais rien dit de tel, du moins pas à Dante, mais il n'était pas stupide au point de relever – pas plus que ne l'était le roi.

— Elle nécessite une surveillance constante, Maksim ! Une telle beauté... Pas étonnant que les ennuis ne cessent de la trouver !

La beauté, ne put s'empêcher de penser Dante même s'il s'agissait d'un cliché, est dans l'œil de celui qui regarde. Certes, la princesse Amélia était une jeune femme séduisante, mais la princesse Justine l'était finalement tout autant. Pourtant, la reine ne se montrait pas aussi charitable quand les soucis trouvaient son autre fille. Elle accusait souvent son aînée d'être irresponsable et naïve, elle ne parvenait pas à lui pardonner sa mésaventure avec Aldabert Gustav.

La reine cessa de faire les cent pas et, les mains sur les hanches, se planta devant son mari pour le scruter. À leurs pieds, le maître de ballet tentait de déplacer les danseurs sur la droite pour que le souverain puisse voir malgré la présence de sa femme. Malheureusement, cela eut pour effet de faire chuter l'un des couples dans la haie. Les cheveux de la danseuse s'emmêlèrent aux branches, et son partenaire dut essayer de la libérer pendant que le restant de la troupe continuait. Ni le roi ni la reine ne semblèrent remarquer l'incident.

Le roi avait le teint gris. Dante s'était renseigné auprès du médecin de la cour, et le pronostic n'était pas favorable.

— Il faiblit de jour en jour, avait dit le docteur avant d'ajouter, à mi-voix : Il lui reste moins d'une année à vivre, à moins d'un miracle.

— Nous devons la rappeler, décréta la reine.

— Je ne pense pas que ce soit sage, *liebchen*, lui répondit le roi.

La reine l'ignora : telle était sa prérogative.

— Drakkia ? Drakkia, notez, je vous prie.

Le secrétaire privé de la souveraine, qui tenait dans sa main un crayon et un petit carnet relié en cuir, avança d'un pas. Le roi toussa dans un mouchoir déjà taché de sang.

— Envoyez le message suivant à mes filles : « Amélia, tu dois rentrer sur-le-champ. Ton comportement envers le prince di Aggiani me déçoit et me perturbe. Veux-tu réellement marcher dans les pas de ta sœur ? »

— Rayez cette dernière phrase, ordonna le roi. Elle est inutilement sévère. Et puis, je pensais que nous ne devions plus faire allusion à ce qui s'est passé ?

— Très bien. Écrivez à la place : « À quoi pensais-tu ? Ce gentleman était là pour déterminer s'il souhaitait ou non courtiser ta sœur, pas toi ! »

Elle jeta un coup d'œil interrogatif au roi, qui opina.

— Phrase suivante : « Justine, tu nous as déçus en laissant Amélia se conduire de cette manière. Tu dois te montrer responsable ! Le peuple doit savoir que tu es compétente, et que tu ne te laisses pas influencer par les drôles d'idées d'Amélia. »

— Je ne pense pas qu'on puisse blâmer Justine pour le caractère irréfléchi de sa sœur, dit le roi.

— On ne peut pas la blâmer, mais on peut l'inciter à se montrer ferme. Sinon, qui guidera la Weslorie, lorsque nous ne serons plus ?

— Nos filles auront de bons conseillers et bénéficieront des lumières de leurs époux. Agnès, mon amour, tu ne dois pas interférer avec le processus en cours. Il faut à tout prix que Justine ait trouvé et pris mari avant que l'inévitable se produise.

La reine s'adoucit.

— Maksim, ne parle pas comme ça.

Elle s'accroupit à son niveau.

— Tu préférerais que j'édulcore ? demanda-t-il d'une voix faible. Le plus tôt elle sera fiancée, le plus tôt elle sera de retour, et alors je pourrai abdiquer. N'ai-je pas raison, Robuchard ?

— *Jæ*, Votre Majesté, répondit le ministre d'une voix feutrée.

Pas plus que la reine, il n'aimait songer à l'inéluctable.

— Je voudrais avoir l'occasion de soutenir Justine le plus longtemps possible dans ses nouvelles fonctions. Laisse cette dame dont nous avons requis l'assistance faire son travail.

La reine ne répondit rien. Elle se releva, doucement, et adressa un signe de tête à Drakkia. Le secrétaire rangea son crayon et son carnet, puis quitta la terrasse.

Plus tard, Dante coucha à son tour sa correspondance sur le papier. Un premier message pour Lady Aleksander : elle lui avait écrit que le prince Gaetano di Aggiani s'était avéré ne pas convenir. Dante ne connaissait pas bien Lady Aleksander, pas autant qu'il l'aurait souhaité du moins, mais « ne pas convenir » était le moins qu'on puisse dire ! Il lui écrivit donc que les nouvelles qu'ils avaient reçues à Saint Edys étaient pour le moins préoccupantes et qu'il espérait qu'elle trouverait de meilleurs postulants à l'avenir. Il lui remit en mémoire le fait qu'elle avait affirmé être parfaitement qualifiée, à la hauteur d'une union de cette importance, et il en profita pour lui réitérer son vœu de voir son propre poulain – le prince Michel de Miraval – considéré. Dante connaissait bien le prince, et une alliance avec ce petit pays côtier de la Méditerranée lui semblait une aubaine pour la Weslorie, sur le plan financier.

À William Douglas, il écrivit simplement : « Elle reste. »

Chapitre 20

Après trois jours d'absence, Lila était rentrée à Prescott Hall à une heure avancée. Elle avait chassé la bonne qui désirait s'occuper d'elle et s'était mise au lit seule, sans enlever sa robe ni même son corset, épuisée.

Elle se réveilla des heures plus tard, dans la même posture, empêtrée dans ses jupes et ses jupons.

Elle n'avait pas chômé, durant ces trois jours. Tout d'abord, elle s'était arrangée pour être présentée à Mr Jonathan Ashley. Ça n'avait pas été compliqué : les anciens amis de son père tombé en disgrâce conservaient la volonté d'aider la pauvre fille, bien que l'humiliation qu'elle avait essuyée commençât à dater. Et puis, en toute honnêteté, il n'était pas difficile d'être introduit, quelle que soit la maison, quand on était chargé de trouver à une future reine son mari. Or, le bruit de la mission de Lila s'était déjà répandu dans la campagne anglaise.

Elle était toujours stupéfaite de constater que, de par le monde, les jeunes gens ambitieux étaient tous les mêmes : convaincus de leur valeur et sensibles à la flatterie. Parfois à raison, et parfois non.

Mr Ashley était sensible à la flatterie.

Il était également charmant, affable, et plutôt joli garçon, avec ses cheveux dorés, ses yeux bruns et sa silhouette athlétique. Il ferait une heureuse, elle en était certaine.

Mais elle n'était pas venue le trouver dans l'espoir que cette heureuse soit la princesse. Elle avait besoin de lui pour une tout autre raison.

Avant de contacter Mr Ashley, Lila avait rendu visite à une ancienne connaissance de sa mère, une femme sur qui on pouvait toujours compter lorsqu'on cherchait à savoir les moindres détails d'un scandale. Rose Maugham, Lady Radcliff, était une institution de Mayfair. Voilà des années, elle avait tenté de marier sa fille Katherine à un prince d'Alucie qui était, depuis, devenu roi. Elle avait échoué, comme de bien entendu : il fallait pour mener à bien une telle entreprise une certaine dextérité, or le prince avait été mêlé à une sombre affaire de meurtre et Radcliff avait vite été dépassée.

Lady Radcliff ne s'était jamais remise de n'avoir pas réussi à marier sa fille à un prince. Voilà pourquoi elle gardait un œil sur la vie de Mayfair, ses rumeurs, tout particulièrement celles concernant les célibataires. Alors qu'elles prenaient le thé, elle n'hésita pas un instant avant de déballer à Lila tout ce qu'elle savait : que la rancœur entre Douglas et Ashley avait pour origine une femme. Lila trouva cette explication assommante – c'était toujours une femme. Les hommes ne s'intéressaient-ils donc à rien d'autre ? Lady Radcliff ne connaissait pas les détails, elle savait seulement que l'affaire était ancienne, et elle n'était plus sûre de qui était l'amoureux éconduit et qui avait été l'heureux amant. Puis elle avait ajouté cette curieuse précision : tout cela avait été relégué au second plan par les événements plus récents qui s'étaient produits en Écosse.

— Que s'est-il passé, en Écosse ? s'était enquise Lila,

avide d'en apprendre plus sur le scandale entourant le marquis.

— Je ne le sais pas exactement, mais j'ai entendu dire que c'était grave.

— Très grave ?

Les boucles de Lady Radcliff rebondirent sur ses joues alors qu'elle opinait.

— Mais si c'est si grave, alors forcément quelqu'un est au courant ! Aucun secret sordide ne reste enterré bien longtemps.

— Je ne vois qu'une personne à Londres qui soit plus au fait que moi de ce qui s'y trame, et c'est le comte d'Iddesleigh. Mais il a une tripotée d'enfants, à présent, alors peut-être que…

Et elle s'interrompit pour hausser les épaules et prendre une gorgée de thé.

Beck. Bien sûr, il était au courant. Lila repensa à la façon dont sa femme avait insisté pour qu'ils n'en disent pas plus.

— Peu importe, après tout : j'étais simplement curieuse. Mais c'est Mr Ashley qui m'intéresse.

— Ah ! en voilà, un jeune homme respectable ! s'exclama Lady Radcliff bien qu'elle ne sache plus lequel de William ou de lui avait eu tort dans la querelle.

Une autre chose que Lila avait apprise au fil des ans était que les gens – et particulièrement les femmes – avaient généralement des difficultés à croire un homme capable de mauvaise conduite pour peu que celui-ci soit séduisant et riche. Mais peu importait ce qui s'était passé entre Ashley et Douglas, peu importaient les origines de leur animosité : Lila était certaine que, quoi qu'il arrive, Douglas vivrait mal le fait qu'Ashley soit considéré comme un parti acceptable pour Justine.

Elle avait fait part à Valentin de sa stratégie dans une lettre :

« Parfois, c'est l'absence qui renforcera les sentiments. Et parfois, c'est le désir ardent de voir sa Némésis échouer. »

Ce qui lui posait souci, c'était l'omerta qui régnait à propos de la réputation de William Douglas. Il lui faudrait à la première occasion rendre une nouvelle visite à Beck.

Après son rendez-vous avec Lady Radcliff, Lila avait arrangé une entrevue avec Mr Ashley, et avait établi auprès de sa mère qu'il remplissait bien les prérequis, en termes de moyens et de relations, pour épouser une femme telle que la princesse Justine. Les yeux de la mère en question s'étaient mis à scintiller en comprenant ce que Lila leur voulait. Quand la marieuse avait demandé à Mr Ashley quelle était son opinion au sujet de Lord Douglas – question légitime, étant donné que William était un proche de Robuchard –, Mr Ashley avait cligné des yeux et répondu qu'il n'aurait su dire, étant donné qu'il n'avait fréquenté ce monsieur qu'à la faveur d'une brève discorde, voilà des années.

Lila n'en avait pas cru un mot. Les hommes ne nourrissent pas de rancunes tenaces envers de simples connaissances. Mais Mr Ashley était un gentleman, et puis il n'avait aucune raison de mettre en péril ses chances de se lier avec Justine Ivanosen.

Il affirma être plutôt satisfait de sa vie en l'état et ne pas voir ce qu'une princesse pourrait lui trouver, à *lui*, même s'il acceptait néanmoins de faire sa rencontre. Après tout, il avait regretté de ne pas avoir eu cette chance lors de son dernier passage à Londres. Il avait entendu dire qu'elle était douce et discrète.

Lila avait espéré que son visage ne trahissait pas son

agacement. La description de Justine l'irritait. Pourquoi tout le monde semblait penser que la douceur et la discrétion étaient des vertus ?

Allons. Elle avait compris voilà bien des années qu'elle ne pourrait pas changer la façon dont les femmes étaient perçues dans cette société.

Pour le reste, il était temps de passer à l'action.

Le lendemain du retour de Lady Aleksander, Justine et Amélia passèrent le plus clair de la matinée à Windsor, où elles déjeunèrent ensuite en compagnie de la reine Victoria. Les chaussettes des soldats avaient été tricotées, puis la reine avait déclaré qu'elle aimait bien dessiner. La princesse Victoria avait entraîné Amélia dans une activité divertissante, et Justine était restée avec la reine. Elle avait entrepris de dessiner la nature morte que le majordome avait agencée pour elles : une théière, une tasse et une soucoupe savamment disposées devant un vase empli de fleurs fraîchement cueillies dans les jardins, dont quelques pétales tombaient déjà. La reine Victoria avait offert à Justine un carnet de croquis avec une reliure en cuir.

— Vous vous rendrez vite compte qu'en dessinant tous les jours, on s'améliore. Il suffit de s'astreindre à une discipline.

— *Jæ*, Votre Majesté.

Justine essaya de s'améliorer sur-le-champ, tant qu'à faire, pendant que la reine dissertait sur tout et n'importe quoi.

Lady Aleksander était dans le salon quand les sœurs rentrèrent à Prescott Hall. Elle se leva, fit la révérence, et s'enthousiasma :

— Un carnet de croquis !

Les yeux de Justine se portèrent sur le présent de la reine, qu'elle tenait à la main.

— *Jæ.*

— J'ignorais que vous étiez une artiste.

— Peut-être parce que je ne le suis pas.

Elle ouvrit le carnet pour faire admirer à Lady Aleksander sa tentative. La marieuse fronça les sourcils en examinant l'œuvre, la tête légèrement penchée sur le côté.

— Il s'agit… de…

— D'une tasse, l'éclaira Justine.

— Mais, bon sang, mais c'est bien sûr ! Une tasse.

— Sa Majesté apprécie le dessin.

— Et parler, ajouta Amélia.

Justine la fusilla du regard. Amélia soupira.

— Ce n'est pas comme si j'avais dit ça à Lady Bardaline ! Lady Aleksander se fiche complètement de mes propos.

— Tu n'en sais rien, rétorqua Justine. Que sais-tu de Madame, en réalité, sinon que Robuchard l'a recommandée ?

Nouveau soupir impatient d'Amélia. Elle n'aimait pas les remontrances.

Avec tact, Lady Aleksander changea de sujet, probablement par crainte que n'éclate une dispute entre les deux sœurs – ce que Justine croyait tout à fait possible : Amélia était capable de la contrarier comme personne. D'un autre côté, il n'y avait pas âme à qui elle fît plus confiance.

— Votre matinée avec la reine vous a-t-elle été profitable ?

— Bien sûr, répondit Justine automatiquement.

Contrairement à Amélia, qui semblait perdre un peu plus chaque jour le sens des relations protocolaires, elle savait comment couper court aux questions.

— De quoi avez-vous parlé ?

Justine regarda Lady Aleksander, stupéfaite. En voilà

une autre, qui semblait ne pas avoir le sens des relations protocolaires ! Au nom de quoi s'imaginait-elle pouvoir l'interroger ainsi ? En Weslorie, on ne lui adressait la parole que si on était invité à le faire. Personne, hormis ses parents et leurs plus proches conseillers, n'osait la questionner.

Mais après tout, songea-t-elle, ce n'était que la force de l'habitude qui faisait que l'attitude de Lady Aleksander à son égard la hérissait.

— Elle a manifesté un vif intérêt pour nos avancées, figurez-vous. Elle pense que nous avons déjà mis assez de temps comme ça et que, plus je dépéris sur cette terre sans une promesse de mariage, plus mes potentiels galants vont s'imaginer que je dois souffrir d'un défaut de caractère. Puisqu'il n'y a apparemment rien qui cloche avec mon physique.

Les yeux de Lady Aleksander s'écarquillèrent sous le coup de la surprise.

— Mais quelles sornettes !

Les deux sœurs la contemplèrent, bouche bée.

— Eh bien quoi ? lança-t-elle à leurs faces ahuries. Ce *sont* des sornettes. Une fois mariée, plus personne ne se souviendra du nombre de prétendants que vous avez considérés. Ce n'est pas parce que la reine Victoria est tombée amoureuse en un claquement de doigts que vous devez faire de même.

— En un claquement de doigts ? s'étonna Amélia.

— Oh ! cela, elle ne l'admettra pas, dit Lady Aleksander en s'asseyant, jambes croisées sous ses jupes, bras reposant sur les accoudoirs. Elle dira qu'elle n'a d'abord pas remarqué Albert, qu'elle le trouvait trop discret, ou que sais-je encore. Mais elle s'est éprise de lui au premier regard. Que vous a-t-elle raconté d'autre ?

Justine posa son carnet de croquis.

— Elle m'a enjoint de prendre l'habitude de faire l'aumône. D'après elle, une reine doit rester proche du peuple – de *l'ensemble* du peuple, pas seulement les riches et puissants. Elle pense que, pour ne pas m'attirer le ressentiment de mes sujets, je dois leur montrer que je me soucie du sort des moins fortunés.

— Voilà un conseil qui me semble sage.

— C'est ce que je pense aussi.

Justine avança sur son siège pour examiner la marieuse.

— J'aimerais faire plus pour les indigents.

— Mais tu es si craintive, Jussie ! Tu mourrais probablement de peur, parmi une foule de pauvres gens.

— Pas parce qu'ils sont pauvres, Amélia, mais parce que ce sont des gens.

Elle ajouta à l'attention de Lady Aleksander, avec un sourire timide :

— Je ne suis pas très à l'aise parmi une large assemblée. Mais assez parlé de moi : *vous* m'avez l'air d'excellente humeur !

Le sourire de Lady Aleksander s'élargit.

— J'ai une nouvelle qui, je l'espère, vous fera plaisir. J'ai arrangé une rencontre entre un certain Mr Jonathan Ashley, du Kent, et vous-même, ce soir.

Justine grimaça. Amélia, elle, laissa échapper un cri de joie et joignit les mains comme une première communiante.

— Il est séduisant, précisa la marieuse.

— Vraiment ? L'est-il beaucoup ? s'enquit Amélia.

— Très chère, à quelle heure est ton départ pour la campagne ? intervint Justine.

— Seize heures, pourquoi ?

— Ne devrais-tu pas préparer tes bagages ?

— Séviana s'en est chargée. On dirait que tu veux te débarrasser de moi…

Amélia était parfois très perspicace.

— Je ne *veux* pas me débarrasser de toi. Mais, étant donné ce qui s'est passé la dernière fois, je ferais mieux de t'éloigner de Prescott Hall avant qui quiconque arrive, ne penses-tu pas ?

— Vas-tu déterrer cette histoire à chaque nouveau visiteur pour l'utiliser contre moi ? Pourquoi tout le monde dans cette famille se comporte comme si je ne comptais pas ?

— Je pense que tu es injuste. Tu comptes au contraire *beaucoup* pour maman.

Et Justine haussa un sourcil, faisant comprendre à sa sœur qu'elle n'avait pas oublié le télégramme qu'elles avaient reçu la veille.

Amélia sembla sur le point d'ajouter quelque chose, mais, consciente que leur mère avait brandi la menace tout à fait sérieuse de la rapatrier de force à Saint Edys, elle s'abstint. À la place, elle se leva.

— Bonne journée, Lady Aleksander. Justine, lança-t-elle ensuite d'un ton ombrageux avant de quitter silencieusement la pièce.

La princesse héritière se tourna vers Lady Aleksander.

— Je vous présente mes excuses.

— Nul besoin. La princesse Amélia a droit à ses états d'âme. Sa position n'est pas exempte de difficultés. L'expérience lui permettra de trouver sa place dans le monde et de ne plus se considérer comme l'enfant négligée. Comme le bon vin, elle révélera toutes ses nuances avec le temps.

— Peut-être en ce cas que, comme le bon vin, elle devrait passer quelques années à vieillir en fût au fond d'une cave.

Lady Aleksander rit et, en retour, Justine se détendit.

— Très bien, vous avez piqué ma curiosité : qui est ce Mr Ashley ?

— Je pense que vous l'apprécierez. Il a étudié à Saint Andrews, en Écosse.

Justine se fichait bien de l'endroit où il avait étudié et, si c'était cela que Lady Aleksander plaçait en tête des qualités de cet homme, la rencontre promettait d'être barbante.

— Son père est un riche industriel. Un magnat de l'acier.

— Voilà qui devrait arracher des larmes de joie à Robuchard.

— N'est-ce pas ? acquiesça Lady Aleksander en gloussant. Le Premier ministre a ses objectifs, et j'ai les miens. Mr Ashley est fort agréable. Un vrai gentleman.

— Vous aviez dit ça du dernier.

Les yeux de Justine se tournèrent vers la fenêtre. Mais ce manque d'enthousiasme ne parvint pas à décourager Lady Aleksander.

— Je comprends que votre confiance en moi soit entamée. Mais si vous voulez être rassurée, vous devriez demander l'avis de votre ami, Lord Douglas.

Justine ne s'était pas attendue à ce qu'on fasse mention de William : ses yeux revinrent à Lady Aleksander.

— Il n'est pas mon *ami*, il…

— Oh ? Vous avez pourtant l'air de bien vous entendre, tous les deux.

Justine renonça à contester cette affirmation, de peur d'avoir à expliquer *à quel point* ils s'étaient déjà montrés amicaux l'un envers l'autre.

— Pourquoi lui demander son avis ?

— Il a étudié avec Mr Ashley. Ils se connaissent de longue date.

Justine cligna des yeux. Y avait-il quelqu'un que William ne connaisse pas ?

Lady Aleksander sourit, puis elle ajouta, comme si elle lisait dans les pensées de la princesse :

— Lord Douglas a de nombreuses relations, n'est-ce pas ?

— Peut-être trop nombreuses.

Quelque chose dérangeait Justine, sans qu'elle parvienne à mettre le doigt dessus. Elle commença à triturer son bracelet en or. Elle avait l'impression que la marieuse ne lui disait pas tout.

— Lady Aleksander…

— Madame, de grâce, vous me feriez un immense honneur en m'appelant par mon prénom, Lila.

— Pour que vous puissiez vous considérer comme mon amie ? demanda Justine en se retenant à grand-peine de rouler les yeux.

— Pour que je puisse nous estimer unies vers un but commun. Sans doute notre coopération serait-elle plus aisée sans toutes ces formalités entre nous.

Et elle sourit d'un air tranquille. Cette femme était tout bonnement imperturbable, et Justine, à contrecœur, devait bien admettre qu'elle admirait cela.

— Très bien, Lila. Comment savez-vous qui Lord Douglas fréquente ? Vous a-t-il donné une liste ?

— Non, madame, répondit Lila en riant. Mon activité requiert que je sache qui connaît qui et, que je le veuille ou non, il connaît du monde. Mr Ashley aussi en connaît, du beau monde, et il semble ravi de vous compter bientôt parmi ses relations. Il avait été déçu de ne pas avoir eu l'opportunité de faire votre rencontre, lors de votre précédent séjour.

Lors de son précédent séjour, de toute façon, Justine avait

été tellement entichée de William qu'elle ne se souvenait de personne d'autre.

— Selon ses dires, Mr Ashley n'a pas encore eu le bonheur de croiser la route d'un membre du beau sexe qui ait su susciter sa plus complète admiration. Il ne désespère cependant pas d'être ébloui. Il vous connaît bien, pour avoir suivi vos aventures au fil des ans…

— *Quelles* aventures ? demanda Justine, soudain blême.

— Pas ces aventures-*là*, la rassura Lila.

Puis elle se pencha en avant avec un air de conspiratrice, jeta un rapide coup d'œil au valet qui se tenait en poste et déclara, avec douceur :

— Si je puis me permettre un avis, Votre Altesse Royale : cet incident ne vous définit pas. Vous êtes bien plus que cette mésaventure.

Le rire amer qui s'échappa de Justine ressemblait presque à un glapissement.

— *Mésaventure*, c'est un euphémisme, madame. Et je ne vois pas en quoi je suis plus que cela : je ne suis pas aveugle. Toute ma vie j'ai été couvée, corsetée, confinée derrière le mur du palais. J'ignore tout du monde et cela, Aldabert l'a rendu visible – à mes yeux comme à ceux du peuple. C'est à peine si je sais qui je suis, la plupart du temps.

Elle ne savait pas plus comment gouverner, mais cela, elle le garda pour elle.

Elle jeta elle aussi un coup d'œil au valet, stupéfaite de s'être laissée aller à tenir ce langage. Son père l'avait préparée à ne jamais montrer le moindre signe de faiblesse. La faiblesse, répétait-il, était le premier pas vers la forfaiture.

— Vous êtes bien moins ignorante que vous ne le pensez, répondit Lila. Et, si vous avez été préservée, c'est de voir l'étendue de votre valeur. Une femme ordinaire aurait-elle appris à manier l'épée, en dépit des résistances de son entourage ? Vous êtes cultivée, vous avez de l'instruction. Vous êtes accomplie, et réfléchie, et pleine de bonté, et si vous voulez mon avis la bonté est un signe d'intelligence. Vous êtes tombée amoureuse : quelle femme n'a pas connu ça ? L'amour n'est ni une faute ni un défaut, madame : c'est ce qui fait de nous des êtres humains.

Cette tirade arracha un sourire à Justine.

— Vous me rappelez mon ancienne gouvernante.

— Une femme pleine de sagesse, je suppose ?

Carlotta était, en effet, une femme pleine de sagesse. Mais, quand Justine avait eu dix ans, elle avait été renvoyée du château. Les gouvernantes n'étaient pas autorisées à rester plus longtemps aux côtés des futurs monarques, et aucune supplication de Justine n'avait été en mesure de changer cette règle. Encore aujourd'hui, le souvenir du départ de Carlotta lui était pénible.

Justine continuait de fixer le bracelet avec lequel elle jouait.

— Vous étiez en train de me dire pourquoi vous pensiez que Mr Ashley pourrait me convenir…

— Il est riche, il est éduqué, il est bon lui aussi. Et je crois qu'il apprécierait beaucoup ce dessin que vous m'avez montré tout à l'heure.

La plaisanterie fit rire Justine.

— C'est un homme en quête d'une femme qui partagerait sa vision du monde. Tout comme vous, il ne veut pas être aimé pour son seul nom.

Justine n'avait jamais confié à la marieuse ne pas vouloir être aimée pour son seul nom. Avoir été ainsi percée à jour avait quelque chose d'inconfortable.

— S'il s'agit d'un si bon parti, comment se fait-il que je n'aie jamais entendu parler de lui ?

— Vous voulez dire : pourquoi ne se trouve-t-il pas sur la liste établie par votre mère ? demanda Lila avec un sourire caustique.

— C'est ça.

— Ma liste à moi ne recense pas seulement ceux qui ont manœuvré pour s'attirer les bonnes grâces de vos parents. Je sais combien la vie à la cour peut parfois être étriquée. Et puis, le mystère ne vous intrigue-t-il pas un peu ?

— Peut-être bien, oui. Il viendra aujourd'hui ?

— Je l'ai invité à se joindre à nous pour le souper. Lord Bardaline a donné son accord, bien entendu.

— En ce cas, je vous prie de m'excuser : je dois faire mes adieux à Amélia pour le week-end. Et je n'ai pas encore eu le temps, aujourd'hui, de voir mon chien.

— Bien sûr.

— Au fait : je me rends à l'opéra dimanche soir, invitée par Lord Douglas et ses amis, Lord et Lady Grafton. Veillez à ne pas prévoir de rencontre ce soir-là.

— L'opéra. Comme c'est charmant.

Lila eut un sourire de chat, repu et satisfait. Elle était apparemment ravie d'avoir réussi à surprendre Justine. Eh bien ! Justine également était contente. Pourtant, alors qu'elle quittait le salon, elle ne pensait pas à sa tenue, mais à sa déception : William n'était pas là pour la voir en compagnie de son tout nouveau, prévenant et beau prétendant. Il n'était pas là pour trouver à y redire, et par conséquent pour engager un nouveau pari.

Elle se serait pourtant fait un plaisir de savourer sa victoire, quelques jours plus tard, lors de leur soirée à l'opéra.

Chapitre 21

MacDuff commençait à perdre la main. Il avait sélectionné trois cravates, et aucune n'était assortie au gilet de soie bleu pâle que William arborait. Le marquis ramassa d'ailleurs l'un des foulards, vert foncé, et se tourna vers son valet.

— Êtes-vous devenu aveugle, Ewan ?

— Non, répondit celui-ci en plissant les yeux pour mieux voir. De quelle couleur s'agit-il ?

De stupeur, William laissa retomber sa main et fixa son vieux compagnon.

— Vous êtes daltonien ? Comment cela a-t-il pu m'échapper, toutes ces années ?

— Eh bien… Vous ne vous intéressez pas spécialement aux couleurs. Et puis, j'en perçois quand même certaines !

— Maintenant que j'y pense, ça explique tellement de choses…, lâcha William pour lui-même.

Il avança vers son secrétaire, dont il ouvrit l'un des tiroirs. Il se mit à fouiller, jusqu'à trouver un foulard en soie noir, qu'il noua. Une fois prêt pour l'opéra, il s'examina dans le miroir. Il avait encore la taille fine, même si elle l'était moins qu'autrefois. Il était plus grand que la moyenne, chose dont il avait toujours tiré une certaine fierté, même s'il n'était pas aussi grand que MacDuff. Sa coupe de cheveux et ses favoris auraient mérité d'être rafraîchis… Il chargerait Ewan de s'occuper de sa tignasse sombre demain.

Il tendit la main, et le valet y glissa le chapeau de William. Le bord était en feutre, le sommet en soie noire. C'était un chapeau de qualité. William s'en coiffa, puis se posta face à Ewan.

— Vous êtes très élégant, milord.

— Je n'ai pas l'air trop grabataire ?

— Vous êtes encore un sémillant jeune homme.

— Assez séduisant pour m'attirer les bonnes grâces de ces dames ?

— Croyez-moi : celles qui resteront insensibles à votre fortune ne seront pas insensibles à vos charmes.

Les lèvres de William s'étirèrent, il posa la main sur l'épaule du domestique.

— Voilà le genre de remarque qui vous a valu de demeurer à mon service toutes ces années. Rappelez-moi de vous augmenter, vous voudrez bien ?

— Pour sûr, je le ferai.

Non, il n'en ferait rien. Ewan s'était même plaint, une fois, d'être si grassement payé, arguant que toute hausse de salaire aurait été obscène. Avec ce type d'attitude, il forçait l'admiration.

William se dirigea vers la porte.

— Ne m'attendez pas. En fait…

Il s'interrompit et chercha son portefeuille dans sa poche. Il se mit à en extraire plusieurs billets, qu'il tendit à MacDuff.

— … prenez un peu de bon temps.

— Quel genre de bon temps ? s'affola le valet en fixant les billets dont il ne savait que faire.

— Qu'est-ce que j'en sais, mon ami ? Dînez. Allez au pub. Dans un bordel.

Ce grand gaillard de MacDuff blêmit à la mention du bordel.

— *Jamais* je ne...

William ne put retenir le sourire tendre que lui inspirait cet homme qui était plus, à ses yeux, un oncle qu'un serviteur.

— Faites quelque chose de plaisant, en tout cas.

— Je n'y manquerai pas, répondit Ewan.

Mais il avait l'air bien perplexe.

Alors qu'il se dirigeait vers Prescott Hall, William dut se battre avec la chaîne de sa montre gousset, emmêlée autour d'un des boutons de son gilet. Il se souvenait, à présent, pourquoi il n'aimait pas cette montre. Hormis ce détail, il était d'excellente humeur. Jamais il ne l'aurait admis, même sous la torture, mais il avait attendu cette soirée avec impatience. Il n'était pas un grand passionné d'opéra, même s'il savait apprécier cette forme d'art à l'occasion. Mais il avait hâte de voir Justine. D'observer ses réactions. Il avait envie de contempler son sourire, ou encore de revoir cet air exaspéré, mais teinté d'amusement dont elle le gratifiait souvent.

Et puis, il avait envie de l'embrasser de nouveau.

Il avait bien trop pensé à ce baiser ces derniers temps pour garder la tête froide. L'événement avait mis dans sa vie figée une étincelle de désordre, avait échauffé son imagination, l'avait un peu détraqué.

En arrivant à Prescott Hall, alors que son problème de chaîne et de gousset avait été résolu, il bondit hors du carrosse paternel avec un allant qu'il n'avait pas ressenti depuis une éternité. Il grimpa les marches quatre à quatre. La porte s'ouvrit avant qu'il ait eu le temps de sonner, et un majordome s'inclina.

— Bonsoir, dit William avant d'ôter son chapeau. William Douglas. Je viens voir Son Altesse Royale, la princesse Justine.

Le majordome ouvrit grand la porte.

— Si Monsieur veut bien patienter.

Et il désigna le vestibule. Quand William franchit le seuil, l'homme l'invita à poser son couvre-chef sur la console de l'entrée, puis s'éloigna d'un pas vif.

William resta debout, à attendre. Il entendait des rires venus du fin fond de la maison. Il avança de quelques pas et tendit l'oreille. Nouveaux rires. Celui de Justine, léger et carillonnant. Une autre femme. Des hommes.

Une porte s'ouvrit, se ferma, puis le « clic clic clic » des pas du majordome sur le carrelage commença à se rapprocher de lui. Le domestique apparut dans le vestibule et se courba.

— Son Altesse Royale va vous recevoir.

Il espérait bien ! Il était après tout attendu. Il ressentit une soudaine envie de faire comprendre à ce majordome qu'il connaissait certainement mieux la princesse que lui. Mais il se contenta de le suivre jusqu'à un petit salon qu'il n'avait encore jamais vu. La première chose qu'il remarqua fut Dodi, qui fonça vers lui comme s'ils étaient de vieux amis. Elle se dressa et posa les pattes avant sur ses jambes. Il se pencha pour la gratter derrière les oreilles. Il s'apprêtait à plaisanter sur l'épreuve que représentait pour ses lombaires le fait de se courber ainsi quand il tourna la tête et vit Justine. Il ne s'était pas attendu à ce qu'elle ressemble à ce point… à une reine. Il faillit en rester bouche bée.

On eût dit un rêve. Elle portait une robe dorée, brodée de fils d'or et d'argent. Les manches commençaient à la chute de ses épaules et une guirlande de fleurs en tissu décorait son corsage. À la poitrine, elle arborait l'écu royal. Un ras-du-cou en diamant, assorti à la tiare posée sur son crâne, mettait en valeur son cou de cygne. Ses cheveux tombaient en une cascade de boucles souples, encadrant son visage.

— Votre Altesse Royale, fit-il avec une révérence.

— Cher Lord Douglas, dit-elle en lui tendant sa main gantée.

Il l'attrapa et se pencha, posant ses lèvres sur le dos de la main. Son index avait trouvé un coin de peau nue au niveau du poignet, à l'emplacement d'une boutonnière. Il releva la tête.

— M'autoriserez-vous à dire que vous êtes splendide, ce soir ?

— Comme c'est gentil.

Elle avait l'air joyeuse, heureuse, elle était belle, et il n'avait jamais été aussi ravi d'accompagner quelqu'un à l'opéra – ou à quelque autre endroit que ce fût, pour tout dire.

— Puis-je vous présenter mon chaperon ?

— Pardon ?

Elle rit. William tourna la tête, et alors ses yeux tombèrent sur cette tête à claques, ce fat de Jonathan Ashley.

Jonathan Ashley.

L'homme qui avait tenté de corrompre la seule femme que William eût jamais aimée et qui était presque parvenu à ses fins ! Que faisait-il ici ? Un sentiment d'alerte se répandit en William comme un venin amer : il était certain que cette présence était de mauvais augure.

Dodi essaya d'attirer son attention en donnant la patte, mais Justine se baissa pour la prendre dans ses bras.

— Lord Douglas, cela fait longtemps, lança Ashley comme si de rien n'était, avant d'avancer vers lui pour le saluer. Quel plaisir de vous revoir !

William le fixait, médusé. Puis il remarqua la tenue de soirée d'Ashley, et le venin amer se transforma en une bile acide. Il se tourna vers Justine. Elle resplendissait.

— D'après ce que j'ai compris, vous êtes de vieux amis ?

— Pardon ?

— Ne vous avais-je pas dit que je trouverais un chaperon ?

Elle rit. Ashley fit de même. Fort.

— Lord et Lady Bardaline ont insisté pour se joindre à nous, également. Ils ne peuvent décemment laisser une princesse se promener seule dans le monde.

William remarqua alors que les Bardaline étaient eux aussi présents. Le lord-chambellan fit un pas en avant. Lui aussi portait une tenue de soirée. À William, il expliqua :

— Lord Grafton nous a généreusement proposé sa loge. J'espère que notre présence ne vous dérange pas ?

— Vous connaissez Lord Grafton ?

Comment diable était-ce possible ? Bardaline étira ses lèvres minces.

— Lady Aleksander nous a présentés.

Bien entendu. William avait la désagréable sensation d'avoir trop bu et d'avoir la berlue. Il s'était fait une certaine idée de la soirée, qui n'incluait pas les Bardaline et *assurément pas* Ashley.

— Quand il a entendu que Mr Ashley était en ce moment à Londres, il l'a invité également, ajouta Justine.

William se tourna vers elle. Mais elle faisait mine de jouer avec le chien afin d'éviter son regard.

— Maintenant que Douglas est arrivé, peut-être devrions-nous y aller ? proposa Ashley.

Puis il tendit son bras à Justine, qui le prit après avoir reposé Dodi.

William jeta un œil alentour afin de trouver cette fichue marieuse pour lui dire sa façon de penser, mais elle n'était pas là. Ce n'était que partie remise : à la première occasion, il aurait une explication avec cette conspiratrice.

Il y eut un désaccord quant à la manière dont ils se répartiraient dans les carrosses. Il fut finalement arrêté – pas par William – que la princesse monterait avec les Bardaline pour des questions de convenances. Ce décret contraria William davantage. Il était après tout celui qui avait lancé l'invitation : il aurait dû avoir son mot à dire concernant l'organisation ! Mais, de mauvaise grâce, il accepta de faire le trajet jusqu'à l'opéra en compagnie du vil Jonathan Ashley.

Il grimpa dans la voiture à la suite de sa Némésis de toujours, s'installa face à lui, régla un nouveau problème avec cette montre – décidément fâcheuse –, puis il leva les yeux et déclara :

— Sale petit bâtard.

Ashley rit en dégainant une flasque cachée dans l'une de ses bottes. Il but une gorgée, puis la tendit à William, qui refusa d'un mouvement de la tête. Ashley haussa les épaules et rangea le flacon là où il l'avait pris.

— Allons, Douglas, vous pensiez être le seul capable de manœuvrer afin d'être introduit auprès de la princesse ?

— Je suis son ami. Et vous n'êtes qu'une crapule. Ce qui veut dire que nous avons un problème.

— Son ami ! Vous espérez vraiment me faire avaler ça ?

Non, il ne l'espérait pas. Comment Ashley aurait-il pu le croire ? La notion même d'amitié dépassait l'entendement de cet homme.

— Je crois que vous êtes tout simplement jaloux, Douglas.

William répondit par un reniflement méprisant.

— Vous avez de quoi, cependant : elle m'apprécie.

Le marquis toussa deux coups tout en marmonnant sa riposte :

— N'en soyez pas si sûr, mon cher.

— Nous verrons ce qu'il adviendra de votre amitié, une fois que je serai roi, répliqua fielleusement Ashley après avoir lissé sa cravate.

Il s'agissait évidemment d'une provocation, et jamais en temps normal William ne serait tombé dans le panneau. Mais Ashley le plongeait dans des états de fureur aveugle, cela avait toujours été le cas.

— Vous ne seriez pas roi, abruti, mais prince consort.

Le sourire d'Ashley pâlit. Il semblait ignorer cela, et se demander si William n'était pas en train de le mener en bateau.

— Peut-être cette information vous permettra-t-elle de considérer cette femme autrement que comme un simple marchepied vers vos ambitions, ajouta le marquis en se penchant vers lui.

Ashley leva les yeux au ciel.

— En voilà, un sermon plein d'aplomb, de la part d'un homme au cœur de tant de rumeurs impliquant des dames ! Comme si celle-ci n'était pas également un marchepied à vos yeux…

William s'était figé. À quelles rumeurs Ashley faisait-il

référence ? Le marquis n'était pas idiot au point de le lui demander. Mais il craignait que son vieil ennemi n'ait eu vent de la mésaventure qui s'était produite en Écosse quelques mois plus tôt. Douglas avait évité de repenser à l'épisode depuis son arrivée à Londres. Non… Impossible qu'Ashley ait entendu quoi que ce soit… Qu'il sache quoi que ce soit.

William recula dans son siège et tourna les yeux vers la vitre en ignorant le rire sardonique de son compagnon de route.

Il connaissait Ashley depuis des années. Un homme en apparence sympathique, et qui plaisait – William avait eu l'occasion de découvrir à quel point, à son grand dam, voilà un peu plus de dix ans. À l'époque, William courtisait celle dont il espérait faire sa femme. Mais Ashley était intervenu, et la belle était tombée sous le charme de ce dernier. Le marquis n'avait jamais su comment son rival s'y était pris pour que Clara manifeste soudain au marquis tant de froideur : elle qui lui avait si souvent laissé deviner un sentiment partagé en était venue à se plaindre de la fréquence de ses visites. Pourri jusqu'à la moelle, Ashley avait même tenté de ravir la vertu de Clara – du moins, c'est ce que la mère de William lui avait rapporté. Elle-même tenait l'information de la mère de la jeune femme.

Non, il ne l'avait pas entendu de la bouche de celle qu'il aimait car, à ce moment-là, elle avait déjà rompu toute relation avec lui, le laissant en miettes.

Finalement, Ashley était sorti de la vie de Clara. Il avait brisé son cœur, et celui de William au passage, alors William avait tenté de lui rendre la pareille de la seule manière qu'il connût : avec ses poings. C'était là des façons de jeune mâle. Il avait défié Ashley, il l'avait emporté, et il lui avait cassé le nez en passant.

Cela n'avait malheureusement rien arrangé : le cœur de Clara était demeuré brisé, et William avait été soumis à la vindicte populaire. *Il* était passé pour la crapule et, selon la légende, son forfait envers ce pauvre Jonathan avait marqué le début d'une longue période de conduite malhonnête.

Peut-être cet épisode avait-il été en effet à l'origine de bien des conduites de William. Car, suite à cela, le jeune homme avait trouvé difficile de se fier à son cœur en matière de femmes. Il avait donc tenté d'entraîner son jugement, avec le plus de demoiselles possible, et souvent dans des endroits peu reluisants. Pendant ce temps, Ashley avait continué à jouer les charmeurs de salon, à s'introduire dans les demeures des meilleures familles et dans le cœur de leur fille, à prendre ses libertés, avant d'être démasqué.

Eh bien ! William démasquerait Ashley auprès de Justine. Dût-il pour cela risquer son amitié avec la future reine.

Chapitre 22

Le duc et la duchesse de Grafton les attendaient dans leur loge privative, en compagnie de la duchesse douairière, une veuve que les années avaient tassée au point que Justine se dit qu'il lui faudrait sûrement faire la révérence pour avoir une chance d'entrapercevoir ses yeux.

Une fois les présentations effectuées, Lady Grafton suggéra que les dames s'installent au premier rang ; les messieurs prendraient place derrière elles. Lady Bardaline approuva l'idée avec enthousiasme. Justine ressentait une furieuse envie d'enjoindre à sa dame de compagnie de cesser de l'étouffer – elle était toujours dans les parages, offrant son avis quand personne ne le lui demandait. S'il n'avait tenu qu'à Justine, elle se serait entourée de William et de Mr Ashley : pour une fois qu'elle était en présence de deux séduisants gentlemen sans qu'Amélia soit là pour tirer la couverture à elle, elle aurait souhaité en profiter !

Malheureusement, Lady Grafton ne voyait pas les choses de cet œil.

Justine fut donc installée entre Lady Bardaline et la vénérable ancêtre. Une fois assise, elle jeta un coup d'œil vers le parterre, et sentit immédiatement sa poitrine se serrer. Tous les yeux sans exception étaient levés vers elle.

Machinalement, elle se mit à triturer son bracelet en or.

Elle avait bien sûr anticipé l'attention – elle attirait *toujours* l'attention. Mais c'était une chose de l'anticiper, et c'en était une autre que de s'y confronter. Alors qu'elle s'enfonçait dans son fauteuil, le feu lui monta aux joues. Elle remercia le ciel que ses boucles cachent un peu son visage. Amélia avait coutume de lui dire que la nervosité la rendait écarlate.

Elle triturait de plus belle le bracelet, tentant d'afficher une face sereine, les yeux braqués vers la scène et ses rideaux en velours rouge. Elle devina quelqu'un dans son dos, si proche qu'elle pouvait sentir son souffle sur elle.

— C'est comme s'ils étaient à des kilomètres de vous. Des fourmis, qui ne peuvent vous atteindre. D'accord ?

Elle opina discrètement. Elle était reconnaissante à William de lui avoir dit ça, de lui avoir rappelé qu'elle était à l'abri, là-haut.

Il se pencha un peu plus.

— Lady Grafton, quel plaisir de vous voir ! Vous semblez très en forme.

La vieille duchesse tourna la tête dans sa direction.

— Hmm ?

Mais William avait repris sa place, ramené à l'ordre par une question de Lord Grafton. La douairière jeta un regard curieux à Justine.

— Je suis ravie d'être là, déclara la princesse.

— Plaît-il ?

Justine s'approcha.

— Je suis très heureuse d'être là.

— Hein ?

La vieille femme avait placé sa main en cornet autour de son oreille.

— Très heureuse d'être là ! répéta-t-elle d'une voix forte.

L'aïeule sursauta.

— Oh. Oh ! oui, très bien.

Justine lui sourit, avant de se détourner, et quand elle le fit, son front faillit entrer en collision avec celui de Lady Bardaline.

— Seigneur ! s'exclama-t-elle, surprise.

Elle ne s'était pas attendue à ce que sa dame de compagnie se tienne aussi près. Lady Bardaline n'était, quant à elle, que sourires et excitation.

— Mr Ashley est bel homme, n'est-il pas ? Que pensez-vous de lui ?

Cette femme ne posait de questions que pour mieux rapporter les réponses à la reine Agnès.

— Il est à mes yeux comme tous les autres.

Elle n'en dit pas plus et reporta son attention sur la scène. Si sa mère voulait savoir ce qu'elle pensait de ses prétendants, elle n'avait qu'à le lui demander, bon sang ! Elle n'eut heureusement pas le temps de ruminer au sujet de sa mère et de ses espions : les rideaux s'ouvrirent.

À la première note, son cœur trébucha. Puis ce fut tout son être qui fut emporté, son cœur et son esprit ravis par cette représentation magique. La musique et l'histoire emplirent sa tête, au point qu'elle en oublia la foule de spectateurs à ses pieds – mais eux ne l'oubliaient pas, la contemplant à travers leurs jumelles, guettant ses réactions. Elle oublia même la présence de Lady Bardaline, ou de la duchesse sa voisine, qui s'endormit pendant le premier acte et se mit à ronfler. Elle rit quand Mr Ashley se pencha vers elle pour lui demander discrètement si elle aussi n'avait pas peur que les fenêtres ne finissent par voler en éclats si d'aventure la soprano tenait une note trop aiguë. L'italien de Justine était rudimentaire, mais elle comprenait assez bien pour que les larmes lui montent aux yeux lorsque, durant l'acte II, le comte de Luna entonna un aria pour l'objet de son affection – *Son sourire est plus étincelant qu'une étoile.* Elle fut la première à applaudir lorsque les rideaux se baissèrent pour signaler l'entracte. Elle s'arrêta en découvrant que le parterre entier avait de nouveau les yeux rivés sur elle à présent que les lumières se rallumaient.

Justine recula dans son siège pour se soustraire aux regards curieux. Lady Grafton lui demanda si elle souhaitait prendre un peu l'air en dehors de la loge. Elle jeta un coup d'œil par-dessus l'épaule de son hôtesse et constata que ces messieurs avaient déjà quitté leur box, excepté William, qui restait assis, jambes croisées, mains posées sur les cuisses, en contemplant la scène. Même Lady Bardaline se dirigeait vers la sortie. Par la porte entrebâillée, Justine aperçut l'amoncellement des spectateurs. Elle imagina la coursive étroite et les rangées de gens du monde discutant entre eux tout en espérant lui être présentés. Elle lança un regard à sa droite, où la douairière continuait sa sieste, tête penchée.

— Je vous remercie, répondit-elle à Lady Grafton, mais je préfère tenir compagnie à madame.

Lady Grafton acquiesça et quitta à son tour la loge. Justine remarqua que la duchesse douairière penchait à présent dangereusement dans sa direction et, par précaution, se leva pour laisser un siège entre elles.

William fut si rapide qu'elle le sentit, plus qu'elle ne le vit, se glisser dans le fauteuil resté vacant. Il fixa un moment la vénérable vieille dame, avant de lui relever délicatement le menton. La tête de la veuve pencha à droite, et finit par atterrir sur l'épaule du marquis, où elle continua son petit roupillon. Il posa ensuite sur Justine des yeux qui pétillaient.

— Vous êtes bien prévenant.

— C'est la peur qui m'a poussé à agir. Je craignais qu'elle ne continue à pencher vers l'avant jusqu'à finir par rouler par-dessus la balustrade.

Justine sourit. Puis elle jeta un coup d'œil vers la porte, s'attendant à voir Mr Ashley apparaître d'un instant à l'autre. Il n'allait sûrement pas tarder à venir lui demander si elle avait besoin de quoi que ce soit.

— Le spectacle vous plaît ?

Son attention revint à William, et elle s'installa confortablement pour lui répondre.

— Infiniment. Je vous remercie encore de l'invitation.

— *Encore* ? demanda-t-il, la tête penchée sur le côté. Vous m'aviez donc déjà remercié ?

— Peut-être pas, répondit-elle après un sourire ironique. Mais il faut dire que je n'ai pas coutume de remercier mes gardes.

— Ah ! je suis donc encore votre garde, tant mieux. Je pensais que peut-être votre chaperon m'avait remplacé.

— Il ne le pourrait point : il n'a pas votre talent pour m'horripiler.

— Je suis ravi que mes talents soient reconnus à leur juste valeur, répliqua-t-il avec une mine apparemment réjouie.

— Vous ne m'en voulez pas de l'avoir invité, je l'espère ?

Lila lui avait laissé entendre que William et Mr Ashley étaient amis.

— Bien sûr que si, répondit-il avec un sourire en coin.

— Vraiment ?

— Il est la pire chose qui pouvait vous arriver.

Justine claqua la langue, agacée.

— Vous avez dit de même, au mot près, du *Principe* di Aggiani.

— Eh bien, il faut croire que je me suis finalement trompé sur di Aggiani, puisque vous avez trouvé le moyen de faire pire.

Elle lui rit au nez.

— Il s'est pourtant montré parfaitement charmant avec moi ! Et vous serez ravi d'apprendre qu'il ne m'a pas demandé une seule fois de faire son éloge.

— Et vous a-t-il offert un présent ? Chien, cheval… Peut-être quelque chose de plus terre à terre, tiens, comme une chèvre ! rétorqua William, ses beaux yeux gris plissés dans une expression furieuse.

— Non, hélas ! Cela m'aurait fait si plaisir, si vous saviez !

— Mmm. Et combien de fois vous êtes-vous vus ?

— C'est la troisième fois ce soir. La première fois ne compte pas, j'ai à peine eu le temps de faire sa connaissance.

Cette première fois, Ashley s'était en réalité présenté pour parler à Lady Aleksander, mais Justine, en route pour les jardins, l'avait aperçu à la porte, et Lord Bardaline les avait présentés.

— La deuxième fois, il est venu boire le thé.

Où *donc* était Mr Ashley ? Elle regarda par-dessus son épaule, en se demandant quand il comptait revenir.

— Et puis, bien sûr, il y a ce soir.

— Trois fois ! Quand je pense que, lors de notre dernière entrevue, il n'y a pas quatre jours, vous n'avez même pas pensé à le mentionner !

— C'est que j'ignorais moi-même que j'allais le revoir, alors ! Vous savez comment sont ces choses-là…

Ces *choses-là*, était-elle en train de découvrir, étaient laissées à la fantaisie de Lady Aleksander.

— Je vais rencontrer un autre gentleman cette semaine. Je ne l'ai pas mentionné avant non plus. Mais enfin, vous voilà averti.

William regarda au loin un instant, avant de planter de nouveau ses yeux sur elle.

— Justine…

Il se redressa brusquement, ayant apparemment oublié la présence de l'antique duchesse sur son épaule. Sans oreiller, elle se réveilla en sursaut et cligna des yeux.

— Que se passe-t-il ?

— C'est l'entracte, lui cria William.

— Ah.

Elle attrapa son éventail et se mit à l'agiter. William revint à Justine.

— Ashley est un…

Ses sourcils se froncèrent alors qu'il semblait chercher les mots.

— « Scélérat » est encore trop gentil, le concernant. Un dégénéré ? Oui, c'est ça : un dégénéré.

— Pour l'amour de Dieu, William ! Allez-vous donc déprécier chaque gentleman dont je fais la rencontre ? Si c'est le cas, écrivez dès ce soir un rapport à Robuchard stipulant que personne ne fera l'affaire, ça ira plus vite.

— Je vous assure que je ne les déprécie pas par principe ! Mais si cette marieuse continue ainsi, je vais peut-être devoir l'écrire, ce fameux rapport. Vous ne connaissez pas cet homme.

— Et je ne conçois pas que vous ayez autre chose à faire à son égard que des éloges. Il s'est comporté en parfait gentleman !

William ne put s'empêcher de grimacer, ce qu'elle prit pour une provocation. Elle se redressa à son tour.

— Savez-vous qu'il m'a apporté des fleurs, à sa première visite ? Pas des carrioles entières, comme di Aggiani, mais un bouquet qu'il a cueilli lui-même et soigneusement noué avec un ruban. Nous avons parlé littérature, et musique. Je me suis mise au piano et il a chanté. Il a une voix merveilleuse !

— Est-ce donc cela que vous attendez ? demanda William, l'air perdu. Qu'on vous ramasse des fleurs et qu'on vous chante des chansons ?

Était-ce là tout ce qu'elle souhaitait ? En tout cas, cela constituait un bon début.

— Bien sûr, je veux cela ! Tout le monde veut cela ! J'entends que vous soyez blasé, cher William, mais l'êtes-vous au point de ne pas trouver agréable l'idée de passer toute votre vie avec quelqu'un qui partage vos centres d'intérêt ? Quel est votre problème : vous avez une dent contre les fleurs et la musique, c'est ça ?

— Il s'avère que non, ce sont deux choses que j'apprécie beaucoup. Je suis même un fervent défenseur des fleurs et des arts, et même des chiens. Ces intérêts, je les partage *réellement* avec vous ! Au risque de vous surprendre, j'aime même lire, Justine !

— Il aime réellement ça aussi !

Mr Ashley s'était révélé parfaitement courtois et chevaleresque. Et si seulement il avait bien voulu revenir dans la loge, il aurait pu le prouver à William !

— Qu'est-ce qui vous prend ? Je pensais qu'il n'y avait rien au monde que vous ne désiriez plus que de me voir fiancée et heureuse afin de vous débarrasser de la corvée d'avoir à me chaperonner.

— Vous savez parfaitement que ce n'est pas une corvée à mes yeux. Je me suis même mis à apprécier singulièrement la tâche. Et je souhaite en effet vous voir heureuse. Voilà pourquoi je vous avertis : il ne fera pas votre bonheur. Je parle d'expérience.

Justine sentit quelqu'un dans son dos. Elle se tourna, en souriant, certaine qu'il s'agissait de Mr Ashley. Mais c'était Lady Bardaline, ses grands yeux et ses oreilles affûtées tournés vers Justine. La loge se remplissait peu à peu, même si les discussions continuaient et que personne ne s'était encore rassis. Justine se pencha vers William afin que personne d'autre n'entende ce qu'elle avait à lui dire.

— Ne pensez-vous pas que peut-être vous êtes jaloux ?

Il commença par la contempler. Puis il s'inclina à son tour, pour murmurer lui aussi :

— Jamais, jusqu'à mon dernier soupir, je ne jalouserai un dépravé. Écoutez-moi bien : il essayera de vous corrompre, Justine. Et quand bien même vous l'épouseriez malgré tout, il prendra des maîtresses à travers tout le pays.

Elle aurait vraiment souhaité que son souffle chaud et caressant ne la fasse pas ainsi frissonner.

— Vous êtes pitoyable, lâcha-t-elle avant d'éclater de rire.

Un rire fort. Suffisamment fort pour que Lady Bardaline l'entende. Pour que l'antique duchesse l'entende ! Elle refusait de montrer que William avait réussi à entamer sa bonne humeur.

William rit de bon cœur, lui aussi, avant de se pencher de nouveau.

— Une fois de plus, vous ne me croyez pas.

— C'est vrai. La première fois, vous avez eu de la chance. À présent, vous êtes tout bonnement jaloux.

Il pivota vers elle, s'approchant si près que leurs visages se touchaient quasiment. Il la regardait droit dans les yeux.

— Laissez-moi deviner, Justine : il vous flatte sans cesse. Vous dit que vos yeux sont comme de l'or pur.

Justine claqua la langue. Il était vrai que Mr Ashley avait dit quelque chose de ce genre. Très précisément, il avait déclaré que la robe qu'elle portait ce soir était la seule chose capable de rivaliser avec la couleur de ses yeux.

— Il vous trouve si cultivée qu'il se sent inférieur.

Elle fixa William. Mr Ashley n'avait pas dit ces mots-là *exactement*, mais il est vrai qu'il s'était demandé, à voix haute, quel gentleman pouvait concurrencer l'éducation reçue par une princesse. Les yeux de William se posèrent sur la bouche de Justine.

— Que vous êtes le genre de femme qui inspire l'amour.

Une légère vibration se fit sentir le long de la colonne vertébrale de Justine. Mr Ashley avait de fait dit qu'il ne pouvait se représenter la chance que cela devait être d'épouser une femme aussi élégante et gracieuse qu'elle, et qu'il serait incroyablement fier de l'avoir à son bras. William, sentant qu'il avait marqué un point, haussa un sourcil.

— Que votre beauté est sans pareille ?

Elle renifla.

— Cela, il ne l'a jamais dit.

— Ça prouve bien que c'est un imbécile.

— Il est évident qu'il apprécie mes qualités.

— Vraiment ? Parce que j'apprécie les qualités que je viens de citer, j'apprécie *toutes* vos qualités, et c'est justement pourquoi je refuse de les utiliser comme de vulgaires instruments pour m'attirer vos faveurs. Quand je vous fais un compliment, il est sincère.

Des papillons s'envolèrent de l'estomac de Justine jusqu'à son cœur. Autour d'eux, les spectateurs prenaient place pour le troisième acte, mais William semblait ne pas s'en rendre compte. Il soutint le regard de la princesse et lâcha, d'une voix douce :

— Peut-être qu'il vous apprécie vraiment, mais jamais il ne vous sera fidèle.

Cette affirmation la blessa. Pourquoi disait-il cela ? N'avait-elle pas assez de valeur pour mériter qu'on lui soit fidèle ?

— Il m'apprécie vraiment, je serais prête à le parier. Et vous ?

Un sourire indolent et d'une chaleur tropicale étira les lèvres de William, et il se mit à la regarder de la même façon que cette fois où ils s'étaient embrassés. Le sang de Justine commença à bouillir dans ses veines.

— Votre Altesse Royale, le troisième acte débute, fit remarquer Lady Bardaline.

William se détendit dans son fauteuil et sa posture respirait l'assurance.

— Oui, Votre Altesse Royale, je serais prêt à le parier. Je serais *ravi* de le parier.

— Nous avons donc un accord.

Il souriait encore lorsqu'il regagna sa place. Justine se recula dans son siège pendant que son cœur galopait. Elle était ravie de ce pari, elle aussi.

— Quelle est donc cette histoire de pari ? demanda Lady Bardaline avec dans les yeux une étincelle d'intérêt bien faible en comparaison de la brûlure ardente que ressentait Justine.

— Cela concerne l'opéra.

La princesse regarda une nouvelle fois derrière elle : Mr Ashley n'était pas revenu dans la loge. William, en revanche, lui adressa un clin d'œil. Elle se détourna. Cet homme croyait tout savoir, et elle était déterminée à lui prouver son erreur. Elle remporterait ce stupide pari, elle le ferait ramper, et si jamais elle échouait… Eh bien ! ils s'embrasseraient de nouveau, voilà tout.

Le troisième acte débuta alors que le cœur de Justine battait la chamade – et cette fois, la musique n'y était pour rien.

Chapitre 23

Mr Ashley, qui avait d'une part affirmé être un grand amateur d'opéra, et d'autre part voir dans l'amour que Justine portait à cet art une preuve de son intellect supérieur, ne revint pas dans la loge avant le quatrième et dernier acte. Justine s'était retournée encore une ou deux fois, se demandant où il avait bien pu passer tout en tentant d'ignorer le sourire narquois de William, puis elle avait dirigé son attention vers la scène. La musique était bien trop belle pour qu'elle autorise quoi que ce soit à l'en distraire.

Mr Ashley fit son grand retour au point culminant de l'acte, alors que Leonora avait avalé le poison qui lui permettrait de s'éteindre avec son amant. *Plutôt mourir en étant tienne que vivre en appartenant à un autre.*

L'irruption d'Ashley entraîna un chambard considérable au deuxième rang : Lord Grafton et Lord Bardaline durent se lever pour le laisser passer, et William se décaler d'un siège afin qu'il puisse s'asseoir le plus vite possible. En plus, il eut l'audace de souffler, d'une voix parfaitement audible, on ne sait quoi à l'un de ces messieurs !

Sa conduite était déroutante. Comment se faisait-il que le fait de rater le grand final l'indiffère ? Pourquoi n'accordait-il pas aux chanteurs sa pleine attention ? Pire : comment osait-il perturber les autres en un pareil moment ?

Lorsque le rideau tomba, Justine bondit sur ses pieds. Ses yeux étaient encore humides de la mort des amants, et elle applaudissait à tout rompre malgré ses gants. Elle se retourna un instant pour regarder Ashley, mais ses yeux trouvèrent William à la place.

Elle fut surprise de son regard embué. Apparemment, lui aussi avait été ému par le final.

— N'était-ce pas magnifique ?

— Superbe, approuva-t-il.

Il s'apprêtait à développer quand Mr Ashley s'interposa, tout sourires, la démarche légèrement vacillante. Ce dernier était curieux de savoir ce qu'elle avait pensé de la représentation, et désireux de prolonger la soirée chez les Grafton.

— Ils nous ont tous invités, déclara-t-il avec enthousiasme.

Un poil trop d'enthousiasme, de l'avis de Justine, qui pouvait renifler sur lui l'odeur du whisky, dont il avait apparemment abusé.

Lord Grafton se chargea ensuite de convier officiellement Justine à venir profiter de quelques rafraîchissements chez lui. Difficile de refuser, étant donné la gentillesse avec laquelle il l'avait accueillie ce soir ! Mais, alors qu'ils commençaient à s'activer, tous, elle sentit l'angoisse comprimer sa poitrine. Elle fut poussée dans un fiacre avec les Bardaline. Au moins les Grafton s'étaient-ils contentés d'inviter uniquement les personnes présentes dans leur loge, ce dont elle leur était reconnaissante : elle n'aurait pas à subir les regards inquisiteurs d'une horde de curieux.

Leur maison était une splendeur, comme apparemment toutes les demeures des environs de Mayfair, et le vaste salon où ils les reçurent, garni de meubles tendus de soie. Au moins trois chats rôdaient, la queue dressée, se frottant aux jupes des dames. Ça aurait dû être l'environnement parfait pour Justine – quelques nouveaux visages, mais pas trop – et sans doute aurait-elle pu en profiter si Lady Bardaline avait bien voulu cesser de la couver. La dame de compagnie ne quittait pas Justine d'une semelle. Apparemment, elle craignait que la moindre conversation avec Mr Ashley ne mène à un mariage à la sauvette.

Justine arrivait à peine à y croire, mais elle aurait souhaité qu'Amélia soit là, à attirer l'attention. Hélas, Justine était la seule en ligne de mire. Une fois les boissons servies, les Grafton l'assaillirent de questions. Comment était Saint Edys ? Quand espérait-elle pouvoir rentrer en Weslorie ? La perspective de devenir reine était-elle effrayante ou stimulante ?

Étonnamment, Justine parvint à naviguer dans cet interrogatoire avec, lui sembla-t-il, un certain brio. Par deux fois, elle essaya de dévier la conversation vers la représentation à laquelle ils avaient assisté ce soir, d'aborder le stupéfiant talent de la soprano. William rebondit, soulignant que la prestation de celle-ci avait en effet été exceptionnelle, mais Lord Grafton voulut en savoir plus sur les infrastructures de Weslorie : était-il vrai que le chemin de fer allait bientôt être étendu ?

Au bout d'un moment, du whisky et du vin furent servis avec un gâteau et, au milieu de la bonne humeur générale, de la discussion à bâtons rompus, alors qu'enfin l'attention se divisait entre les convives, Justine se détendit. Mr Ashley remplaçait efficacement sa sœur dans le rôle de l'histrion de service, riant et charmant l'assemblée à tour de bras. Certes, il tanguait légèrement, et quand le majordome proposa de remplir son verre, son empressement à accepter lui fit renverser un peu de sa boisson sur le tapis.

Justine était en train d'expliquer à Lady Grafton l'origine de cette touche de vert agrémentant sa tenue, symbole de la Weslorie, quand Mr Ashley les coupa.

— Votre époux sera-t-il contraint d'adopter lui aussi cette coutume ? lui demanda-t-il d'un ton enjoué. Devra-t-il renoncer à son propre pays ?

Contraint ?

— Pas du tout, se défendit Justine en tripotant l'écu à son corsage. Ce n'est qu'une expression de notre fierté nationale, rien de plus.

— Quelles belles mains vous avez, madame, répondit-il comme s'il n'avait pas écouté sa réponse. Pas étonnant que vous soyez si douée au piano.

— Ce sont des mains bien ordinaires, pour un don bien ordinaire… Ma mère, en revanche, est très talentueuse.

Elle essayait de ne pas croiser le regard de William, parfaitement consciente qu'il notait chaque compliment superflu ou immérité que lui faisait Mr Ashley.

— Rien, vous concernant, ne saurait être qualifié d'ordinaire, Votre Altesse. D'ailleurs, je suis sûr que vous êtes également une remarquable danseuse. Lady Grafton, il nous *faut* de la musique !

— Oh ! non, sans façon, dit Justine.

Elle aurait préféré qu'on la jette par la fenêtre plutôt qu'on la force à se lever et à se donner en spectacle, mais Lord Grafton s'exclama :

— Quelle merveilleuse idée ! Peut-être honorerez-vous chacun des messieurs ici présents d'une danse. Très chère, seriez-vous d'accord pour… ?

Et, d'un mouvement de la tête, il désigna le piano à sa femme, avant d'ajouter :

— Lady Bardaline, me feriez-vous la grâce ?

Justine n'avait qu'une envie : se cacher sous la banquette. Mais trop tard, Lady Grafton avait déjà pris place au piano. Elle se mit à interpréter un air enjoué. Mr Ashley tendit sa main à Justine.

— Allons, ne soyez pas timide !

Justine la prit et se leva. Immédiatement, il la fit tourbillonner, et ils se mirent à danser.

Elle avait beau connaître la polka, et savoir en temps normal se laisser guider, Ashley ne cessait de se tromper, puis de rire grassement, son haleine exhalant au visage de sa cavalière un parfum de distillerie. Ils manquèrent de bousculer Lord Grafton et Lady Bardaline, mais cela ne le perturba pas plus que ça ; il se contenta de tournoyer dans une autre direction, Justine dans les bras. Encore. Et encore. De plus en plus vite. Il tournoyait si bien que la princesse sentit sa tiare tomber. Elle poussa un cri d'alarme : ce diadème avait été offert à son arrière-grand-tante, la reine Éléna, par Catherine de Russie. La façon dont son galant avait négligemment fait choir le bijou de la tête de Justine semblait presque une sombre prophétie.

Soudain, les tourbillons cessèrent : William s'était interposé.

— Assez, Ashley, lança-t-il doucement.

Puis, en se tournant vers Justine, il lui rendit sa tiare. Elle le remercia, les cheveux en désordre.

— Qu'est-ce que vous fabriquez, mon vieux ? demanda Ashley, hors d'haleine. La princesse s'amuse. N'avez-vous pas remarqué son sourire ? Il suffit pourtant à illuminer la pièce.

Et il s'inclina, en dessinant de la main une arabesque.

Dieu ! qu'il était soûl.

Lorsqu'il eut réalisé que personne ne disait plus rien, il se redressa et regarda autour de lui, avant de s'arrêter sur William.

— Qu'est-ce qui se passe, Douglas ? Vous n'êtes pas d'accord avec moi ? Vous trouvez le sourire de Son Altesse terne, peut-être ?

— Monsieur Ashley, je vous en prie..., intervint Justine.

— Ne m'en veuillez pas, madame, mais c'est que je ne peux m'imaginer une combinaison de traits plus charmante chez une future reine : un sourire radieux et une intelligence qui surpasse toutes les autres.

Elle se détourna, maintenant tout à fait embarrassée. Lady Bardaline semblait elle aussi mortifiée.

— Dites-lui que j'ai raison, Douglas.

— Il n'existe pas princesse qui soit plus faite pour le trône, non.

— Vous êtes *tous les deux* très charmants, messieurs, trancha Lady Grafton, en tentant d'apaiser cette énigmatique querelle.

Mr Ashley ne paraissait pas se rendre compte que tout le monde cherchait à lui épargner de se couvrir de ridicule. Et il paraissait étrangement obsédé par William.

— Au fait, vous voyagez toujours autant, cher marquis ? Ou de récents événements vous ont-ils forcé à ne plus trop vous éloigner ?

Justine ne comprenait pas où Ashley voulait en venir, mais elle remarqua l'air ombrageux de William et la soudaine pâleur de Lady Grafton.

— Quels événements ? demanda-t-elle, perdue.

Mr Ashley rit.

— Nous avons un adage, ici, en Angleterre, Votre Altesse. « Les hommes ne sont jamais que des petits garçons qui ont grandi : il faut leur pardonner leurs bêtises. » Vous saisissez le sens de ce proverbe ?

Oui, elle le comprenait, d'abord parce qu'elle parlait couramment l'anglais, merci, ensuite parce qu'elle avait une cervelle, et enfin parce qu'il y avait une maxime de cet ordre, en Weslorie. « Il faut bien que jeunesse se passe, surtout celle de ces messieurs », ou quelque chose dans ce goût-là. Elle n'appréciait pas le fait qu'Ashley veuille jouer les interprètes, pas plus qu'elle n'appréciait le fait qu'il compare William à un petit garçon, ou encore qu'il essaye d'incriminer ce dernier. Elle regarda Lady Bardaline, espérant que pour une fois sa dame de compagnie parviendrait à déchiffrer son expression et qu'elle proposerait qu'ils rentrent.

— Peut-être souhaiteriez-vous que la princesse vous accorde une danse, William ? demanda Ashley en se dirigeant vers la table pour prendre un verre propre. Vous connaissez les danses de salon ? Ou peut-être n'y a-t-il que des danses folkloriques, en Écosse ?

— Nous pratiquons les deux. Nous aimons varier les plaisirs, en Écosse.

— C'est ce que j'ai entendu dire, oui, marmonna Mr Ashley.

Un nouveau silence s'ensuivit, durant lequel Justine essaya de nouveau de communiquer sans un mot avec Lady Bardaline, mais cette dernière ne comprenait clairement pas le sens de ses regards.

— En ce cas, on vous a bien renseigné, monsieur, répliqua William. Je suis écossais, et je suis un homme chanceux ; aussi ai-je en effet connu jusqu'à présent une variété de plaisirs.

Mr Ashley rit, d'un rire sombre qui déplut à la princesse. Tout en lui déplaisait à Justine, à présent. Elle fixa sa dame de compagnie, mais ce fut Lord Bardaline qui reçut le message.

— Votre Altesse Royale, lança-t-il, il se fait tard.

Elle aurait pu l'embrasser, le bougre.

— En effet, l'heure est bien avancée ! Merci, Lord Grafton, Lady Grafton, pour votre hospitalité. Lord Douglas, je vous sais gré de l'invitation. Cet opéra était une merveille.

Il s'inclina. Elle jeta ensuite un rapide coup d'œil à Mr Ashley.

— Bonsoir, monsieur.

— Si tôt ? Mais nous n'avons même pas eu le temps d'une valse !

Sa réponse fut expéditive : une autre fois. Et, tout en tenant fermement sa tiare, elle franchit le seuil du salon alors qu'un majordome et un chat, trottant tous les deux, lui ouvraient la voie. Elle remonta le couloir sans se retourner, priant de tout cœur pour que les Bardaline la suivent. Il n'y avait rien au monde qu'elle désirait plus que partir de cet endroit, rentrer à Prescott Hall et s'ensevelir sous les couvertures.

Elle avait placé certains espoirs en Jonathan Ashley, et il les avait tous réduits en miettes avec ses singeries avinées.

Alors que le carrosse s'éloignait, elle jeta un coup d'œil par la vitre, au cas où Mr Ashley se mettrait en tête de la poursuivre. Mais ce ne fut pas sa silhouette qui franchit le seuil de Grafton House : ce fut celle de William.

Son cœur commença à cogner dans sa poitrine, et elle

tenta de reporter son attention sur les Bardaline, qui se plaignaient tous deux de la façon dont Ashley avait abusé de la boisson.

Ce ne fut qu'une fois de retour à Prescott Hall qu'elle remarqua que le bracelet que son père lui avait offert n'était plus à son poignet.

Chapitre 24

Le lendemain, Lila trouva la princesse dans le jardin. Celle-ci portait sur la tête un large chapeau de paille et à son bras un panier en osier. À ses pieds, pendant que sa maîtresse cueillait des dahlias en fleurs qu'elle jetait au petit bonheur dans sa corbeille avant de se pencher pour arracher des brassées d'ibéris, la petite chienne, Dodi, chassait les papillons.

— Bonjour, Votre Altesse Royale ! Je ne pensais pas vous rencontrer de si bonne heure aujourd'hui.

Elle ne s'était pas non plus attendue à la voir ramasser des fleurs, pour être honnête. Si la princesse voulait un bouquet, elle avait à son service une armée de subalternes capables de le lui composer.

Justine ne leva pas les yeux et continua d'étudier les massifs. L'un était déjà quasiment nu.

— De bonne heure ? répondit-elle d'un ton cinglant. Il est trois heures et demie de l'après-midi.

Ses cheveux étaient rassemblés en une longue queue-de-cheval qui lui fouettait les reins. Apparemment, elle n'avait pas sollicité l'aide de Séviana pour se préparer, ce jour-là, et elle était sortie dans les jardins pour être tranquille.

— Certes, oui, mais j'ai ouï dire que les Bardaline et

vous-même êtes rentrés de l'opéra peu avant 2 heures. D'ailleurs, avez-vous passé une bonne soirée ?

— L'opéra était un vrai régal.

Elle coupa une fleur, qu'elle lança parmi les autres.

— Merveilleux !

Lila s'interrompit le temps de caresser la chienne, qui avait un instant délaissé les papillons pour venir lui faire la fête.

— Merveilleux, vraiment ?

La princesse avait dit ça en jetant à Lila un drôle de regard, de sous le rebord de son chapeau.

— Vous vous moquez bien de mon opinion concernant l'opéra : vous voulez savoir ce que j'ai pensé de Mr Ashley.

Voilà ce qu'on appelait être de bonne humeur ! Lila ne pouvait cependant lui en tenir rigueur, étant donné ce qu'on lui avait rapporté de la soirée. Elle chassa Dodi, qui se précipita vers les haies et commença à gratter le sol.

— Je suis au contraire ravie que vous ayez apprécié la représentation : j'ai toujours pensé que l'opéra était une expérience délectable. Mais bien sûr, si vous désirez parler de Mr Ashley, j'en serais également ravie. A-t-il aimé le spectacle ? Est-ce là un centre d'intérêt que vous partagez ?

La princesse posa son sécateur. Elle poussa le panier, puis se leva théâtralement. Elle faisait à présent face à Lila, les mains sur les hanches, dans une posture qui rappela à la marieuse celle qu'adoptait sa mère avant de la réprimander. Elle comprit alors que la soirée avait été un désastre – bien plus que ce que ne lui avait laissé entendre Lady Bardaline quand elle l'avait vue ce matin.

Lila trouvait dommageable que ce gentleman se soit avéré être un ivrogne. Mais comment aurait-elle pu le prévoir ? Parfois, ce genre de détail échappait même à l'enquête la plus minutieuse. Cependant, elle était au fond enchantée de la nouvelle, ayant ces derniers jours craint d'avoir pris un risque en choisissant Mr Ashley, qui s'était révélé bien plus au goût de Justine que ce que la marieuse n'avait anticipé.

— Je ne sais si Mr Ashley a aimé le spectacle, répondit la princesse fraîchement. Je l'ai aimé. Lord Douglas l'a aimé. Mais Mr Ashley ? Aucune idée. Voulez-vous savoir pourquoi ?

— Avec plaisir.

— Il s'est absenté de la loge pendant bien la moitié de la représentation. Et il a tant levé le coude qu'il doit avoir un bras en écharpe, à l'heure qu'il est.

— Vous dites ?

— Il s'avère que Mr Ashley est un pochard.

— Seigneur Dieu.

Lila fronça le nez pour marquer la réprobation.

— Lord Douglas m'avait prévenue. Il m'a dit qu'Ashley était un horrible personnage, et je ne l'ai pas cru. Mais il avait raison.

— Lord Douglas vous avait prévenue ?

— Oui. Il a vu juste concernant tous ceux que vous m'avez présentés jusqu'à présent, Lila. Quant à vous, vous vous êtes prodigieusement trompée, et par deux fois.

— *Ballon d'essai*[1], répondit Lila en haussant les épaules.

La princesse la fixa.

— Vous venez de dire… « balle de vérification », c'est ça ? Il s'agissait encore d'un test ?

— Tout à fait. En avez-vous déjà entendu parler ? On

1. En français dans le texte. (NdT)

jette des ballons en l'air afin de déterminer la direction du vent.

Elle sourit, en faisant mine de penser que la princesse allait se contenter de cette explication.

— C'est ainsi que je procède habituellement, Votre Altesse.

La princesse ouvrit la bouche, incrédule.

— C'est une horrible façon de procéder, en ce cas ! Je ne veux plus *jamais* revoir ce Mr Ashley. Il s'est montré désagréable avec Lord Douglas. Il a été si brusque en dansant que ma tiare, d'une valeur inestimable, est tombée de ma tête ! Et, à cause de lui, j'ai perdu le bracelet que m'a offert mon père.

— Si vous ne voulez pas le revoir, qu'il en soit ainsi. C'est aussi simple que ça. Et je suis vraiment désolée, concernant votre tiare. Voulez-vous que j'envoie Bardaline récupérer le bracelet ?

La princesse ne répondit rien. Elle contemplait Lila comme si elle eût été face à une créature chimérique dépassant son entendement.

— Considérez ce Mr Ashley comme de l'histoire ancienne, Votre Altesse Royale.

— Un *grand* merci, dit la princesse avant de s'accroupir pour retourner à son sécateur et à ses dahlias.

— Cependant…

La tête de la princesse accomplit quasiment un demi-tour.

— Cependant, si d'aventure il y a quoi que ce soit chez cet homme qui vous ait plu, il me serait utile de le savoir.

— Comment ! Pourquoi ça ?

— Pour que je puisse continuer à cerner vos préférences et ce qui vous rebute. Par exemple, vous avez aimé que di Aggiani se présente avec des fleurs.

— J'aime les fleurs. J'aime moins les wagons entiers de fleurs : je considère que c'est du gaspillage.

— Et vous avez apprécié le fait de pouvoir parler littérature et musique avec Mr Ashley.

Les yeux si particuliers de la princesse se plissèrent.

— J'aime la littérature, ainsi que la musique : j'aurais pensé que vous l'eussiez su. Je suis à peu près certaine que ma mère vous a dressé une liste. De tous les centres d'intérêt qu'elle aurait préféré que je ne possède pas.

La jeune femme était décidément perspicace. Lila s'était débarrassée de cette liste voilà un moment déjà.

— Bien. La bonne nouvelle, c'est que nous avons un nouveau visiteur qui va se présenter aujourd'hui.

— Avez-vous perdu l'esprit ? demanda la princesse, ébahie. Qui que ce soit, renvoyez-le. Je n'ai aucune intention de le recevoir.

— Je pense pourtant que, étant donné les sentiments que vous ont inspirés les deux premiers prétendants, ce gentleman pourrait être celui qu'il vous faut.

— Étonnamment, Lady Aleksander, je ne vous fais pas particulièrement confiance.

Oh ! elle était furieuse. C'en était fini, des « Lila ». Retour au protocole.

— Il s'agit du prince Michel de Miraval, un très joli petit royaume situé en Méditerranée qui, je crois, vous plairait beaucoup en été.

La princesse Justine soupira d'un air douloureux. Elle plongea vers le chien, qu'elle cala sous son bras. De sa main libre, elle attrapa son panier et, après avoir jeté un regard perçant à Lila, elle se dirigea vers la maison.

La marieuse se précipita à sa suite afin de poursuivre la conversation. Comme la princesse était plus grande et sa foulée plus longue, il lui fallut trotter pour rester au même niveau.

— C'est un authentique gentleman. Il est très gentil, et il adore les animaux. Il a d'ailleurs une vraie ménagerie ! Des chèvres, des poules, des chiens, des chats. Vous aimez tous les animaux ? Ou est-ce seulement les chiens qui ont votre faveur ?

— Oui, bien sûr, j'aime tous les animaux ! Quel genre de monstre n'aime pas les animaux ? Mais je vais difficilement m'éprendre de quelqu'un sous prétexte qu'il possède une poule !

— Il possède également bien des livres. La dernière fois que nous nous sommes vus, nous avons eu une conversation passionnante à propos de Voltaire.

— Taisez-vous, par pitié, supplia la princesse.

Derrière elle, la voix d'un garde se fit entendre :

— *Basta !*

— Désolée, je ne parle pas le weslorien, répondit Lila sans même se retourner.

— Le weslorien ? C'est de l'italien ! Et il vous ordonne le silence.

— Le prince vient d'une grande fratrie, dont il s'est beaucoup occupé. Il fera un très bon père. Et bien qu'il soit… plaisant à l'œil, il n'a pas cette beauté qui fait que les femmes se jettent à sa tête. Contrairement à Mr Ashley.

La princesse accéléra le pas.

— Il a un an de plus que vous et est l'héritier d'un vaste empire maritime.

Justine ne s'arrêta que pour poser Dodi, puis elle commença à monter rapidement les marches, la chienne galopant à ses côtés. Lila ne parvenait pas à tenir le rythme. Elle finit par lancer, à tue-tête :

— Il arrivera à l'heure du thé !

Puis elle tenta de reprendre son souffle. La princesse, elle, poussa un cri irrité tout en s'engouffrant dans la maison. La chienne marqua une pause, afin de jeter un dernier regard à Lila en remuant la queue. Mais quand elle vit que Lila ne le rappelait pas, elle emboîta le pas à sa maîtresse.

Lila se laissa tomber sur une marche afin de permettre à sa respiration de se calmer. Elle n'avait qu'une hâte : raconter ce qui venait de se passer à Valentin. Il ne saurait tarder à la rejoindre.

Une fois tout à fait remise, elle se leva et commença à se promener, savourant le soleil qui caressait son visage et ses cheveux. Elle suivit un sentier, qu'elle connaissait bien à présent. Il contournait la demeure pour s'enfoncer dans les bois. Une fois à l'angle de la maison, elle aperçut dans l'allée un visiteur à cheval, qui venait tout juste d'arriver.

Lila s'arrêta, la main en visière, protégeant ses yeux des rayons du soleil. Un sourire éclaira son visage quand elle vit de qui il s'agissait.

— Eh bien, eh bien, cher Lord. Vous ne parvenez plus à vous passer d'elle, pas vrai ?

Elle observa William Douglas alors qu'il confiait les rênes de sa monture à un palefrenier. Il tenait à la main un objet, qu'il lâcha par inadvertance, et qu'il se baissa promptement pour ramasser : il s'agissait d'un livre. Il apportait à la princesse un *livre*. Il l'épousseta et le tint fermement tandis qu'il avançait vers le seuil d'un pas décidé.

Lila sourit. Elle aimait lorsque ses plans se déroulaient à la perfection.

Il était temps, à présent, de préparer Robuchard à un mariage qu'il n'avait ni prévu ni souhaité. Durant sa balade dans les bois, elle composa mentalement la missive qui pourrait l'y aider.

Avant d'arriver à Prescott Hall, William avait déjà eu une journée bien chargée.

Il avait d'abord envoyé un télégramme à Robuchard.

Votre marieuse est d'une incompétence à peine croyable ! Heureusement que je suis là pour limiter les dégâts ! Je vous suggère de la renvoyer immédiatement !

Ewan lui avait montré les points d'exclamation, non sans nervosité.

— Ils ne vont pas aimer ça, milord. Le petit bonhomme : il devient rouge comme une pomme dès qu'il les voit.

— Ces symboles, comme vous les appelez, font partie intégrante de la langue écrite, Ewan. Donnez-lui donc...

Il retira une couronne de son porte-monnaie et la tendit à MacDuff.

— Dites-lui que la ponctuation doit rester. Elle seule peut rendre compte de l'urgence de la situation.

Ewan soupira, avant d'osciller vers la sortie comme un bébé géant, en marmonnant dans sa barbe.

Ensuite, William avait rendu visite à Beck. Sans s'être annoncé, ce qui était grossier, mais il s'en fichait bien. On était après tout en temps de crise : sa mission avait bouleversé son existence et ses sentiments. On le conduisit dans le jardin de la propriété, où la famille Hawke au complet s'adonnait à ses loisirs. À bien y penser, il en était ainsi chaque fois qu'il leur rendait visite. La femme de Beck, assise, feuilletait un magazine de mode. Son ventre pointait, sous sa robe : on aurait dit qu'un autre enfant allait en jaillir d'un instant à l'autre.

Beck était étendu dans l'herbe. Trois petites demoiselles lui grimpaient dessus, manipulaient ses membres à leur gré. La quatrième, la plus jeune d'entre elles, était allongée à côté de lui, et elle suçait son pouce.

Donovan, le mystérieux précepteur – un ami, supposait Douglas –, était assis sous un arbre, en train de lire.

William les salua, avant de faire basculer son poids d'une jambe sur l'autre – un geste qui traduisait une certaine impatience.

— Douglas, lança Beck, jovial. Qu'est-ce qui nous vaut le plaisir ?

— J'ai besoin de conseils.

— De conseils ! Il a besoin de conseils, mon amour ! répéta Beck, comme si sa femme n'avait pas entendu.

— Nous en avons tous besoin, de temps à autre, répondit-elle. J'ai pour ma part besoin de conseils concernant la robe que j'envisage de commander. Il y a tant de différents modèles…

— Alors là ! dit Donovan. Je vous ai très gentiment donné mon avis, et vous n'en avez eu que faire.

Lady Iddesleigh lâcha un instant son magazine des yeux.

— Je vous l'ai dit, Donovan : hors de question que je porte du jaune ! Avec mes cheveux roux ?

— C'est exactement *pour cette raison* que vous devriez porter du jaune, insista le précepteur.

William avait un but précis, en venant ici, et il ne comptait pas s'en laisser distraire, mais il ne pouvait s'empêcher de se demander… qui *diable* était cet homme ? Et quelles étaient ses relations avec les Iddesleigh, au juste ?

— Douglas, la discussion que tu souhaites avoir

est-elle convenable pour quatre paires d'oreilles géantes ? demanda Beck.

La plus âgée – qui se prénommait Mathilda, si les souvenirs de Douglas étaient exacts – leva les yeux.

— Qui a des oreilles géantes, père ?

— Vous quatre. Des oreilles… d'éléphant ! Regarde : elles claquent au vent.

— Je n'ai pas des oreilles d'éléphant ! protesta l'enfant en criant.

Et, ensemble, les filles attaquèrent leur père, se jetant sur son ventre et ses jambes pendant que Beck feignait la détresse en poussant de hauts cris et en battant les bras.

Le tableau était charmant et, s'il n'eût été dans une telle urgence, peut-être William se serait-il arrêté un instant pour admirer la façon dont Beckett Hawke, de tous les hommes présents sur cette terre, y semblait parfaitement à sa place.

— Non, elle n'est pas convenable, répondit le marquis.

Beck l'ignora : il chatouillait les petites, à présent. Heureusement, Lady Iddesleigh finit par prendre pitié de leur visiteur.

— Bon, mes chéries, ce monsieur sollicite votre père. Katy ! Katy, où êtes-vous ? Pourquoi ne vous trouve-t-on jamais quand on a besoin de vous ? lança-t-elle, apparemment à l'attention d'une servante.

— Si cette fille a deux sous de jugeote, elle est probablement en train de faire l'une des chambres à l'autre bout de la maison, dit Donovan. Loin de ces quatre-là.

Il referma son livre et se leva, d'un bond, pour foncer en direction des enfants, qui présentement bourraient leur père de coups de poing. Lady Iddesleigh parvint à s'extraire péniblement de son siège et tendit les mains vers ses filles.

— Allez, venez, mes trésors.

En entendant leur mère, trois d'entre elles abandonnèrent leur père sans même un regard en arrière. Donovan enjamba Beck, ramassant le bébé au passage, et suivit la troupe, une main posée fermement sur la tête d'une des filles qui avait tenté de dévier sa course pour se précipiter vers la table de jardin où attendaient une profusion de fruits et une carafe d'eau. Il la maintenait dans la bonne direction.

William s'inclina sur le passage de Lady Iddesleigh, qui se dandinait, les mains calées dans le creux de ses reins.

— J'espère que le conseil que te donnera mon mari sera plus avisé que celui qu'il m'a offert, un jour que je me plaignais que nous n'ayons jamais eu de garçon.

Elle désigna son ventre d'un air entendu.

— Je l'espère aussi, lâcha Donovan en passant, un bras consacré au bébé et l'autre à la cadette.

Beck se redressa sur son séant, les jambes tendues devant lui. Il regardait sa famille et Donovan, qui grimpaient l'escalier, et déclara :

— Le prochain a intérêt à être un garçon, parbleu ! Suis-je condamné à vivre au beau milieu d'un gynécée ?

William lui offrit la main pour l'aider à se relever. Beck était en chemise, manches retroussées jusqu'aux coudes. Il bondit sur ses pieds, rajusta son gilet, passa la main dans ses cheveux – qui restèrent ensuite dressés sur sa tête – et épousseta un brin d'herbe accroché à l'une de ses jambes de pantalon. Il se dirigea vers la table de jardin et se servit un grand verre d'eau.

— Elles auront ma mort, toutes autant qu'elles sont. Quand je pense que je me plaignais de Caro, Eliza et

Hollis ! Elles étaient de véritables anges, comparées à ma progéniture.

Beck but, puis regarda William en s'essuyant la bouche du revers de la main.

— Bon, bien. Quel genre de conseil es-tu venu chercher, mon ami ?

— J'ai besoin de savoir comment me débarrasser d'une marieuse.

Beck rit. Pas William. Donovan, remarqua-t-il, était de retour sur la terrasse. Certes, William voulait que la conversation demeure privée, mais il souhaitait avant tout se rendre à Prescott Hall le plus vite possible.

— Elle n'aurait pas pu trouver pires prétendants pour la princesse que ceux qu'elle lui a présentés jusqu'à présent. *Principe* di Aggiani. Jonathan Ashley.

— Ashley ! Le sale petit bâtard… Une fois, il a tenté de rendre une visite à ma sœur Caro : je ne l'ai pas laissé atteindre le seuil de la maison.

— Il doit bien y avoir quelque chose que je puisse faire ! insista William.

— Et quoi ? rétorqua Beck, la tête penchée sur le côté. Et puis, pourquoi te préoccupes-tu de l'identité de celui que la princesse épousera ?

— Je… je ne m'en préoccupe pas, bafouilla légèrement le marquis.

Il aurait pu se gifler. Il avait eu une telle hâte de demander à Beck de l'aide qu'il ne s'était pas préparé à répondre à la moindre question !

— Enfin, *si*, je m'en préoccupe, car il s'agit de mon amie… Mais c'est tout.

— Mmm, hmm, lâcha Donovan avec scepticisme.

William se gratta l'arrière de la nuque.

— Beck. J'ai besoin d'un coup de main.

— Eh bien, je t'aiderai, bien sûr ! s'exclama Beck en posant son verre. Très bien. Voilà mon conseil, en tant qu'ami. Tu m'écoutes attentivement ?

William opina, et fit signe à Beck de se dépêcher.

— C'est de ne pas te mêler de ça. De laisser Lady Aleksander faire son travail. La princesse doit se marier, et sous peu, si j'en crois ce qui se dit de la santé de son père. De toute façon, tu seras bientôt chassé de son cercle de fréquentations : une rumeur venue d'Écosse a commencé à se propager dans Londres.

Le cœur de William cessa de battre.

— Quelle rumeur ?

— Tu ne le sais réellement pas ? demanda Beck. Tu veux que je te répète tout ce que j'ai entendu jusqu'à présent ? Parce que, je te préviens, c'est long. Mais si tu préfères, je peux m'en tenir aux parties vraiment scabreuses.

Donovan rit.

William avait craint le pire, étant donné le charabia d'ivrogne que lui avait tenu Ashley. Mais l'espoir est une chose puissante, capable de voiler la plus grande des peurs.

— Une rumeur… concernant mon père, peut-être ?

Beck secoua la tête.

— Concernant ta personne et une campagnarde.

Le marquis sentit le sang quitter son visage. Tout l'argent que son père avait dépensé afin de garder le secret… William l'avait prévenu que jamais ça ne fonctionnerait.

— Je n'ai rien fait, je le jure, sur Dieu je le jure. Il ne s'est rien passé, sinon que j'ai essayé de l'aider.

Beck leva la main : il était inutile que William continue de gâcher sa salive.

— Ce n'est pas moi qu'il faut convaincre.

Le marquis fut soudain foudroyé par la perspective terrifiante de ces médisances parvenant à Justine. Son cœur se serra de désespoir en pensant à l'injustice de la situation. Il préférerait mourir que de s'attirer son mépris. Il voulait qu'elle l'estime, il voulait qu'elle… l'*aime*.

Qu'elle partage le sentiment qui, chaque jour, grandissait un peu plus en lui.

Il ne pouvait supporter l'idée d'être exclu de son cercle social, mais il connaissait suffisamment l'aristocratie pour savoir que c'était ce qui se produirait, en un claquement de doigts. Il adorait sa compagnie. Il la trouvait passionnante, rafraîchissante, et tout cela lui était insoutenable.

— On dirait que vous allez vous trouver mal, monsieur, dit Donovan.

— Je crois bien que je fais une crise cardiaque, admit William.

— J'ai une idée, lança le précepteur.

William le toisa.

— Fantastique. Mais peut-on savoir qui vous êtes ? En dehors du fait que vous vous occupez des enfants ?

Beck éclata de rire.

— Il n'est pas notre nourrice, Douglas !

— Disons simplement que je suis un vieil ami de la famille. Alors ? Voulez-vous entendre mon idée, oui ou non ?

William aurait accueilli n'importe quelle aide. Il lui fit signe de parler.

— Invitez la marieuse à prendre le thé avec vous. Donnez-lui les informations dont vous disposez concernant les messieurs qu'elle pressent et offrez-lui votre aide. Un beau garçon comme vous, elle acceptera.

— Merveilleuse idée, Donovan, dit Beck. Évidemment, c'est la solution ! Il ne gagnera rien à s'opposer à elle…

Son regard se tourna vers William.

— … donc, à la place, courtise-la.

Chapitre 25

Le même jour, William arriva à Prescott Hall un peu déprimé. Ce n'était pas son genre de se montrer d'humeur maussade : s'il y avait une chose qu'on pouvait dire de lui, c'était qu'il savait faire preuve d'un certain stoïcisme. Même devant les frasques de son père, il avait appris à ne pas manifester de profond désespoir. En tant qu'aîné et héritier, William avait compris très tôt qu'il valait mieux garder ses sentiments par-devers lui. Sinon, il prendrait le risque qu'ils ne deviennent un sujet de discussion, débattu par toute la famille à l'heure du dîner. Sa mère, en particulier, ne tenait pas à voir son fils accablé ou irritable.

Mais ce n'était pas que cela. Au fond, il avait toujours su ce que lui inspiraient précisément les gens, les circonstances et les situations. Il n'avait jamais eu à questionner ses sentiments auparavant : ces derniers lui apparaissaient avec clarté. Or, là, il n'arrivait pas à faire la part des choses. Il avait beau être de nature pragmatique, il se sentait pour une fois d'un optimisme déraisonnable. Et, bien qu'il soit assez sage pour s'être malgré tout préparé au pire, la perspective lui occasionnait une singulière souffrance.

Il n'aimait pas douter, et voilà que les doutes le submergeaient, comme une colonie de fourmis grouillantes.

Il descendit de sa monture et laissa échapper le présent qu'il avait apporté pour Justine. Il le ramassa rapidement, l'épousseta, puis se dirigea d'un pas résolu vers la maison avant que son courage l'abandonne. C'était bien lui, là, avec sous le bras un cadeau pour une femme qui n'était même pas sa maîtresse.

Le majordome l'accueillit sur le pas de la porte et lui tendit la main pour récupérer son chapeau.

— Son Altesse Royale cueille des fleurs, l'informa-t-il. Vous la trouverez près des parterres, côté est.

Il lui montra un long chemin qui longeait l'aile orientale de la demeure.

— Le garde va vous annoncer.

À l'endroit où la voie disparaissait derrière la maison, une sentinelle se tenait debout, dos au mur. L'homme avait l'air de s'ennuyer. Et de dormir à moitié.

— Merci, dit William en remettant son chapeau au majordome.

Puis il suivit la direction indiquée. Comme il approchait, le veilleur se mit au garde-à-vous.

— *Stat*.

William ignorait le sens du mot, mais il supposait qu'il signifiait : « Halte. »

— Le majordome m'envoie, mon vieux.

Une voix de femme se fit entendre :

— *Las ta lebi !*

Il se pencha sur la gauche, pour voir au-delà de la sentinelle. Justine n'était qu'à quelques mètres. L'énorme bord de son chapeau de paille dissimulait une partie de son visage. Ses cheveux étaient rassemblés en une longue queue-de-cheval, qui lui tombait dans le dos. Elle portait un tablier de jardinage par-dessus sa robe bleue.

Le garde s'écarta et laissa William passer, non sans lui avoir lancé un regard noir, comme s'il eût désapprouvé l'ordre donné par Son Altesse. Le marquis se dirigea vers la princesse.

Justine reposa son panier vide et enleva ses gants de travail. Elle chassa une mèche qui dérangeait ses yeux.

— Pourquoi tout le monde s'obstine-t-il à sortir me parler dans le jardin, aujourd'hui ?

— Sûrement parce que c'est plus efficace, étant donné que c'est là que vous vous trouvez.

Elle était très séduisante, déguisée en petite pépiniériste. Cette allure simple lui allait à ravir.

— Où est Dodi ? demanda-t-il en cherchant la chienne des yeux.

— La pauvre créature était épuisée, je l'ai confiée à Lady Bardaline. Vous êtes venu pour me narguer, je suppose ? s'enquit-elle en le scrutant.

— Votre Altesse Royale, *jamais* je ne vous narguerais : ce serait *bien trop* impoli. Je suis simplement là pour vous restituer ceci.

Il fouilla sa poche et en sortit le bracelet.

Le visage de Justine changea instantanément. De surprise, elle retint son souffle, avant de le regarder avec gratitude. Un sourire chaleureux éclairait à présent sa figure.

— Vous l'avez trouvé !

— Eh oui !

— Merci mille fois.

Elle fit un pas en avant, paume ouverte. Il y fit glisser le bijou.

— Je me *désespérais* de le revoir un jour. Mon père me l'a donné lorsque j'ai été officiellement investie héritière de la couronne. Vous voyez, ici ? Nos initiales entrelacées : le roi en exercice et son successeur.

— Je les vois, oui.

Elle joua avec la fine chaîne en or au « M » et au « J » tressés.

— Où l'avez-vous trouvé ?

— Dans le salon des Grafton, non loin de l'endroit où votre tiare est tombée hier soir. Tenez, permettez-moi.

Il glissa le livre sous son bras et prit le bracelet, qu'il enroula autour du poignet de Justine, avant d'attacher le fermoir. Puis il le caressa, ce poignet, avec son pouce – un geste exécuté sans réfléchir, parce qu'il voulait sentir sa peau, savoir si elle était aussi lisse et soyeuse qu'il le supposait.

Elle leva lentement les yeux vers lui.

— Qu'est-ce que c'était ?

Il garda son regard rivé au sien et haussa les épaules. Puis il toucha de nouveau la peau, dans l'espoir que son pouce mémorise la sensation de celle-ci.

— Rien.

Il lâcha à contrecœur la main de la princesse et récupéra l'ouvrage qu'il avait sous le bras.

Elle le fixa un moment, un œil dissimulé par le bord de son chapeau, puis elle baissa la tête.

— Et ça ? Qu'est-ce que c'est ?

— Je vous prie de m'excuser…

Elle désignait le livre.

— Oh ! ça ?

Il se sentait ridicule, soudain. Pourquoi l'avait-il apporté ?

— C'est… Je pensais que vous pourriez…

Grotesque ! Toutes ces manières étaient si éloignées de son caractère.

Justine lui épargna l'humiliation d'avoir à s'étouffer en

admettant que c'était un cadeau : elle lui prit le volume des mains.

— Vous aimez lire, et je… je pensais…

Il s'éclaircit la gorge, avant de poursuivre :

— William Thackeray est un romancier anglais…

— Je le sais bien.

Elle examinait le dos de l'ouvrage en plissant les yeux.

— Ce roman a pour titre *L'Histoire de Henry Esmond*. Assez anglais, dans son genre. Et réussi : j'ai passé un agréable moment.

Elle releva les yeux, avec une expression dubitative.

— Vous l'avez donc lu ?

— Vous m'offensez : je sais lire, figurez-vous, madame. Et comme vous, j'aime ça.

— C'est que… je n'ai jamais connu de gentleman qui apprécie les œuvres de fiction.

— Tout écrit est une œuvre de fiction. Ce n'est qu'une question de degrés.

Elle rit, puis sortit de sa poche une paire de lunettes, avec laquelle elle se débattit, essayant de les enfiler tout en tenant le livre. Lorsque William tenta de récupérer son présent pour l'aider, elle le lui arracha des mains. Elle réussit à placer les lunettes sur son nez et ouvrit le livre à la première page.

William cligna des yeux. Il ne s'était pas attendu à ce qu'elle soit si… charmante, avec ses lunettes. Lorsqu'elle ne les portait pas, elle était élégante, raffinée, belle – elle avait tout d'une reine. Mais avec, elle était – lui-même n'en revenait pas de penser ça – *adorable*.

Elle cessa de lire et fronça les sourcils avec curiosité.

— Qu'est-ce que c'est que ce regard ? N'avez-vous donc jamais vu quelqu'un qui porte des lunettes ? Peut-être que j'ai l'air stupide, mais elles me sont indispensables pour lire. Ce n'est pas comme si je pouvais y faire quoi que ce soit !

— Vous n'avez pas l'air stupide. Vous portez les lunettes mieux que quiconque.

— Ne me taquinez pas, dit-elle, les yeux de nouveau braqués sur le livre.

— Je ne vous taquine pas, Justine. Vous avez l'air…

Il dut faire une pause pour déglutir. Cela ne lui ressemblait vraiment pas !

— … ravissante.

Elle en oublia sa lecture.

— Ravissante ?

Ses yeux ambrés brillaient d'amusement derrière les verres. Elle rit. Et alors, William ne put s'en empêcher : il prit son visage entre ses mains et l'embrassa, avec tant d'empressement que le large bord de son chapeau fut pris entre leurs nez.

Justine couina instantanément contre sa bouche et posa une main sur son torse pour le repousser.

— Vous avez perdu la tête !

Elle regarda ensuite en direction de l'endroit où veillait la sentinelle.

— Oui, peut-être, répondit-il, aussi stupéfait qu'elle.

— Je pensais que c'était à moi de m'acquitter du baiser ?

— Il ne s'agissait pas du pari, dit-il, agacé contre lui-même.

— Alors qu'est-ce que c'était ? Je sais que vous devez être terriblement content d'avoir de nouveau deviné juste.

— Je ne suis pas content : je suis en colère qu'il vous ait été présenté.

— J'aurais dû vous écouter.

Elle se détourna et s'enfonça dans le jardin.

— Vous aurez apparemment bientôt une autre occasion de prouver votre incroyable talent et d'écrire à Robuchard. Un nouveau prétendant doit arriver ce soir. Le prince Michel de Miraval. L'avez-vous déjà rencontré ? Voulez-vous m'informer maintenant des raisons pour lesquelles il constitue le mauvais choix ?

— Je n'ai jamais entendu parler de Miraval, et encore moins de ce... *prince*, dit-il en appuyant le titre d'un geste de la main.

Et il pouvait, de fait, lui dire en quoi il était le mauvais choix... Mais pas pour les raisons auxquelles elle s'attendait. Heureusement, la question que Justine lui avait posée était purement rhétorique : il n'aurait donc pas à mettre des mots sur ses sentiments compliqués.

— Miraval est une petite principauté au bord de la Méditerranée. Mes ancêtres l'ont gouvernée avant d'en être chassés par les Espagnols.

— Une *petite* principauté ? Voilà qui me semble un motif suffisant pour ne pas recevoir cet individu.

Justine rit de la plaisanterie et remonta une rangée d'arbrisseaux taillés de façon à former un papillon géant. Elle jeta un coup d'œil au garde, puis à William, avant de disparaître derrière l'imposante sculpture végétale.

La sentinelle, une épaule contre le mur, leur présentait son dos. En deux enjambées, William fut lui aussi derrière la créature ailée.

Là se trouvait un banc. Par une petite brèche entre les arbustes, on pouvait voir de l'autre côté. Le garde. Justine s'assit, laissant son chapeau de paille dégringoler et atterrir derrière elle.

— Ce soldat est le plus paresseux de tous. Il ne se rendra compte de rien.

— Vous êtes sûre ?

Elle opina, puis serra contre sa poitrine le cadeau qu'il avait apporté.

— C'est très gentil de votre part, William. J'aime lire en effet, et il m'est arrivé de dévorer des ouvrages remarquables, pas seulement des romans. Je…

Il s'assit à côté d'elle, se pencha pour lui ôter ses lunettes, les pliant soigneusement.

— Que faites-vous ?

— Vous avez mentionné le pari que vous avez perdu…

— Bien sûr. Je suis une femme de parole.

— Bien, dit-il.

Et il effleura la ligne de sa mâchoire avant d'embrasser sa joue. Elle soupira doucement.

— Je vais être reine, se justifia-t-elle. Il est impératif que j'honore ma parole. Perdre la confiance du peuple, c'est mettre son règne en péril.

— C'est une maxime que vous avez trouvée dans un livre ?

Il embrassa l'autre joue, puis s'approcha de son cou. Elle inclina la tête pour le laisser faire.

— C'est mon père qui m'a dit ça un jour. Il m'a appris tout ce que je sais, en réalité.

— Peut-être vous a-t-il déjà conseillé de ne jamais gager ce que vous auriez peur de perdre ?

Il posa la main sur son genou, puis descendit jusqu'à l'ourlet de sa jupe, trouvant la cheville sous les couches de tissu. Il gardait les yeux fixés sur son visage. C'est ainsi qu'il remarqua la constellation de minuscules taches de rousseur sur l'arête de son nez. Que l'un de ses sourcils était un peu plus haut que l'autre. Comment le soleil se reflétait dans ses yeux dorés.

— Je n'ai pas peur de perdre, répondit-elle. Ma seule crainte est de passer à côté de ma vie.

Il s'interrompit un instant.

— Vous ne passerez pas à côté de votre vie. Pas si vous le refusez.

Puis il se pencha en avant pour embrasser la naissance de son cou. Justine renversa la tête en arrière. Il remonta lentement la main le long de son mollet, par-dessus le bas de soie, jusqu'à atteindre son genou nu. Il l'étendit inspirer et, d'un baiser, il scella l'air dans sa poitrine.

— Monsieur, vous prenez bien des libertés avec ma personne, murmura-t-elle avant de l'embrasser en retour, ses doigts frôlant son visage, puis glissant dans ses cheveux.

— C'est parce que je ne parviens pas à vous résister. Voulez-vous que je m'arrête ?

Elle lui adressa un sourire lascif.

— Je n'ai pas dit ça.

Il remonta encore la main, au-delà de la dentelle de sa culotte, entre ses cuisses. Il s'attendait à ce qu'elle l'arrête, qu'elle repousse sa main, qu'elle prévienne le garde. Mais elle ne fit rien de tout cela : elle écarta légèrement les jambes.

Le tourbillon du désir se leva en lui de façon instantanée – cette mécanique implacable qui rend impossible le fait de former la moindre pensée. Justine frémit lorsqu'il caressa sa cuisse, haletant contre sa bouche, puis mordant sa lèvre inférieure. Il déplaça sa main plus haut.

— On ne peut pas faire ça, chuchota-t-elle à son oreille.

— Je vais arrêter…

— Non !

Elle retint sa main pour qu'il la laisse en place.

— Je voulais dire… Peu importe ce que je voulais dire. Je ne veux pas que vous arrêtiez.

Elle aurait tout aussi bien pu déchirer sa robe et lui faire face, complètement nue.

Le baiser qu'il lui donna fut le reflet de la tempête qui s'était levée en lui ; un ouragan de luxure, de désir, de considération mêlés, qui le repoussait vers un horizon voluptueux. Il glissa les doigts dans la fente de sa culotte, puis les enfonça dans les plis de sa chair.

William entendit nettement la respiration de Justine se bloquer, et son cerveau se mit à ressasser les mêmes idées. Il fallait qu'il s'arrête. Il l'avait mal comprise. Comment avait-il pu être aussi stupide ?

Ce fut presque comme si elle lisait dans son esprit, car alors, elle l'embrassa. Elle l'embrassa fort, enfonçant sa langue dans sa bouche, laissant son souffle se mêler au sien. Elle caressa ses épaules. Se pressa contre lui. Son dos s'arqua.

Il eut une pensée, distraite et lointaine, pour le fait qu'ils étaient dans un jardin, que n'importe qui pourrait venir et le surprendre en train de débaucher la future reine de Weslorie. Ce serait un désastre pour eux deux. Mais Justine murmura des encouragements… Il n'était ni un héros ni un saint : ce qui était en train de se produire, il le voulait aussi fort qu'elle.

Elle lui faisait perdre la tête à un point inconcevable, et cela l'inquiétait. Il aurait sans mal renoncé à Hamilton rien que pour la toucher et pour sentir en retour les caresses dont il se languissait. Cela faisait une éternité qu'il n'avait pas été aussi excité : le sang bouillonnait dans ses veines, son corps entier était tendu, son cœur battait comme un fichu tambour des Highlands. Il la caressait, son doigt tourbillonnant, se glissant en elle et autour de son sexe, encore et encore et encore. Justine se pressait contre sa main, bougeant contre lui, accordant son rythme au sien.

Rien de tout cela n'aurait dû se produire. Elle était censée refuser ses avances, avoir d'autres préoccupations, être au-dessus de ça, indifférente à son désir pour elle. Au lieu de quoi, elle avait déclenché en lui cette chaleur furieuse, fébrile et inextinguible, dont il ne savait que faire.

Lorsque son pouce se posa sur la partie la plus sensible de l'intimité de la princesse et que ses doigts exécutèrent leur danse savante, elle haleta de nouveau, se soulevant contre lui, puis elle finit par pousser un cri de libération qu'elle étouffa contre son épaule. Autour de ses doigts, il sentit son corps entier s'amollir. Il la rattrapa pour l'empêcher de glisser du banc. Quand elle fut complètement immobile, il retira sa main, rabattit ses jupes et sortit un mouchoir de sa poche.

Justine ouvrit les yeux et le regarda franchement. Ses yeux étaient dorés et chauds comme le soleil. Elle pressa la paume contre sa joue. Il sentit un courant d'émotion passer entre eux, quelque chose qui ressemblait à s'y méprendre à de l'affection mutuelle.

Il ramassa ses lunettes et les lui remit sur le nez en souriant tendrement. Justine se pencha pour l'embrasser avec une douceur qui le fit se sentir quelque peu en apesanteur. Elle s'assit et attrapa son grand chapeau. Elle le mit sur sa tête, croisa les mains sur ses genoux et se tourna vers lui.

— Si d'aventure il vous fallait qualifier ce qui se passe entre nous, que diriez-vous, exactement ?

— Bonne question.

Il secoua la tête.

— Je… vous tiens en haute estime, Justine. J'apprécie beaucoup votre compagnie. Et je vous trouve incroyablement attirante.

Le sourire de la princesse s'élargit.

— Je pense la même chose de vous, en dépit du bon sens. C'est de la folie, William ! Je suis en Angleterre pour me fiancer, pas pour me jeter dans une aventure qui ne fera que compliquer les choses. Et je ne peux pas continuer à faire ces paris !

Elle avait lancé cette dernière remarque en regardant vers le ciel, presque comme si elle implorait l'aide d'une puissance supérieure.

— C'est ma faute. Je n'arrive pas à me contrôler quand je suis près de vous.

— Ce n'est pas uniquement votre faute : j'étais tout aussi désireuse que vous de… parier, admit-elle les yeux brillants.

— Justine, je…

— *Princia ! Princia !*

Le garde avait donc fini par se rendre compte de son absence…

— Ils me cherchent.

Elle se pencha pour ramasser le livre qu'il lui avait donné et, après un dernier regard, empli d'insatisfaction, de frustration devant cette conversation qui n'avait pu être menée à son terme, elle s'éloigna, arrangeant au passage son chapeau.

William était lui aussi mécontent. Il n'était pas sûr de ce qu'il avait failli lui dire. *Ne rencontrez pas d'autres prétendants. Regardez-moi. Il y a des choses me concernant que je dois vous dire, qui vont ruiner mes chances, mais je vous veux. Je vous aime.*

Il resta sur le banc encore un moment, en plein conflit intérieur, incapable de se réconcilier avec le monde et avec lui-même.

Chapitre 26

Le garde avait l'air paniqué quand Justine reparut de derrière les arbres taillés, et, pour tout dire, il y avait de quoi. La princesse aurait pu se faire kidnapper, être décapitée, sa tête se baladant au bout d'une pique, à l'heure actuelle ! Non qu'elle risquât de se plaindre – après tout, elle allait bien, et, surtout, elle serait morte de honte si jamais la sentinelle avait fait irruption derrière le papillon quelques instants plus tôt.

Rien que d'y penser, elle en avait le feu aux joues. Elle ramassa son panier en se demandant si son expression trahissait quoi que ce soit de ce qui s'était passé derrière les arbustes.

— Votre Altesse Royale, on vous demande, l'informa le soldat, anxieux.

Et il s'inclina d'un coup sec.

— Comme toujours, rétorqua Justine.

Elle aurait pourtant aimé se retirer jusqu'à ce que le bouillonnement dans son sang retombe. S'asseoir seule, et penser à ce qui s'était produit sans qu'elle éprouve une once d'hésitation. Penser à la façon dont elle avait espéré que quelque chose de ce genre advienne, à la façon dont elle l'avait encouragé.

Une fois l'effervescence dans ses veines calmée, elle aurait réfléchi à celle qu'elle était en train de devenir. Elle n'était plus la même que lorsqu'elle avait rencontré Aldabert. Elle ne se souvenait même plus de son caractère à l'époque.

Mais celle qu'elle était à présent voulait être avec William. Elle voulait savoir s'il sentait lui aussi cette ébullition dans son sang.

Elle jeta un coup d'œil par-dessus son épaule. William était là, il l'avait suivie hors du bosquet.

— Monseigneur…

Elle n'eut pas le temps d'en dire plus : la voix de Lila retentit. En l'entendant, Justine poussa un gémissement imperceptible.

— Votre Altesse Royale, nous vous avons trouvée !

Elle offrit à William un sourire triste et fit volte-face alors que Lila arrivait dans le jardin, Lady Bardaline sur les talons.

— Bien sûr, vous m'avez trouvée ! Ce n'est pas comme si je m'étais cachée.

Oh ! Seigneur. Elle se rendit compte, au léger haussement de sourcils de Lila, qu'elle s'était exprimée avec un peu trop d'empressement. Voilà que la curiosité de la marieuse était piquée.

— Je m'excuse de vous interrompre, mais le prince Michel est arrivé.

— Déjà ? demanda Justine.

— Ici ? s'exclama William au même moment.

Lady Bardaline avança d'un pas.

— Je vous demande pardon, monseigneur, mais la princesse est contrainte par ses engagements et…

— D'ailleurs, la coupa Lila, quel heureux hasard de trouver Sa Seigneurie ici ! Cher Lord, vous devez rester pour le souper. Un délicieux dîner a été préparé en l'honneur de notre invité de marque. Le menu, je crois, est français.

Justine ne savait ce qui la réjouissait le plus : que Lila invite William à rester, ou que Lady Bardaline affiche soudain un air aussi mécontent.

— Merci, mais je ne veux pas m'imposer…

— Vous ne vous imposez pas ! insista la marieuse.

Puis elle se tourna vers Justine pour que cette dernière confirme.

William semblait mal à l'aise, comme s'il ne savait quoi faire. Cela ne ressemblait pas à l'homme qui, jusque-là, n'avait pas raté une occasion de donner à Justine son avis. Sa soudaine timidité enhardit la princesse.

— S'il vous plaît, monseigneur, restez. Le dîner sera plus gai si vous y assistez. Et je ne doute pas que vous aurez des conseils utiles à me prodiguer.

Le regard qu'il lui lança la transperça, et lui laissa comme un trou dans le cœur.

— Nul doute que vous en ferez bon usage, Votre Altesse.

Et ils échangèrent un sourire complice.

— Bien, c'est d'accord : si Son Altesse Royale désire ma présence, je serais ravi de me joindre à vous.

— Mais n'est-il pas préférable de…

Lady Bardaline ne finit pas sa phrase. Elle semblait sur le point de pleurer. Elle jeta un coup d'œil au panier de Justine.

— Qu'est-ce que c'est ?

Justine baissa les yeux. C'était de toute évidence un livre. Mais maintenant, Lila l'avait elle aussi remarqué.

Quel était ce regard ? Que soupçonnait-elle, au juste ? C'était un livre, pour l'amour du ciel ! Pourquoi lui sourire de cette façon ? L'attitude de Justine l'avait-elle trahie ? La princesse se sentait soudain anxieuse, exactement comme le jour où elle avait compris que sa mère avait découvert la vérité concernant Aldabert Gustav. Et elle n'avait aucune intention de laisser cette pénible scène se reproduire un jour. Aussi redressa-t-elle les épaules, et dit-elle :

— Lady Bardaline, auriez-vous l'amabilité de veiller sur Lord Douglas jusqu'à l'heure du souper ?

Puis, sur ce, elle s'en alla, sans s'excuser ou s'expliquer devant la petite coterie, comme son rang le lui permettait – même s'il lui fallait fréquemment se forcer à s'en souvenir.

Elle ne répondrait pas aux questions, ne se préoccuperait pas des regards réprobateurs : elle allait prendre un bain, lire son livre, caresser son chien, et penser à ce qui s'était produit dans le jardin.

Séviana la convainquit de porter la robe à rayures roses et blanches. Elle rappelait à Justine la poupée de porcelaine qu'elle avait possédée, étant petite. La princesse arborait un ras-du-cou en perles, ainsi qu'un peigne en or serti de perles dans les cheveux. Les deux lui avaient été offerts par le sultan d'Oman lors d'une visite officielle. De l'extérieur, elle avait l'air de quelqu'un qui prend les choses très au sérieux. Une femme prête à gouverner. Une descendante de la reine Éléna.

Mais à l'intérieur d'elle, il y avait une fille faite de chair et de sang qui se sentait flottante. À l'intérieur d'elle, il y avait une femme ne se souciant ni du décorum ni de la morale. Une femme capable de laisser un homme lui faire ce que William lui avait fait derrière le gigantesque arbuste sans se préoccuper le moins du monde des conséquences.

Elle souhaitait tant avoir le courage d'être cette femme,

intérieurement *et* extérieurement ! Quelqu'un qui profite de la vie sans s'embarrasser de ce que les gens disent d'elle.

Elle prit Dodi dans ses bras et l'ébouriffa.

— Jamais tu ne penserais de mal de moi, n'est-ce pas, Dodi ? lui chuchota-t-elle.

Pour toute réponse, la chienne remua la queue avec enthousiasme.

Justine posa l'animal et se dirigea vers le salon, la chienne sautillant à sa hauteur, craignant d'être mise de côté.

Quand la princesse fit son entrée dans la pièce, tout le monde s'inclina ou exécuta une révérence. Dodi se précipita, désireuse d'attirer l'attention, flairant grâce à sa petite truffe noire les odeurs les plus intéressantes. Justine afficha un sourire et avança, les mains sur les hanches, saluant chacun à tour de rôle, ne laissant rien paraître de sa nervosité.

Lila fut la première à la rejoindre, battant de justesse Lord Bardaline qui aurait manifestement voulu se charger des présentations.

— Votre Altesse Royale, voici Son Altesse Royale, le prince Michel de Miraval, lui dit Lila avant de désigner le visiteur d'un geste théâtral.

Le prince Michel approcha et s'inclina profondément devant elle.

— Votre Altesse Royale, je ne peux vous dire à quel point je suis heureux de faire partie des quelques privilégiés qui ont l'honneur de faire votre connaissance.

Il s'exprimait dans un anglais sans accent.

— Merci.

Son sourire était chaleureux, ses yeux respiraient la bonté. Il était svelte et dépassait Justine d'à peine quelques centimètres. Sa peau était brune, tout comme ses yeux ourlés d'une épaisse frange de cils, et sa figure si engageante qu'il mit instantanément Justine à l'aise.

— Depuis combien de temps êtes-vous à Londres, Votre Altesse ? demanda-t-elle.

— Une semaine seulement. Ma grand-mère habite Belgravia.

— Est-elle donc anglaise ?

— En effet, répondit-il en joignant les mains dans son dos. J'ai grandi ici sous sa tutelle.

Certes, il n'était peut-être pas le plus bel homme que Justine eût jamais vu, mais il ne manquait pas de charme. Et franchement, Justine préférait des yeux doux et un sourire chaleureux à un physique d'Apollon. Elle jeta un coup d'œil à William, qui se tenait en retrait, quand un gazouillis attira son attention. Elle se tourna vers la fenêtre pour en trouver la source.

— Vous avez entendu mon cadeau, je crois, déclara le prince Michel l'air penaud.

— Vous dites ?

— Si je puis me permettre…

Il semblait sur le point d'aller chercher son présent, mais les valets de pied, sur ordre de Lila, le devancèrent. Ils se dirigèrent vers un chariot sur lequel trônait un objet indéterminé, recouvert d'une étoffe en soie bleue. Dodi, excitée par ce remue-ménage, se mit à aboyer, et Bardaline dut la retenir pendant que les laquais faisaient rouler le présent à travers la pièce.

Le prince Michel ôta le tissu pour révéler une cage en or munie d'une balançoire où étaient assis, côte à côte, deux magnifiques oiseaux. Leur corps était vert et leur tête orange. Jamais Justine n'avait vu de volatiles aussi colorés. Elle poussa un petit cri ravi.

— Ils sont superbes !

— J'ai eu peur, lorsque la mer s'est agitée, qu'ils ne survivent pas au voyage. Je les ai couvés durant le périple comme si j'étais leur propre mère.

— La traversée les a donc rendus malades ?

— Pas le moins du monde ! Quand la tempête s'est calmée et que j'ai enfin osé rouvrir les yeux, j'ai pu constater que ces deux merveilles me fixaient, l'air interrogatif. Ils devaient se demander si j'étais vivant ou mort.

Cela fit rire Justine.

— De quelle espèce s'agit-il ?

— Ce sont des inséparables.

En prononçant ce nom, le prince Michel rougit.

— Je vous prie de m'excuser, madame : c'est véritablement leur nom. Et je ne voulais pas avoir l'air de sous-entendre que… Ce que je veux dire, c'est que je les ai choisis pour leur beauté, et non pour leur symbolique.

Son embarras était charmant.

— Ne vous en faites pas, cher prince. Je n'en doute pas un instant.

— C'est qu'il est des circonstances où l'on désire faire bonne impression, avoua-t-il après un rire gêné.

— Chose que mon ami Lord Douglas ne cesse de me répéter. Avez-vous fait sa connaissance ?

Le prince Michel se tourna pour sourire à William.

— Oui, en effet. Nous avons découvert que nous avions un ami commun.

— Vraiment ?

Elle se tourna vers le marquis.

— Le comte Jurgen de Bavière, déclara celui-ci.

— Incroyable. Et comment se fait-il que vous connaissiez le comte Jurgen ?

— Il voyage fréquemment à Miraval et en France, expliqua le prince.

— Je l'ai connu l'été où j'habitais à Paris, ajouta William.

Justine secoua la tête avec étonnement.

— Sincèrement, Lord Douglas, je me demande s'il existe sur ce continent une personnalité que vous n'ayez pas rencontrée !

— Eh bien, en l'occurrence, dit le prince Michel, c'est notre première rencontre.

— Mais je pense que ce ne sera pas la dernière, Votre Altesse, ajouta le marquis.

Lord Bardaline les interrompit, annonçant qu'un apéritif serait servi sous la véranda avant le dîner. Ils s'y rendirent donc, et deux valets commencèrent à les servir. Le prince remarqua la touche de vert qu'arborait Justine à l'épaule. Il dit qu'il trouvait cette coutume délicieuse, qu'il eût aimé qu'il existe quelque chose d'équivalent à Miraval.

Il expliqua qu'il avait étudié en profondeur l'histoire de la Weslorie ; qu'il trouvait remarquable le fait que tant de reines y aient gouverné, bien avant que d'autres États, en Europe, abolissent la loi salique. Selon lui, le sens inné des femmes pour la justice était un atout pour la couronne. Il en voulait pour exemple le règne de sa bisaïeule, jalonné de réformes indispensables qui avaient apporté la prospérité dans le petit royaume de Miraval.

Il était d'excellente compagnie, posant à Justine des questions sur elle-même, manifestant son intérêt pour la Weslorie. Justine ne cessait de lancer des coups d'œil à William, essayant de déchiffrer son expression. Elle se demandait s'il songeait à cet après-midi, si la même étincelle échauffait son sang. Ce qu'il pensait du prince Michel, qui, à première vue, semblait… parfait.

Lorsque Lord Bardaline s'interposa pour parler au prince Michel, Justine jeta un regard vers le marquis, qui était en grande conversation avec Lila. Par accident, les yeux de Justine rencontrèrent d'abord sa main. Elle se souvint alors de la façon dont il avait pressé toute la largeur de sa paume contre elle. Aldabert et elle s'étaient lancés dans de pareilles explorations, bien au-delà des limites du convenable, mais lui s'était toujours montré si… empressé. Ça avait été différent avec William. Ça avait été…

— Madame ?

Justine sursauta. Lord Bardaline se tenait incliné devant elle, l'informant que le souper était servi.

Elle sourit au prince Michel d'un air d'excuse. S'il avait remarqué qu'elle lorgnait en direction de la main de William, il était trop courtois pour le laisser paraître.

Ils se rassemblèrent sous l'égide de Bardaline, et Justine prit le bras du prince, faisant de lui son escorte jusqu'à la salle à manger. Il fut installé à sa droite, Lila à sa gauche. William se retrouva à l'extrémité de la table, où elle pouvait à peine le voir. Elle soupçonnait que, Lady Bardaline n'ayant pas réussi à le bannir de ce dîner, elle s'était arrangée pour l'éloigner le plus possible.

Cependant, comme ils étaient peu nombreux, tout le monde put participer à la conversation. Le prince Michel dit qu'on lui avait rapporté que les fleurs des montagnes de Weslorie étaient extraordinaires.

— Elles sont belles, mais pas aussi belles que les fleurs d'Italie… du moins c'est ce que j'ai entendu dire, répondit Justine.

Au bout de la table, William s'étouffa en buvant une gorgée de vin.

Le prince Michel leur expliqua que Miraval était

connu pour son vin. Il espérait d'ailleurs de Son Altesse appréciait le verre qu'elle était en train de boire, car il avait cru comprendre que c'était celui qu'il avait apporté. William le trouva délicieux, ce qui donna l'occasion au prince d'affirmer que Miraval voulait devenir au vin ce que l'Écosse était au whisky. Une discussion animée s'engagea alors entre ces messieurs afin de déterminer quelle était la meilleure distillerie du vert pays.

À la fin du repas, l'assistance retourna au salon. Lady Aleksander profita de l'opportunité pour montrer au prince l'un des tableaux accrochés dans le couloir. William saisit sa chance de parler avec Justine.

— Alors ? murmura-t-elle. Quels avertissements avez-vous pour moi ?

— À ma grande surprise, pas un seul, répondit-il l'air légèrement irrité. C'est un vrai gentleman, et un délice, en comparaison du reste de la tablée. Qu'en pensez-vous ?

— Je pense qu'il n'y a rien chez lui qui éveille ma suspicion.

Ils le regardèrent tous les deux rire avec Lady Aleksander.

— Se pourrait-il qu'il soit le bon ? demanda doucement Justine.

— Il est trop tôt pour le dire, l'avertit William. Prenez votre temps, d'accord ? Vous finirez par déceler son authentique nature. Ce soir, il se montre sous son meilleur jour.

— Du temps, je n'en ai pas.

— Alors il nous faut le soumettre à un test, décréta-t-il après un moment de réflexion.

Elle lui jeta un coup d'œil oblique.

— Comment nous y prendrons-nous ?

— Voyez-le dans d'autres circonstances pour étudier son comportement. Par exemple, il semble apprécier les oiseaux, mais c'est à peine s'il a accordé un regard à Dodi. Découvrez s'il aime les chiens.

Justine renâcla.

— C'est trop facile… Tout le monde aime les chiens.

— Pas tout le monde, non. Voudriez-vous vous retrouver liée pour l'éternité à un homme qui ne les aime pas ?

— Oh non…, lâcha-t-elle, horrifiée à cette perspective. Il y a des chiens dans chaque pièce, à Saint Edys !

— Nous allons tenter de découvrir ses passe-temps, mais gardez à l'esprit le fait qu'il est tout à fait possible que vous n'ayez rien en commun. Par exemple, il se peut qu'il déteste l'escrime.

— Il n'est pas nécessaire qu'il aime l'escrime, déclara Justine en adressant à William un sourire indulgent. *Vous* n'aimez pas l'escrime.

— Oui, mais j'aime vous voir vaincre des hommes de deux fois votre taille.

— Peut-être tire-t-il à l'arc ?

William leva un sourcil, son intérêt piqué.

— Madame, êtes-vous également archer ?

— Je n'aime pas me vanter, répondit Justine en levant le menton, mais il se trouve que je suis très douée, oui.

— Remarquable.

— Remarquable, vraiment ? Les femmes savent viser, William.

— Et diriger leurs flèches vers le cœur, à n'en point douter.

— Étant donné cette métaphore hasardeuse, j'en déduis que vous ne maniez pas plus l'arc que le fleuret.

— Vous semblez croire que je serais incapable de viser un éléphant dans un couloir, même si ma vie en dépendait !

— Alors que si c'était pour sauver celle d'un de vos moutons..., se moqua-t-elle en étouffant un gloussement.

— Un autre de vos talents à ajouter à la liste, Votre Altesse : vous avez de l'esprit.

Elle ravala un rire franc.

— J'attends avec impatience de vous défier sur ce terrain.

— Celui de l'esprit ?

Elle avait à présent du mal à se contenir.

— Celui du tir à l'arc, William !

— Je ne refuse jamais un défi. Mais le but, pour le moment, c'est de l'affronter, *lui*.

Le regard de Justine traversa la pièce pour se poser sur le prince Michel.

— Ainsi soit-il. Je l'invite donc à revenir demain ?

— Je pense que oui.

— Vous serez là, n'est-ce pas ? demanda-t-elle sans oser le regarder, de peur qu'il ne devine à quel point elle espérait sa présence.

— Si vous le souhaitez.

— Je ne peux pas l'évaluer sans votre aide.

— Assurément.

Elle ne put s'empêcher de lever les yeux vers lui. Il lui souriait affectueusement.

— Je frémis à la simple idée de ce que vous pourriez trouver acceptable si je ne suis pas là pour vous guider.

— Imaginez seulement, murmura-t-elle.

Un mouvement derrière William attira son attention. Elle se pencha légèrement sur sa gauche, pour voir : c'était Lady Bardaline, les sourcils froncés d'un air réprobateur.

— Tiens, le devoir m'appelle, on dirait.

Elle sourit à William, puis s'éclipsa pour rejoindre le prince Michel.

— Votre Altesse Royale, l'interpella Lila, le prince Michel me disait qu'il s'en retournerait à Miraval dans une quinzaine de jours…

— Si tôt ? Mais cela vous laisse très peu de temps en Angleterre !

— Hélas, ma présence est requise là-bas. Et, pour être honnête, je souhaite traverser avant que n'arrive la saison des tempêtes. Le capitaine du bateau m'a averti que ce que j'ai vécu pendant le voyage n'était qu'un avant-goût de ce qui m'attendait à la fin de l'été. Or, je souffre d'un terrible mal de mer. N'est-ce pas un comble ? ajouta-t-il avec un rire. Le prince d'une nation maritime affligé du mal de mer.

Les Bardaline et William, qui étaient à portée de voix, rirent eux aussi, poliment.

Le prince Michel se tourna vers Justine et s'inclina.

— Votre Altesse Royale, la soirée était délicieuse, mais je dois prendre congé. Ma grand-mère m'attend.

— Quel bon garçon vous faites ! intervint Lady Bardaline d'un ton mielleux.

— En ce cas, vous devez revenir demain, lui dit Justine, ignorant sa dame de compagnie. Êtes-vous d'accord ?

Le visage du prince Michel s'illumina.

— Cela me ferait extrêmement plaisir.

— Il a fait si chaud ces derniers jours…, ajouta-t-elle. Peut-être pourrions-nous pique-niquer ?

— Quelle merveilleuse idée ! s'exclama Lila. Je veillerai à ce que tout soit organisé.

— Merci, madame, mais je vais m'en occuper, dit Lord Bardaline en reniflant.

— Il pourrait pleuvoir, ajouta Lady Bardaline. C'est souvent le cas à cette époque de l'année.

Justine combattit son envie de lever les yeux au ciel.

— Nous allons prendre le risque, n'est-ce pas, Votre Altesse ?

— Mais oui ! répondit le prince avec enthousiasme. Jusqu'à présent, les déluges ne m'ont rendu malade qu'en mer. Je vous remercie de l'invitation, un pique-nique me fera grand plaisir.

Il s'inclina et se dirigea vers la porte.

— Je vais moi aussi prendre congé, dit William.

— Vous devez venir à notre pique-nique, Lord Douglas, glissa Justine. Plus on est de fous, plus on rit.

— Mais..., protesta Lady Bardaline en regardant le marquis. Lord Douglas, n'êtes-vous pas attendu...

— Je ne suis attendu nulle part, non, la coupa William. Je serais ravi d'être là.

— Oui, monseigneur, joignez-vous donc à nous !

Le prince Michel semblait sincère. Lady Bardaline lança une œillade à Lord Bardaline, qui à son tour toisa Lila, qui les ignora royalement.

— Je vous raccompagne, messieurs ? proposa la marieuse.

Et elle avança vers eux, bras écartés, comme si elle espérait les ratisser au passage. William jeta un dernier coup d'œil à Justine en passant devant elle, et elle essaya de dissimuler son sourire.

Une fois ces messieurs partis, les Bardaline plantèrent sur Justine des yeux affûtés comme des poignards. En les sentant sur elle, elle se retourna, lentement.

— Qu'y a-t-il donc ?

— Votre Altesse Royale, sans doute ce pique-nique serait-il plus approprié sans Lord Douglas, osa Lady Bardaline.

— Il sera plus approprié avec mes amis.

La dame de compagnie ouvrit la bouche pour protester, mais Justine était déjà en mouvement.

— Cela peut-il attendre, madame ? Je suis très fatiguée.

Et elle fut hors de portée de voix avant qu'ils aient pu faire entendre leur réprobation ou se lancer dans un réquisitoire épuisant.

Elle monta dans sa chambre, congédia Séviana et se mit au lit seule. Elle se glissa sous les couvertures avec le livre que William lui avait donné et passa un doigt le long de la reliure.

Elle souriait. Elle avait hâte de le revoir demain.

Elle avait même hâte de revoir le prince Michel.

Chapitre 27

Après que William eut annoncé à Ewan qu'il lui fallait un gilet pour un pique-nique et qu'il eut rejeté les trois premières propositions de son valet, ce dernier se mit à le regarder comme s'il avait perdu la tête.

Peut-être était-ce le cas – à ce stade, aucune théorie n'était à exclure. Jamais, jusqu'alors, Douglas n'avait douté des choix vestimentaires d'Ewan. Il enfilait sans discuter tout ce que le domestique lui apportait, même lorsque les couleurs lui semblaient étrangement assorties. Il ne s'était jamais inquiété d'avoir l'air plus beau ou plus viril qu'Untel. Et il ne se réveillait sûrement pas la nuit en pensant à une femme, se rappelant chaque parole qu'elle avait prononcée !

Son valet se tenait devant lui, bouche bée, un gilet dans chaque main.

— Je ne cherche pas à vous offenser, Ewan. Mais ceux-ci ne conviennent pas à l'occasion.

— Et l'occasion, milord, est un… *pique-nique* ?

Énoncé ainsi, certes, ça avait l'air ridicule.

— Oui, MacDuff. Un pique-nique. Y a-t-il quelque chose de mal à se rendre à un pique-nique ?

— Non, milord, pas du tout. Je souhaite seulement clarifier la situation afin de trouver le gilet adéquat.

Puis il fit demi-tour et se dirigea d'un pas lourd vers la garde-robe de son maître.

Il était vrai que jamais, avant, William ne se serait soucié d'un pique-nique. Plus jeune, quand les demoiselles voulaient pique-niquer, oui, bien sûr, il les accompagnait, comme tous les jeunes hommes vivant dans les environs de Hamilton. C'était différent, alors : ils étaient comme des chiens de chasse, reniflant tout ce qui portait des jupes ; ils auraient fait n'importe quoi pour le frôlement d'une main ou un battement de cils.

Mais là ? Il n'avait pas pique-niqué avec une femme depuis une éternité car, tout comme MacDuff, il considérait que cette activité représentait une perte de temps. Il n'était par bonheur pas arrivé au point critique où il pensait que celui-ci ferait exception… néanmoins, il fallait bien que quelqu'un garde un œil sur ce prince Michel ! En cela, il ne pouvait bien entendu pas compter sur Lady Aleksander. Il suffisait de voir les hommes qu'elle avait présentés à la princesse jusqu'à présent pour savoir qu'on ne pouvait pas se fier à elle. Peut-être le prince pouvait-il sembler le promis idéal, passer pour un parfait gentleman, mais William n'allait certainement pas lui faire confiance après une seule rencontre. Pas plus qu'il ne se serait lui-même fait confiance dans une situation semblable !

Décidément, il aurait pu faire un meilleur travail que cette marieuse – comme il l'avait écrit à Robuchard hier encore.

Les prétendants sont épouvantables ! Vous avez payé trop cher pour ce service ! Un cochon truffier aurait fait mieux en se fiant à son seul odorat !

Ewan avait refusé de porter la note au bureau du télégraphe, insistant sur le fait que comparer une dame à un cochon truffier n'était pas l'approche la plus diplomate qui soit, et se plaignant une fois de plus de la ponctuation de William. Le marquis avait donc modifié le texte, à contrecœur.

Les prétendants sont épouvantables. Vous avez payé trop cher pour ce service. J'aurais fait mieux en me fiant à mon seul odorat.

Son avis complet, qu'il aurait bien voulu que quelqu'un écoute, était que les partis retenus par Lady Aleksander pour la princesse héritière n'étaient tout bonnement pas à la hauteur.

Ewan revint avec un gilet écossais jaune pâle et vert parfaitement assorti au manteau vert foncé du marquis.

— Voilà qui fera l'affaire, Ewan, déclara William, satisfait. Je savais que cette histoire de pique-nique finirait par vous inspirer.

Ewan fronça les sourcils et aida William à enfiler le vêtement. Il les garda froncés pendant que son maître passait en revue une sélection de couvre-chefs. Ce dernier jeta finalement son dévolu sur un chapeau melon, qui lui sembla le plus approprié pour une journée au soleil. Il comprenait qu'Ewan ne le reconnaisse pas. Franchement, il ne se reconnaissait pas non plus.

Il ne pouvait s'empêcher de penser à Justine. De réfléchir aux multiples façons de s'opposer à ce mariage arrangé. Ce n'était pas ce pour quoi il avait été mandaté, de toute évidence… Mais il était certain d'être l'homme qu'il fallait à la princesse – sachant pertinemment qu'il ne serait jamais considéré comme tel, pour de nombreuses raisons, liées à sa famille et au pétrin dans lequel il s'était fourré en Écosse.

Non, rien de tout cela ne l'empêchait de penser. D'imaginer. De rêver.

Dans son empressement, il partit une demi-heure trop tôt et fut donc le premier arrivé. Il confia son cheval à un palefrenier. Alors qu'il montait les marches, la porte d'entrée s'ouvrit et le majordome sortit. William fut soulagé d'apercevoir Lady Aleksander derrière le domestique, et non les Bardaline, prêts à faire barrage. Il trouvait la présence du couple inconfortable, à plus d'un titre.

— Monseigneur ! s'exclama joyeusement Lady Aleksander avant de regarder la montre épinglée à sa poitrine. Vous êtes en avance.

La main froide et humide de la honte sembla se refermer sur la nuque de William et infuser l'embarras dans son corps.

— Oui, il fait si beau, je me suis dit que je voulais profiter du soleil.

Le sourire de la marieuse paraissait indiquer qu'elle ne croyait pas un mot de cette piètre excuse.

— N'est-ce pas ? Une journée parfaite pour un pique-nique. Entrez, monsieur.

Il tendit sa cravache et son chapeau au majordome, rajusta son gilet et suivit Lady Aleksander dans le salon.

— Je m'attendais à ce que les Bardaline m'accueillent en personne pour tenter de me renvoyer, dit-il une fois qu'ils furent seuls.

Elle rit.

— Vous êtes déçu ?

— Non.

— Vous ne les verrez pas aujourd'hui. Ils sont partis à la campagne chercher la princesse Amélia.

William essaya de déchiffrer l'expression de son hôtesse, mais elle demeurait impénétrable.

— Rien de grave, j'espère ?

— Tout dépend du point de vue, je suppose. La princesse a écrit pour faire part de son intention de rester toute la semaine avec Lady Holland. Lady Bardaline considère que c'est une idée désastreuse. Elle pense, ajouta-t-elle avec un sourire ironique, qu'Amélia manque de discernement.

Sur ce point, au moins, William et Lady Bardaline étaient-ils plus ou moins d'accord. Mais là n'était pas l'important : l'occasion qu'il attendait était arrivée. Il jeta un regard aux deux valets de pied qui étaient en permanence dans ce salon.

— En fait…

L'index dressé, il fit un pas vers Lady Aleksander, afin de lui parler en toute confidence.

— … j'avais l'intention d'aborder le sujet avec vous.

— Vous souhaitiez me parler du manque de jugement de la princesse Amélia ? demanda Lady Aleksander, l'air circonspect.

— Non, je me suis mal exprimé. La princesse est jeune, fougueuse. C'est de son âge.

— Oh ! mon Dieu, dit Lady Aleksander en riant.

— Mais, si je puis me permettre…

— Je vous en prie, répondit-elle en lui faisant signe de continuer.

Et elle prit place sur le canapé, s'installant comme si la conversation risquait de durer.

— J'ai l'impression qu'il serait peut-être plus prudent

de votre part de dédier vos efforts à la princesse Amélia plutôt qu'à Son Altesse Royale.

— *Vraiment* ?

Il n'aurait su dire si son interlocutrice se montrait surprise ou amusée.

— La princesse Amélia est davantage susceptible de faire éclater un scandale qui entacherait la famille royale, n'êtes-vous pas d'accord ? Alors que sa sœur est tout à fait… raisonnable.

— *Raisonnable.*

Elle avait répété le mot comme si elle ne l'avait jamais entendu avant et qu'elle souhaitait vérifier l'effet qu'il produisait. Puis elle regarda pensivement par la fenêtre.

— La princesse Justine est tout à fait raisonnable, je vous l'accorde, déclara-t-elle finalement.

Il ne s'était pas attendu à cela et, maintenant, il ne savait pas quoi ajouter. Il n'avait pas envie de passer pour une commère. Il pressa les lèvres l'une contre l'autre et, ne trouvant rien à dire qui soit acceptable, il haussa les épaules d'un air désinvolte.

— Je parle simplement en tant qu'ami de Son Altesse Royale.

— Naturellement. En tant qu'ami.

Lady Aleksander semblait sur le point de rire.

— Ai-je dit quelque chose d'amusant ?

Elle secoua la tête.

— C'est seulement que je trouve intéressant que vous soyez finalement devenus amis. Étant donné que, d'après ce qu'on m'a rapporté, vous auriez sans l'ombre d'une hésitation saisi l'opportunité de séduire la princesse, si l'occasion vous en avait été donnée, quand elle n'avait encore que dix-sept ans.

William sentit son sang refluer.

— Qu'est-ce que vous dites ?

— Ce ne sont que des rumeurs, bien sûr, déclara Lila en haussant les épaules. Néanmoins, vous avez raison.

— J'ai raison ?

— Vous avez raison de vous faire du souci concernant la princesse Amélia. Je devrais probablement écrire à Robuchard à ce propos. À moins… que vous ne préfériez le faire vous-même ?

William éclata d'un rire bien trop sonore pour être honnête.

— Moi ? Je vous remercie, mais je lui parle à peine.

— Vraiment ? répondit-elle d'un air un peu sournois. En tout cas, vous m'avez fait réfléchir, monsieur. Je devrais peut-être repousser la visite du prochain prétendant afin de donner à Son Altesse Royale quelques jours de répit.

— Il y en a un prochain ?

Lady Aleksander eut un rire indulgent.

— Il y en a toujours un prochain. Du moins, jusqu'à ce que l'affaire soit réglée. Celui-là est un industriel américain, qui passe l'été à Londres.

— Beurk, ne put s'empêcher de réagir William.

— Je vous prie de m'excuser ?

Il cligna des yeux.

— Hein, quoi ? Non, rien… C'est seulement que j'ai entendu dire que les Américains mangent avec leurs doigts. C'est tellement… barbare, ajouta-t-il en réprimant un frisson.

— Ne m'en parlez pas. Celui-là semble cependant fort civilisé. Il s'appelle Henry Thompson. Il est riche et il a beaucoup voyagé. Le connaissez-vous ?

— Non.

Autant lui demander s'il connaissait un pirate, ou un bandit de grand chemin ! Cette idée de Justine et d'un Américain le paniquait quelque peu. Il s'imaginait un sauvage sans retenue, se servant de ses doigts dans des circonstances requérant en théorie l'usage d'un couteau et d'une fourchette. Certes, William n'avait jamais rencontré d'Américain – excepté ce poète, à Paris, mais celui-ci était plutôt vieux et dur de la feuille.

Le bruit d'une voiture dans l'allée leur fit jeter un coup d'œil par la fenêtre ouverte. Lady Aleksander se leva pour mieux voir. Voilà qui risquait de mettre fin à leur conversation.

— Lady Aleksander… Je n'ai que les meilleures intentions, soyez-en assurée.

— Oh ! mais je n'ai absolument aucun doute à ce sujet. Merci pour votre sollicitude. Et pour vos conseils, monseigneur ! Il est important que vous vous soyez senti assez en confiance pour me les donner, en dépit du scandale qui vous entoure actuellement. J'imagine que les circonstances ne doivent pas être faciles pour vous.

William eut soudain l'impression que le sol se dérobait sous ses pieds.

— Je vous demande pardon ?

Lila sourit en passant devant lui pour gagner la sortie.

— Les nouvelles vont si vite, à Londres. Je pense que le prince Michel est arrivé. Si vous voulez bien m'excuser…

La première pensée de William fut pour Justine. Il l'imagina entendre ces ragots. Comment avaient-ils pu traverser la frontière ? Si la princesse les croyait, elle le rejetterait aussi sec. Il ne pouvait *supporter* cette idée.

Quel imbécile ! Il aurait dû être préparé à cette éventualité.

Il savait que la rumeur finirait par atteindre Londres – il avait seulement pensé avoir plus de temps. Le temps de...

De quoi ?

Il s'assit lourdement sur le canapé.

Le temps de rien. La situation était inextricable. Il avait trente-trois ans, il était célibataire et il avait passé sa jeunesse à fréquenter les familles royales européennes tout en faisant preuve d'une morale flexible. Il avait préféré cela au palais de Hamilton. Mais surtout, il avait consacré ces dernières années à réparer les dégâts que son père laissait dans son sillage et à essayer d'empêcher le vieil homme de ruiner la famille.

Il les aimait, ce père impétueux, cette mère agitée, cette sœur pragmatique. Il n'avait plus grand désir que de servir le nom des Hamilton et d'honorer leur legs. Mais c'était chose difficile quand on avait contre soi un père qui passait son temps à tout fiche en l'air, et une vindicte populaire prompte à le taxer, *lui*, William, de malhonnêteté !

Il était prêt à le jurer sur la Bible : il n'avait rien fait d'autre que vouloir *aider* cette femme.

Quelques mois plus tôt, alors que William était à Londres, un propriétaire terrien, Mr Simpson, était allé trouver son père. L'homme avait accusé l'héritier du duché d'avoir mis sa fille enceinte durant les fêtes. Lorsque William était rentré chez lui, il avait affirmé son innocence – certes, William n'était pas particulièrement attentif à sa propre réputation, mais jamais il n'aurait compromis celle d'une femme.

— Et tu la connais ? avait demandé son père, suspicieux.

Oui, William la connaissait. Mais, avait-il juré sur la tombe de son grand-père, il ne l'avait jamais touchée.

— Je sais me tenir, père. Je connais les conséquences

d'un tel incident sur notre famille, sur moi-même, et *je ne prends pas de risques.*

— Alors pourquoi diable t'accuse-t-il ? lui avait demandé le duc, sincèrement perdu.

William avait tenté d'expliquer : il avait aidé Miss Althea Simpson en lui procurant de l'argent et un cheval, mais c'était tout !

— Un *cheval* ?

William avait repris l'histoire du début. Oui, il connaissait Althea, mais à peine – juste assez pour la saluer. Ils avaient à peu près le même âge et avaient fréquenté les mêmes fêtes, plus jeunes. Mais un jour, alors qu'il se trouvait au village, il l'avait croisée sur la place centrale, agrippée à un banc, penchée en avant, la main posée sur le ventre. Elle se sentait mal, expliqua-t-il à son père, et semblait sur le point de vomir. Il l'avait aidée à s'asseoir et lui avait apporté de l'eau du puits.

— Qu'est-ce qu'elle avait ?

— Elle portait un enfant. Un enfant qu'elle avait conçu hors mariage, raison pour laquelle son père menaçait de la tuer. Elle m'a avoué qu'elle avait rendez-vous avec le géniteur, son amant, pour fuir.

Le duc avait réfléchi à tout cela.

— Cela semble la chose à faire, dans de telles circonstances.

William n'aurait pu être davantage d'accord, voilà pourquoi il lui avait payé une chambre d'auberge pour la nuit. Découvrant qu'elle n'avait que quelques livres sterling en poche, il lui avait donné de l'argent, puis lui avait loué un cheval afin qu'elle puisse se rendre à son rendez-vous, à l'aube, le lendemain.

Puis William l'avait laissée, parce qu'il était un vrai

gentleman, malgré ce qu'on disait souvent de lui. Par ailleurs, Althea l'avait assuré que tout irait bien. Elle s'était trompée : peu après le départ de William, le père de la jeune fille avait débarqué à l'auberge et l'avait ramenée de force à la maison, où elle était apparemment enfermée depuis.

Après avoir entendu l'explication de William, le duc avait soupiré.

— C'est un peu tiré par les cheveux, non ?

— C'est la vérité.

— Peut-être, mais ça n'a pas d'importance. Quand vous êtes à la tête d'une fortune et que vous possédez un titre, le monde entier n'attend qu'une occasion de s'en prendre à vous.

À ce jour encore, William ignorait si son père le croyait ou non. Il avait voulu être confronté à ce Mr Simpson, mais le duc avait refusé, insistant sur le fait que William ne ferait qu'envenimer la situation : il avait payé l'homme, l'affaire était terminée. Si William décidait à présent de protester, cela ne ferait qu'attirer l'attention. William était donc parti pour le continent.

Puis, quelques semaines plus tôt, lorsque son père l'avait convoqué à la maison, il avait rappelé à William que, puisqu'il s'était occupé de son problème (William maintenait que ce n'était pas le sien, qu'il n'avait rien fait de mal), il lui semblait de bonne guerre que son fils lui retourne la pareille.

Voilà comment le duc avait réussi à le convaincre d'accepter cette royale mission.

William voulait raconter à Justine l'horrible aventure qui leur était arrivée, à Miss Simpson et à lui. Mais il n'y avait aucune chance qu'elle le croie, et il ne pouvait se résoudre à écorner ce sentiment qui grandissait entre eux. Il pensa que mieux valait se taire, prier pour qu'elle se fiance rapidement et rentre à Saint Edys avant d'avoir eu vent de ces racontars.

La prière : c'était tout ce qui lui restait.

Chapitre 28

En sautant sur l'occasion d'organiser ce pique-nique, Lila ne s'était pas attendue à ce que son après-midi prenne cette tournure, mais quelques complications étaient survenues.

La première, pour le moins surprenante, était cette « suggestion » de Lord Douglas : qu'elle se focalise dorénavant sur la princesse Amélia. Lila avait dû prendre sur elle durant leur entrevue pour ne pas rire au visage du pauvre homme – malgré ses efforts pour agir à couvert, il n'aurait pu se montrer plus transparent. Il ne voulait pas que Justine en épouse un autre ! Rien n'aurait pu faire plus plaisir à Lila.

Naturellement, elle l'avait laissé croire qu'il était parvenu à la convaincre. On gagnait toujours à laisser un homme penser qu'il avait remporté la partie ; ces messieurs étaient plus faciles à faire naviguer lorsqu'ils se croyaient à la barre. Mais elle se sentait mal pour le prince Michel. C'était un tel gentleman ! Il ferait un excellent mari un jour – de l'acabit de Valentin. Cependant, Lila était toujours d'avis que Lord Douglas était celui qu'il fallait à la princesse, même si elle n'avait pas encore réussi à mettre de l'ordre dans ses idées depuis sa visite à Beck, la veille.

Elle était allée le voir pour qu'il lui dise la vérité sur

William Douglas. Elle l'avait trouvé seul, exception faite d'une de ses filles, qui était allongée, face contre le sol, tapant des pieds et sanglotant de façon incontrôlable. Beck et Lila s'étaient tenus côte à côte, en la fixant.

— Va-t-elle bien ? s'était inquiétée Lila.

— Autant que faire se peut. Elle a été punie, et son châtiment est apparemment de rester enfermée dans ce bureau avec moi.

— Devrions-nous faire quelque chose pour la calmer ?

— Quoi, exactement ? avait-il demandé, laissant presque entendre qu'il espérait que Lila avait une suggestion.

Mais elle n'en avait pas. Aussi, Beck et elle s'étaient-ils rapatriés à l'autre bout de la pièce, où elle avait murmuré ses questions, consciente de la proximité de ces jeunes oreilles.

— Mon Dieu, Lila. Je t'assure, tu ne veux pas en entendre parler, lui avait assuré son ami d'enfance avec une grimace. Et puis, Blythe n'aime pas que je m'épanche.

— Je comprends. Mais je dois impérativement savoir.

— Pourquoi ?

Il avait beau l'avoir regardée avec suspicion, Lila avait refusé de répondre. Mais elle lui avait adressé un regard lourd de sous-entendus, espérant qu'il devine. Beck avait grogné en levant les yeux au ciel.

— Je n'aime pas colporter des ragots !

— Menteur.

— Très bien : je n'aime pas colporter *ce genre* de ragots.

— Je préfère ça. Tu vas colporter, pourtant, avant que je n'entoure ta gorge de mes mains et que je ne me mette à serrer jusqu'à ce que ça sorte enfin de ta fichue bouche !

— Très bien, tu as gagné. Mais sache que j'obéis à contrecœur.

Il s'était penché vers elle.

— On dit qu'il a engrossé une fille. Qu'il l'a laissée là-bas, en Écosse, sans aide et sans espoir. Voilà la rumeur, en gros.

Lila avait eu un mouvement de recul, avant de fixer Beck.

— Ça ne ressemble pas au marquis, du moins selon l'idée que je m'en fais. C'est peut-être un vaurien, mais certainement pas un dépravé !

— Je n'y crois pas non plus, Lila, vraiment pas… mais il s'est quand même passé quelque chose pour qu'on en arrive là. Je connais Douglas depuis longtemps. Il affirme qu'il n'a rien fait, à part essayer de donner à cette fille un coup de main, et je le crois. Mais qu'importe ce que je pense : tu sais aussi bien que moi que tout le monde se fiche de la vérité, tant que la rumeur est croustillante.

Lila s'était rendu compte que la petite avait cessé ses gémissements. Le pouce dans la bouche et les yeux clos, elle s'était endormie à même la moquette.

— Tu le crois réellement innocent ? avait-elle demandé en se tournant vers Beck.

— Innocent ?

Son vieil ami avait marqué une pause, en se frottant les tempes.

— William a un penchant pour la séduction, il aime charmer et être charmé… En tout cas, il aimait ça – cela fait quelques années qu'il se tient plutôt à carreau. Mais quoi qu'il en soit, je ne l'ai jamais vu adopter une conduite moins qu'honorable.

Voilà qui confirmait l'impression qu'il avait faite à Lila.

— Pour tout te dire, c'est quelqu'un que j'apprécie vraiment. J'ai toujours trouvé son approche de l'existence plutôt sensée.

Lila avait acquiescé. Elle était d'accord avec Beck : le fin mot de cette histoire était masqué par le côté scabreux de la rumeur. Mais qu'en était-il, en réalité ? Elle s'était levée et avait contourné l'enfant endormie, tout en réfléchissant.

— Penses-tu que sa réputation puisse être sauvée ?

— Qui sait ? répondit Beck après un rire sans joie. Quelle que soit la vérité, elle demeure hors d'atteinte – l'Écosse n'est pas tout près. Et puis, comme je l'ai dit, les gens se moquent de la vérité.

— Vraiment ? Eh bien je connais quelqu'un qui ne s'en moquera pas du tout.

Avant de poursuivre son travail, Lila devait en apprendre plus. Mais comment ? Elle avait fait en sorte de rapprocher deux êtres évidemment amoureux l'un de l'autre et, maintenant, il fallait qu'elle puisse les unir, ou plus personne ne l'embaucherait. Et alors qu'adviendrait-il de l'infernale princesse Amélia ? Nul doute que, pour s'occuper de celle-là, il allait falloir faire appel aux services d'une marieuse…

La deuxième complication était qu'aujourd'hui, jour du pique-nique, Lila avait appris l'arrivée imminente de Valentin. Toute à sa joie de revoir son mari, elle ne parvenait pas à se concentrer pleinement sur sa mission : elle avait tant à faire pour préparer son arrivée ! Elle était donc déjà distraite lorsque survint la troisième complication : l'irruption de Son Altesse Royale, accompagnée de son compagnon à quatre pattes.

La princesse salua ses deux invités et demanda au prince Michel s'il aimait les chiens.

— Oui, tout à fait.

Il caressa la tête de la bestiole.

— En ce cas, je vous présente Dodi, ma grande camarade. Elle apprécie la compagnie de ces messieurs. Aussi, si vous le voulez bien…

Elle lui tendit le chien.

— Avec plaisir !

Il attrapa Dodi sans une hésitation, avant de la caresser sous le menton.

Lila les observa, tous les trois, avancer, le prince portant un petit monticule de fourrure blanche. Elle les suivit à distance, jusqu'à ce qu'ils atteignent le labyrinthe. Là, le prince posa la chienne. Dodi sentit, sous une haie, une odeur qui l'attira, et se mit à renifler. Alors que le trio continuait son chemin, Lila remarqua que la chienne essayait de s'enfoncer sous les buissons. Elle se dit que peut-être elle devrait prévenir la princesse, mais le groupe avait pris de l'avance ; il se dirigeait vers le lac. Deux hommes tâchant de capter l'attention d'une femme. Une femme désireuse de recevoir l'attention de deux hommes. Ça ne laissait pas beaucoup d'attention pour le chien.

Lila envisagea de retourner à la maison – ils n'avaient pas besoin qu'elle les surveille – mais, avant, elle les doubla afin de s'assurer que tout était prêt. À l'extrémité des jardins se trouvait un vieil if. Sous les branches, elle avait fait préparer un luxueux pique-nique pour la princesse et ses invités. Une courtepointe couvrait le sol, et des oreillers orientaux définissaient le périmètre, prêt à les accueillir confortablement. Des parasols avaient été placés dans deux des coins. Le poulet froid, le champagne, les mûres et divers fruits de saison attendaient d'être dégustés.

Les trois jeunes gens atteignirent l'emplacement, les deux hommes se disputant le privilège d'aider la princesse à s'asseoir. Lila s'était déjà éloignée lorsqu'elle entendit Justine pousser un cri alarmé. Elle se retourna et vit celle-ci debout, cherchant autour d'elle.

— Où est Dodi ? *Dodi* !

Lila tourna les yeux, escomptant presque voir la chienne gambader le long du chemin.

Les deux hommes aussi se levèrent. Lord Douglas regardait le prince Michel. Le prince dit :

— Je crois savoir où elle est. M'autorisez-vous à aller la chercher, Votre Altesse ?

— Je viens avec vous.

— Non, je vous en prie, restez à l'ombre… Je la ramène. Cela ne me prendra que quelques minutes.

— Merci.

Suite à quoi Lila regarda le prince s'éloigner. Puis elle regarda la princesse regarder Lord Douglas, qui le lui rendait bien. Lila pouvait presque sentir la chaleur du brasier qui brûlait entre ces deux-là. Apparemment, ils la sentaient aussi, parce qu'ils ne se lâchaient pas des yeux. On eût dit que le monde entier avait cessé d'exister.

Elle se tint à distance, essayant de se faire discrète et réfléchissant à la prochaine étape. Pendant ce temps, le marquis et la princesse s'étaient assis. Ils s'étaient installés comme deux complices, chuchotant et riant, oubliant tout le reste.

Ce qu'avait dû affronter le prince pour ramener le chien, nul n'aurait su dire, mais quand il s'en revint, le bas de son pantalon était mouillé, ses genoux maculés de boue, et de la sueur ruisselait sur ses tempes. Le chien était en sécurité, cependant, coincé sous son bras, son pelage blanc emmêlé et crotté. La princesse ne remarqua ni le prince ni le chien avant qu'ils ne se tiennent devant elle. En les voyant, elle bondit sur ses pieds comme une petite fille prise en faute.

— Dodi, vilaine ! Où étais-tu donc ?

— Je crois qu'elle batifolait avec un lapin. Sous les bosquets.

— Dodi !

Le ton se voulait sévère, mais la princesse ne put s'empêcher de rire.

— Merci, monsieur. J'espère qu'elle ne vous a pas causé trop de souci…

— Pas du tout, lui assura-t-il – ce qui, à en juger par son état, était un mensonge.

La princesse appela un valet pour qu'il emporte la chienne et lui donne un bain. Le prince épousseta son pantalon, puis se joignit à la conversation alors que le déjeuner commençait. Lila s'attarda, se sentant comme un voyeur, restant à l'écart, feignant d'admirer les roses.

Justine veillait à poser des questions au prince Michel et à écouter ses réponses. Ce n'était pas le cas de Douglas, qui semblait incapable de détourner les yeux de la princesse.

William mentionna les prouesses de Justine avec un fleuret. Le prince répondit qu'il n'était lui-même pas doué : il brillait davantage avec un arc entre les mains. Il demanda à Justine comment il se faisait qu'elle soit devenue si habile dans cette discipline.

— Je m'y suis mise tôt. On m'avait raconté l'histoire d'une de mes ancêtres, une reine guerrière, et je voulais absolument lui ressembler. Elle semblait si… sûre d'elle ! L'escrime représentait, pour l'enfant que j'étais, ce qui se rapprochait le plus du fait de conduire une armée. À mesure de ma pratique, je me suis rendu compte que je ne me sentais jamais aussi maîtresse de mon environnement que lorsque je tenais un fleuret. Or, j'aime beaucoup me sentir maîtresse de mon environnement, ajouta-t-elle avec un petit rire.

On aurait presque pu croire qu'elle s'excusait, comme si elle craignait de les ennuyer avec des sornettes, et Lila ne put s'empêcher de se sentir peinée pour elle.

— Peut-être l'ignorez-vous, Votre Altesse, intervint Douglas, mais la princesse affirme être aussi douée au tir à l'arc qu'elle l'est à l'escrime. Je n'ai pas pu vérifier ses dires, mais rendez-vous compte : une future reine qui manie l'arc et l'épée !

— Vous semblez sceptique, Lord Douglas. Peut-être voudriez-vous juger sur pièce ? gazouilla la princesse. J'ai justement demandé qu'on nous prépare une aire de tir, je me suis dit que ce serait amusant. Je peux même vous apprendre, si vous le désirez.

— Alors là, je ne pense pas ! manqua de s'étouffer Douglas.

— Vous ne me croyez pas au niveau ? Peut-être voudriez-vous engager un pari ?

Le défi sembla indubitablement piquer la curiosité du marquis.

— Seriez-vous donc prête à perdre, madame ?

— Seigneur ! s'exclama le prince Michel. Sans doute devrions-nous nous contenter d'une petite manche amicale et…

— Je suis toujours prête à perdre, le coupa la princesse. Pourtant, le fait est que je perds rarement. *Jæ*, ajouta-t-elle à l'attention du prince. Une petite manche amicale. Ce sera amusant.

Elle bondit sur ses pieds sans qu'aucun de ses chevaliers servants n'ait eu le temps de lui proposer son aide pour se lever.

Cette histoire de tir à l'arc semblait, pour une raison obscure, s'écarter dangereusement du sentier balisé qu'avait tracé Lila. Elle avait veillé, sur ordre de la princesse, à ce qu'une aire de tir soit installée, en effet. Mais, en constatant l'empressement de celle-ci, elle commençait à flairer qu'il y avait quelque chose de suspect dans cette affaire…

Vraiment, Lila avait été prête à les laisser, à se préparer pour enfin retrouver son mari… Au lieu de quoi elle les suivit tous les trois, ainsi que les deux valets qui les accompagnaient.

Une fois sur place, le prince Michel insista pour que Justine ait les honneurs, ce qu'elle refusa, le mettant au défi d'ouvrir le bal. Mais c'était un tel gentleman qu'il ne pouvait supporter l'idée de passer devant une dame : ce fut donc Lord Douglas qui se porta volontaire pour tirer le premier, les invitant à reculer de peur qu'une flèche ne s'égare dans leur direction. L'initiative était sage, étant donné la façon dont il s'y prit, si imprécise que Lila se demanda s'il ne le faisait pas exprès. La princesse rit gaiement.

— Le but est d'atteindre le blason – pardon, la cible, se corrigea-t-elle, prenant conscience qu'elle s'adressait apparemment à un novice.

Le prince Michel se laissa convaincre de passer ensuite, et se montra plutôt doué, ne parvenant pas à atteindre le cœur du blason, mais récoltant quand même un score honorable.

La princesse Justine avait visiblement hâte de faire montre de ses talents. Sa posture était élégante ; ses flèches volèrent comme des oiseaux et atteignirent facilement leur cible. Lorsqu'elle tira ses trois dernières flèches, l'assemblée applaudit. Elle se tourna vers eux, un sourire radieux aux lèvres, et dit :

— C'est votre tour, monseigneur. Devrions-nous corser la partie ?

— Voilà qui ne me semble pas très équitable, lança le prince en riant.

— Certes, mais je suis joueur, répondit William. Très bien. Que proposez-vous, Votre Altesse ?

— Que devrais-je mettre en jeu ? demanda la princesse au prince Michel. Mon royaume ?

Son invité rit nerveusement.

— Peut-être une livre sterling ou deux ?

— Mmm. Cela manque d'ambition. Je vais mettre en jeu mon royaume, milord. Et si *je* gagne, je récupère votre palais en Écosse.

— Hélas, il n'est pas encore à moi.

— Alors que proposez-vous ?

— Mon allégeance, répondit-il en se courbant. Ma vie au service de Votre Altesse. Cela vous convient-il ? À votre absolue disposition – jusqu'à ce que vous changiez de dispositions à mon égard.

— J'avais espéré quelque chose d'un peu plus spectaculaire…, dit la princesse en riant avec délices. J'accepte néanmoins.

Lord Douglas s'avança vers la ligne de tir, sortit une flèche du fourreau, visa… et mit en plein dans le mille. Justine poussa un cri d'étonnement, le prince Michel applaudit vigoureusement.

— Voilà ce qu'on appelle un coup de chance, dit la princesse.

— C'est vrai.

Puis il tira une autre flèche. De nouveau : en plein dans le mille – et personne ne l'applaudit, cette fois-ci. Quand il réussit une troisième fois, la princesse poussa un cri de protestation. Elle courut vers le blason, il la suivit, et tous deux se mirent à se disputer pour savoir lequel avait obtenu le plus grand nombre de points.

Le prince Michel ne les suivit pas. Lila se posta à ses côtés, et tous deux regardèrent la princesse et le marquis se chamailler. La princesse accusa Douglas de l'avoir piégée. Il ne nia pas, et déclara que c'était la plus vieille ruse au monde : comment avait-elle pu se laisser berner ? Il ajouta qu'il n'avait aucune idée de ce qu'il allait faire d'un royaume entier. Elle demanda alors à examiner les flèches afin de vérifier qu'il n'y avait pas eu triche, mais il les tint hors de sa portée pour la taquiner.

Mon Dieu, ces deux tourtereaux étaient terriblement épris – bien plus que Lila ne l'avait d'abord cru.

— Eh bien, murmura-t-elle, cherchant quelque chose à dire au prince.

Ce dernier fronça les sourcils.

— La partie a pris un tour sérieux, semblerait-il.

— Oh ! non, je ne crois pas, s'empressa de le rassurer Lila. Ils sont amis, voyez-vous. Vous savez comment peuvent être les amis entre eux…

Il regarda Lila, un sourire triste aux lèvres.

— Je vois, oui. Je ne vois que trop bien.

— Votre Altesse…

Lila s'apprêtait à le consoler lorsqu'un valet de pied les interrompit.

— Lady Aleksander, Lord Aleksander est arrivé.

— Il est en avance ! s'exclama-t-elle, ravie. S'il vous plaît, installez-le dans mes appartements et avertissez-le que je serai là dès que possible.

Puis elle se tourna vers le prince Michel.

— Mon mari vient d'arriver du Danemark…

— Alors vous devez y aller, madame.

— Je vous remercie, mais il saura se débrouiller.

— J'insiste. Si la princesse est d'accord, bien entendu. Il me semble bien plus important d'accueillir votre mari que de nous écouter nous disputer pour une histoire de points…

Il lui sourit chaleureusement. C'était un grand cœur, que ce prince, et un jour, se promit-elle, elle lui dénicherait la femme parfaite. Qu'il le veuille ou non.

Elle le remercia et le regarda rejoindre le marquis et la princesse, puis elle se mit en route pour la maison, où l'attendait Valentin.

Une chose était claire : elle avait trouvé celui à qui la princesse devait s'unir. Elle allait donc avoir besoin des conseils de son mari pour savoir comment manœuvrer autour de cette rumeur – cette atroce rumeur.

Chapitre 29

— Comment cela a-t-il pu se produire ? s'affola Justine. Comment diable avons-nous pu perdre un *prince* ?

— Et *quand* l'avons-nous perdu ? se demandait William, perplexe. Il était présent lors de la dernière manche.

— Il était présent lors des quatre manches, William. Puis il s'est ensuite joint à nous pour la discussion à propos du livre, souvenez-vous. Pensez-vous qu'il soit dans le labyrinthe ?

Depuis le chemin où ils se tenaient, ils regardèrent tous deux en direction de l'entrée du dédale.

— Où pourrait-il être, autrement ? Nous avons fouillé tout le jardin et le parc.

Ils marchèrent donc jusqu'à l'orée du labyrinthe, les gardes les suivant à la trace.

— Je ne comprends pas, dit Justine alors qu'ils entraient.

— Moi non plus. Personne ne disparaît comme ça, c'est tout bonnement impossible.

— Non, ce que je veux dire, c'est qu'il a semblé se désintéresser complètement de notre conversation à propos de Henry Esmond. Il a pourtant bien dit qu'il était un grand lecteur et qu'il a dévoré l'œuvre de Thackeray, n'est-ce pas ?

Elle regarda curieusement William, se demandant si elle s'était imaginé ces propos.

— Il me… semble que oui…, répondit William, sans aucune certitude.

Puis il lui lança un regard repentant.

— Peut-être aurions-nous dû garder cette discussion pour une autre fois.

Justine éprouvait des remords, elle aussi. Elle n'avait pas accordé au prince Michel toute l'attention qu'elle aurait dû. Elle avait été tellement obnubilée par le fait de battre William au tir à l'arc, puis par la conversation sur le livre, qu'elle en avait presque oublié la présence du prince. Et maintenant, il avait disparu. Elle cherchait un moyen d'atténuer la gravité de son crime.

— Cependant, la question de savoir si Henry Esmond aurait dû dire la vérité concernant ses origines est quelque chose dont tout le monde peut discuter, même sans avoir lu le livre, non ?

William attrapa subitement sa main, la forçant à arrêter sa course. La sensation de sa paume contre la sienne lui rappela celle de la main de William contre son corps. Une fois de plus. Le souvenir ne cessait de lui revenir, et aux moments les moins opportuns.

Elle avait pensé à cet homme toute la journée, et c'était bien là le problème. Elle avait observé la façon dont son corps se mouvait pendant qu'ils s'affrontaient au tir à l'arc. Elle avait essayé de ne pas fixer ses épaules quand il avait enlevé son manteau. Elle avait dû détourner le regard pour ne pas s'attarder sur ses cuisses. Elle l'avait frôlé deux fois, touchant délibérément son bras, comme une jeune fille en fleur essayant d'attirer l'attention d'un homme à son premier bal. Qu'avait-elle à dire pour sa défense ? Elle ne pouvait pas supporter d'être si près de lui sans le toucher. Et, à cause de cela, elle s'était mal comportée avec le prince.

Elle leva les yeux pour voir ce qui avait attiré l'attention de William : Lila avançait vers eux à grandes enjambées, balançant les bras pour prendre de la vitesse, comme si elle avait un message important à leur transmettre. Justine et William échangèrent un regard inquiet. La marieuse se planta devant eux, les mains posées sur la taille.

— Lila, le ciel soit loué ! s'exclama Justine. Je crains que nous n'ayons perdu le prince. Nous ne le trouvons nulle part ! Nous pensons qu'il est peut-être dans le labyrinthe, nous nous apprêtions à aller voir.

— Eh bien, Votre Altesse Royale, il est bel et bien parti à l'aventure, mais pas dans le labyrinthe. Il doit être à Belgravia à l'heure qu'il est, et il va bientôt embarquer sur un bateau.

— Comment ?

— Il quitte l'Angleterre ! Il rentre à Miraval ! Et je peux vous dire qu'il a failli emporter les inséparables avec lui.

Affolée, Justine regarda William, qui semblait tout aussi déconcerté qu'elle.

— Mais… mais pourquoi ? Nous l'avions invité à dîner. Il est parti sans un mot ? Pas même un adieu ? Je ne comprends pas !

Lila lui adressa un regard noir.

— Je pense, madame, qu'en prenant le temps d'y réfléchir, vous finirez bien par comprendre. Quant au souper, vous devrez le partager tous les deux. Un beau gâchis.

— Comment ça, tous les deux ? Qu'en est-il de vous ?

— Mon mari est arrivé du Danemark. Nous dînerons ensemble dans mes appartements.

Justine n'était pas autorisée à partager un repas seule

avec un gentleman qui n'était pas de sa famille. Concernant les convenances, ses parents se montraient inflexibles.

— Mais, les Bardaline…

— … ne seront pas de retour avant demain, je sais, compléta sèchement Lila. Croyez bien que j'en suis la première désolée, madame, mais le prince ne s'est pas particulièrement senti le bienvenu. Il ne reste donc que vous deux.

Elle ne laissa pas à Justine l'occasion de contester, d'affirmer qu'elle avait reçu le prince Michel comme il se doit – Dieu merci, car jamais Justine n'aurait osé. La princesse se sentait terriblement coupable. On parlait d'un homme bon, qui était venu de loin pour la rencontrer. Il lui avait offert les plus beaux des oiseaux ! Elle n'avait pas voulu se montrer si insensible ou jouer avec ses sentiments. Mais Lila n'avait apparemment que faire de ses états d'âme : elle s'en était déjà retournée, la laissant seule avec William.

Ils restèrent silencieux, regardant la marieuse disparaître. Justine dit d'un air penaud :

— J'ai l'impression que je vais me trouver mal… Nous avons fait preuve d'une telle *grossièreté*.

Elle-même avait du mal à y croire.

— Nous ne l'avons pas fait intentionnellement, dit William, plus pour les rassurer qu'autre chose.

Mais soudain, il sourit.

— Bah, quelle importance, après tout ? Il n'était pas fait pour vous.

— Aucun doute, je vais me trouver mal. Je vais me trouver mal, parce que vous allez encore me donner votre avis, je me trompe ? Allez-y, ne vous gênez pas : dites-moi en quoi il n'était pas fait pour moi. Énumérez-moi les raisons pour lesquelles le plus gentil et le plus chevaleresque de mes prétendants n'était pas fait pour moi !

— Vous venez de l'énoncer : il était gentil. Trop gentil.

Elle renifla d'un air méprisant, avant de se diriger vers la maison.

— « Trop gentil », ça ne veut rien dire, ça n'existe pas. Soit on est gentil, soit on ne l'est pas.

— Comprenez-moi bien : oui, le prince est quelqu'un de bien. J'aurais même aimé m'en faire un ami. Il était parfait pour moi… mais pas pour *vous*.

— Oh ! alors dites-moi, je vous prie, Grand Sage : qui me faut-il ? Qui me conviendrait donc ?

Il prit sa main dans la sienne et, alors qu'ils avançaient, la porta à ses lèvres rien qu'un instant.

— Pas seulement un homme avec un titre, *leannan*, dit-il dans son patois, avec un fort accent écossais, sans qu'elle comprenne le sens du mot. Vous êtes unique en votre genre. Il vous faut donc quelqu'un d'unique. De sincère, d'honnête, et qui ne se laisse pas intimider par la couronne. Quelqu'un qui respectera le trône de Weslorie, et le fait que vous êtes celle qui l'occupe, mais qui n'a pas peur de vous dire vos quatre vérités.

— Et vous pensez que le prince Michel aurait été incapable de respecter la couronne ?

— Oh ! non, il l'aurait respectée. Mais elle lui aurait ployé l'échine.

— Il ne m'a pas fait l'impression d'être homme à facilement ployer l'échine.

— Ah oui ? En ce cas, pourquoi est-il parti sans un mot ?

— Je ne crois pas qu'il s'en soit allé à cause de ma future couronne, rétorqua-t-elle après lui avoir ri au nez.

— C'est une théorie qui se tient, pourtant. Une parmi d'autres.

Il garda sa main dans la sienne. Elle ne voyait pas de raison de s'en plaindre.

— Alors quoi ? Qu'est-ce qui se passe, maintenant ?

— Maintenant ? Vous attendez le prochain.

— S'il y a un prochain…

Elle remonta ses jupes le temps de gravir les marches du perron.

— J'ai sûrement épuisé tout ce que la noblesse compte de célibataires. Combien peut-il y avoir de gentlemen qui feraient un bon prince consort ?

— Vous l'avez dit vous-même : il y a tant de principautés sur le continent ! Et puis, je sais de source sûre qu'il en reste au moins un, ajouta William en attrapant le bras de Justine pour l'aider dans son ascension. Lady Aleksander m'en a parlé.

— Elle vous a parlé d'un candidat ? s'étonna Justine. Qui donc ?

— Un industriel des Amériques.

— Beurk, fit-elle avec une grimace.

— Ça a été ma réaction aussi. Ils mangent avec les doigts, ces Américains, le saviez-vous ? C'est tellement barbare.

Le souffle de la princesse se bloqua.

— Vraiment ?

— C'est ce qu'on m'a dit.

— Et moi, on m'a dit qu'ils sont suffisants. Terriblement suffisants. En toute sincérité, William, suis-je donc si difficile à marier qu'il faille aller chercher jusqu'aux confins du monde civilisé ?

— Vous êtes facile à marier. Ce sont les hommes bien nés qui ne sont pas faciles à marier.

Justine rit. Elle aimait son humour – pince-sans-rire, recelant toujours un soupçon de vérité. Ils étaient à présent sur la terrasse, et il lâcha son bras. Elle marqua un arrêt.

— Resterez-vous dîner ?

— Souhaitez-vous ma présence ?

— Oui. Étonnamment, j'en suis venue à apprécier votre compagnie.

Lentement, un sourire se dessina sur le visage de William.

— Je ne suis pas surpris. Je vous avais prévenue que je pouvais à l'occasion me montrer charmant. D'ailleurs, la même chose pourrait être dite de vous. Aussi, je serais ravi de dîner avec vous, Votre Altesse Royale. De plus, nous avons à régler une histoire de pari – un pari quelque peu irréfléchi…

— Vous voulez parler du pari que vous avez truqué ?

— Je parle de notre petit concours de tir à l'arc.

L'éclat ardent des yeux de William semblait à Justine le reflet du feu qui la consumait et rendait sa peau brûlante.

— Nous savons tous deux que vous n'avez pas peur de prendre des risques, Votre Altesse, ajouta-t-il avec un sourire charmeur.

Certains brasiers, Justine le découvrait depuis sa rencontre avec William, ne se laissent pas facilement éteindre.

Le souper fut servi dans un salon intime alors qu'une douce pluie tombait dehors, à un rythme régulier. Un feu flambait dans l'âtre, et deux fenêtres avaient été ouvertes pour permettre à l'air de circuler.

Justine avait revêtu une simple robe bleu foncé ainsi qu'un ras-de-cou serti de saphirs et de perles. Quand elle rejoignit William et qu'il promena son regard sur elle, elle sentit dans sa poitrine comme un bourdonnement d'abeilles. Une ruche entière, l'empêchant de se concentrer.

Ils prirent place tandis qu'un valet de pied escamotait le troisième couvert. Ils contemplèrent la chaise vide.

— Je n'arrive pas à croire qu'il soit parti sans dire un mot, dit Justine, la mésaventure lui revenant en mémoire.

— J'ai une nouvelle théorie, si cela vous intéresse, offrit William.

— *Jæ*, dites-moi.

— Je pense qu'il a fui à cause de la façon dont vous avez mangé la pulpe d'un citron entier lors du pique-nique. Petite rustre. Ça devait être terriblement acide.

Justine rit avant de proposer sa propre théorie.

— Il est parti parce que vous avez renversé le pot de miel et que vous en avez mis sur sa chaussure.

— Je me suis excusé pour ça ! Les abeilles avaient envahi le pot. Or, je l'ignorais, mais j'ai apparemment peur des abeilles.

— J'ai cru que votre pantalon avait pris feu, rit Justine de plus belle. Vous vous êtes levé si vite !

Et leur hilarité dura un moment alors qu'ils se remémoraient la scène. Mais à présent, William avait les sourcils froncés.

— Cela a amusé le prince Michel également, si mes souvenirs sont bons ? Il nous a dit ne pas aimer beaucoup les abeilles, lui non plus ?

— Il me semble, oui, répondit-elle en plongeant sa cuillère dans le potage. Je suis tellement désolée de ce qui s'est passé ! J'aurais dû être… plus aimable.

— Non, c'est ma faute. J'aurais dû vous laisser en tête à tête.

Une nouvelle fois, elle plongea sa cuillère dans son assiette, avant de l'abandonner là.

— Mais pensez-vous…, osa-t-elle en levant les yeux vers William. Pensez-vous qu'il aurait fait un bon prince consort ? Je veux dire : imaginons un instant qu'il se soit éclipsé ainsi lors d'une visite d'État ?

William pencha la tête et plaça sa main en cornet autour de son oreille.

— J'ai bien entendu ? C'est peut-être mon audition qui me joue des tours, mais il m'a semblé que vous veniez d'admettre que j'ai eu raison. *Une fois de plus.*

Elle lui sourit.

— Vous rappelez-vous cette première entrevue où j'ai insisté sur le fait que je ne voulais pas de votre avis ?

— Pas un jour n'est passé depuis sans que j'y repense.

— Que serais-je devenue, si vous m'aviez obéi ?

— En effet, répondit-il d'un ton méditatif. Ce n'est pas pour casser du sucre sur le dos de Lady Aleksander, mais Robuchard aurait difficilement pu trouver pire marieuse.

— Là-dessus, je vous rejoins. J'imagine que vous avez fait part de vos réserves à votre vieil ami le Premier ministre ? demanda-t-elle en ramassant sa cuillère.

Celle de William, pourtant en chemin vers sa bouche, se figea dans les airs.

— Mon vieil ami, hein ?

— Eh bien quoi ? N'est-ce pas le cas ?

William posa lentement son couvert.

— Puis-je me montrer parfaitement honnête avec vous, Justine ?

Elle acquiesça.

— Je parle d'une honnêteté *complète*, l'avertit-il. Sans le vernis de la politesse et des bonnes manières.

— Seigneur. *Complètement* honnête.

Et elle posa elle aussi sa cuillère, l'estomac noué à présent, s'attendant au pire.

— Ma mère vous a parlé, n'est-ce pas ?

— Votre… ?

Il la regarda, l'air confus.

— Non, je n'ai pas eu l'honneur de faire sa connaissance. Ce que je voulais vous dire, c'est que mon père a rencontré ces dernières années quelques… difficultés.

Des difficultés. Elle ignorait ce que cela signifiait, mais elle n'aimait pas ça. Elle attendit qu'il poursuive.

— Il s'est mis dans le pétrin.

Elle opina pour l'encourager.

— Financièrement parlant.

Elle n'avait aucune raison d'être désappointée, et pourtant, elle l'était. Les difficultés financières amenaient souvent les gens à commettre des actes terribles.

— C'est lui qui a arrangé cela, dit-il en les désignant tour à tour. Avec Robuchard. Il y a quelque temps, alors qu'il était très endetté, mon père a conclu des affaires avec la Weslorie, sur les recommandations de votre Premier ministre. C'est ce qui m'a contraint à accepter de jouer ce rôle, et non une quelconque amitié avec Robuchard.

— Je le savais ! s'écria-t-elle. Ha ha ! Vous êtes un espion. Pour une fois, j'avais vu juste.

Mais aussitôt, elle dégrisa et son sentiment de triomphe se dissipa. Après tout, il n'avait pas été entièrement honnête avec elle.

— Oui, vous aviez vu juste.

Que lui avait-il caché d'autre ? Justine déglutit péniblement.

— Cela signifie-t-il que votre amitié, ces derniers temps, n'était que…

— Mon Dieu, non ! lui assura-t-il en attrapant sa main. Justine, non : j'ai chéri chaque moment en votre compagnie, plus que je ne saurais le dire. Plus que je ne saurais le concevoir, en réalité.

Elle voulait le croire, elle voulait désespérément le croire, car elle ressentait la même chose à son sujet.

— Pourquoi ne m'avoir pas dit la vérité dès le début ? Quand je vous l'ai demandée ?

— Je pensais que nous en aurions vite fini, vous et moi. Et puis, j'avais… honte, je suppose. Me permettez-vous de vous expliquer ?

Elle hocha la tête. Il lui lâcha la main et commença à lui parler des problèmes d'argent et des dépenses inconsidérées de son père. Du choix coûteux qu'il avait fait d'agrandir le palais de Hamilton, et qui risquait à terme d'appauvrir nettement le duché. Il lui parla des investissements douteux faits au fil des ans, chaque fois qu'une de ses relations le lui proposait, sans se poser plus de questions que ça. Crédule. Il lui donna un aperçu des pertes que la famille avait essuyées, et des importants efforts qu'il avait faits, lui, William, pour limiter les dégâts, pour arrêter l'hémorragie et éponger les dettes. Alors qu'il se confiait, l'anxiété de Justine allait croissant. Étrangement, elle vivait ces pertes comme si elles avaient été les siennes.

— Cela signifie-t-il… Cela signifie-t-il que vous êtes pauvre, William ?

Il sembla saisi par la question.

— Non, bien sûr que non. J'ai de l'argent, en partie grâce à un héritage laissé par mon grand-père. Quoi qu'il en soit, mon père est sur une pente glissante, et depuis des années. L'affaire n'a pas été ébruitée en dehors de la famille et de quelques employés de confiance. C'est étrange, conclut-il. Les gens pensent me connaître alors qu'en réalité, ils en savent très peu à mon sujet.

— Comme je vous comprends ! acquiesça Justine. J'ai eu vent qu'il se raconte que je suis demeurée, et que c'est pour ça que je n'apparais que rarement en public. La famille royale chercherait à dissimuler ma déficience.

— Seigneur Dieu ! lança-t-il avant de partir d'un rire incrédule. Comme vos sujets vont être surpris, en découvrant l'étendue de votre intelligence et de votre esprit.

Puis il la contempla longuement.

— Si vous pouviez dire une chose et une seule, vous concernant, laquelle serait-ce ? Que voudriez-vous que vos sujets sachent de vous ?

— En dehors du fait que j'ai besoin de lunettes ?

— En dehors de ça, oui.

Elle réfléchit intensément.

— Que j'ai peur. Tout le temps peur.

La réponse le surprit, apparemment : il la détailla comme s'il la voyait pour la première fois. Puis, en prenant son temps, il avança le buste et posa la main sur son genou, sous la table, pour le presser légèrement.

— N'ayez pas peur, Justine. Vous serez une reine remarquable. Une de celles qui restent dans l'Histoire.

— J'ai du mal à y croire, répondit-elle avec un sourire timide.

— Pas moi. Pour tout vous dire, je n'ai aucun doute à ce sujet. Aucun.

Le sourire de Justine se colora d'un sentiment de reconnaissance.

— Comme je vous ai mal jugé, William ! Vous êtes vraiment un bon ami.

Elle remarqua la façon dont ses lèvres se pincèrent, son regard évitant les yeux de Justine, et elle se demanda si elle lui avait déplu d'une quelconque manière.

— Pourquoi ne vous font-ils pas confiance ? finit-il par l'interroger.

Elle n'eut pas à lui demander à qui il faisait allusion. C'était une chose curieuse les concernant : ils se comprenaient, souvent sans qu'il y ait besoin de mots.

— Vous voulez dire : mes parents ?

Il hocha la tête, avant d'ajouter :

— Et les Bardaline, qui vous surveillent de près. Et Robuchard, qui veut connaître vos moindres faits et gestes… Tout cela suggère une méfiance.

Il disait vrai : jamais on ne pardonnerait à Justine sa transgression.

— C'est une longue histoire, soupira-t-elle en repoussant son potage.

Elle avait perdu l'appétit. Un valet de pied apparut pour emporter son assiette et celle de William, bien qu'il soit manifestement encore en train de manger : lorsqu'un souverain ou futur souverain avait terminé, on considérait qu'il en était de même pour le reste de la tablée.

— Non, attendez…

— C'est bon, la rassura William, avant de lever une main vers le valet, indiquant qu'il ne souhaitait pas récupérer son assiette. Racontez-moi.

Elle attendit que le majordome ait servi le plat de bœuf devant eux, attrapa son couteau et demanda, d'un ton qui se voulait nonchalant :

— Vous n'êtes vraiment pas au courant ?

— J'ai entendu beaucoup de choses vous concernant. Peut-être même ai-je entendu parler d'une histoire d'amour…

Justine renifla.

— Ce n'était pas une histoire d'amour. J'ai été cruellement trompée par un menteur et un tricheur.

Il la considéra comme s'il ne parvenait pas à y croire. Elle surveilla les domestiques, avant de baisser d'un ton.

— Son nom est Aldabert Gustav.

Puis elle commença à se confier, d'une voix douce. Elle raconta à William comment elle l'avait rencontré, au palais, lors d'une garden-party donnée par sa mère la reine. Elle parla des promesses d'Aldabert, de son serment de ne jamais aimer une autre qu'elle, de la façon dont il affirmait qu'il eût mieux valu la mort à une vie sans elle.

— J'étais jeune, je manquais d'expérience, et Seigneur ! que ces belles paroles faisaient chavirer mon cœur.

Elle avait changé à présent, elle n'était plus la même. Le scandale et la maladie de son père l'avaient endurcie.

— Je lui ai rendu ses serments, croyant qu'il comprenait à quel point j'avais espéré être aimée un jour et aimer en retour.

Repenser à la naïveté dont elle avait fait preuve la fit frissonner. William ne souriait pas, ne riait pas, ne se moquait pas : il l'écoutait attentivement.

Elle lui parla de la façon dont elle avait découvert la puissance du désir… Sauf que Gustav, lui, était gouverné par un désir de puissance : tout n'avait été qu'un mensonge, un plan monté par son ambitieux de père pour la compromettre et la forcer ainsi à épouser Aldabert. William, entendant cela, pâlit.

— Ça a dû être un cauchemar !

— En effet. Et cela m'a appris une chose essentielle :

que personne ne me considérera jamais comme une femme ou comme une potentielle épouse. Je suis simplement… un investissement.

— Justine. C'est faux.

— Non, c'est la vérité.

— Vous vous trompez, jeune demoiselle. Il y a en ce monde des scélérats, des intrigants, oui… mais il y a aussi de nombreux hommes qui seraient plus que ravis de vous aimer pour vous-même.

De ça, Justine n'était pas certaine. Elle lui jeta un regard inquisiteur.

— Pourquoi ne vous êtes-vous jamais marié ? Je veux la vérité.

— J'ai failli, une fois. J'étais complètement épris d'une jeune personne, prêt à lui demander sa main, à lui offrir ma fortune et mon titre, et mon domaine…

L'idée que William eût aimé dans le passé parut à Justine étonnamment inconfortable.

— Qu'est-ce qui vous a arrêté ?

— Jonathan Ashley. Que je pensais être mon ami, et qui l'a séduite. Sans trop de difficultés, apparemment.

Justine cligna des yeux, incrédule.

— Mr Ashley a séduit votre amie ? Dans la seule intention de vous nuire ?

— Eh oui ! Il semblerait qu'il ait trouvé l'idée distrayante.

— Mon Dieu, William ! Pourquoi ne pas m'en avoir parlé plus tôt ?

— Je n'étais pas sûr que vous me croiriez. Et puis, je suppose que ma fierté m'en a empêché : ce n'est jamais agréable d'être cocufié. Sans doute espérais-je que vous vous rendriez vous-même compte du genre d'individu qu'est Ashley, ajouta-t-il avec un sourire retenu.

Oui, elle avait fini par s'en rendre compte, mais uniquement parce que William l'avait avertie en premier lieu.

— Ça a dû être si douloureux !

— Ça l'a été, oui.

— Et depuis ?

— Depuis ?

Il eut un sourire démoniaque.

— J'ai été un vilain garçon. J'ai parcouru le continent afin d'échapper à mon cœur brisé, j'ai noyé mon malheur dans l'alcool, je me suis épanoui dans la luxure et j'ai tenu les gens à distance.

— Vous m'aviez dit en avoir fini avec cette existence de vaurien, lui rappela-t-elle.

— C'est le cas. J'ai fini par me rendre compte que je n'avais pas à porter indéfiniment le deuil d'une histoire qui n'en valait pas la peine.

Elle se demanda si elle n'avait pas, elle aussi, porté trop longtemps le deuil d'une histoire qui n'en valait pas la peine.

— Cette femme a commis une grossière erreur, William. Vous avez bon cœur, êtes prévenant, brillant. Vous êtes *bien* plus séduisant que ce Mr Ashley, et bien plus aimable.

Il sembla touché du compliment. Non, pas touché : heureux.

— Je crois que vous avez bu trop de vin, ce soir.

Elle avait à peine touché à son verre, qu'elle saisit.

— Je ne fais que commencer, fanfaronna-t-elle.

Il leva lui aussi son verre et le choqua contre le sien. Ils prirent chacun une gorgée.

— Maintenant, dites-moi quelque chose à votre propos. Quelque chose que tout le monde ignore, y compris votre sœur.

— Un secret ? rit Justine. Je n'ai pas de secret pour Amélia.

— Allez… Il doit bien y avoir quelque chose… Nous sommes amis, après tout ? Les amis se font des confidences.

Elle sentit les abeilles se remettre à vibrionner dans sa poitrine, là où effectivement elle abritait depuis quelque temps un secret.

— Très bien. Vous voulez savoir ce que je cache au plus profond de moi ? Connaître les tréfonds obscurs de mon âme ? Je vais vous dire, William : mon plus grand secret, c'est l'affection que j'ai pour vous. C'est l'…

Elle cherchait un mot capable de communiquer avec justesse ce qu'elle éprouvait, mais le seul qui lui vint fut « amour ». Rien d'autre ne convenait.

— … l'*affection* que j'ai pour vous, répéta-t-elle. Je ne pensais pas que vous finiriez par m'inspirer un tel sentiment. Je pensais que j'allais vous haïr, et c'est tout le contraire qui s'est produit. J'espère tant que nous resterons amis ! J'espère que vous viendrez me rendre visite en Weslorie. J'espère…

Elle espérait tant, elle espérait plus. Et sa phrase s'acheva dans un murmure :

— … vraiment.

— En voilà, un secret, Votre Altesse. Voudriez-vous connaître le mien ?

— Je l'exige, même.

Il lui sourit avec douceur.

— J'ai moi aussi pour vous beaucoup d'affection. Peut-être plus, même, que je n'en ai pour quiconque. J'ai l'impression d'avoir passé ma vie entière à vous attendre. Et, confidence pour confidence, ce gilet est le quatrième que j'ai enfilé ce matin. Je n'ai jamais été spécialement passionné par les gilets, et pourtant, voilà où nous en sommes : je voulais qu'il vous plaise.

La lumière qui brillait dans les yeux du marquis semblait répondre à l'étincelle que Justine sentait dans son sang. Il faisait chaud, soudain – où était-ce une impression ? Elle sentit sa respiration devenir accidentée.

— Il me plaît beaucoup, William. Je crois que, de ma vie, un gilet ne m'avait autant plu.

Il emmêla ses doigts aux siens, avant de s'interroger :

— J'aimerais comprendre comment on en est arrivés là, vous et moi.

L'étincelle dans les veines de la princesse se mit à crépiter. Elle serra ses doigts.

— William ?

— Justine ?

— Pourquoi a-t-il fallu qu'il en soit ainsi ?

Il secoua la tête. Il voyait ce qu'elle voulait dire : pourquoi avait-il fallu qu'ils en arrivent à éprouver ce sentiment alors qu'elle était à Londres pour se lier avec un autre homme pour l'éternité ?

— Je n'en sais rien. Mais maintenant que nous y sommes, je prie pour que cela dure le plus longtemps possible.

Oui. Le plus longtemps possible. Elle relâcha la main de William et se leva. Il la regardait, déconcerté. Elle marcha jusqu'à la porte et l'ouvrit.

— *Lassan nus*, ordonna-t-elle aux valets.

Laissez-nous. Ils déguerpirent sur-le-champ. Le majordome tenta bien de débarrasser leurs assiettes, mais elle refusa d'un signe de tête. Alors il suivit à contrecœur les laquais. Justine verrouilla la porte derrière eux. Elle s'imaginait sans peine à quelle vitesse l'information risquait de circuler dans la maison : elle avait renvoyé les domestiques pour se retrouver seule avec un gentleman. Les Bardaline en auraient vent dès leur retour. Mais pour l'instant, ils n'étaient pas là. Justine et William avaient cette unique nuit devant eux. Elle se fichait de ce qu'il adviendrait ensuite.

William adopta une pose princière sur sa chaise, un sourcil haussé, aussi amusé que surpris.

— Qu'avez-vous en tête, jeune fille, exactement ?

— Nous n'avons pas réglé cette histoire de pari.

— Ah ! oui, c'est vrai.

Il se leva et jeta sa serviette sur la table.

— Vous me devez un royaume, si ma mémoire est bonne.

Puis il avança vers elle, prit son visage entre ses mains et l'embrassa. Et, sans prévenir, il la souleva de terre.

Justine poussa des cris et des rires ravis pendant qu'il la portait jusqu'à la méridienne. Il se mit au-dessus d'elle et elle le contempla, avant de suivre rêveusement du doigt le tracé de son sourcil. Elle aurait voulu se rappeler à jamais son apparence ce soir, l'imprimer dans sa chair.

— Oh ! comme j'aimerais que les choses soient différentes…

— Garde tes souhaits et prières pour plus tard, *leannan*. Je te veux tout entière présente avec moi.

Et il posa sa bouche sur celle de Justine.

— Qu'est-ce que cela signifie ? Ce mot, *leannan* ?

— Cela veut dire…

Il la regarda droit dans les yeux.

— … mon amour. Mon âme.

Entendant cela, les abeilles quittèrent la poitrine de Justine pour envahir chacun de ses membres. Elle se rendait : elle serait tout entière présente. Elle avait tant envie qu'il lui fasse l'amour ! Ce désir était un organisme vivant, pulsant dans ses veines, battant dans sa cage thoracique si fort qu'il l'élargissait. Elle avait attendu si longtemps qu'on la touche ainsi, qu'on l'aime ainsi, elle et seulement elle – car, pour une raison qu'elle ne s'expliquait pas, elle savait que c'était cela que William éprouvait pour elle.

Les mains du marquis se mirent à parcourir, par-dessus sa robe, sa poitrine, son ventre, sa taille. Il embrassait son cou, ses oreilles, sa nuque. Il descendit plus bas encore, passant les mains sous l'ourlet de sa robe pour les remonter le long de ses jambes. Sa bouche laissa, sur l'arrondi de son décolleté, une traînée de baisers, avant de descendre, et de descendre encore…

Quand il releva ses jupes, Justine fut un instant prise de panique. Elle ne pouvait autoriser ce qui s'apprêtait à se produire, elle ne pouvait trahir ainsi son pays… Mais, au lieu de glisser son corps entre ses cuisses, William y installa sa tête. Alors que sa langue passait sur son sexe, le souffle de Justine se bloqua. La sensation était exquise, un tel déferlement de plaisir… Elle eut l'impression qu'elle flottait, loin là-haut, transportée par un nuage, sans se soucier de l'endroit où elle atterrirait. Perdue dans une brume délicieuse, elle se rendit à peine compte que le son qui lui parvenait, au loin, était celui de ses propres râles.

Il la tenait fermement, se montrant intransigeant dans sa manière de lui donner du plaisir, explorant chaque sillon, chaque creux de son corps, avant de revenir titiller le centre avide de son intimité, puis de s'enfoncer en elle.

Justine sentait une énergie grandir en son sein, s'accumuler ; cela devenait explosif ; ses gémissements se transformaient peu à peu en halètements. William la caressa, la lécha, l'aspira jusqu'à ce qu'elle bascule dans la plus complète satisfaction…

Elle mit du temps à parvenir à reprendre son souffle et continua, bien après, de lui caresser les cheveux. Puis elle le tira à elle, le gratifiant d'un de ces baisers profonds qu'il lui avait appris à donner. Elle avait envie de pleurer, ou peut-être de rire, ou peut-être de manger des sucreries à pleines mains. Elle avait surtout envie de conserver à jamais cette sensation ; de le garder *lui*, auprès d'*elle*. Elle le sentait contre elle, dur encore, et plus que tout elle aurait aimé pouvoir aller plus loin, satisfaire son désir en finissant ce qu'ils avaient commencé.

— Je suis désolée…, commença-t-elle à s'excuser, mais il l'arrêta.

— Nul besoin de vous excuser.

— Mais vous n'avez pas…

— N'en dites pas plus, madame. Vos devoirs vont à la nation, et non à un simple mortel comme moi.

Il embrassa son front, elle caressa son visage.

— Êtes-vous bien l'homme qui m'a fait tomber d'une chaise, il y a de ça des années ?

— Je suis l'homme qui a réussi à s'asseoir avant vous, oui. Êtes-vous bien la femme qui a crié à l'injustice ?

— Je suis la femme qui a revendiqué sa victoire, oui.

Ils rirent et s'embrassèrent encore, de façon moins impétueuse, plus tendre, alors que William effleurait le visage de Justine du bout des doigts.

C'était cela, le bonheur. C'était cela, la paix intérieure, et Justine, effarée, prit conscience qu'elle ne l'avait jamais éprouvée avant.

Il caressa sa joue, l'admirant.

— Je pensais qu'il suffirait de te voir une fois ou deux

afin de m'acquitter de ma promesse. Mais être avec toi, c'était comme découvrir les bouts de moi dont je n'avais jamais réalisé qu'ils manquaient. Dont je n'avais jamais compris qu'ils existaient même. Et maintenant, je n'arrive plus à envisager la vie sans toi.

— Je n'y arrive pas non plus. Qui me conseillera, bien que je l'aie défendu ? Qui m'offrira à tout bout de champ son avis alors que je ne veux rien entendre ? Qui donc pourra bien m'apporter ce dont j'ai tant besoin, moi dont tout le monde pense que j'ai déjà tout ?

— Personne, c'est certain. Je serai donc obligé de t'écrire longuement.

— Cela me plairait. Lire tes lettres, en faisant les cent pas près du trône, m'offusquant de ta proverbiale audace…

Il rit, et l'embrassa encore.

Et encore.

Et encore.

Et quand ils ne purent continuer de s'embrasser sans risquer que la situation ne dégénère, ils parlèrent. De leur enfance, de leurs espoirs pour l'avenir. Tout y passa : future progéniture, chiens, chevaux. Tir à l'arc. Sœurs adorées, pères aimés, rêves farfelus.

William finit par quitter la demeure à deux heures et demie du matin. Justine tituba le long de l'escalier, les cheveux défaits, la gorge rougie par tous ces baisers, les lèvres enflées et le sourire si large qu'il devait être le fruit de ce bonheur enraciné profondément dans son cœur.

À un moment de la nuit, Lila se leva pour aérer sa chambre, emplie d'une odeur de sexe et de feu de bois.

Elle était nue, les cheveux lâchés. Elle ouvrit la fenêtre et inspira l'air de cette nuit d'été.

C'est alors qu'elle aperçut Lord Douglas, qui s'aventurait du côté des écuries.

Valentin, nu lui aussi, l'enlaça par-derrière. Elle le sentit, dur, contre sa chute de reins, alors qu'il embrassait son cou.

— Tu m'as manqué, femme.

— Tu m'as manqué aussi, mon amour, susurra-t-elle.

— Marie donc cette princesse et reviens à la maison.

— Je te rassure, j'y suis presque.

Elle observa Douglas, qui disparut dans l'écurie, et pivota pour se blottir dans les bras de son époux.

Le télégramme arriva alors que le Premier ministre Robuchard attendait le début de sa réunion de l'après-midi avec le roi.

Il était signé de Douglas, et l'informait que le prince Michel était un brave homme, qui n'avait cependant rien à offrir à la princesse. Ce qui était faux : le prince avait un royaume entier à offrir. Dante n'en revenait pas que Douglas s'avère à ce point inutile !

Alors qu'on introduisait le ministre dans les appartements du roi, il vit la reine faire les cent pas, comme souvent, et pousser un cri horrifié.

— Que se passe-t-il ? demanda le roi d'une voix enrouée.

— Amélia !

Elle se rendit ensuite compte de la présence de Robuchard, et lui fourra un télégramme sous le nez.

— Vous devez les rappeler ! Elle s'est enfuie à la campagne avec Lady Holland, et les Bardaline n'ont eu d'autre choix que d'aller la chercher ! Je vous avais prévenu qu'elle s'attirerait des problèmes, Robuchard, mais vous avez insisté. C'est *votre* faute. Drakkia ! Je veux qu'on me ramène mes filles sur-le-champ. Je veux qu'elles rentrent *le plus vite possible.*

Chapitre 30

Le lendemain, Justine tint compagnie à la reine Victoria durant ses essayages pour un bal qui se tiendrait bientôt au château de Versailles. La robe qu'on lui avait enfilée était exquise, en soie blanche, avec un liseré bleu. La couturière retouchait l'écharpe royale que Sa Majesté arborerait en diagonale sur sa poitrine.

— Vous découvrirez bientôt, ma chère, que tous les ornements qui vont avec le trône ont été conçus pour les hommes. Les écharpes, les couronnes, les manteaux, le sceptre : tous sont trop grands et trop lourds pour une femme. Il serait sage de vous entraîner à les porter avant vos apparitions publiques. Personne ne souhaite assister au désastre d'une couronne qui glisse de la tête d'un souverain, symboliquement c'est atroce. Car, comme nous le savons tous, quand la couronne tombe, la tête ne tarde jamais à suivre, ajouta-t-elle en gloussant, fière de sa plaisanterie.

Justine fut trop horrifiée par l'image pour sourire.

La reine commença à pinailler à propos de la bordure de sa manche, et Justine en profita pour se replonger dans le monde merveilleux de ses souvenirs, celui-là même où elle avait élu domicile depuis la veille. Elle ne cessait de penser à William, à ce qu'ils avaient fait ensemble, à ce qu'il lui faisait ressentir. Ils s'étaient étendus tous les deux sur la méridienne pour parler jusqu'au bout de la nuit, jusqu'à ce qu'elle commence à craindre que les domestiques n'écoutent à la porte.

Ils avaient discuté de tant de sujets ! Pourtant, elle avait l'impression qu'ils n'avaient eu, avant qu'il lui annonce qu'il devait partir, le temps que d'effleurer la surface des choses.

Elle aurait tant aimé qu'il reste ! Avec lui, elle voulait tout – son corps, son cœur, son esprit. Elle voulait qu'ils fassent l'amour, qu'ils parlent, qu'ils rient, qu'ils s'amusent, et aussi qu'ils se taisent et profitent du silence.

— Maintenant, dites-moi, ma chère, quels progrès avez-vous faits dans votre quête d'un mari ? demanda la reine, ramenant Justine au moment présent.

— Ah, eh bien… Pour le moment, ça n'a rien donné…

— J'ai pourtant eu vent d'une véritable escouade de soupirants.

Justine retint une grimace. Ainsi, tout Londres parlait d'elle.

— Il n'y a guère eu d'escouade. Seulement quelques prétendants, et aucun n'était convenable.

— Et pourquoi ça ?

— L'un d'entre eux était gentil, mais…

Elle hésita. Elle ne savait pas quoi dire du prince Michel : ce qui s'était produit avec lui était entièrement sa faute à elle.

— Il était gentil. J'en ai rencontré un autre un peu trop porté sur la boisson.

— Tenez-vous loin des ivrognes, surtout ! Quand la fortune d'un homme dépend de celle qu'il a épousée, il a tendance à se sentir inutile. Or, les liqueurs aggravent les griefs : il vous considérera comme responsable de son malheur.

— Oh ! Seigneur, répondit Justine, frappée par les propos de la reine.

— Je suis surprise que votre mère ne vous ait pas avertie. Qui d'autre ?

— Un monsieur qui avait besoin d'une attention constante. Et je dois prochainement rencontrer un Américain.

— Non, décréta tout simplement la reine. Qui d'autre, encore ?

Justine voulait désespérément lui dire qu'il y en avait un autre. Un homme qui n'était pas sur la liste de Lady Aleksander, mais qui lui convenait parfaitement. Le seul sur sa liste à elle.

— Je n'ai eu vent d'aucun autre.

— Mmm.

La reine grimpa sur un podium pour que la couturière et son assistante puissent marquer l'ourlet. Elle était si petite qu'il allait sans doute falloir couper vingt bons centimètres.

Justine venait d'attraper un verre d'eau lorsque Victoria lâcha :

— Je vous conseille de trouver quelqu'un avec qui vous apprécierez de passer du temps dans le lit conjugal. Le reste suivra.

Justine fut si surprise qu'elle avala sa gorgée de travers et commença à tousser. La reine n'avait rien remarqué.

— Cela peut grandement améliorer une journée difficile, surtout à l'heure du coucher.

— Hmm…

La princesse essuya du pouce sa lèvre inférieure, pour en chasser l'eau qui lui coulait sur le menton.

— Pas la peine d'en faire tout un plat, ma chère : c'est

un fait, c'est tout. Plus vous êtes compatibles dans l'intimité de votre chambre, plus vous êtes compatibles dans la vie.

La couturière et son assistante jetèrent un regard à Justine.

— Mais comment faire pour… C'est-à-dire que… Il n'y a aucun moyen de savoir…

— Vous avez raison, oui. Il n'y a aucun moyen de savoir. J'ai décidément eu de la chance, ajouta-t-elle en relevant le menton alors qu'elle s'examinait dans la glace. *Beaucoup* de chance. Mais gare, cependant : qui dit grande compatibilité dit nombreuses grossesses.

En quittant la reine, Justine se sentait bien moins enjouée qu'à son arrivée. La seule perspective de partager le lit conjugal avec quelqu'un d'autre que William avait suffi à la dégriser. Elle aurait très certainement apprécié de s'allonger avec lui… Mais avec les autres, tous ces piètres candidats, ces messieurs jugés dignes d'endosser la fonction de prince consort, la perspective était inconcevable.

Sa tête était pleine de William, et de William seulement. Ses yeux gris si doux, son sourire en coin, ses cheveux noirs et épais… Pourquoi cela ne pouvait-il être lui ?

Cela ne *pouvait-il* être lui ?

Une idée germa dans son esprit.

Elle avait supposé que leur union était impossible à cause des problèmes que connaissait le duché de Hamilton. Sinon, il aurait été sur la liste de Lila, n'est-ce pas ? Mais… était-il envisageable qu'elle l'épouse quand même ?

Elle rumina tout le long du chemin jusqu'à Prescott Hall, et elle l'aurait volontiers fait plus longtemps, mais Amélia était rentrée et elle était de mauvaise humeur. Justine la trouva dans ses appartements, étendue sur une chaise longue, attendant sa grande sœur, son avant-bras dissimulant ses yeux de façon théâtrale.

— Qu'est-ce qui ne va pas ? demanda Justine.

— Rien ne va. Les Bardaline pourraient tout aussi bien être nos geôliers. Pourquoi sont-ils venus me chercher, Jussie ? Je passais un si merveilleux moment ! J'aime tant l'Angleterre, je ne veux pas rentrer en Weslorie.

Parfois, il était préférable de ne pas prêter attention aux desiderata d'Amélia et de changer de sujet.

— Comment était la campagne ?

— À vous couper le souffle.

Amélia se dressa subitement sur le coude et tendit le cou pour mieux voir Justine.

— J'ai rencontré quelqu'un.

Évidemment, qu'elle avait rencontré quelqu'un.

— Il est merveilleux, il est attentionné, et c'est vraiment moi qui l'intéresse – pas toi, pour une fois. Nous nous sommes promenés…

Justine n'aima pas entendre ça. Elle s'assit lentement.

— Promenés ?

— Oui, Jussie. Promenés. Dans les bois.

— Et qu'avez-vous fait, dans les bois ?

Amélia gloussa.

— Il m'a embrassée !

Puis elle s'assit et se pencha vers Justine pour lui murmurer :

— Il embrasse divinement. Je crois que je l'aime.

— Tu crois aimer tous les messieurs que tu rencontres, Amélia ! Qu'est-ce qui ne va pas chez toi ? Tu ne peux pas faire ça, pas ici !

— Pourquoi ? Quel mal y a-t-il à ça ?

Parfois, Justine n'en revenait pas qu'elles aient les mêmes parents, qu'elles soient passées par les mêmes apprentissages, qu'elles aient reçu la même éducation : elles avaient des vues si différentes !

— Quel mal y a-t-il ? Ai-je vraiment besoin de le dire ? Penses-tu à ta réputation ?

Amélia fit un geste insouciant et se laissa retomber sur sa chaise.

— Nous sommes en Angleterre, personne ne le saura. Tu dis ça uniquement à cause de ce qui t'est arrivé.

— *Jæ*, Amélia : je le dis *précisément* à cause de ce qui m'est arrivé ! Mon honneur a souffert. Et tu es idiote si tu crois que le fait d'être en Angleterre te protège d'une manière ou d'une autre !

Amélia claqua la langue et tourna son regard vers la fenêtre.

— Rassure-toi, personne ne prête la moindre attention à ce que je fais. Il n'y en a que pour toi, et il n'y en aura jamais que pour toi. Que me reste-t-il, à moi, hein ? Pourquoi ne pourrais-je pas m'amuser et profiter de la vie ?

— Il te reste tant, Amélia ! Je te l'ai toujours dit. Et puis, j'ai besoin de tes conseils ! Tu ne pourras pas me les prodiguer si tu es exilée au beau milieu d'une montagne pour mauvaise conduite.

— Tu préfères me voir dépérir, devenir vieille fille à tes côtés.

— Premièrement, il se trouve que je connais quelques vieilles filles, et aucune d'elles n'a jamais dépéri de l'absence d'un homme. Deuxièmement, ce n'est pas vrai !

Amélia gémit et fouilla dans sa poche pour en retirer un papier jaune, qu'elle jeta à la figure de Justine. La princesse le prit.

C'était un télégramme de leur mère.

Mes enfants, vous êtes priées de vous en retourner

à Saint Edys immédiatement. Amélia, tu t'es révélée incapable de te comporter correctement en absence de ma supervision. Et toi, Justine, tu t'es révélée incapable de te trouver un mari et de surveiller ta sœur. Il en est fini du patronage de Sa Majesté la reine : revenez chez vous en toute hâte.

— Mon Dieu, murmura Justine. Lady Bardaline a-t-elle vu ça ?

— Elle me l'a apporté, dit Amélia avec un reniflement de mépris.

Puis elle se redressa et passa les jambes d'un côté de la chaise.

— J'ai entendu quelque chose d'intéressant, concernant ton ami, durant mon séjour.

— Quel ami ?

— Quel autre ami as-tu donc que le marquis de Hamilton ?

— Je te l'accorde, répondit sèchement Justine. Qu'as-tu entendu ?

Les yeux d'Amélia brillèrent.

— La rumeur dit qu'il aurait mis enceinte une fille de ferme et qu'il l'aurait abandonnée.

Justine n'enregistra pas immédiatement les paroles prononcées par sa sœur. Elle fronça d'abord les sourcils. Puis elle se mit à rire.

— C'est absurde ! Où as-tu entendu cela ?

— Durant un souper. C'est la rumeur, en tout cas.

Le monde sembla devenir légèrement… instable.

— Pour ma part, je ne crois pas que ce soit vrai, poursuivit Amélia. Il est plutôt sûr de lui et ne s'embarrasse pas de faux-semblants. Et il ne m'a pas l'air d'être une canaille, qu'en penses-tu ? Je suis sûre que, s'il avait mis une fille enceinte, il aurait été heureux de le faire savoir. Et de l'épouser, probablement, juste pour contrarier la haute société.

Elle fit une pause et regarda Justine avec curiosité.

— Qu'y a-t-il ? Tu n'y crois pas, n'est-ce pas ?

— Non ! répondit immédiatement la princesse.

Elle n'y croyait pas, c'était impossible. Alors pourquoi avait-elle la tête qui tournait ? Cela ne pouvait être vrai ; elle ne pouvait pas s'être à ce point trompée sur lui ! La nouvelle était stupéfiante, et Justine ne savait quoi penser… Mais elle était prête à parier sa couronne qu'il s'agissait d'un mensonge ! Voilà à quel point elle avait foi en lui !

Mais… Oh ! mon Dieu : et si elle était en train de se laisser une nouvelle fois berner ?

— Jussie… Tu es toute pâle.

Justine se leva et marcha jusqu'à la fenêtre. Elle l'ouvrit, puis se pencha dehors, prenant une grande inspiration, absorbant autant d'air qu'elle le pouvait dans ses poumons. Derrière elle, une porte s'ouvrit. Elle entendit la voix de Lila.

— Fantastique ! Vous êtes là toutes les deux. Je suis ravie de vous informer que nous sommes conviées à un dîner.

— Un dîner ! s'enthousiasma Amélia, que la nouvelle avait ranimée. Où donc ? Il n'y aura personne d'ennuyeux, dites-moi ? Pas de vieil amiral ou de ministre qui monopolise la parole ?

— Ce sera chez Lord Iddesleigh.

Justine se détourna lentement de la fenêtre, veillant à se composer une expression neutre. Mais Amélia s'exclama :

— Nous y sommes déjà allées ! Nous avons assisté là-bas à la plus extraordinaire des soirées lors de notre précédent séjour.

— Celle-ci sera sûrement tout aussi exceptionnelle, dit Lila.

— Quand aura-t-elle lieu ?

— Dans deux jours.

Amélia se leva de la chaise longue.

— Qu'est-ce que je vais bien pouvoir porter ?

— Je suppose qu'avec toutes tes emplettes, tu trouveras quelque chose dans ta garde-robe, lui fit remarquer Justine d'un ton ferme.

— *Jæ*, je vais aller jeter un coup d'œil.

Et elle se précipita hors de la pièce pour aller composer sa tenue, enchantée à la perspective d'une nouvelle mondanité.

Quand elle fut partie, Lila observa Justine.

— Que pensez-vous de cette invitation, Votre Altesse ?

— Je n'ai aucune envie d'y répondre favorablement, si vous voulez connaître la vérité.

— Je veux toujours connaître la vérité. Peut-être votre intérêt sera-t-il piqué si je vous dis que votre prochain prétendant sera présent ?

La marieuse avait l'air absolument ravie, et cela agaçait Justine.

— Non, mon intérêt n'est pas piqué. Je ne veux pas d'un autre prétendant, Lila. Les premiers ont été… suffisants.

Lila fronça légèrement les sourcils.

— Tout va bien ?

Au contraire, « tout » n'allait pas bien : « tout » paraissait stupide et superficiel et atroce.

— Tout va bien, oui.

Lila avança de quelques pas.

— Votre Altesse Royale, si je puis…

— Non, Lila, vous ne pouvez pas, la coupa-t-elle d'un air las.

Mais, alors que Justine s'apprêtait à tourner de nouveau son regard vers la fenêtre, Lila secoua la tête.

— Ça ne va pas fonctionner, je le crains.

— Comment ?

— Les enfantillages.

Justine reçut l'accusation, abasourdie.

— Je vous prie de m'excuser ?

— Les enfanti…

— Je vous ai parfaitement entendue, Lady Aleksander. Mais j'ai du mal à croire que vous osiez vous adresser à moi de cette façon.

— Hmmm, j'ai moi-même du mal à y croire. Mais je pense qu'il est nécessaire que quelqu'un le fasse. Parce que, pour ce qui est de me jeter des regards furibards, vous êtes très forte, madame, mais dès qu'il s'agit de vous exprimer, cela devient plus difficile.

Justine était estomaquée – que quelqu'un se permette de s'adresser ainsi à elle, que Lila ait mis avec tant d'aisance le doigt sur son plus grand défaut. Elle ne savait tout bonnement pas quoi répondre.

— Quand donc allez-vous commencer à communiquer ? À dire haut et fort ce que vous voulez ?

Plus encore qu'estomaquée, elle était stupéfaite : Lila Aleksander n'avait pas le droit de lui parler de la sorte !

— J'ai dit haut et fort ce que je voulais, mais peut-être n'avez-vous pas écouté, madame. J'ai exprimé très clairement que je ne voulais rien avoir à faire avec aucun des messieurs que vous m'avez présentés.

— Oui, vous vous êtes montrée parfaitement claire concernant ce que vous ne voulez pas. Mais vous refusez de me dire ce que vous voulez, ou même *qui* vous voulez.

Ce « qui », Justine l'avait sur le bout de la langue, et

pourtant elle ne pouvait pas le dire. Elle avait besoin de réfléchir, de débrouiller ses sentiments.

— J'ai un répertoire entier rempli de noms de jeunes hommes. Si seulement vous acceptiez de me donner une idée de ce qu'il vous faut, je pourrais vous aider.

Oh ! mais elle n'avait pas besoin du répertoire de Lila : elle savait exactement ce qu'il lui fallait. Mais même si on laissait de côté cette horrible rumeur, il restait la question des dettes contractées par le duc de Hamilton. Justine n'avait aucun mal à se figurer ce que dirait sa mère. La façon dont, pour cette seule raison, elle rejetterait l'idée d'une telle union avant que Justine ait pu plaider sa cause.

— Je suis sûre que vous avez conscience que vous ne pouvez pas retourner à Saint Edys sans avoir choisi quelqu'un. Parce que, si vous ne vous décidez pas, d'autres le feront pour vous à l'instant même où vous remettrez les pieds au palais. Personne n'attendra que le parfait époux se présente, madame. Leurs intérêts seront guidés par la couronne uniquement.

— Vous n'avez pas besoin de me le rappeler, déclara-t-elle avec raideur. Je connais mon destin.

— Oui, mais le comprenez-vous seulement ? insista Lila. Savez-vous ce que c'est que de passer l'éternité avec quelqu'un que vous n'aimez pas – que vous n'appréciez peut-être même pas ? Savez-vous à quel point gouverner sera difficile, si vous devez en plus vous préoccuper des humeurs d'un mari renfrogné ? Ou combien il sera pénible de porter les enfants de quelqu'un dont vous ne supportez même pas qu'il vous touche ? Vous allez vous trouver dans une position à laquelle très peu de femmes ont eu accès, et, au moment où nous discutons, vous avez la possibilité de vous unir à un compagnon plutôt qu'à une entrave.

Vous devez oser parler, Votre Altesse Royale, et, quand vous le ferez, je vous aiderai de toutes mes forces. Mais si vous ne le faites pas, eh bien… Je ne serais pas le moins du monde surprise d'apprendre que Robuchard a déjà choisi pour vous et a convaincu vos parents.

Justine s'assit lourdement sur la chaise qu'Amélia avait libérée. Lila tint bon, la fixant.

— Ne voulez-vous pas tout simplement me *parler* ?

Son insistance hérissait la princesse.

— Il y a beaucoup de choses auxquelles je dois penser. Voudriez-vous bien me laisser, à présent ?

Lila semblait souhaiter en découdre, mais elle serra les mâchoires et se détourna, quittant la pièce. Elle abandonna Justine à ses démons.

Chapitre 31

William avait reçu une lettre, un mot et un télégramme, tout ça au cours de la même matinée.

— Il apparaît que le monde entier conspire contre moi, Ewan.

— Vous dites, milord ?

Le valet versa plus d'eau chaude dans la baignoire.

— Rien. Rien du tout.

Le mot semblait le moins inquiétant des trois courriers, aussi William commença-t-il par là. Il lui avait été adressé par Beck.

Viens demain soir jeter un coup d'œil à l'Américain. Nous l'avons invité à souper. Sept heures et demie.

Bien sûr, il allait jeter un coup d'œil à l'Américain ! Par principe, il se méfiait déjà de lui : nul doute que la rencontre donnerait à William toutes les raisons de le mépriser.

— Répondez à Lord Iddesleigh que je serai heureux de dîner chez lui demain soir. Que devrais-je selon vous porter pour faire la connaissance d'un Américain ?

— Voulez-vous que je vous présente quelques options, milord ? demanda Ewan, une pointe de moquerie dans la voix.

Puis il sortit, laissant son maître avec une lettre de son père, scellée du cachet des Hamilton, et un télégramme. William eut un fort pressentiment concernant la lettre et préféra la mettre de côté, de peur d'être surpris par Ewan en train de sangloter dans son bain.

Il déplia le télégramme.

La princesse doit faire son choix. Votre père et moi-même comptons sur vous. DR

— Eh bien, voilà qui ne s'embarrasse d'aucune subtilité, murmura William.

Il jeta le billet par-dessus le rebord de la baignoire, respira un bon coup et s'empara de la lettre de son père.

Il la lut trois fois.

Puis il resta assis dans son bain jusqu'à ce que l'eau soit froide, fixant les rigoles que dessinait la pluie sur la fenêtre.

Finalement, Ewan revint avec une sélection de gilets. Il en montra un premier, argenté, avec des broderies blanches.

— Non.

Ewan examina le vêtement.

— C'est la couleur qui ne vous convient pas ? Le bleu est pourtant à la mode.

— Certes, mais ce gilet n'est pas bleu : il est argenté.

Ewan le mit donc de côté pour en proposer un rouge foncé. William pencha la tête pour mieux voir.

— Vous arrive-t-il de penser au mariage, Ewan ?

Le visage du valet se vida de son sang.

— Quoi ?

— Le mariage. Comment se fait-il que je ne sache pas si vous en avez déjà considéré ou non la possibilité ?

Ewan le regardait fixement. William soupira et s'enfonça dans l'eau. Il commençait à être transi.

— Laissons de côté ces gilets. J'en porterai un noir, avec une cravate noire. Vous arrivez à distinguer le noir du reste, n'est-ce pas ? Répondez-moi plutôt : avez-vous déjà songé à vous marier ?

Ewan reposa les vêtements. Son visage, pâle quelques instants plus tôt, était désormais rouge pivoine. Il se frotta les paumes contre les cuisses.

— Oui, dit-il enfin. J'y ai songé.

Cet aveu surprit William ; il ne s'y était pas attendu.

— Pourquoi ne pas l'avoir fait, alors ?

— Je n'avais pas d'argent. Pas de maison à moi. Je n'avais rien à offrir, et je… je l'ai laissée partir, tout simplement.

William s'assit et croisa les bras sur le bord de la baignoire.

— Mais finalement, vous avez fini par avoir une maison et de l'argent.

— Oui. Mais je n'ai plus jamais rencontré quelqu'un comme elle. Je suppose que personne d'autre ne faisait l'affaire.

William comprenait parfaitement. Lui non plus n'avait jamais rencontré quelqu'un comme Justine Ivanosen. Et il savait pertinemment qu'il ne retrouverait plus jamais quelqu'un comme elle.

— Avez-vous envisagé de la retrouver ?

— Oui, plusieurs fois.

Le domestique frotta du doigt le dessous de son nez, le visage crispé, comme s'il voulait retenir un éternuement.

— Et ?

— D'abord, je n'en ai pas eu le courage. Puis, quand j'ai fini par le trouver, il était trop tard : elle était mariée et avait quatre enfants.

— Par tous les enfers !

— Oui, par tous les enfers, milord.

William s'installa de nouveau confortablement dans la baignoire et, du doigt, fit tourbillonner l'eau.

— Le regrettez-vous ?

La question avait apparemment touché une corde sensible : Ewan commença à rassembler les gilets à la hâte.

— Si c'était à refaire, je ne la laisserais pas s'échapper. Vous voulez mon avis, milord ? Je ferais ce qu'il faut. La vie est bien trop longue et bien trop solitaire pour renoncer à une opportunité de bonheur. Ce sera tout ?

— Oui, ce sera tout. Merci, Ewan.

Il regarda son valet se traîner hors de la salle de bains, puis se leva, prit une serviette et se sécha le corps. Il passa ensuite un peignoir et retourna dans la chambre adjacente.

Cette rencontre avec Justine l'avait décidément mis face à un autre aspect de lui-même. Il n'avait jamais sérieusement envisagé de se marier, à cause du désordre qui régnait dans sa famille. Et, il l'admettait volontiers, il avait été assez agréable de parcourir le continent à la recherche de la prochaine fête.

Jusqu'à ce qu'il retrouve Justine, huit ans après, et qu'il subisse la cohorte d'hommes paradant devant elle. Elle méritait mieux qu'eux, tous. Elle méritait quelqu'un qui la voie pour ce qu'elle était : une femme drôle, intelligente, captivante, qui, incidemment, deviendrait un jour reine. Il appréciait sa compagnie. Il sentait qu'il se métamorphosait en un homme meilleur en sa présence. Qu'elle le forçait à se montrer à la hauteur. Qu'elle transformait celui qu'il avait été avec les autres femmes.

Il fallait qu'il la voie, chaque jour. Ils étaient outrés des mêmes comportements, riaient des mêmes choses, avaient les mêmes goûts. À quel moment s'étaient-ils rapprochés à ce point ? Quel jour, quel endroit, quel instant avait vu naître leur amitié ? Et quand, précisément, leur amitié était-elle devenue plus que ça ?

Il gémit, se frotta le visage avec les mains. Il ne pouvait pas supporter l'idée que quelqu'un la touche. Il voulait cette femme pour lui seul.

Dieu du ciel… Il était tombé amoureux, vraiment amoureux. C'était cela, la sensation enracinée dans son ventre : il était amoureux. Il fallait l'être pour être prêt à la suivre sans la moindre hésitation jusqu'en Weslorie. À se délecter de son accession au trône. À la regarder, même à distance, et à se tenir là sans autre désir qu'être disponible pour elle…

Sauf que c'était impossible. Comment cela aurait-il pu être, quand les nouvelles d'Écosse étaient si sombres ? Il devait lui dire la vérité.

Oui, il devait tout lui dire, peu importe les conséquences. Tout : cette femme ne méritait pas moins.

Chapitre 32

William fut le premier à arriver chez les Iddesleigh, dans Upper Brook Street. Il était manifestement en avance, car dans le salon se trouvaient encore les quatre diablotins et leur précepteur. Les deux plus grandes couraient dans toute la pièce en se criant dessus. L'autre était au sol, le visage déformé et rouge, sa petite bouche transformée en une gueule béante par laquelle s'échappaient des sanglots inconsolables. Le bébé, lui, essayait de manger la queue du chat.

Donovan était sur le canapé avec un livre, les jambes croisées confortablement. Il semblait ne pas remarquer du tout les filles.

— Douglas ! Tu es un saint d'être arrivé si tôt, dit Beck en se levant pour se précipiter vers son ami. Je crois ne pas pouvoir supporter ce vacarme un instant de plus.

Il se retourna, comme s'il venait de se souvenir que Donovan était là.

— Combien de temps encore devons-nous endurer cela ?

Donovan regarda l'horloge.

— Une demi-heure devrait suffire, dit-il en posant son livre. À moins que je ne mette un peu de brandy dans leur biberon du soir ?

— Comment osez-vous faire une suggestion pareille ? le gronda Beck en surveillant la réaction de Douglas du coin de l'œil. Vous savez bien que nous n'utilisons cette méthode qu'en cas d'extrême urgence !

— Les extrêmes urgences se produisant chaque week-end, compléta Donovan.

Il bâilla, étira les bras au-dessus de sa tête et se leva.

— Voilà ce qu'on va faire, milord. Je les emmène chez les Tricklebank pour la nuit. Leur chatte a mis bas.

La plus âgée, Mathilda, mit fin à sa course si soudainement que sa jeune sœur la percuta.

— Kiki a eu des chatons ?

— Cinq, l'informa Donovan en faisant mine d'étudier le dos de sa main. J'ai essayé de vous le dire, mais vous n'arrêtiez pas de crier.

— Papa ! Pouvons-nous passer la nuit chez les Tricklebank ?

— Oui, oui, allez-y toutes. Enfin… pas le bébé. Lui a besoin du lait de sa mère. Quoique… Peut-être qu'un peu de brandy ne lui ferait pas de mal.

Ce dernier avait rampé à l'autre bout de la pièce pour attraper le livre qui trônait sur un repose-pieds.

— Très bien, venez, bande de sauvageonnes. Il va vous falloir vos chemises de nuit, vos bonnets, et une croix chacune, pour garder éloignés les fantômes.

Dans l'esprit de William, c'était le genre de propos à éviter de tenir à des enfants, mais les filles poussèrent des cris de joie et coururent en direction de la porte. Donovan se baissa, prit le bébé et suivit les trois autres.

— Je vous les ramène à l'aube.

— Nul besoin de vous presser, prenez votre temps, dit Beck.

Puis il embrassa chacune de ses filles sur le sommet du crâne avant qu'elles quittent la pièce. Le silence qui s'installa après leur départ fut retentissant. William regarda Beck.

— Tu avais dit sept heures et demie.

— J'ai dit ça ? C'est ma faute, alors : j'ai convié les autres à huit heures et demie. Veux-tu un brandy, pour te remettre de tes émotions ? proposa-t-il en souriant. J'en ai une bouteille dans mon bureau.

— Avec plaisir.

William suivit Beck dans son étude où, afin de prendre place dans l'un des fauteuils près de l'âtre, il dut libérer l'assise d'une poupée à laquelle manquait la tête, d'un chiot en chiffon et d'un soulier. Beck lui tendit un verre et s'installa dans l'autre fauteuil, après avoir jeté par terre le jupon, le bonnet et la tête de la poupée. William ne put s'empêcher de sourire.

— Comme ta vie a changé, mon vieil ami.

— N'est-ce pas ? soupira Beck, l'air las. Je pensais ne pas être fait pour cette existence. Je m'étais montré ferme avec Blythe : un enfant, pas plus. Mais il se trouve que j'aime les bébés presque autant que j'aime les faire. Et puis, ça aide, d'avoir une femme comme la mienne. Elle est le roc de cette famille.

Il jeta un coup d'œil au bazar que ses filles avaient laissé derrière elles.

— Et toi, Douglas ? Tu ne penses jamais à la vie domestique ? Il me semble qu'il serait grand temps. N'y a-t-il donc personne qui ait su attirer ton attention ?

William étudia son ami. Il prit une gorgée et mit le verre de côté.

— Je te connais depuis un bon moment, Beck. Si tu as quelque chose à me dire, alors dis-le, tout simplement.

— Blythe me répète toujours que je suis incapable de garder un secret, répondit son hôte avec un sourire en coin. Il y a eu des… bruits… qui ont couru. Concernant ton intérêt pour la princesse de Weslorie.

— Et ?

— D'autres rumeurs ont circulé. Cette fois à propos d'une jeune femme en Écosse chez qui tu aurais planté ta petite graine.

William envisagea un instant de démentir la rumeur concernant Justine, mais il n'avait plus la force de nier ses sentiments. Il se contenta de hocher la tête.

— Je suis au courant.

Beck cligna des yeux, stupéfait.

— Mon Dieu, c'est donc vrai ?

Comprenant le malentendu, William se mit à protester :

— Bien sûr que non ! Comment peux-tu croire ça de moi ?

— Je ne le crois pas une seconde, Will. Alors explique-moi : de quoi s'agit-il ?

— D'une extorsion, répliqua le marquis en haussant les épaules. J'ai essayé de lui venir en aide, voilà tout.

Puis il raconta à Beck sa rencontre avec Althea Simpson, la façon dont il avait voulu lui permettre de rejoindre son amant. Il admit qu'il n'aurait peut-être pas dû, mais elle semblait si désemparée qu'il n'avait pas pu le supporter. Son père l'avait retrouvée et, pour autant que Douglas sache, il la gardait, depuis, enfermée. William n'avait appris la tentative d'extorsion de sa famille que des semaines plus tard.

— Mon Dieu. Qu'a fait le duc ?

— Il a payé. Je sais : c'était la pire des choses à faire, précisa William devant la grimace de Beck. J'ai reçu aujourd'hui une lettre de mon père m'informant que ce

Mr Simpson lui a rendu une nouvelle visite. Il a exigé plus d'argent et, le duc ayant refusé, il a commencé à faire courir le bruit que je suis le père de l'enfant et que j'ai abandonné sa fille.

— Bonté divine, dit Beck. C'est inextricable. On ne peut pas laisser ta réputation être davantage ternie…

Ce en quoi William était absolument d'accord.

— … Surtout vu la position qui est la tienne, ajouta son ami.

— Quoi ? Quelle position ?

— Je vais devoir réfléchir à tout ça, déclara Beck d'un air absent.

— Mais de quoi parles-tu ?

La porte s'ouvrit soudainement, avec une telle force que Beck renversa un peu de son brandy sur son pantalon, et Lady Iddesleigh fit irruption dans la pièce.

— Lord Douglas, bonsoir !

Son ventre la précédait si bien, que son nombril arriva à leur niveau au moins une minute avant sa propriétaire.

— Nous sommes tellement ravis que tu aies pu te joindre à nous ce soir ! Quel événement, ce dîner. Tu ne m'en veux pas si je te vole mon mari un instant ? Je suis en pleine dispute avec Garrett, notre majordome un tantinet pointilleux, pour savoir où placer les invités. Je t'assure, lui et moi ne parvenons jamais à nous accorder sur ce genre de choses, n'est-ce pas, chéri ? On n'arrive pas à savoir où asseoir les princesses.

— Les princesses ? répéta William en se levant.

— Ai-je oublié de te prévenir ? demanda Beck en se levant à son tour. Les princesses se joignent à nous ce soir. Lord et Lady Aleksander aussi.

— Y a-t-il autre chose dont je devrais être informé ?

l'interpella William alors que sa femme le traînait hors de la pièce.

Comme on pouvait s'y attendre, Beck ne répondit pas.

William se sentit ridiculement anxieux lorsque le majordome annonça l'arrivée des autres convives et les conduisit dans le grand salon pour un apéritif. Lord et Lady Aleksander firent leur entrée en premier. Vinrent ensuite les deux princesses.

Mais dès que William posa les yeux sur Justine, toute son angoisse s'évanouit. Elle était si élégante et si bien mise, dans sa robe dont les volants étaient ornés de pétales de fleurs rouge sombre. Elle avait à la poitrine son écu royal serti d'un ruban. À ses oreilles pendaient des rubis, et elle portait à son poignet ce bracelet en or qui ne la quittait jamais. Ses cheveux, coiffés très simplement, étaient agrémentés de dentelle et de rubans rouges. En contemplant la mèche blanche dans ses cheveux, une nouvelle fois, William pensa qu'elle semblait avoir été placée là intentionnellement.

Il ne pouvait s'imaginer regarder un jour Justine sans se sentir subjugué. Elle n'avait peut-être pas les traits parfaitement réguliers d'Amélia, mais sa beauté était de celles qui rayonnent. Et, chaque fois qu'il posait les yeux sur elle, William se sentait un peu plus attiré.

Bon sang ! il était épris. Il s'inclina.

— Votre Altesse Royale.

— Lord Douglas. J'ignorais que vous seriez là ce soir.

Elle sourit avec joie.

— La vie est pleine de surprises, n'est-ce pas ?

— Et qu'en est-il de moi ? Suis-je une bonne surprise ? demanda la princesse Amélia.

Il dut se faire violence pour détacher les yeux de Justine et se tourner vers Amélia.

— Votre Altesse Royale, quel plaisir de vous savoir de retour aux côtés de votre sœur.

— J'étais à la campagne, dit-elle. Tous ces voyages m'ont épuisée.

Elle tendit la main pour avoir un verre de vin, qu'un valet lui apporta dans la seconde.

— Puis-je vous présenter mon mari, Lord Aleksander ? demanda Lady Aleksander.

Le mari en question avait le visage avenant, et des yeux verts respirant la curiosité. William le trouva immédiatement sympathique.

Le vin fut servi aux invités et l'on causa un peu. Beck et sa femme racontaient une anecdote à propos d'une de leurs filles qui avait jeté son manteau dans la fontaine du jardin. William parvenait à peine à comprendre de quoi il s'agissait : il n'avait d'yeux que pour Justine, apparemment calme, assise sur le bord de son siège, ses mains gantées croisées sur les genoux, souriant et riant poliment pendant que Beck embellissait l'histoire.

Il espérait trouver un moment seul avec elle. Pour la saluer, pour savoir comment elle allait. Malheureusement, il n'en eut pas l'occasion avant l'arrivée du fameux Américain, Mr Henry Thompson.

Le majordome l'annonça comme il aurait présenté le président des États-Unis en personne, avec un ton de crieur public et une courbette servile. Mr Henry Thompson fit son entrée, exsudant une confiance en lui que même William ne possédait pas. Il marqua une pause, une longue jambe tendue devant lui, une main sur la hanche. Il était grand, robuste, blond, la peau hâlée par le soleil.

— C'est bien ici, la soirée ? demanda-t-il, avant de gratifier l'assistance d'un large sourire.

— Monsieur Thompson, fit Beck en s'avançant. Bienvenue dans ma maison. Ma femme, Lady Iddesleigh.

— C'est un plaisir de vous rencontrer, Lady Iddesleigh. Et félicitations pour le nouveau membre de la famille, ajouta-t-il en s'inclinant devant son ventre rond.

Justine et sa sœur se regardèrent.

— Lord et Lady Aleksander, que vous connaissez, je crois, poursuivit Beck.

Ils se connaissaient en effet, et ils échangèrent des civilités avant que Beck reprenne :

— Le marquis de Hamilton et de Clydesdale.

Mr Henry Thompson se tourna vers William et le jaugea. Ses yeux se rétrécirent légèrement. Il finit par acquiescer.

— J'apprécie les hommes de bonne taille. On sait qu'ils sont capables de travailler dur.

William ne sut quoi répondre à cela, à part :

— C'est vrai.

— Est-ce moi, ou vous avez une pointe d'accent ?

— Je viens d'Écosse.

— Eh bien, je vous apprécie encore plus, maintenant ! J'ai connu quelques Écossais. Des gars solides comme des rocs.

— Nous sommes des durs à cuire, acquiesça William.

— Des durs à cuire, reprit Mr Thompson en riant.

— Et, si je puis me permettre, dit Beck pour attirer son attention. Vos Altesses Royales, puis-je vous présenter Mr Henry Thompson, d'Amérique ?

Le nouvel arrivant s'inclina, puis demanda :

— Laquelle est laquelle ?

L'Américain était culotté, c'était le moins qu'on puisse

dire. William se dit que Lady Aleksander aurait au moins pu, avant d'organiser ce souper, décrire les princesses à ce monsieur. Beck se chargea de répondre en les désignant tour à tour :

— Son Altesse Royale, la princesse Justine. Et Son Altesse Royale, la princesse Amélia.

William trouva que le regard de leur invité s'attardait un peu trop sur Amélia. L'homme se déclara néanmoins ravi de les rencontrer toutes les deux, et ajouta qu'il ne s'était jamais trouvé en présence de tant de princesses. Puis il se détourna et examina la pièce où ils se trouvaient.

— Belle maison, lança-t-il à Beck. Elle me rappelle celle de mon père, sur les bords du lac Michigan. Bien sûr, dans la sienne, les pièces sont un peu plus grandes, et les meubles un peu plus récents.

Pour une fois, Beck ne savait que dire. Même Lady Aleksander paraissait sidérée. Au point qu'elle ne put s'empêcher d'éclater de rire.

William croisa le regard de Justine, qui leva un sourcil. Il savait pertinemment, sans avoir à lui parler, ce qu'elle était en train de penser – au mieux était-elle sceptique quant à leur invité. Mais bien sûr, Amélia, elle, semblait charmée par ce curieux personnage à l'accent monocorde.

Le majordome proposa à Mr Thompson un verre de vin. Celui-ci déclina.

— Vous n'auriez pas du whisky, par hasard ?

— Si, bien sûr, répondit Lord Iddesleigh en faisant un signe de tête à Garrett.

Quand le domestique revint avec la boisson demandée, Mr Thompson l'arracha du plateau et prit une gorgée.

— Voilà ce que j'appelle un breuvage d'homme !

Et il regarda ces gentlemen et leur verre de vin. Il eut un sourire grimaçant, avant de se tourner vers les princesses.

— J'ai remarqué que vous avez toutes les deux du blanc dans les cheveux. Enfin… Dans la chevelure de la princesse Amélia, ce n'est pas si évident, mais dans les cheveux de la princesse Justine, on ne voit que ça. Qu'est-ce que c'est ? Un ornement royal ?

Il rit à ce qui était apparemment une plaisanterie. Le reste de l'assemblée se contenta de le dévisager, d'un air au mieux embarrassé, au pire horrifié.

— C'est un trait de famille, répondit Amélia. Nous le tenons de notre père, qui lui-même l'a hérité de sa mère.

— Amusant.

— Peut-être devrions-nous nous déplacer vers la salle à manger ? proposa soudain Lady Iddesleigh.

— Oui, allons-y, acquiesça Beck avec empressement, apparemment soulagé de cette suggestion.

La procession s'organisa, Lady Iddesleigh prenant le bras de Mr Thompson, lui montrant certains des portraits aux murs alors qu'ils avançaient. Beck se chargea d'escorter Justine, et William offrit à Amélia de l'accompagner.

— Que faites-vous ici ? lui dit-elle en chemin.

— Je pourrais vous demander la même chose. La vraie question est : qu'est-ce que ce Mr Thompson fait ici ?

— Je l'aime bien, chuchota Amélia.

— Ça ne m'étonne pas.

Une fois à table, alors qu'ils dégustaient leur consommé, Beck demanda à Mr Thompson ce qui l'amenait à Londres.

Mr Thompson – qui utilisait une cuillère et non ses doigts pour le consommé, Dieu merci – semblait avoir attendu qu'on l'interroge. Il commença par présenter brièvement l'histoire de sa famille, qui possédait la plus grande aciérie de la région des Grands Lacs, aux États-Unis, avant d'expliquer qu'il était ici pour « faire affaire ».

On n'aurait pu faire plus grossier que d'admettre cela, et dans la maison d'un comte anglais, encore ! Lord Aleksander fixait l'Américain avec fascination. William jeta un coup d'œil à Lady Aleksander. Ou plutôt : il lui lança un regard noir. Elle lui répondit par un haussement d'épaules désemparé.

Lorsque la soupe fut débarrassée et le poisson servi, William remarqua que Mr Thompson se servait de la main droite pour la fourchette et de la gauche pour le couteau, au contraire de tous les convives. La princesse Amélia lui posait des questions sur l'Amérique : à quoi cela ressemblait-il ? Y avait-il beaucoup de gens ? Est-ce qu'il y faisait très froid ?

Mr Thompson, qui ne cessait de changer ses couverts de main, selon qu'il mangeait ou coupait, répondit que les paysages étaient magnifiques, bien plus beaux que ceux d'Angleterre, mais qu'il faisait parfois dans le Michigan aussi froid que dans le trou du diable.

— Excusez-moi, mais ne fait-il pas chaud, dans la caverne du diable ? s'enquit Amélia, qui n'avait heureusement pas compris de quel orifice on parlait.

— Ce que je veux dire, c'est qu'il y aurait là de quoi glacer le plus enhardi des hommes, mademoiselle.

Le poing de Beck se ferma sous la table. Il combattait apparemment l'envie furieuse d'apprendre à cet Américain comment on s'adresse à une princesse.

— Il doit faire froid aussi, en Weslorie, non ? Vous élevez des hermines pour leur fourrure, là-bas, si je ne m'abuse ?

Et les couverts changèrent de nouveau de main afin qu'il coupe un morceau de poisson. Puis il posa son couteau, fit repasser sa fourchette dans la main droite, et toute l'opération parut à William rudement complexe pour juste une bouchée.

— Des renards. Oui, il y fait très froid : j'aime mieux le climat d'Angleterre.

Les yeux de Justine et de William se rencontrèrent. La princesse royale leva les siens au ciel, discrètement.

Beck fit dévier la conversation vers la politique américaine, sur laquelle il avait l'air étonnamment bien informé. Mais la discussion fut de courte durée : Mr Thompson préférait monopoliser la parole.

Après le dîner, ils se retirèrent dans le salon. Si Mr Thompson avait l'intention de courtiser Justine, il ne le montrait pas. La seule chose qu'il semblait vouloir faire, c'était parler de lui. Même lorsque Lady Iddesleigh s'assit au piano et se mit à caresser les touches, il continua d'entretenir Lord Aleksander, élevant la voix pour se faire entendre par-dessus le récital. Cet homme était un rustre, et il convenait si mal à Justine que cela donnait l'envie à William d'enfoncer son poing dans un mur.

À un moment donné, Beck décréta qu'il faisait trop chaud dans la pièce et demanda aux valets de pied d'ouvrir les portes qui menaient au jardin. Un par un, les invités commencèrent à sortir. D'abord Lady Aleksander et son mari, qui cherchaient manifestement à s'échapper. Puis Mr Thompson qui, ayant trouvé en la personne de Lord Aleksander un ami, leur emboîta le pas. Amélia, ayant quant à elle trouvé en Mr Thompson une distraction, s'élança à leur suite. Et, alors que Beck offrait son bras à sa femme pour qu'ils sortent à leur tour, William aperçut Justine qui partait dans la direction opposée, s'enfonçant dans la maison.

Il regarda le reste des convives déambuler dans les jardins, puis suivit Justine. Juste avant de quitter le salon, il s'arrêta devant un vase rempli de roses, et décida d'en prendre une.

Chapitre 33

Dans le hall d'entrée de la maison des Iddesleigh se trouvaient deux grandes fenêtres. Justine s'avança vers la première en se tenant le ventre. Elle ne parvenait pas à respirer. Toute la soirée, alors que la réalité de la situation s'était insinuée en elle jusqu'à atteindre son cœur, il lui était devenu de plus en plus difficile de trouver de l'air. Sa peau était moite, elle sentait son crâne tirer. Elle avait envie d'arracher les épingles de ses cheveux, de défaire les lacets de son corset.

Mr Thompson était le summum. Un fanfaron suffisant à un point à peine croyable, doté de manières de marin. En regard, il y avait William, parfait à tous égards, assis de l'autre côté de la table – et pourtant inatteignable.

Qu'allait-il advenir d'elle ? Serait-elle mariée à un homme tout en le regrettant jour après jour et en se languissant d'un autre ? Quelle existence misérable ! Quelle existence solitaire ! Pourquoi fallait-il qu'il en soit ainsi ? Pourquoi était-elle donc née dans cette famille ? Pourquoi n'avait-elle pas eu une vie plus simple ?

Elle entendit un bruit et se retourna, s'attendant à trouver Mr Thompson. C'était William – Dieu merci, *William*.

Il lui tendit une rose. Elle ne put s'empêcher de sourire.

— Vous l'avez prise dans le vase.

— Oui. Je ne voulais pas arriver les mains vides, et c'était la seule chose disponible. Que faites-vous ici alors que votre prétendant est sur la terrasse ?

— Mon prétendant, lâcha-t-elle en étouffant le mot dans une quinte de toux feinte.

Elle se cachait, elle tentait de lui échapper, à ce soi-disant prétendant. Elle se comportait à l'inverse de ce qu'on attendait d'elle, et tout ça à cause de William.

— Qu'est-ce que je fais, en effet ? Vous voulez le savoir, William ? Ce que je fais, c'est que je tombe amoureuse, voilà !

Il sembla stupéfait et laissa redescendre la main qui brandissait la rose.

— De Mr Thompson ?

— Mais non ! De *vous* !

Après un moment de choc, l'épouvante du marquis se mua en un tourment visible.

— Seigneur, Justine, je…

— Mais je ne peux *pas* tomber amoureuse de vous, William. Vous êtes pauvre, et puis j'ai ouï une rumeur abominable vous concernant…

La rose chut.

— Bon sang, Justine, je ne suis pas pauvre, loin de là ! Mais peu importe. Où avez-vous entendu ces bruits qui courent sur moi ? Qui vous a mise au courant ?

Il savait donc de quoi elle parlait… et n'avait pas tenté de démentir. Justine commença à trembler.

— Alors c'est vrai ?

— Non, *leannan*. Rien de ce que vous avez entendu à mon propos n'est vrai. Mais c'est bien le problème, avec les rumeurs : je ne peux pas vous le prouver. Vous n'avez que ma parole. Cette fille, elle porte un enfant, ou peut-être même a-t-elle accouché d'un enfant à l'heure qu'il est, je ne sais pas exactement. Mais l'enfant n'est pas de moi. Mon seul crime a été d'essayer de l'aider à rejoindre son amant pour qu'il l'épouse. Mais cet homme, qui qu'il soit, n'a pas été jugé digne d'elle par sa famille. Ils l'ont rattrapée, cachée, et ont utilisé ces mensonges pour extorquer de l'argent à mon père. Sur mon honneur, c'est la vérité.

Plus que tout au monde, Justine voulait le croire. Mais dans sa tête, elle entendait les mots de son père, l'avertissant : « Ne fais confiance à personne. » Était-elle donc aussi stupide que sa mère l'avait dit ? Être ainsi prête à croire un autre homme et ses mensonges… Seulement, William était différent de tous les hommes qu'elle avait rencontrés ! Elle ne parvenait pas à l'imaginer abandonner une femme, surtout si elle portait son enfant. Il était d'une honnêteté sans failles. Pourquoi aurait-il menti à ce propos, quand il lui avait toujours dit la vérité, au sujet de tout le reste ?

— Comment puis-je savoir que vous ne mentez pas ?

Il grimaça de douleur, comme si la question l'avait blessé.

— Vous ne pouvez pas le savoir. Vous devez vous fier à moi, mais, plus encore, vous devez vous fier à votre instinct. Je vous dis la vérité parce que jamais je ne ferais autrement. Je vous dis la vérité parce que, moi aussi, je vous aime.

Il attrapa ses mains et l'attira à lui. Ses yeux gris se rivèrent à ceux de Justine.

— Je serais prêt à n'importe quoi pour vous, et jamais je ne prendrais le risque de tout gâcher en vous mentant. Je ne peux pas contrer la rumeur, seulement vous assurer qu'elle est fausse. Jamais je ne traiterais une femme de cette manière atroce. Je me suis toujours montré à la hauteur de mon ascendance, tout comme vous êtes fidèle à la vôtre. Il est vrai qu'on peut me reprocher beaucoup de choses, mais pas de me soustraire à mon devoir, déclara-t-il avant de marquer une pause et de prendre une profonde inspiration. Mais, plus important encore… Je préférerais mourir que d'apprendre que vous me pensez capable d'une conduite si abominable. Si l'enfant était le mien, ma conscience me dicterait d'épouser sa mère.

Il agrippait ses mains. On eût dit qu'il craignait qu'elle les lui retire.

Justine le croyait, elle le croyait absolument. On avait proféré des mensonges la concernant elle aussi, et jamais elle n'avait pu les réfuter. Peut-être même était-elle la mieux placée pour comprendre comment un homme, en Écosse, avait vu là une opportunité… Pour comprendre que les gens, poussés par l'appât du gain, tentaient à la première occasion venue de se servir de leurs congénères.

— Je vous crois, William. Vraiment.

Il lâcha un soupir de soulagement et baissa les yeux en la remerciant, puis il l'attira un peu plus près.

— Vous n'avez pas idée de ce que ça représente pour moi. Que vous ayez pu entendre de telles choses à mon propos m'épouvante. Mais la perspective que vous auriez pu les croire me…

— Peu importe ce que je crois, lança-t-elle d'un ton désespéré. Jamais mes parents n'accepteront que leur nom soit associé au vôtre, désormais. Je dois me tenir loin de ce genre de rumeurs. Je dois être irréprochable, au risque de perdre la confiance du peuple. Vous le savez bien, William ; vous savez le fardeau que je porte. Je le jure, je voudrais pouvoir céder le trône à Amélia. Je voudrais…

— Vous voilà tous les deux ! claironna Lila quelque part derrière William.

Le marquis, à l'agonie, ferma les yeux.

— Votre Altesse Royale, Mr Thompson vous cherchait.

William se retourna et s'écarta pendant que Justine regardait Mr Thompson s'avancer vers elle avec un sourire entendu, en les toisant successivement.

— Eh bien, eh bien, qu'est-ce que vous mijotiez, tous les deux ?

Justine leva le menton. Elle en avait assez de lui, de toute cette histoire de mariage arrangé.

— Monsieur Thompson, je serai bientôt reine. Aussi, il n'est pas acceptable de m'interroger ainsi.

Il rit. Puis, voyant qu'elle ne riait pas, elle, son sourire s'effaça.

— Vous êtes sérieuse ?

— Tout à fait.

— Monsieur Thompson, intervint Lila précipitamment. Puis-je vous parler ?

Elle se posta devant lui et désigna le bureau. Mr Thompson ne sembla pas la remarquer : il fixait Justine avec une expression qui signifiait qu'il l'aurait volontiers provoquée en duel. Mais il finit par céder à cette main qui tirait son bras et il laissa Lila le conduire dans le cabinet. William sourit.

— Vous avez mis en plein dans le mille, avec votre couronne : il en avait le souffle coupé.

— C'est parfois nécessaire.

À ce moment-là, une cloche sonna, en provenance du bureau. Quelques secondes plus tard, Beck surgit dans le hall, les dépassa à grandes enjambées et disparut dans la pièce. Aussitôt qu'il fut entré, Lila sortit.

— Eh bien ! le moins qu'on puisse dire, c'est que vous deux vous êtes donnés en spectacle. S'il vous plaît, retournons au salon.

— Nous étions en train d'avoir une conversation privée, lui répondit Justine.

— Cela n'a échappé à personne. Mais si vous pouviez, pour quelques instants au moins, revenir au salon…

Elle jeta un coup d'œil par-dessus son épaule, vers la porte du bureau.

— Oui, venez, dit William en plaçant la main dans le bas du dos de Justine pour la diriger.

Lord Aleksander, Lady Iddesleigh et Amélia les attendaient debout dans la pièce, jetant des regards anxieux en direction de la porte.

— Que s'est-il passé ? demanda Amélia.

— Je ne sais pas vraiment, lui répondit sa sœur.

On pouvait entendre les voix des deux hommes dans le vestibule. Puis une porte s'ouvrit, se referma. Enfin, Beck fit son entrée dans la pièce.

— Eh bien, voilà qui est fait.

— Qu'est-ce qui s'est passé ? lui demanda sa femme.

— Mr Thompson est parti.

— Il est parti ? s'écria Amélia. Mais pourquoi ?

— Il devait discuter acier ou quelque chose dans ce goût-là, dit Lila en arrivant à la suite de Beck.

Justine et William échangèrent un regard. C'était le moment ou jamais, réalisa soudain Justine. Si elle devait un jour faire savoir ce qu'elle voulait, c'était le moment ou jamais. Elle sentit un tremblement monter de ses orteils et se propager dans son corps alors qu'elle se tournait vers Lila.

— Vous vouliez que je m'exprime, madame ? Je suis prête à parler.

Un sourire s'étira sur le visage de la marieuse.

— En ce cas, je suis impatiente de vous entendre.

Puis elle commença à faire signe aux autres de s'asseoir.

— Que faites-vous ? s'enquit Justine.

— J'installe le public.

— Je ne veux pas de public.

— C'est regrettable, car ce soir comme durant le reste de votre vie, vous allez en avoir un. Que cela vous serve d'entraînement. Très bien, tout le monde. Silence. Si Son Altesse Royale veut bien ?

Justine regarda en direction de William, sur le côté. Il semblait ne pas comprendre ce qu'elle s'apprêtait à faire, mais il l'encouragea néanmoins de la tête, avant de tapoter sa poitrine de deux doigts, pile à l'emplacement de son cœur.

Elle ignorait ce que cela signifiait. « Mets-y tout ton cœur » ? « Je te porte dans mon cœur » ? Peu importait : elle se sentait soutenue, et c'était suffisant. Elle tremblait pourtant, et son souffle était court. Mais elle pouvait y arriver, elle le savait.

Elle s'imagina soudain, dans la haute cour d'Astasie, en train de plaider pour qu'on lui laisse la vie sauve. La situation présente était certes moins dramatique, mais c'était tout de même *sa* vie. Une vie qu'elle espérait longue, pour tout dire. Elle savait qu'elle avait raison : non seulement elle avait confiance en William, mais elle pouvait se fier à son propre instinct.

Elle prit une profonde inspiration. Amélia se décala de quelques centimètres sur son siège. On eût dit qu'elle se préparait à rattraper Justine au cas où cette dernière s'évanouirait.

— J'ai été envoyée en Angleterre dans une intention,

déclara-t-elle d'une voix qui, à son grand étonnement, sonna forte et claire. Enfin, dans deux intentions, en réalité. D'abord, pour faire oublier un scandale dans lequel j'étais impliquée. Ensuite, pour me fiancer. Une princesse ne peut devenir reine sans un homme à ses côtés, à ce qu'on raconte.

— Je suis en profond désaccord avec ce qu'on raconte, en ce cas, déclara Lady Aleksander.

— Je le suis également, mais, quand tous les ministres de votre royaume sont des hommes, vous ne pouvez pas y faire grand-chose.

Toutes les femmes présentes opinèrent.

— Ces deux dernières années, alors que mon père faiblissait, je me suis préparée à monter sur le trône…

Sa main se mit à trembler. Elle l'immobilisa en la plaquant contre son ventre, de son autre main.

— On m'a répété ce que je peux et ne peux pas faire, dire, ou tout bonnement être. Mais dans ce cas précis, je ne laisserai personne me dicter ma conduite. J'ai voix au chapitre, après tout il s'agit de *ma* vie…

Tout le monde dans la pièce retenait son souffle, comme s'il craignait qu'elle soit sur le point d'abdiquer. Amélia, en particulier, semblait terrifiée.

— Justine, la supplia-t-elle doucement. S'il te plaît, ne va pas au bout de ce que tu t'apprêtes à faire.

Mais l'héritière de la couronne l'ignora : elle regardait William.

— Je l'aime.

Il y eut un moment de silence, où Justine se demanda si quelqu'un l'avait entendue. William n'avait pas bougé, et personne n'avait dit un mot. Puis Lady Iddesleigh lâcha, très doucement :

— Oh.

— Quoi ? s'écria Amélia. Tu l'aimes ?

Et elle montra William du doigt.

— La réaction est un tantinet blessante, mais je dois bien dire que je la comprends, plaisanta le marquis.

— Oui, Amélia, je l'aime. Et, plus important encore, j'ai confiance en lui. Il est la seule personne à m'avoir jamais dit l'entière vérité. Il est la seule personne à me voir vraiment.

Toutes les têtes se tournèrent vers Lord Douglas. Il essaya de sourire, mais, à la place, il haussa les épaules et dit :

— Moi aussi, je l'aime, de tout mon cœur. Ce serait sans doute plus facile si ce n'était pas le cas, mais c'est ainsi. Et je risquerais tout ce que je possède, tout ce que je suis, pour cette femme.

— C'est tellement romantique, soupira Lady Iddesleigh, enfoncée sur le canapé, en caressant son ventre.

— Qu'est-ce que tu cherches à dire, alors ? demanda Amélia à sa sœur. Que tu veux l'épouser ?

Justine prit une autre inspiration.

— Je ne le peux pas.

Amélia jeta un regard au reste des convives, perdue.

— Quelqu'un peut-il s'il vous plaît m'expliquer ce qui se passe ?

— Ou plutôt, *il* ne le peut pas, nuança Justine. Il ne le peut pas, car une jeune femme affirme que…

— Désolé de vous interrompre, *leannan*, mais c'est son père qui affirme.

— Oui, c'est vrai. Le père a accusé William d'avoir engrossé sa fille.

Amélia poussa un petit cri horrifié. Elle toisa William. Puis elle dévisagea Justine.

— Ainsi, c'est vrai ? C'est tellement… c'est *affreux*, Jussie ! Qu'est-ce que tu fabriques, enfin ?

— Il n'a rien fait, Amélia ! Il est innocent. Toi-même, tu m'as affirmé ne pas avaler ces rumeurs.

— *Jæ*, mais tu ne peux pas le croire sur parole…

— Il est innocent, bien sûr, intervint Beck en se levant.

Puis il se mit à faire les cent pas aux côtés de Justine.

— William est certes un vaurien, mais c'est un vaurien qui a le sens de l'honneur ! S'il dit qu'il n'a rien fait, c'est qu'il n'a rien fait.

Tous les yeux se tournèrent de nouveau vers le marquis. Il mit la main sur le cœur.

— Je jure sur la vie de mes futurs enfants que je ne suis pas responsable. Si je l'étais, je ferais ce qu'il faut.

— Mais à présent, nous devons convaincre le reste du monde, expliqua Beck en s'arrêtant de faire les cent pas pour scruter un à un ses invités. Enfin… à condition qu'on s'accorde tous à dire que ces deux tourtereaux méritent d'être heureux. Qui est d'accord ? Levez la main.

Il leva la sienne, et sa femme en fit autant, ainsi que Lord et Lady Aleksander. Et Justine. Et William. Amélia regarda tout autour d'elle, avant de les imiter.

— Tu es sûre de toi, Jussie ? Je croyais que tu le détestais.

— Je le détestais. Et puis, j'ai cessé de le détester.

— Vous me détestiez ? s'exclama William.

— Je vous expliquerai plus tard, esquiva Justine. Lord Iddesleigh, nous sommes donc tous d'accord. Vous disiez ?

— Oui, pardon. Bien. D'après moi, ce qu'il nous faut, c'est que le véritable père de l'enfant se fasse connaître et admette sa responsabilité.

— Alors ça risque d'être un problème, parce que j'ai

comme l'impression que le père ne sait pas qu'il est père, expliqua William.

— Quelle horreur ! s'écria Lady Iddesleigh.

— D'après moi, c'est la cause de la conduite de Mr Simpson. Il espérait un meilleur parti pour sa fille.

L'assemblée fronça les sourcils.

— Il y a peut-être un moyen de mettre au jour le mensonge de Mr Simpson, déclara Lord Aleksander.

Lila sursauta.

— Oui, bien sûr, mon chéri, tu as tout à fait raison.

— Mais comment ? s'enquit Lady Iddesleigh.

— Si quelqu'un d'autre que Lord Douglas affirmait être le père de l'enfant, Mr Simpson serait obligé de rendre ses accusations publiques, suggéra la marieuse. Et alors il lui faudrait prouver ses dires.

— Ne pourrait-il pas se contenter de désigner de nouveau William ? demanda Lady Iddesleigh.

— Il le pourrait. Mais avec un autre homme clamant être le père, qui le croirait ?

— Surtout si cet autre s'avérait être quelqu'un dont Mr Simpson ne peut rien retirer, précisa Lord Aleksander.

— Tout comme le vrai père, ajouta Lila.

— Je ne comprends rien ! protesta Amélia, contrariée.

— Écoutez-moi tous, exigea Lila. C'est pourtant bien simple : trouvons un monsieur qui accepte de revendiquer la paternité. Mr Simpson aura alors deux choix : accueillir ses dires, ou déclarer qu'il ment. Mais, dans ce dernier cas, il devra le démontrer – ce que, bien sûr, il ne peut pas faire.

— Si, pendant ce temps, nous parvenons à découvrir l'identité du véritable père, Douglas peut le convaincre de réparer ses torts, conclut Beck avec ferveur.

— Oui ! cria Lila triomphalement. William aura

sauvé la pauvre fille et son enfant, il l'aura réunie avec son amant, il aura prouvé que Mr Simpson est un escroc et sera proclamé héros !

— Attendez, objecta William en levant la main. J'apprécie votre imagination et votre enthousiasme, mais tout ça me semble un peu tiré par les cheveux. Pourquoi ne pas simplement demander à Miss Simpson qui est le père ?

— Parce que, lui expliqua Lila en secouant la tête, Mr Simpson clamera que vous essayez de manœuvrer dans la seule intention d'échapper à vos responsabilités. Non, l'identité du géniteur doit être révélée, et ce sans l'intervention des concernés, afin que le monde entier sache que vous avez été la victime d'une tentative d'extorsion.

C'était tout bonnement ridicule. Comment un tel plan pouvait-il fonctionner ? C'est alors que Justine réalisa qu'ils la regardaient, tous, attendant qu'elle accepte.

— Ça n'a aucun sens. Qui prétendrait être le père ?

— Oh ! pour cela, laissez-moi faire, dit Lila.

— Et le vrai père ? insista-t-elle.

— Nous le trouverons, lui assura la marieuse.

— Comment ? Tout ce projet semble plutôt fantasque.

Lila se leva et traversa la pièce pour rejoindre Justine. Elle prit ses mains dans les siennes.

— Madame. C'est mon métier et je le fais fort bien. Je ne compte pas laisser un misérable, depuis l'Écosse, entraver cet amour que j'ai mis tant de soin à faire éclore.

— *Excusez-moi ?*

— Je ne vais pas non plus permettre à Robuchard de se servir de votre union pour placer l'une de ses relations.

— Oh ! non, dit Amélia. Pas Robuchard.

Justine regarda Lila droit dans les yeux. Elle voulait désespérément croire que la marieuse pouvait y parvenir.

— Je vous ai avertie dès le départ que je trouverais celui qu'il vous faut, un homme digne de vous. Mais je n'ai jamais dit que ce serait facile.

— Vous devriez écouter ma femme, Votre Altesse Royale, intervint Lord Aleksander. Elle n'a jamais tort.

Lila sourit.

— Vous voyez ce que c'est, d'avoir le bon mari à ses côtés ?

C'est justement là que William apparut et posa la main sur le bras de Lila.

— Ne la poussez pas à faire des bêtises, Lady Aleksander. J'ignore si nous pourrons trouver le père de l'enfant, j'ignore si tout cela va marcher.

Il passa son bras autour des épaules de Justine et la prit à part.

— Vous devez penser à votre pays et au trône.

— Mais comment le pourrais-je, sans le soutien d'une personne que j'aime et en qui j'ai confiance, William ? Comment pourrais-je être reine sans le soutien d'une personne dont je suis sûre qu'elle m'aime ? Je vous aime. Je veux que vous soyez à mes côtés. J'en ai *besoin*.

Il prit sa main et la porta à ses lèvres.

— Je vous aime. Je vous aime assez pour renoncer à vous. Je ne serai pas celui qui occasionne un nouveau scandale dans votre vie.

— Mais c'est notre seul espoir !

Il fronça les sourcils. Elle pouvait voir qu'il essayait de trouver une réponse, une solution qui fonctionnerait. Finalement, il hocha la tête.

— Aussi absurde que ce soit, oui : c'est notre seul espoir.

Elle caressa sa joue.

— Cette fois, je *vous* demande de *me* faire confiance. Je crois en Lila.

— Que Dieu nous vienne en aide, en ce cas, soupira-t-il.

Justine se détourna et fit face aux autres personnes présentes. Elle ne tremblait plus.

— *Jæ*, c'est d'accord. Mais nous n'avons pas beaucoup de temps : ma mère tente en ce moment même de nous forcer à rentrer à Saint Edys, Amélia et moi.

— Alors il faut nous y mettre, dit Lila.

— C'est *tellement* excitant ! s'exclama Lady Iddesleigh.

— Je crois que je vais être malade..., murmura Amélia.

— Pourquoi ce genre de choses se produisent-elles toujours dans *ma* maison ? demanda Beck, à personne en particulier.

Justine regarda William. Il essayait de lui faire un sourire encourageant. Elle tenta de le lui rendre.

Chapitre 34

Lila dit à Valentin qu'elle avait besoin de 50 livres sterling.

— Pour quoi faire ?

Il était allongé sur leur lit, chevilles croisées, un bras passé derrière la tête en guise d'oreiller.

— Il faut bien que le comédien ait le costume approprié à son rôle !

— Quel comédien ? demanda Valentin, sans comprendre.

— Un ami de Mr Donovan, la nourrice des Iddesleigh.

Les sourcils de Valentin se froncèrent davantage.

— Je sais bien que mon anglais n'est plus ce qu'il était, mais il me semblait qu'une nourrice était une femme.

— C'est une femme. Je veux dire, la nourrice. Mr Donovan, lui, n'est pas exactement…

Elle s'interrompit, agacée de manquer à ce point de clarté.

— Laisse-moi reprendre depuis le début.

Elle expliqua à Valentin qu'elle avait eu une longue discussion avec le comte d'Iddesleigh, à laquelle Mr Donovan, le précepteur, la nourrice, le domestique – peu importe ce qu'il était – avait assisté. Il avait suggéré quelqu'un qui, selon lui, saurait se montrer convaincant dans le rôle de l'amant bafoué. Lord Douglas versait à l'acteur, pour ce travail, un salaire honorable, mais Lila avait réalisé qu'il faudrait l'équiper correctement lorsqu'il serait en Écosse.

Valentin écouta, puis roula hors du lit et alla chercher parmi ses affaires un sac en cuir. Il en sortit les 50 livres.

— Ma chérie, on ne fait certes pas plus futée que toi… Mais es-tu certaine que ce plan va fonctionner ?

— Non, répondit-elle avec honnêteté. Je pense même qu'il est probablement voué à l'échec. Mais c'est ma seule chance. Si jamais ça ne marche pas, je crains fort que Robuchard ne s'assure que je ne travaille plus jamais en Europe. Et puis… je l'avoue, je ne supporte pas la défaite.

Valentin l'enlaça.

— En ce cas, expose-moi encore une fois ta stratégie.

— Le comédien va se rendre dans la bourgade de Hamilton en clamant, à grand bruit, qu'il cherche Miss Althea Simpson. Qu'ils sont amants et qu'il a entendu dire qu'elle avait eu un enfant, *son* enfant. Quand tout ce raffut arrivera aux oreilles de Mr Simpson, ce dernier niera, puisque, apparemment, son projet est de tirer profit de l'écart commis par sa fille.

— La fille risque de nier, elle aussi. Pourquoi diable soutiendrait-elle que cet inconnu est le père de son bébé ?

— C'est là que ça se complique : elle l'affirmera si nous parvenons à la convaincre de travailler avec nous. L'idée est que, quand son père la sortira de son trou pour qu'elle confronte le comédien et proclame qu'il ment, nous soyons là, avec le *véritable* père. Comme ça, elle pourra dire au monde entier la vérité. Après tout, c'est ce qu'elle veut : être réunie avec lui. Non ?

— Et comment comptes-tu trouver le véritable père ?

Lila n'avait pas encore mis au point tous les détails.

— Il faut qu'elle nous révèle son identité. Comme

ça, nous pouvons mettre la main sur lui, laisser la vérité éclater au grand jour, et Lord Douglas sera libre d'épouser la princesse. À condition que Robuchard accepte, bien entendu.

Valentin enfouit son nez dans la nuque de sa femme.

— Mon amour… tu te rends compte, j'espère, qu'on dirait un mauvais marivaudage pondu pour une troupe de théâtre au rabais ?

Elle partit d'un grand rire.

— Je savais que tu me comprendrais.

— Ce que je comprends, surtout, c'est que je t'accompagne. Je ne veux pas que tu coures de risque.

— J'espérais que tu dirais ça…, déclara-t-elle avant de l'embrasser. On s'en va demain à la première heure.

William arriva à Prescott Hall le lendemain matin. Il y avait rendez-vous avec Lord et Lady Aleksander. Ewan était là lui aussi, Dieu merci ! William était tellement perdu qu'il avait failli partir sans ses bagages.

Jamais il n'avait ressenti une telle anxiété. Il lui semblait que sa vie entière n'avait fait que mener à ce moment et que toute son existence future n'était plus qu'un château de cartes.

Les valets de pied étaient en train de charger la malle des Aleksander. Lord et Lady Bardaline étaient là, voletant autour d'eux comme des mouches, enchantés de voir tout ce beau monde s'éloigner de Prescott Hall. Le couple n'avait aucune idée de ce qui se tramait, et, à cause de cela, Lady Aleksander semblait prête à partir à chaque instant d'un fou rire.

— Nous avons été ravis de vous recevoir, chère madame. Faites bon voyage !

Amélia, qui était venue saluer le convoi elle aussi, ne put s'empêcher de maugréer :

— Pour l'amour de Dieu ! Ils ne partent qu'une semaine.

Lila, elle, ignora les adieux des Bardaline.

— Cher Lord, voudriez-vous me suivre un instant à l'intérieur ?

Et elle fit signe à William d'entrer dans la maison. Une fois dans le vestibule, il fut soulagé de voir Justine descendre l'escalier, Dodi dans les bras. Elle portait son tablier de jardinage, ses cheveux étaient lâchés. Elle était si belle qu'il désirait rester là, à la contempler en silence, afin de mémoriser chacun de ses traits au cas où jamais plus il…

— Vous avez cinq minutes, l'avertit la marieuse. Je ne pense pas pouvoir les retenir plus longtemps.

Elle parlait bien sûr des Bardaline. William regarda en direction de Justine, qui désigna d'un mouvement de tête l'un des salons et le précéda à l'intérieur. Le marquis se tourna vers Lila.

— Allez-y, lui ordonna-t-elle.

Il obéit. Il suivit Justine dans une pièce exempte de valets, de majordomes, d'entremetteuses et de gardes-chiourmes. Il ferma rapidement la porte, pour éviter qu'aucun des susmentionnés n'ait la pénible idée de se joindre à eux.

Justine posa la chienne et se précipita dans ses bras. Elle blottit son visage contre son torse.

— Jamais ce plan ne fonctionnera. Seigneur ! pourquoi ai-je accepté ?

— Justine. *Leannan*.

Il attrapa son visage entre ses mains pour le lever vers lui.

— Vous devez garder la foi. Et prier pour nous. C'est là notre seul espoir.

Elle semblait au bord des larmes. Elle agrippa les poignets de William.

— Et que se passera-t-il, si cela échoue ? Vous devez me revenir, William. Vous m'entendez ? Vous le *devez*. Sans vous, je suis perdue. Je ne cesse de penser que… Je ne pense pas que je parviendrai à régner, sans vous à mes côtés.

Il l'embrassa tendrement.

— Vous n'avez pas besoin de moi pour régner. Mais qu'importe : je *serai* à vos côtés, promit-il avant de l'embrasser encore. Je marcherai, s'il le faut. Je me faufilerai à travers les ronces, je traverserai des rivières à la nage, je mendierai ma pitance, mais rien ne me tiendra éloigné de vous. Ayez foi en cela.

Une larme perla au ras des cils de Justine.

— C'est de la folie.

— Oui, c'est vrai. Mais imaginez un peu l'histoire que nous pourrons raconter à nos enfants !

Il l'enlaça et l'embrassa encore. Un baiser long, profond. À travers lequel il souhaitait parvenir à lui insuffler de l'espoir, avec lequel il voulait lui faire la promesse qu'il trouverait toujours un chemin jusqu'à elle.

Même s'il n'était pas certain de réussir : au moins, il mourrait en essayant.

Il relâcha finalement son étreinte, caressa sa joue, et posa la main sur sa nuque, exerçant une légère pression, avant de quitter la pièce.

Une fois qu'il fut parti, Justine se mit à arpenter le salon, sans relâche, Dodi sur les talons. Elle finit par marquer une halte au niveau du canapé et agrippa l'ossature puis s'accroupit, essayant de combattre son envie de vomir. En l'espèce, elle ne parvenait pas à respirer. Elle avait le terrible pressentiment qu'elle ne le reverrait jamais. Elle était mieux placée que quiconque pour savoir qu'on ne lavait pas son nom d'un scandale. On l'empêcherait de l'épouser. On la forcerait, à la place, à épouser un homme qu'elle ne supporterait même pas de toucher. Et elle penserait à William pour l'éternité. *L'éternité.*

Elle entendit quelqu'un entrer et fit tous les efforts du monde pour contrôler sa nausée et sa souffrance.

— Jussie ? Qu'est-ce que tu fais ?

Les pieds d'Amélia apparurent dans son champ de vision.

— J'essaye de toutes mes forces de retenir mes sanglots.

— Oh ! ma chérie…

Elle s'accroupit aux côtés de sa sœur et l'étreignit.

— Tu l'aimes donc vraiment…

Oui, elle l'aimait vraiment.

Elles restèrent ainsi, Amélia enlaçant Justine et Dodi jusqu'à ce que la douleur se calme.

Chapitre 35

Mr Paul Bartholomew insista pour apprendre, durant le long trajet pour Glasgow – douze heures en tout –, le rôle qu'il était censé jouer dans cette farce. William leur avait réservé des places dans le wagon de première classe, que Mr Bartholomew avait inspecté, avant de déclarer que, malgré le manque d'espace et les sièges durs, il convenait à sa répétition.

Il passa la première heure à bombarder William de questions concernant Miss Althea Simpson. Il commença par les plus évidentes : la taille, la couleur des cheveux et des yeux. Il s'enquit de son caractère : était-elle de nature récalcitrante, autoritaire ? Puis ses interrogations se compliquèrent – le son de son rire, la dimension de ses pieds.

William essaya d'expliquer qu'il ne la connaissait pas très bien. Que, avant le jour en question, il ne l'avait vue que quelques fois. Mais il fournit à Mr Bartholomew autant d'informations qu'il le put.

Avait-elle déjà donné naissance ? lui avait demandé Mr Bartholomew.

William ne savait pas. Il l'avait croisée autour de la Nativité, et maintenant on était en été. Il était tout à fait possible qu'elle ait accouché. Il était tout aussi possible qu'elle n'ait pas encore accouché.

Puis Mr Bartholomew entama les répétitions. Il commença par le moment où il entrerait dans le plus grand débit de boissons du village pour s'enquérir de son amour perdu. Il s'installa en tête du wagon puis, en avançant entre les sièges, il feignit de s'introduire dans le pub, de regarder les clients et de réclamer qu'on lui indique où demeurait la femme qu'il comptait épouser, *Miss Althea Simpson* !

William trouva cette entrée plutôt théâtrale. Mais elle n'était rien en comparaison de ce qui suivit.

Mr Bartholomew jouait tous les rôles.

— Pourquoi ? Qu'est-ce que vous lui voulez, à Althea Simpson ? demanda-t-il, incarnant le patron de l'établissement avec un accent écossais étonnamment convaincant.

— Je suis le père de son enfant, l'amour de sa vie. Comment aurais-je pu savoir que notre passion avait donné un fruit ? Comment aurais-je pu deviner qu'elle avait besoin de moi ? Elle ne m'a averti de rien. Elle a simplement… disparu !

Ici, il fit une pause et contempla les autres.

— Je vais retravailler le texte, bien sûr.

L'intérêt de Lord Aleksander fut piqué. Il se redressa.

— Quel est votre nom, l'ami ? demanda-t-il, endossant le rôle d'un client.

— Robert Barstow, à votre service.

Et, avec un geste de la main, Mr Bartholomew s'inclina.

— Qui donc ? s'étonna William.

— C'est ainsi que s'appelle mon personnage. J'ai créé un personnage, évidemment. Je ne veux pas d'une foule de paysans furieux à mes trousses, quand tout cela sera terminé.

Il se racla la gorge, leva le menton et reprit.

— Robert Barstow, à votre service. Où est-elle ? Où est ma chérie ? « *Quel est donc l'être qui, ayant un cœur pour aimer et du courage au cœur, eût pu s'empêcher de prouver alors son amour ?* »

— Shakespeare, hein ? demanda Lord Aleksander avec un sourire. Quel sens du détail, monsieur Bartholomew !

— Merci.

Lady Aleksander participa également.

— Nous ne vous le dirons pas, monsieur. Comment savoir si ce que vous affirmez est vrai ? Comment savoir que vous ne voulez pas de mal à cette pauvre fille ?

Mr Bartholomew réfléchit un instant.

— Quel mal pourrais-je donc lui faire ? Je désire seulement m'occuper d'elle. Les mettre à l'abri, mon enfant et elle. La chérir chaque jour que Dieu fait. Si personne n'accepte de me dire où la trouver, alors je resterai là jusqu'à ce qu'Althea Simpson me soit amenée ! Avec ses cheveux d'or, son rire délicat, ses pieds larges et ses mains plutôt masculines…

Il s'interrompit, le temps de jeter une œillade circulaire à l'assemblée.

— C'est pour les convaincre que je la connais bel et bien.

Puis il revint à son personnage.

— Je ne trouverai point le repos tant qu'elle ne sera pas mienne. Comment a-t-elle pu me cacher un tel secret ? Comment a-t-elle pu me tenir éloigné de mon enfant ? ajouta-t-il, en portant la main à son cœur comme s'il avait reçu un coup fatal. Ne voit-elle donc pas l'amour que je lui voue ? Ne voit-elle pas qu'elle m'assassine ?

— Il y a là de quoi faire jaser, tu ne penses pas ? demanda Lady Aleksander à son mari.

— Il y a là de quoi le faire lyncher, marmonna Ewan.

William ne pouvait être plus d'accord. Ce projet prenait une tournure un peu plus grotesque, à chaque kilomètre qu'ils franchissaient, et il doutait fortement que cela fonctionne.

— Comment trouverons-nous le véritable père ? s'interrogea-t-il, laissant son désespoir envahir le train.

— Molly McGuire, déclara Ewan.

— Vous dites ?

— Elle est aide cuisinière. Elle va au marché tous les jours. Elle pourrait faire passer un message de notre part à la cuisine des Simpson, non ?

Ewan se tassa quand il remarqua que tous le regardaient.

— Cela me semble parfait, dit Lady Aleksander. Lord Douglas, écrivez une lettre à Miss Simpson pour l'avertir de notre plan.

— Cela vous semble parfait ? rouspéta-t-il, en désignant Mr Bartholomew. Cela me semble absurde, à moi !

— Je vous ai dit que j'allais retravailler le texte, répondit le comédien en boudant.

— Vous devez garder la foi, monseigneur, lui enjoignit la marieuse. Rien n'est possible, si on n'a pas un peu la foi.

Ils risquaient d'avoir un problème, en ce cas. Car, présentement, la foi de William se faisait la malle, et elle roulait plus vite que le train.

Cette longue et interminable journée pour parvenir à Glasgow parut au marquis une semaine. Il loua deux calèches. L'une pour le court trajet jusqu'au village de Hamilton, où demain Mr Bartholomew donnerait son spectacle – dans une version améliorée, était-on en droit d'espérer. L'autre pour les mener, lui ainsi que Lord et

Lady Aleksander, jusqu'au palais de Hamilton, où ils demeureraient une nuit ou deux.

En chemin, William caressa l'idée d'avertir le couple, au sujet de sa famille. Mais il décida finalement que rien de ce qu'il pourrait dire ne saurait les préparer à cette demeure en perpétuel chantier, à la surabondance d'antiquités qui la décorait et à ce père aux drôles de lubies.

Ils arrivèrent au palais de Hamilton peu après la sœur de William, Lady Fraser, et ses deux garçons.

— William ! Nous ne t'attendions pas !

Susan se jeta à son cou, le serrant très fort.

— Dieu merci, tu es là : mère s'est mis en tête d'acheter de nouveaux tapis, qu'elle fait venir de Belgique.

— Je vais lui parler.

Il présenta sa sœur aux Aleksander, et ils entrèrent ensemble, les neveux de William les devançant et appelant à tue-tête leur grand-père.

Le duc et la duchesse étaient manifestement surpris de voir leur fils prodigue et ils l'entourèrent, sa mère s'inquiétant de la longueur de ses cheveux, son père s'étonnant qu'il ne soit pas à Londres pour remplir sa mission, et pourquoi n'avait-il pas envoyé un messager pour les informer de son arrivée ?

— Qu'est-ce qui se passe, ici ? demanda son père une fois les présentations faites.

William regarda sa famille entière réunie – enfin, excepté le mari de Susan, Lord Fraser, qui n'était pas présent, mais il faut dire qu'il l'était rarement – et décida que c'était le moment ou jamais d'annoncer ce qu'il était venu leur dire. Il s'était toujours dit que, quitte à devoir être fusillé, mieux valait prendre une balle séance tenante que de se lancer dans un interminable discours pour la postérité.

— Votre Grâce, dit-il à son père.

Les yeux du duc s'écarquillèrent. Il regarda sa femme à la dérobée.

— C'est du sérieux, ton affaire, donc ?

— Père, si vous préférez, se corrigea William. J'ai une annonce à faire. Je suis venu vous dire que je…

Il hésita, ne sachant comment continuer sa phrase.

— Mon chéri ? l'encouragea sa mère.

— Que je suis…

Qu'est-ce qui lui prenait ? Il n'arrivait pas à trouver les mots pour exprimer ce qu'il ressentait pour Justine.

— Oh non. Will ! Tu es en train de mourir, c'est ça ? lâcha Susan dans un souffle.

— Non ! Enfin, pas que je sache. Je suis… amoureux. Oui, c'est ça : je suis tombé amoureux. Voilà qui est dit.

Et il accompagna cette révélation d'un geste du bras plein d'emphase. Il s'attendait à une réaction en retour… Il n'obtint qu'un silence de plomb.

Susan regarda leurs parents, qui la dévisagèrent.

— Qui ? demanda-t-elle finalement, au nom de toute la famille.

— Alors, c'est bien là le problème : je suis tombé amoureux de Son Altesse Royale, la princesse Justine Ivanosen.

La nouvelle fut accueillie par un autre silence stupéfait. Puis Susan éclata de rire.

— Oh là là ! Ne nous taquine pas comme ça, Will ! On a bien failli faire un infarctus !

William fixa sa sœur, attendant qu'elle se reprenne. Elle finit par le regarder, puis jeter un coup d'œil au couple Aleksander, avant de revenir à son frère.

— *Non*, reprit-elle avec gravité. Will… tu n'es quand même pas… N'est-ce pas ?

— Si.

— Et la princesse l'aime en retour ! intervint Lady Aleksander. Si ce mariage devait avoir lieu, ce serait un mariage d'amour. Mais l'affreuse rumeur qui court sur Lord Douglas risque de compromettre cette union. Comme vous pouvez vous en douter, le roi et la reine de Weslorie veulent voir leur fille épouser un homme qui jouit d'une réputation impeccable. Nous avons établi un plan pour réhabiliter le marquis, mais nous avons besoin de votre aide.

— Mon fils, amoureux…, lâcha la duchesse d'un air rêveur. J'ai tant prié pour connaître ce jour ! En revanche, je vous prie de m'excuser, madame, mais mon fils n'a nul besoin d'être *réhabilité*.

— Mère, la gronda Susan.

— Je veux dire : tout au plus a-t-il besoin d'une petite revalorisation, rectifia la mère de William.

— Si vous me permettez de m'expliquer…, déclara Lady Aleksander avant de faire un pas et de commencer à exposer son projet.

Lorsqu'elle eut terminé, la famille Douglas resta assise en silence, fixant le sol pendant un très long moment.

— Votre plan, madame, est risible, dit enfin le père de William. Mais il est vrai que nous n'avons plus d'argent pour payer Mr Simpson.

— Il n'est pas plus risible que les accusations portées par cet homme, répondit Susan en haussant les épaules. Je connais Althea depuis toujours et, si jamais William tentait de l'approcher, elle se roulerait probablement en boule avant de mourir d'effroi.

— Je vous demande pardon ? s'indigna l'intéressé.

— De toute façon, je ne vois pas ce que nous pourrions

faire d'autre, raisonna la duchesse. Will, mon chéri, es-tu certain de vouloir épouser une princesse ? N'y aurait-il pas quelques… points à réfléchir ? C'est-à-dire que…

— Mère, la coupa William. J'en suis certain. Quels que soient les points à réfléchir, je suis certain.

— Bien. Alors je suppose que nous devons laisser à ce… plan… sa chance.

— Il nous faut avant tout transmettre un message à Miss Simpson, dit Lady Aleksander.

William acquiesça.

— Ewan pense que Molly McGuire peut remettre un mot à la cuisinière de la maison Simpson.

Le père de William fit signe à un valet de pied.

— Va chercher Molly. Et dis-lui de ne pas trembler comme une feuille, pour une fois ! Il n'y en a que pour quelques instants.

— Père, si c'est cela le message, elle va croire que vous voulez la renvoyer, intervint Susan avant de demander au domestique : Dites-lui de venir, c'est tout.

— Ce n'est quand même pas ma faute si cette fille est aussi timide qu'une souris…

Ils découvrirent tous quelques minutes plus tard qu'il disait vrai, alors que Molly se tenait devant eux, frémissante. Mais Lady Aleksander, avec son sourire rassurant et sa voix douce, la convainquit qu'elle n'avait rien à craindre. En réalité, c'était même tout le contraire : la famille avait désespérément besoin d'elle.

— De moi, madame ?

— Oui. Pourriez-vous transmettre un message très important à la cuisine de la maison des Simpson ?

La jeune fille les examina, les yeux écarquillés, avant de répondre :

— Oui. Ma cousine Janie y travaille.

Bien entendu. Si William avait été en mesure de réfléchir correctement, il aurait réalisé que tout le monde, à Hamilton, était lié.

— En ce cas, monseigneur, je pense que vous devriez écrire cette lettre, lui dit Lady Aleksander.

— Oui, il le devrait, approuva le duc, avant d'ordonner à un valet de pied : Robert, apportez un peu de whisky de la cave, d'accord ? Nous allons en faire une fête digne de ce nom.

Ce qu'ils firent. Pendant que William luttait pour composer cette missive et convaincre Miss Simpson qu'il voulait seulement l'aider, mais qu'il lui fallait pour cela savoir le nom du père de l'enfant, son père gratifia l'assemblée de la célèbre histoire selon laquelle il était le descendant des rois d'Écosse.

Une fois le courrier rédigé, il le donna à Molly, qui enfila sa cape et partit le remettre.

Toute la nuit, William eut du mal à rester assis. Il n'arrêtait pas de se lever et d'aller à la fenêtre pour guetter un signe de la fille. Il s'imaginait que les choses avaient tourné aigre, que la domestique avait perdu la lettre, que Miss Simpson avait quitté Hamilton, ou que son père avait intercepté leur correspondance et connaissait leur projet. Il imaginait Mr Bartholomew échouant et se faisant chasser du village.

Il s'imagina qu'il ne reverrait jamais Justine. La pensée lui faisait comme un tocsin dans le cœur. Chaque mouvement lui causait une décharge de douleur.

La servante ne revint pas au palais de Hamilton, cette nuit-là. William ne dormit pas du tout.

Le lendemain matin, Ewan fut dépêché au bourg

pour observer le spectacle donné par Mr Bartholomew et rapporter les résultats. William faisait les cent pas, attendant le retour de Molly McGuire. Il envoya même un palefrenier à sa recherche, mais ce dernier ne la trouva pas sur la route.

Plus tard dans l'après-midi, Molly se montra enfin. William alla à sa rencontre sur la route.

— Où étiez-vous donc ?

— Je vous demande pardon, milord, dit-elle en se mettant à trembler. L'heure était avancée, et ma cousine a insisté pour que je reste pour la nuit. Et comme la cuisinière m'a donné la journée et que j'avais des choses à faire au village…

William inspira longuement pour essayer de se maîtriser. Peut-être avaient-ils omis de lui préciser que le temps leur était compté.

Il entendit quelqu'un derrière lui et, quand il se retourna, il vit Lady Aleksander, qui marchait rapidement dans leur direction. Si William se *sentait* anxieux, elle avait l'*air* inquiète – et apparemment, il n'était pas le seul à ne pas avoir dormi la nuit dernière.

— Alors ? A-t-elle donné la lettre à sa cousine ?

— Nous y venions justement, répondit le marquis. Jeune fille ?

— Non, milord.

— Non ?

William pensa que son cœur allait cesser de battre. Son cœur allait le lâcher, ici même, devant le palais de Hamilton. Sans doute cela valait-il mieux qu'une vie à endurer la souffrance d'être sans Justine.

— Non, répéta Molly avec douceur. Miss Simpson,

elle est descendue de sa chambre. Elle a eu l'enfant, et c'est un si beau garçon !

— Un garçon !

— Oui, madame. Encore emmailloté, mais il a déjà des cheveux roux…

— Molly.

William l'avait interpellée aussi délicatement et calmement qu'il le pouvait.

— Qu'a dit Miss Simpson ?

— Elle a ouvert la lettre, dit la fille en mimant l'action, puis elle l'a lue, elle l'a pliée et l'a mise dans sa poche. Et elle a dit : « Veuillez avertir le marquis que le nom qu'il cherche est Graeme Ross. »

— Graeme *Ross* !

William n'avait pas entendu sa sœur s'engager dans l'allée, mais voilà qu'elle était là, sa robe s'étalant derrière elle, un de ses enfants courant à sa suite.

— Tu le connais, Susan ?

— Tu le connais aussi, rappelle-toi : cette ferme, près de la rivière… Nous avions l'habitude d'y acheter des pommes lorsque nous étions jeunes !

William se la remémora brusquement. Une ferme modeste, un établissement solide.

— C'est un homme bon, un travailleur, si mes souvenirs sont exacts, dit Susan. Mais je parie que ce n'est pas suffisant pour Mr Simpson, n'est-ce pas ? Il veut qu'Althea se marie au-dessus de sa condition, il l'a toujours voulu. Il ne cessait d'envoyer la pauvre fille à des soirées et des fêtes d'aristocrates où elle ne connaissait personne.

Molly écoutait ceci, les yeux écarquillés. William pensa qu'il valait peut-être mieux qu'ils continuent la conversation en privé.

— Merci, ma fille. Vous pouvez y aller.

Il attendit que Molly se soit éloignée, puis il fit signe à Lady Aleksander et à sa sœur de le suivre à l'intérieur.

Ils se retirèrent dans la salle à manger, où le duc et la duchesse profitaient de leur déjeuner – depuis deux bonnes heures.

— Alors ? demanda le duc. Cette idiote est-elle revenue ?

— Oui. Elle nous a rapporté un nom : Graeme Ross. Et Miss Simpson a donné naissance à un garçon.

— Ah, Ross ! Un brave homme, honnête. Travailleur, comme son paternel. Oui, je serais prêt à parier qu'il fera un bon père. Et heureux d'avoir un fils, avec ça ! Il fera ce qu'il faut vis-à-vis de Miss Simpson, j'en suis certain.

À ce moment précis, ils entendirent des voix à l'extérieur. Un instant plus tard, le majordome fit son entrée dans la salle à manger, Ewan sur les talons. Le géant avait l'air déboussolé. On eût dit – scène difficile à se représenter, il est vrai – qu'il s'était enfui en courant du village.

— Ewan ! s'exclama William. S'est-il passé quelque chose ? Allez-vous bien ?

— Oui, milord. J'ai un peu mordu la poussière en revenant du village, il est vrai.

— Oh non, gémit Lady Aleksander. Que s'est-il passé ?

Ewan brandit son index droit et cala sa main gauche dans le bas de sa hanche, avec force grimaces, tout en essayant de reprendre son souffle. Toute la pièce était suspendue à ses lèvres.

— Mr Bartholomew, finit par articuler le valet. Je suis censé savoir qu'il n'est qu'un comédien, pas vrai ? Eh bien pourtant, il m'a convaincu.

— Ewan, que s'est-il *passé* ? implora Susan.

— Il a dit…

Le domestique s'interrompit pour prendre une nouvelle inspiration. Les cinq autres se penchèrent vers lui comme un seul homme, au comble de l'impatience.

— Qu'il était venu pour réparer ses torts auprès de la femme qu'il aime et son fils, ce genre de choses. Il s'est montré bien meilleur que dans le train, je le lui accorde.

— Et ? l'encouragea William, pressé de connaître la suite.

— Et… le frère de Mr Simpson était présent. Il buvait une pinte. Peut-être même qu'il en avait déjà bu quelques-unes, pour être honnête. Ça, ou bien il a des problèmes de dos. Parce que, quand il s'est avancé, qu'est-ce qu'il titubait !…

— Très bien, Ewan, mais *ensuite* ?

— Il a accusé votre comédien de mentir. Les frères McFee – vous voyez de qui je veux parler ? Bâtis comme des menhirs, l'un et l'autre –, ils sont venus en renfort, prêts à jeter l'étranger à la porte. Mais Mr Palley est intervenu, disant qu'il ne comprenait pas trop pourquoi cet inconnu fabulerait, ce serait quand même s'attirer des soucis pour rien. Puis il a suggéré qu'on interroge la principale intéressée, après tout.

— Seigneur, frémit la duchesse. Ça ne m'a pas l'air de se présenter bien du tout. Suis-je la seule à penser cela ?

— Je vous l'accorde, Votre Grâce : s'est ensuivie une discussion plutôt animée…

Le valet s'arrêta, le temps de lisser l'un de ses sourcils. William se demanda s'il n'allait pas exploser avant qu'Ewan en arrive à la raison qui l'avait poussé à revenir en courant.

— *Ewan !*

— Ah oui, pardon, milord. Ils ont décrété que la meilleure manière de régler ça était encore d'amener Mr Simpson au pub.

— Mais… pourquoi pas Miss Simpson ? s'enquit Lady Aleksander. Elle est quand même la mieux placée pour dire qui est le père !

— Certes, mais c'est Mr Simpson le chef de famille. Aussi, ils ont décidé de s'adresser à lui, et de retenir Mr Bartholomew jusqu'à ce qu'il arrive.

— Will, il faut réagir ! lança Susan, le souffle court. Le temps que tu atteignes en voiture la ferme des Ross, sur ces routes épouvantables, Mr Simpson sera déjà parti, et Dieu sait ce que les gens du village auront fait à ton ami.

La tête de William tournait. Le monde entier tournait, hors de tout contrôle – de cette illusion de contrôle qu'ils avaient encore la veille en descendant du train.

Il fut décidé qu'il chevaucherait jusqu'à la ferme des Ross. Pendant ce temps, son père, Susan et les Aleksander se rendraient au pub pour empêcher qu'il arrive quelque souci à Mr Bartholomew.

Une demi-heure plus tard, William poussait sa monture sur la route qui longe la rivière afin d'atteindre la ferme des Ross. Une fois rendu, il sauta de son cheval, courut jusqu'à la maison et se mit à cogner à la porte en bois brut.

Personne ne répondit.

Il frappa de nouveau, plus fort encore, puis, perdant patience, il fit le tour de la maison pour regarder par les fenêtres. Il ne voyait rien.

Il se dirigea ensuite vers la grange, où il n'y avait également personne. Il retourna à l'avant de la bâtisse et, une nouvelle fois, tapa à la porte. À chaque coup, il sentait l'espoir lui échapper. Il avait tellement idiot d'y croire – de penser qu'il pourrait trouver une femme comme Justine et l'épouser.

Il avait été plus idiot encore de croire que ce plan ridicule, mal ficelé, pourrait fonctionner. Sa gorge le brûlait, et ses yeux cuisaient de toutes les larmes de frustration et de détresse qu'il n'arrivait pas à verser.

Qu'allait-il devenir ? Il ne pourrait jamais retourner à sa vie telle qu'elle était avant de mettre les pieds à Prescott Hall. Comment continuer à vivre en étant amputé d'une moitié de soi ? Il se sentait totalement abattu. Pire, il se sentait presque détaché, comme si, agonisant, il acceptait déjà que la vie s'écoule de son corps.

Il se détourna de la porte et avança vers son cheval. Mais quelque chose lui fit lever les yeux, et une vague de joie le transperça : Mr Ross remontait un chemin depuis la rivière en portant un seau et une canne à pêche.

— Monsieur Ross ! appela-t-il en agitant la main.

Quand Mr Ross le vit, il s'arrêta et posa son matériel.

— Monseigneur ?

— Dieu soit loué, vous êtes là, mon brave. Pendant un moment, j'ai cru que tout était perdu.

Il se mit à rire comme un dément. Mr Ross le regardait avec méfiance.

— Ah, oui, c'est vrai : vous n'avez aucune idée de la raison de ma visite... J'aimerais ne pas avoir à me montrer aussi brusque, mais hélas ! le temps nous manque : je suis venu vous parler de Miss Althea Simpson.

Mr Ross pâlit.

— Je ne connais pas Miss Simpson, se défendit-il.

Nouvelle erreur : William aurait dû se préparer un minimum à annoncer la nouvelle à Ross, mais, dans l'urgence, il n'y avait pas pensé. Il avança vers le fermier.

— Je vous prie de m'excuser, monsieur Ross, mais il y a quelque chose que vous devez savoir. Peut-être le savez-vous déjà, d'ailleurs, et refusez-vous de l'admettre.

— Je ne sais rien du tout.

— Miss Simpson…, commença William en se frottant la nuque. Elle a donné naissance à un enfant. C'est un garçon. Aux cheveux roux.

Le corps de Mr Ross se tendit visiblement. Ses yeux devinrent durs.

— J'ai eu vent de l'affaire, oui.

Sa réaction perturba William. Il avait eu vent de l'affaire ?

— Mais alors pourquoi… ?

Comprenant, William s'interrompit : Mr Ross avait eu vent de l'affaire *le concernant, lui*.

— L'enfant n'est pas de moi ! se défendit le marquis. *Vous* êtes le père. Des cheveux roux ! cria-t-il presque, tout en désignant l'abondante tignasse poil de carotte de Mr Ross.

Mais le brave homme renifla d'un air méprisant, avant de se baisser pour récupérer sa canne et son seau. Il reprit la marche, dépassant William sans un regard. Ce dernier pivota.

— Où allez-vous donc ? Vous devez me croire. Cet enfant est *le vôtre !* Il n'y a eu aucun autre homme, et certainement pas moi !

Mr Ross interrompit sa course et fit volte-face pour planter ses yeux dans les siens.

— Si cet enfant était de moi, Althea se serait rendue à notre rendez-vous. Mais la dernière fois que quelqu'un l'a vue, elle était en *votre* compagnie, milord.

Puis il reprit son chemin.

— Pourquoi n'avons-nous pas envisagé ce cas de figure ? s'écria William à l'attention du ciel, avant de courir après le fermier. Vous faites fausse route, l'ami. J'ai tenté de l'aider.

De faire en sorte qu'elle puisse vous rejoindre. Écoutez-moi, au moins ! Faites-moi cette faveur. Faites-*lui* cette faveur.

Mr Ross s'arrêta et jeta un coup d'œil derrière son épaule.

— Vous croyez que je ne vois pas ce que vous essayez de faire ? Vous l'avez engrossée et vous ne voulez pas de l'enfant. Vous êtes ici pour me refourguer votre bâtard.

Et il se remit en route. William avait envie de se mordre le poing, de cogner contre un tronc d'arbre, mais il n'avait pas le temps pour ces enfantillages. Il continua d'avancer.

— Je lui ai loué un cheval et pris une chambre à l'auberge. Je lui ai expliqué comment se rendre à votre rendez-vous…

Il eut une soudaine idée, et se mit à fouiller les tréfonds de sa mémoire, avant de s'exclamer :

— Suivre la route de l'ancien fort et, au croisement, tourner à droite !

Mr Ross s'arrêta.

— Je l'ai conduite à sa chambre, ça oui, parce que je craignais que quelqu'un ne l'importune. Mais je suis parti tout de suite après ! Parce que, malgré tout ce que vous avez pu entendre à mon sujet, je ne suis pas ce genre d'homme. Je pensais qu'elle prendrait la route aux premières lueurs de l'aube… Mais malheureusement, et à mon insu, son père l'a retrouvée.

Mr Ross secoua la tête. William sentit le désespoir lui obstruer la gorge. Sa main tremblait, et la sueur perlait sur son crâne.

— Monsieur Ross. *Graeme.*

Il tendit la main, comme pour la poser sur l'épaule du brave homme, sauf que ce dernier était trop loin.

— Je vous comprends, croyez-moi. Votre fierté en a pris un coup. Vous avez entendu des rumeurs – des calomnies, sur mon honneur. Mais le mal est fait, elles ont meurtri votre cœur. Vous avez aimé, et cet amour vous a fait souffrir ; il a fini par laisser place à un incendie dans vos veines. Comment vivre avec cette brûlure perpétuelle ? Je suis justement ici pour vous y aider. Je suis ici pour vous donner l'opportunité de rétablir la situation. Vous pouvez encore être avec celle que vous chérissez. Vous pouvez encore tenir votre bébé dans les bras. Ce petit gars aux cheveux roux.

Les yeux de Mr Ross se posèrent sur William.

— Mais si vous ne venez pas avec moi maintenant, *tout de suite*, vous allez perdre Althea pour toujours. Pourrez-vous supporter ça ? Pourrez-vous vous lever demain, et le jour d'après, et tous les jours suivants, sachant que vous n'avez pas fait tout ce qui était en votre pouvoir pour être avec elle ?

Mr Ross ne bougeait pas. Il se contentait de regarder William en silence. Le marquis laissa tomber sa main, résigné.

— Bien. Je suppose que cela ne sert à rien d'insister ?

Il était clair que jamais Graeme Ross ne le croirait. William aurait dû envoyer Susan… Mais c'était lui qui était venu ; l'homme qui, aux yeux de Mr Ross, lui avait volé son amour, avait déshonoré sa femme. Douglas n'avait fait qu'aggraver une situation déjà calamiteuse.

Il sentit toute vie l'abandonner et, face à cette débâcle, il était presque serein.

Chapitre 36

Le message de la reine Agnès fut délivré par un contingent de six soldats wesloriens.

— Que dit-elle ? demanda Amélia d'une voix que la nervosité rendait haut perchée.

Justine relut le télégramme en caressant Dodi sur ses genoux.

— Nous avons reçu l'ordre de rentrer. Nous partirons vendredi.

— Oh ! s'exclama Lady Bardaline en joignant les mains. Quelle merveilleuse nouvelle ! Je pense que c'est mieux ainsi, Votre Altesse Royale. La reine Victoria sera en route pour la France et, quant à Lady Aleksander… eh bien, elle n'a peut-être pas autant de relations que vos parents l'espéraient. Mais vous ne devriez pas vous inquiéter, ajouta-t-elle avec un sourire sournois.

Elle ne devait pas s'inquiéter ? Justine toisa sa dame de compagnie avec incrédulité avant de déclarer, simplement :

— Partez.

Lady Bardaline accueillit l'ordre avec un petit rire nerveux.

— Quittez mon salon, madame, insista la princesse.

Les yeux d'Amélia s'écarquillèrent. Elle contempla

Justine, puis Lady Bardaline. Cette dernière se leva lentement. Alors qu'elle se dirigeait vers la porte, elle semblait combattre une furieuse envie de protester. Elle se retourna même, mais, au lieu de parler, elle jeta un regard sévère aux deux sœurs. Puis elle sortit.

Séviana s'avança vers la porte et la ferma à clé.

— Merci, Sévie, lui dit Justine avant de lui tendre Dodi. Pouvez-vous l'emmener faire un tour ?

Amélia observait Justine, émerveillée. Elle attendit que Séviana quitte la pièce pour pousser un cri.

— *Enfin* ! Tu as été fantastique, ma chérie ! Cette femme est tellement insupportable… Mais ne nous occupons pas d'elle : il nous faut réfléchir à ce que nous allons faire, Jussie. Car nous ne monterons pas à bord de ce bateau. Il nous faut demander à Lady Holland son aide.

Justine secoua la tête.

— As-tu vu la cavalerie que mère a envoyée ? Ils sont là pour s'assurer que nous embarquions, ma chérie.

— Mais je ne veux pas partir ! Je me plais, ici. Et puis, qu'en est-il de Douglas ?

Oui, qu'en était-il de William ? Chaque jour, Justine attendait qu'il donne des nouvelles. Chaque jour, elle tenait Dodi dans ses bras et faisait les cent pas devant la fenêtre, guettant son retour. Et ce, depuis quatre longs jours. Elle n'arrêtait pas d'y penser – une journée entière de train pour l'Écosse, une autre pour revenir à Londres ; un jour pour confronter Mr Simpson, un autre pour…

Pour… elle ne savait quoi. Et, à présent, il ne lui restait que deux jours avant que quelqu'un la force à partir. S'il ne revenait pas dans cet intervalle, la vie de Justine serait achevée. Elle deviendrait une reine au cœur brisé. Une reine sans cœur. Une reine sans cœur et endeuillée.

William ne rentra pas ce jour-là, peu importe le nombre de fois où elle se mit à la fenêtre en priant de toute son âme. Justine s'en voulait de son manque de prévoyance : elle ne savait même pas où lui envoyer une lettre !

Le lendemain, alors que Justine et Amélia se contraignaient à faire leurs bagages, un valet de pied vint leur annoncer que Son Altesse avait un visiteur.

— Lord Iddesleigh, madame.

Les deux sœurs se regardèrent en pensant la même chose : il avait des informations. Elles se précipitèrent en bas et firent irruption dans la pièce où il patientait. Lorsqu'il se tourna, elles constatèrent qu'il souriait… Mais son sourire s'évanouit quand elles foncèrent sur lui, le pressant pour avoir des nouvelles.

— Lord Iddesleigh, quel plaisir de vous voir ! lança Justine le souffle court. Avez-vous un message pour moi ?

— Votre Altesse Royale, dit-il en s'inclinant. Hélas non. J'espérais justement que vous seriez en mesure de m'informer…

Justine s'affaissa alors que tout son optimisme l'abandonnait. Son corps lui parut si lourd, d'un coup.

— Je ne le peux pas. Je n'ai eu aucune nouvelle.

— Ah.

Amélia se laissa tomber sur un canapé.

— C'est tellement injuste, murmura-t-elle.

— Ils ont échoué, c'est ça ? demanda Justine au comte. S'ils avaient réussi, nous serions au courant, j'imagine ?

— Chérie, ne dis pas ça, la supplia Amélia.

Lord Iddesleigh grimaça.

— Voulez-vous un conseil, madame ? Ne perdez pas espoir. Cela fait bien longtemps que j'ai compris que le pire n'est jamais certain. Anticiper une catastrophe ne mène à rien, à part à mal dormir la nuit. Et puis, le découragement a tendance à attirer les malheurs. Essayez de rester positive.

— Je crains que, pour cela, il ne soit trop tard, répondit Justine avec un sourire triste.

Lord Iddesleigh soupira.

— Je suis venu vous faire mes adieux. Ma femme désire passer les suites de couches à la campagne, dans notre fief. Il existe, hélas, dans la vie d'un comte, des moments où il doit se plier aux exigences de son titre, et d'autres où il doit se plier à celles de son épouse. Je n'arrive pas à comprendre pourquoi elle aspire à cet exil, ajouta-t-il, le nez froncé de déplaisir, étant donné qu'il n'y a rien là-bas pour nous qu'un vieux château quasiment en ruine.

— Merci de votre visite, monseigneur, et adieu : nous retournons en Weslorie vendredi.

— Oh. Si vite ? Nous sommes tous bien désolés de vous voir partir. Et je ne peux que vous souhaiter tous mes vœux de bonheur, ainsi qu'à votre sœur.

Elle craignait que, pour cela aussi, il ne soit trop tard. Le bonheur était venu, puis il s'en était allé.

Après le départ de Lord Iddesleigh, Amélia retourna empaqueter ses affaires. Elle avait compris que Justine ne désirait pas parler. Ce n'est que plus tard dans l'après-midi que l'héritière de la couronne parvint à s'apaiser un peu.

Son père lui avait un jour expliqué que les malheurs sont comme les vagues : ils vous emportent dans les tréfonds, mais, une fois que le rouleau cesse de déferler, une nouvelle vague arrive et vous porte. Il faut toujours guetter la nouvelle vague à l'horizon. Le menton dressé, la tête haute. Ne pas se laisser couler.

Justine n'avait pas d'autre choix. Elle serait bientôt reine, et elle devait garder le bonheur de son peuple en tête ; il passait avant le sien. C'était le prix à payer pour une vie de privilèges.

Il restait tant à faire, encore, avant leur départ. Elle allait envelopper son amour pour William dans la plus douce des soies et le conserver précieusement dans un recoin de son cœur. Mais elle ne pouvait se permettre de le pleurer.

Le crépuscule tombait. Elle avait sauté le thé et demandé qu'on ne lui prépare rien pour le souper. Elle voulait bien accomplir son devoir, mais elle refusait en revanche de se forcer à manger alors que tout en elle était verrouillé. Perdue dans ses pensées, elle rangeait avec soin ses livres, quand un tapage devant la maison attira son attention.

Ses battements de cœur s'accélèrent. Elle se releva lentement et se dirigea vers la fenêtre, effrayée à l'idée d'être de nouveau déçue, d'être une fois de plus poussée aux confins du désespoir. Un attelage poussiéreux, aux couleurs de Hamilton, s'était garé dans l'allée. Lady Aleksander en sortit. À cet instant, Amélia se précipita dans la chambre.

— Qui est-ce ?

Et elle se posta derrière la vitre, tout contre sa sœur.

Justine retenait son souffle. Lord Aleksander fut le prochain à descendre. Puis ce fut le tour d'un homme que Justine ne connaissait pas. Il recula d'un pas et regarda à l'intérieur du carrosse.

Une botte en émergea. Puis une autre.

— Oh ! mon Dieu, dit-elle en attrapant la main d'Amélia.

— C'est lui, Jussie, murmura sa sœur. C'est vraiment lui.

Justine fit volte-face et se précipita, sautant par-dessus les tas d'affaires à emballer qui jonchaient le sol. Elle ouvrit la porte, ramassa ses jupes puis dévala l'escalier, manquant au passage de heurter Lord Bardaline, qui était sorti de son bureau en marmonnant :

— Que diable ?

Elle le dépassa et fonça jusqu'à l'allée, jusqu'à William. Elle ne s'était pas arrêtée de courir, n'avait pas pris un moment pour se calmer et saluer les voyageurs : elle se jeta dans ses bras, et il la rattrapa. Ses bras se refermèrent sur elle, et il la serra contre lui. Il embrassait son visage, son cou.

Puis tout le monde se mit à parler en même temps.

— Pourquoi avez-vous mis si longtemps ? lui demanda-t-elle.

— J'ai dû faire un arrêt à Gretna Green qui n'était pas prévu au programme…

— Où donc ?

William rit. Sa figure ne trahissait aucune inquiétude. Dans ses yeux dansait la faible lumière du soleil déclinant.

— Entrons, et je vous dirai tout.

— William, attendez… Est-ce fini ?

— Oui. C'est fini.

Dans le grand salon, alors que les valets de pied s'affairaient pour servir le vin et le whisky, Justine apprit que le plan, tout ridicule qu'il ait été, avait fonctionné. L'incrédulité et le bonheur l'étourdissaient, et elle riait plus fort que quiconque.

— Comment est-ce possible ?

— Ce fut remarquable, dit Lord Aleksander. Ma femme a accompli une sorte de miracle. Non seulement Lord Douglas a tordu le cou à la rumeur, mais il est en quelque sorte passé pour le héros de l'histoire. J'ai cru que tout Hamilton allait le porter en triomphe à travers les rues du village.

— Racontez-nous, racontez-nous ! s'écriait Amélia en sautillant sur son siège.

— Si vous me le permettez..., demanda Mr Bartholomew.

— S'il vous plaît, l'autorisa Lila.

Le comédien se posta au centre de la pièce. Il écarta les bras comme s'il voulait mesurer l'espace, puis il commença la reconstitution de sa représentation au pub. Il incarna les différents personnages, s'arrêtant parfois pour expliquer à son public qui était qui. Il marqua également une pause au moment de l'arrivée de Mr Simpson, afin de préciser que ce dernier était aussi rouge que s'il avait été brûlé. Le propriétaire terrien l'avait traité, lui, Mr Bartholomew, qui jouait le rôle de Robert Barstow – Justine ne comprit pas vraiment qui ce Robert Barstow était censé être –, de menteur et d'escroc. Il avait accusé Mr Barstow de vouloir, entre autres, obtenir de l'argent du duc de Hamilton en échange de ces mensonges censés protéger la réputation du marquis, son héritier.

— Et là, tout a failli échouer, dit Lila. Le père de Douglas, le duc de Hamilton, a dit que c'était Mr Simpson qui l'avait fait chanter. Mr Simpson a d'abord nié, puis a clamé que cet argent lui était dû puisque le marquis était le père de son petit-fils. Et à ce moment-là, qui est arrivé, tel un chevalier blanc venu sauver le village entier ? Le marquis lui-même, en compagnie de Mr Ross.

Elle rit et regarda William :

— J'ai cru que vous n'arriveriez jamais !

— *J'ai* cru que je n'arriverais jamais ! Nous n'avions pas envisagé un instant que Mr Ross ait pu entendre la rumeur à mon sujet, et encore moins qu'il l'ait avalée. Mais pourquoi en aurait-il été autrement ? L'ultime fois que Miss Simpson lui avait donné des nouvelles, elle avait arrangé un rendez-vous auquel elle ne s'était jamais rendue, et la dernière personne avec qui elle avait été aperçue était moi-même. Qu'était censé penser cet homme ?

— Comment l'avez-vous convaincu ? s'enquit Amélia.

— Je ne sais pas vraiment. Je n'ai pas honte de dire que je l'ai supplié, cajolé, et presque frappé, plaisanta-t-il. Ensuite, je lui ai demandé s'il pourrait vivre un jour de plus sachant qu'il n'avait pas fait tout ce qui était en son pouvoir pour être avec la femme qu'il aime…

William leva les yeux vers Justine et lui sourit.

— … parce que, à sa place, moi, je n'aurais pas pu le supporter.

Le cœur de Justine battit si fort qu'il faillit s'échapper de sa poitrine.

— Ahem, fit Mr Bartholomew, refusant de se laisser voler la vedette.

— Je vous en prie, l'autorisa William en lui faisant signe de poursuivre.

Mr Bartholomew reprit sa reconstitution au moment où William avait déclaré à la foule – qui avait grandi d'heure en heure, précisa Lord Aleksander, tous les environs convergeant vers le Cock & Sparrow pour assister à la scène – qu'il n'avait jamais eu d'autre intention que d'aider Miss Simpson à rejoindre l'homme qu'elle aimait. Et, pour appuyer ses dires, sa sœur arriva avec Miss Simpson et le nouveau-né, Graeme.

— Un hommage au père, bien sûr, dit Lila, rayonnante. Dès que Mr Ross l'a vue avec son fils, il a manqué de tomber à genoux. Il lui a demandé sur le champ de l'épouser.

— Je vous prie de m'excuser, madame, mais c'est *moi* qui raconte, rouspéta Mr Bartholomew.

— Oh ! pardon : continuez.

— Elle a dit oui, ou plutôt *aye*, avec son accent écossais à couper au couteau. Son père a essayé d'intervenir, mais la foule l'en a empêché, ajouta-t-il en mimant la bagarre qui avait mis un point final au spectacle.

Mr Simpson avait alors révélé son vrai visage en bannissant sa fille et l'enfant. Il était devenu clair à toute l'assemblée que Mr Ross et elle étaient très amoureux, et que ce qui s'était produit n'avait été que le fruit de l'égoïsme et de la cupidité du père de la jeune femme.

— Nous ne pouvions faire autrement, expliqua William. Nous étions là, en présence de deux jeunes gens très amoureux… Nous les avons immédiatement escortés au village de Gretna Green[1] afin qu'ils régularisent leur situation et que plus jamais Althea Simpson ne retombe sous la coupe de son père.

— Mais… le scandale est-il mort et enterré ? L'affaire est-elle bel et bien terminée ? demanda Justine.

— Oh non, lui répondit Lila, l'affaire est partout, et je ne doute pas qu'elle ait déjà atteint Londres. Mais elle a pris une autre tournure et maintenant, le marquis passe pour un authentique saint. Et ce, si j'ose dire, pour la première fois de sa vie.

— Probablement, oui, acquiesça William en riant.

— On loue la gentillesse dont il a fait preuve envers Miss Simpson alors qu'il aurait aisément pu fermer les yeux, poursuivit Lila. On applaudit le stratagème qu'il a conçu pour contraindre Mr Simpson à admettre la vérité avant qu'il puisse extorquer de nouveau de l'argent au duc. On le félicite d'avoir trouvé le père de l'enfant et de l'avoir

1. Village du sud de l'Écosse, célèbre pour la possibilité qu'il offrait aux mineurs de s'y marier sans autorisation parentale. (NdT)

réuni avec la femme qu'il aime. Personne n'ose dire mot contre lui, à présent.

— Mon Dieu, c'est un miracle, s'émerveilla Amélia.

— Et votre prestation, Mr Bartholomew ! Rien de tout cela n'aurait pu avoir lieu sans votre aide, ajouta la marieuse.

Le gentleman sourit avec coquetterie.

— J'aimerais que cela soit mentionné dans les journaux de Londres, si possible.

— Je pense que nous pouvons faire en sorte que cela le soit.

— Je voudrais juste être tout à fait claire, insista Justine au moment où l'on se mit à servir le champagne. Il n'y a plus de scandale impliquant le marquis ?

— C'est exact, dit Lila.

C'était donc vrai. Le cœur de Justine accéléra. Ses paumes devinrent moites. Elle se souvint soudain de l'époque où elle avait séjourné au château d'Astasie et où elle s'était tenue sur le parapet, regardant la vallée. Ce jour où elle avait ressenti l'appel de ses ancêtres et de son destin. Elle l'éprouvait de nouveau. Et, certes, ce qu'elle s'apprêtait à accomplir était terriblement osé, mais elle savait qu'il ne pouvait en être autrement. Que c'était la chose à faire. Elle se mit sur ses pieds et pivota vers William.

— Voudriez-vous bien vous lever ?

Sa voix se brisa légèrement alors qu'elle prononçait ces paroles, et Amélia sembla s'en inquiéter. À vrai dire, il y avait de quoi ; Justine elle-même était soucieuse. Chaque fibre de son être tremblait, et pourtant, elle réussit à avoir le dessus.

Elle était en train de vivre le moment le plus décisif de sa vie.

Elle garda les yeux braqués sur William et vit l'ombre d'un sourire se peindre sur son visage. Il se leva puis s'inclina.

— Pas la peine de m'adouber, Votre Altesse Royale.

Lord Aleksander s'esclaffa. Justine, elle, déglutit de nouveau. Sa nervosité, sa fichue nervosité, l'étranglait. Mais elle ne la posséderait pas, pas cette fois. Un peu chancelante, elle se mit à genoux. Elle entendit l'assemblée derrière elle retenir ses cris, mais elle ne détourna pas le regard de William.

— Lord William Douglas, marquis de Hamilton et de… de…

— Clydesdale, compléta-t-il.

— Clydesdale, c'est ça. Me feriez-vous l'honneur de m'épouser, de devenir mon mari, mon prince consort, mon compagnon, mon amour ?

Lady Bardaline, qui jusque-là était restée silencieuse, s'écria soudain :

— Votre Altesse Royale, vous ne pouvez pas !

— Madame, s'il vous plaît, la gronda Amélia. Vous êtes en train de gâcher la fête.

— Jamais une telle chose ne sera tolérée, continua de protester la dame de compagnie. Votre mère ne le permettra pas !

— Veuillez conserver votre calme, madame, lui intima Lila. J'ai déjà envoyé un télégramme au Premier ministre Robuchard pour l'informer que la princesse avait fait son choix.

— Vous avez fait quoi ? s'emporta Lord Bardaline.

— Je vous prie de m'excuser, tous autant que vous êtes, lança Justine d'une voix forte.

L'assemblée se figea.

— Nous sommes au beau milieu de quelque chose,

au cas où vous ne l'auriez pas remarqué. Et monseigneur n'a toujours pas donné sa réponse.

William rit, puis mit lui aussi un genou à terre, et prit les mains de la princesse dans les siennes.

— Oui, madame, je vous épouserai. Je vous aimerai, je vous chérirai, je vous protégerai, je vous conseillerai, je vous défendrai. Et, avant toute chose, je vous servirai, car vous serez ma reine. À condition, bien sûr, que la Weslorie m'octroie la nationalité.

— Votre Altesse Royale, intervint Lord Bardaline d'un ton mielleux, essayant une autre tactique. Vous savez bien que le roi doit donner son accord.

— Oui, je le sais.

Elle sourit à William d'un air confiant.

— Il le fera.

La commissure des lèvres de William s'étira. Il se leva, prit sa main et la tira vers lui pour qu'elle se redresse. Puis il l'entoura de ses bras et l'embrassa avec passion.

En réaction, le salon fut en proie à un véritable chaos. Amélia pleurait, quelqu'un poussait des hourras et les Bardaline enguirlandaient Lila.

Justine se moquait de tout ça. Elle débordait d'amour, de gratitude, d'émerveillement et d'impatience pour l'avenir. Elle se sentait plus fière et confiante qu'elle ne l'avait jamais été dans sa vie, et cette sensation emplissait sa poitrine. Elle avait pris une décision pour elle-même, en tant que future souveraine de Weslorie, et elle était certaine que c'était la meilleure qu'elle ne prendrait jamais.

L'avenir semblait soudain radieux.

Elle avait le sentiment d'être une reine.

Elle était une reine.

Le départ fut reporté de cinq jours, afin que le marquis

de Hamilton puisse préparer ses affaires pour le voyage. Une flopée de télégrammes circulèrent entre Londres et Saint Edys, et, certes, il restait encore quelques points à négocier, mais la princesse avait vu juste : le message honnête qu'elle avait envoyé à son père avait suffi à convaincre ce dernier. La reine Agnès et le Premier ministre Robuchard auraient beau s'y opposer – Lila ne savait d'ailleurs si c'était cas –, le roi Maksim demeurait le roi, et il était prêt à ratifier le bonheur de sa fille.

Lila regarda approcher de Prescott Hall les calèches qui devaient conduire Justine et William, Amélia, Dodi et toutes leurs malles au bateau.

— Ils sont si amoureux, soupira-t-elle.

Valentin enfila son long manteau.

— Venez-vous ?

— J'arrive.

Elle venait de mettre la dernière touche au mot qu'elle destinait à Robuchard, et qui expliquait que la princesse Amélia avait besoin d'un peu de temps pour mûrir, c'est tout.

Valentin se pencha par-dessus le bureau pour lui donner un baiser sur le sommet du crâne.

— Savez-vous qui d'autre est amoureux ?

— Oui, je le sais, dit-elle en scellant l'enveloppe.

Puis elle se leva pour embrasser son mari.

Épilogue

Un mois plus tard

Justine et William étaient au lit, nus, leurs jambes et leurs bras mêlés dans cette posture paresseuse et satisfaite de l'après-coït. Rêveuse et repue, la princesse fixait le baldaquin au-dessus d'eux.

— Pourquoi ne nous informe-t-on jamais que le sexe est à ce point merveilleux ?

William rit et embrassa son épaule.

— Tu n'es pas censée aimer ça, *leannan* : tu es censée le supporter stoïquement, en bonne épouse.

— Mais *j'adore* ça.

— Oui, tu es un insatiable petit démon.

— *Jæ*, un petit démon qui remercie les saints d'avoir épousé un homme tout aussi insatiable.

Elle laissa ses doigts courir sur le torse de son mari, puis sur son ventre, de plus en plus bas…

— Qu'est-ce que tu fais ?

— J'ai une heure devant moi avant de m'habiller.

— Tes servantes vont finir par enfoncer la porte si tu ne te montres pas bientôt.

— Laissons-les faire, en ce cas, répondit-elle en gloussant.

Puis elle embrassa sa bouche, sa poitrine, et descendit encore.

William lui avait inculqué l'art du plaisir – comment le donner, comment le recevoir. Elle repensait souvent à ce que lui avait dit la reine Victoria, concernant l'importance de la compatibilité au lit dans un mariage. C'était sans doute le meilleur enseignement que la reine d'Angleterre lui ait dispensé. William et elle étaient éperdument amoureux, ce qui se vérifiait toutes les nuits quand ils s'étendaient l'un avec l'autre.

Son mari s'était adapté mieux que Justine ne l'avait prévu. Il aimait la Weslorie, disait-il, car la Weslorie, c'était *elle*. Il s'était fait des relations, bien entendu, étant donné sa nature sympathique. Et il ne s'était pas privé de lui prodiguer des conseils, même quand elle n'avait eu aucune envie de les écouter.

À son retour, elle avait découvert la gravité de l'état de son père. En tout juste un été, la santé du roi s'était profondément détériorée. Le médecin de la cour les avait informés qu'il ne vivrait sans doute pas un mois de plus. Pour cette raison, le mariage de Justine et William s'était fait en petit comité, sans extravagances, et surtout, rapidement, sans qu'elle ait bien le temps de réaliser ce qui se passait.

Son père avait l'intention d'abdiquer officiellement à la fin de la semaine. Elle serait aussitôt couronnée ; William jurerait fidélité et serait fait prince consort… Séviana avait cousu un ravissant collier à Dodi pour l'occasion.

Tout arrivait si vite, tout était si terrible… mais Justine était en paix face aux événements. Il ne lui avait pas fallu une semaine, après avoir prononcé ses vœux dans la chapelle du palais, pour savoir qu'elle avait pris la bonne décision.

Elle ne pouvait pas un instant s'imaginer être reine sans William à ses côtés. Pas un instant.

Plus tard, quand elle eut enfin émergé de sa chambre, Séviana fit la grimace en constatant l'état de ses cheveux et se mit aussitôt à la préparer. Cet après-midi, Justine devait inaugurer la nouvelle bibliothèque municipale.

Elle arriva à la dernière minute, étant donné la répugnance qu'elle avait eue à quitter son lit et son mari. Les invités de marque étaient installés, et Justine fut escortée sur-le-champ jusqu'au pupitre où elle devait faire son discours. Elle avait le souffle court, et ressentait un drôle de picotement au niveau du crâne, mais elle respira profondément, sortit ses lunettes et les mit. Elle regarda sa mère, à sa droite, qui roula les yeux en douce. Elle regarda William, à sa gauche. Il lui sourit et, imperceptiblement, lui fit un clin d'œil.

Puis elle regarda la marée humaine qui s'étendait devant elle. C'était encore une épreuve pour elle, ça le serait toujours, mais elle se sentait plus assurée qu'elle ne l'avait jamais été. Elle pouvait quasiment éprouver la force de William, qui l'entourait : en puisant dedans, elle avait découvert une partie d'elle-même dont jusqu'à présent elle avait ignoré l'existence. C'était extraordinaire : il avait suffi, pour qu'elle s'autorise à croire en ses capacités, que quelqu'un y croie également. Voilà ce que William avait fait pour elle, voilà ce qu'il lui avait apporté.

Elle pouvait y arriver. À être reine.

Elle pouvait réussir tout ce qu'elle entreprendrait.

Elle sourit à l'assemblée et déclara, d'une voix claire :

— *Ledia et harrad. Bon mowen.*

À partir de juin, retrouvez vos romances historiques françaises préférées dans la collection

Victoria

Anna Campbell
Irrésistible piège

Yorkshire, 1828

Par vengeance, Nell est prête à tout. Le marquis de Leath est un scélérat de la pire espèce, qui a provoqué la mort de sa demi-sœur, et elle compte bien exposer au monde entier quel monstre il est. Qu'importe s'il lui faut ruser, mentir, et se faire engager comme femme de chambre sous une fausse identité pour mieux approcher l'aristocrate et dérober les preuves dont elle a besoin ! Elle ne reculera devant rien, sa détermination sera sans failles... du moins, c'est ce qu'elle croit. Il suffit d'un regard, d'un geste esquissé, pour qu'elle se retrouve prise au piège du charme ravageur de James. Soudain, les convictions de Nell vacillent. Est-il vraiment le séducteur égoïste qu'elle s'imaginait ? La passion qui l'envoûte à chaque baiser est-elle sincère... ou un plan élaboré pour la faire taire à jamais ?

Christy Carlyle
Un duc à défier

Cornouailles, 1894

La réputation de Will Hart, duc d'Ashmore, n'est plus à faire : homme froid, sans cœur et désespérément pragmatique, il sait faire fuir d'un seul regard glacial quiconque ose s'opposer à lui. Et être forcé de retourner au manoir en ruines de son enfance au fin fond des Cornouailles n'est pas pour améliorer son humeur ! C'est donc avec un tempérament orageux et des paroles acerbes qu'il accueille Madeline Ravenwood, petite-fille de vicomte et jardinière de renom. Déterminée et sûre d'elle, la jeune femme tient à ce qu'il restaure le manoir, point d'orgue du village et du futur festival floral auquel elle concourt. Les enjeux sont de taille : la princesse royale est attendue, et son aval pourrait infléchir la carrière de Madeline. Dans ses yeux bleus envoûtants brille la flamme du défi, qui attise un désir brûlant en Will. Cette adversaire à sa hauteur pourrait-elle être celle qui réveillera son cœur ?

La romance historique n'a jamais été aussi moderne.

HARLEQUIN
www.harlequin.fr